中译经典文库·世界文学名著

❀ 全译本 ❀

一个陌生女人的来信

［奥］茨威格◎著　　高中甫等◎译

中国出版集团

中译出版社

图书在版编目（ＣＩＰ）数据

一个陌生女人的来信 / （奥）茨威格著；高中甫等译 . -- 增订本 . -- 北京：中译出版社，2016.11
（中译经典文库世界文学名著全译本）
ISBN 978-7-5001-4966-8

Ⅰ . ①一… Ⅱ . ①茨… ②高… Ⅲ . ①中篇小说—小说集—奥地利—现代 Ⅳ . ① I521.45

中国版本图书馆 CIP 数据核字 (2016) 第 257920 号

出版发行 / 中译出版社
地　　址 / 北京市西城区车公庄大街甲 4 号物华大厦六层
电　　话 / （010）68359827　68359303　68359101　68357328（编辑部）
邮　　编 / 100044
传　　真 / （010）68357870
电子邮箱 / book@ctph.com.cn
网　　址 / http://www.ctph.com.cn

总 策 划 / 张高里　李佳奇
策划编辑 / 于建军　汪 洋
责任编辑 / 温晓芳
封面设计 / 奇文堂

排　　版 / 北京晴晨时代文化发展有限公司
印　　刷 / 北京飞达印刷有限责任公司
经　　销 / 新华书店

规　　格 / 880 毫米 ×1230 毫米　1/32
印　　张 / 10
字　　数 / 280 千字
版　　次 / 2016 年 11 月第一版
印　　次 / 2016 年 11 月第一次

ISBN 978-7-5001-4966-8　　　　　定价：29.80 元

出版前言

　　一部文学史是人类从童真走向成熟的发展史，是一个个文学大师用如椽巨笔记载的人类的心灵史，也是承载人类良知与情感反思的思想史。阅读这些传世的文学名著就是在阅读最鲜活生动的历史，就是在与大师们做跨越时空的思想交流与情感交流，它会使一代代的读者获得心灵的滋养与巨大的审美满足。

　　中译出版社有限公司以中外语言学习和中外文化交流为自己的出版宗旨，三十多年来，翻译出版了大量外国文学名著、社会科学著作和人物传记等，与国内翻译名家有着深厚的渊源。近年来，在市场化大潮的裹挟下，翻译质量急剧下降，出版物质量也令人忧虑。出版一套质量上乘、造福读者的高品位文学名著便成为中译出版社有限公司义不容辞的历史责任与光荣使命。我们的这一想法得到了国内翻译界的一致赞同与积极响应。这便是"中译经典文库·世界文学名著"丛书出版的缘起。在广泛讨论的基础上，我们成立了以中国翻译协会副会长、著名翻译家尹承东先生为主编，著名翻译家王逢振、尹承东、李玉民、杨武能、张建华、张经浩、陈众议、罗新璋、施康强、郭建中为编委的"中译经典文库·世界文学名著"编委会，他们本着对读者负责、对历史负责的态度，认真遴选篇目，选择国内最权威的译本，向读者奉献上一道精神盛宴。

　　"中译经典文库·世界文学名著"将是一个开放的系统，我们将一如既往地将世界上最优秀的文学名著、国内最权威的译本纳入这一系列，不断地将优秀的精神食粮奉献给广大读者。

　　"满纸荒唐言，一把辛酸泪，都云作者痴，谁解其中味"，这是曹雪芹在《红楼梦》第一回中的喟叹。中外大师们不必疑虑，捧读他们著作的读者，便是他们的千古知音，他们的作品将伴随人类文明的足迹，直至永恒。

译本序

——灵魂的猎者

斯·茨威格1881年出生于维也纳的一个犹太人家庭，父亲是一位纺织厂厂主，母亲是一个银行家的女儿。从童年起，他就过着优越的生活，受着良好的教育，对文学艺术有着浓厚的兴趣。

维也纳当时是奥匈帝国的首都，这个帝国建立于1867年，到十九世纪末国运式微，政治衰败。可这同时也是奥地利历史上一个文学艺术生机勃发的时期，如茨威格所说的，它"是西方一切文化的综合"。马赫（1838—1911）的哲学，弗洛伊德（1856—1939）的精神分析学，马勒（1860—1911）、施特劳斯（1864—1949）、勋伯格（1874—1951）在音乐上赢得的世界性声誉，建筑和绘画艺术上分离派和印象派的成就已饮誉欧洲，而文学上则是"青年维也纳"的崛起。这个文学流派很快就成为奥地利和维也纳文学生活的中心，它标志着一个新的文学时代的到来，迅即赢得了青年一代的敬仰和追随。茨威格就在这样一种文学艺术氛围中走上了文学的道路。

1898年，还是一名17岁中学生的茨威格在报纸上发表了第一首诗歌；1901年在维也纳大学学习时出版了他的第一部诗集《银弦集》；他的第一个短篇小说发表于1902年，第一部短篇小说集《艾利卡·埃瓦尔德之恋》出版于1904年；《泰尔西特斯》是他的第一部剧作，创作于1907年，而作为传记作家，他写了第一部人物传记《艾米尔·凡尔哈伦》，时为1910年。这表明，近而立之年的茨威格在文坛上的各个领域都进行了尝试，并赢得了一些名声。

成功的文学起步使茨威格选择了一个职业作家的生涯，但他清醒地认识到，如他在自传《昨日的世界》中自省地写道："虽然我很早就（几乎有点不大合适）发表作品了，但我心中有数，直到26岁，我还没有创作出真正的作品。"标志着他形成自己创作风格并赢得评论界赞赏的是他1911年发表的小说集《初次经历》——它有一个副标题：儿童王国里的四篇故事，内收有《夜色朦胧》、《家庭女教师》、《灼人的秘密》和《夏天的故事》，作家和评论家弗里顿塔尔称，这个集子的小说才使茨威格成为一个小说家（Novelist）。其中的《灼人的秘密》尤其受到读者的喜爱，它稍后出了单行本，一次印了20万册。《初次经历》确立了他在德语文坛上的地位，形成了他小说创作上独具特色的表现风格，表现了他艺术上的追求：探索和描绘为情欲所驱使的人的精神世界。这成为他此后创作的一个基调。

1914年第一次世界大战把茨威格抛到与过去生活截然不同的生活中去。生性酷爱和平的茨威格在一段短暂的时间没有摆脱民族主义的影响，他写了几篇颂扬所谓"爱国主义"的文章，并自愿入伍，在战争档案处和战争新闻本部工作。但民族之间的血腥杀戮和战争的残酷使他很快觉醒过来，到1916年初，如他在《昨日的世界》中所表明的，他成了一个反战主义者。1916年，他取材《圣经·旧约》中的《耶利米》创作了反战戏剧《耶利米》。这位犹太民族的先知预言巨大灾难的降临，但在狂热的年代无人相信他，他被看作傻瓜、叛徒。"用我的肉体去反对战争，用我的生命去维护和平"，在这位先知身上，我们看到了茨威格本人的身影。此外，他还写了一些和平主义的文章，并在此后的年代写出了反对战争、控诉战争的小说，如《桎梏》、《日内瓦湖畔的插曲》、《看不见的收藏》等。

第一次世界大战以德奥失败宣告结束。茨威格在这场战争中失去了很多，可他获得的更多。1926年他在一篇文章中做了这样一份总结："失去了什么？留下了什么？失去的是：从前的悠闲自在，活泼愉快，创作的轻松惬意……以及一些身外的东西，如金钱和物质上的无忧无虑。留下来的：一些珍贵的友谊，对世界的更好的认识，那种对知识的炽热的爱，还有一种新的、坚强的勇气和充分的责任感，在逝去多年时光之后，突然成长起来。是的，人们能以此重新开始了。"

茨威格对世界有了进一步的认识，对生活有了更深层次的理解，热衷于对人类心灵的探索，增强了作为一位作家的责任感。他勤奋耕耘，孜孜不倦地写作。自战后到1933年这段时间成为他创作上的鼎盛时期。他先后完成了由三本书组成的《世界建筑师》：《三位大师》（巴尔扎克、狄更斯、陀思妥耶夫斯基），《与魔的搏斗》（荷尔德林、克莱斯特、尼采），《三位作家的生平》（卡萨诺瓦、司汤达、托尔斯泰）。在这些传记，或者说是作家散论中，茨威格以多彩生动的文笔，不仅为我们描绘了这些作家的生平，更重要的是展示出了这些大师栩栩如生的独特性格和复杂而幽暗的精神世界。

除了这些作家的传记之外，他在这段时间还写了一些历史人物的传记：《约瑟夫·福煦》（1929）、《玛丽·安东内特》（1932）以及稍后的《鹿特丹人伊拉斯谟的胜利与悲哀》（1934）等。在这些著作里，茨威格一方面遵循自己所确定的原则："精练、浓缩和准确"，另一方面，更重要的是，他关注的和追求的不是历史事件的发展和规律性的东西，激起他兴趣的是这些历史人物的艺术画像、精神世界；他观察的不只是人物的外观，而是他们的内心。他对历史人物的独特理解，以及独特的心理分析的表现方法，为他在世界传记文学中赢得了一个独特的地位。

罗曼罗兰称茨威格是一个"灵魂的猎者"，如果说在这些历史人物传记中，受历史人物本身和历史事件的左右，茨威格还不能充分发挥他灵魂猎者的本领的话，那么他在这一时期完成的小说，特别是在他的第二本小说集《热带癫狂症患者》（1922）和第三本小说集《情感的迷惘》（1927）就淋漓尽致地施展了他的才能。这两本小说集连同他1911年发表的小说集《初次经历》，被茨威格本人称为"链条小说"。在《初次经历》中写的是人的儿童期，他通过儿童的视角观察了为情欲所主宰的成人世界，这个世界充满了"灼人的秘密"。收有《热带癫狂症患者》、《奇妙的世界》、《一个陌生女人的来信》、《芳心迷离》的第二本小说集，展示的是由情欲所控制的成年男女的心态，他们在潜意识的驱使下犯下了所谓的"激情之罪"。小说集《情感的迷惘》内收入除冠题那一篇之外，还有《一个女人一生中的二十四小时》和《一颗心的沦亡》。它们的主人公都是历经沧桑的过来人，作者极为细腻地描绘了这些人物在情欲的驱逼下或遭到意外打击时心灵的震颤和意识的流动。用茨威格本人的话来说，这些小说是带有精神分析印记的，是探索个人的，是与"激情的黑暗世界中的幽明相联结的经历"。

人的心灵是一个幽暗的神秘世界，心理学家一直为揭示这个世界的秘密而不断地探索和研究。弗洛伊德在世纪交替期所创建的精神分析学在这一领域里做出了划时代的贡献，并且很快形成一种强大思潮，影响遍及许多学术领域，以文学而论，弗洛伊德主义已成为现代派文学的源头之一。这位伟大的、无所畏惧的心理学家为许多作家打开了进入这一隐秘世界的大门。茨威格就是最早承认和敬重弗洛伊德及其精神分析学说的德语作家之一。他曾写道："在我们总是试图进入人的心灵迷宫时，我们的路上就亮有他的智慧之灯。"

茨威格这段时期的小说创作，特别是在后两部的链条小说集中，形象地表现了情欲的力量和无意识的驱动力，可以明显地看到弗洛伊德的影响。《热带癫狂症患者》中的男主人公仅是由于瞬间的冲动而不惜以生命殉情；《一个陌生女人的来信》中的少女对一个登徒子一见倾心，竟像妓女般地委身，最后付出了生命的代价；《一个女人一生中的二十四小时》中一个出身名门、年逾不惑的孀居女人，竟然为一个年轻赌徒的一双手神魂颠倒，最后以身相许，甚至想到与他远走天涯；《情感的迷惘》中一个享有声望的莎士比亚学学者，是一个同性恋者，为情欲所逼竟偷偷出没在下流龌龊的场所，最后导致身败名裂。茨威格在这些作品中，细腻地表现了激情——情欲的力量，展示出无意识状态下人的心态和意识的流动。

正是由于这些小说中明显可见的弗洛伊德的影响，当时有的批评家讥讽茨威格的作品是对弗洛伊德学说的庸俗化。这种观点有失偏颇，茨威格是弗洛伊德的敬仰者，他的精神分析学有助于茨威格用一种新的目光、新的思想去探索和窥视人的内心世界，去塑造人物的形象，但他不是一个盲目的追随者，用小说图解弗洛伊德的学说。他曾当面激烈地反驳了弗洛伊德对他的小说所做的精神分析学的曲解。茨威格小说本身所具有的艺术魅力和生动的人物形象也驳斥了对他的这种批评。但是不能不承认，随同弗洛伊德学说影响给他文学创作带来的一些弱点：一方面是过多的、不厌其烦的内心描写使作品拖沓、臃肿，另一方面对情欲和无意识的热衷削弱了作品的时代感。而当他把视野转向现实生活时，他创作的一些作品，如《看不见的收藏》、《桎梏》、《日内瓦湖畔的插曲》、《旧书商门德尔》，特别是他的最后一部作品《象棋的故事》等就有了尖锐的社会批判力量和强烈的现实意义。

1933年希特勒攫取了政权，茨威格被抛入另一种生活。随着1938年奥地利被法西斯德国吞并，他成了一个无家无国的流亡者。作为一个犹太人，他的种族正遭到灭绝的杀戮，作为一个奥地利人，他已成为一个亡国之人。在流亡期间他没有参加反法西斯抵抗运动，但他竭尽自己所能、无私慷慨地帮助那些身受迫害的流亡者。他在从纽约发出的一封信里，这样表露了他的心迹："我的一半时间都用来为大洋彼岸办理宣誓书、许可证和筹措旅费，我怕你想象不出这有多么困难、多么费力。我们这些逃脱了彼岸秘密警察的人把这当作首要任务，其他一切相比而言是微不足道的。"

尽管流亡生活颠沛流离，精神上的苦痛折磨着他，茨威格依然勤奋地完成了他的一些重要作品，其中传记有《马利亚·斯图亚特》、《卡斯台里奥反对加尔文》、《麦哲伦》，和他唯一完成的长篇小说《焦躁的心》，他的最后一篇小说《象棋的故事》，以及他的最后一部著作：他的自传《昨日的世界》。

茨威格本人并没有看到他的《象棋的故事》和《昨日的世界》的出版。他是一个格外焦躁不安的人，他相信曙光必然到来，却不堪忍受黎明前的黑暗。这个"欢乐的悲观主义者，渴望死亡的乐观主义者"，在第二次世界大战最沉重的日子里，于1942年2月22日与妻子一道弃世而去，留下了那封悲怆感人的绝命书，用自己的生命与战争进行了最后的抗争。

茨威格一生共写了12部传记，9部散文集，7部戏剧，2部长篇小说①，3部诗集，6部中短篇小说集以及一部自传，等等。它们奠定了他在德语文学乃至世界文学中的地位。他成为一位深受人们喜爱的作家，他的作品被译成40多种文字，在世界各地拥有广泛的读者群。他把整个世界当作他的故国，他的书也在地球上所有的语言中找到了友谊和接受。

高中甫

---

① 此两部长篇分别为《焦躁的心》和《醉心于变形》，其中《醉心于变形》有两个中译本，分别题为"富贵梦"和"青云无路"；此外，还发现一部中篇的片段，经整理于20世纪80年代出版，题为"克拉丽莎"。

目 录

被遗忘的梦

一座别墅紧靠在海边。

咸腥味的海的氤氲弥漫在静谧的朦胧的五针松甬道中间，不断吹来的微风戏弄着橘子树的四周，拂来掠去，宛如用谨慎的手指抚摸着一朵绚丽多彩的鲜花。阳光闪耀中的远方，山丘，它们中间秀丽的房屋有如白色的珍珠在熠熠发光。几里之遥有一座灯塔，它像一根蜡烛似的笔直地矗向天际，在清晰明显、界限清楚的轮廓中间，一切都泛着亮光并浸入大海的湛蓝之中，如一幅闪光的镶嵌图案。大海动情地把它的波浪紧紧偎依在带有台阶的平台旁边——别墅就在上面。白色的光华映进大海，点缀着远处孤寂的闪光的船帆，越来越深入地升到一个宽大阴影下的庭院中的绿地上，并消失在疲惫的、童话般寂静的公园里。

上午的炎热压在沉睡的房屋上面，一条狭窄的铺着沙砾的小路像一条白线从房屋通向凉爽的望景台，台下波浪粗暴地不停地在冲击，噼啪作响，这些闪光的水珠子不时四下飞溅，由于刺眼的阳光扩散成钻石般的彩虹的光华。熠熠发亮的太阳光芒一部分洒落在五针松树叶上，这些树叶浓密的靠在一起，宛如在窃窃私语；另一部分由一把张开的日本雨伞遮挡住，被刺眼的不舒服的颜色固定在欢快的形状上。

在这把伞的阴影中间，一个女人倚在一把柔软的草椅上，她把她漂亮的身躯舒适地偎依在软塌塌的纺织物里。一只消瘦的没有带指环的手像被遗忘似的垂了下来，轻轻地惬意地戏弄着一条狗的发亮的丝绸般的皮毛，另一只手拿着一本书，深色的长有黑色睫毛的眸子把她的注意力都集中到书本上，一刻也没有间断，眼睛里含着一丝强忍住的微笑。这是一双不安静的眼睛，长得大大的，在呆滞的、模模糊糊的光亮里显得更为秀丽。线条清晰的瓜子面庞所散发出的一种强烈的吸引力并不是天然的、和谐的，而是把经过精心修饰的个别部分的美以一种精心的方式显露出来。表面看来是凌乱的鬈发闪闪发光，散发着芳香，仿佛一位艺术家的精心之作，在阅读时围绕唇边现出的微笑露出牙齿那洁白光滑的珐琅质，可就是这种微笑也是一种多年览镜得出的结果，但现在已经成了固定的、无法摆脱的一种习惯的艺术了。

沙砾上响起了一种轻微的沙沙声。

她望去，姿态没有任何改变，像一只躺在耀眼的灼热的阳光里沐浴的猫一样，她用炯炯发光的眼睛迎向来人。

脚步迅速走近，一个身着号衣的仆人站到她的面前，递上一张狭长的拜访名片，然后退少许等在那里。

她读着名片，表情显得惊愕，在马路上当一个陌生人向你亲切打招呼时，你就会有这样的表情。眼睛上面清晰而又浓黑的眉毛显出一道小小的皱纹，这是在费力思考的一种表示，随即突然在她的面庞上流露出一种欢快的光辉，眼睛在傲慢的光亮里闪动，她像在回想早就逝去的、完全遗忘的青春年华一样，而这个名字重新唤起了那个岁月的明快的画面。形象和梦幻重又获得结实的形体，清晰得如实实在在的一样。

"那么，"她突然清醒过来，转向仆人说，"这位先生当然可以前来。"

仆人迈着卑恭的脚步走开了。有一分钟的时间寂静无声，只有永不疲倦的风儿在轻轻吟唱，从充满强烈的正午阳光的山峰那边飘来。

突然间传来了轻快的脚步，它在沙砾路上有力地发出了响声，一条长长的身影直落到她的双足跟前，随即一个高大的男人站到了她的前面，她从她那臃肿的座位上伶俐地立起身来。

先是他们的目光相遇。他朝绰约娇丽的身躯抛去飞快地一瞥，而她在眸子里闪烁出一丝嘲弄的微笑。

"你真是太好了，还记得起我来。"她开始说，同时她把消瘦发亮、精心保养的手递给了他，他敬畏地用嘴唇吻了吻。

"仁慈的夫人，我要坦诚地对您，因为这是阔别多年以来的一次重逢，并且是，我感到害怕，好多年了。我到这里来，纯系一种偶然，这座宫殿的占有者的名字重又使我想起了你。我是因为他的杰出的地位才打听到这幢别墅的。这就是说我本来是作为一个深感内疚的人来到这里。"

"但这不会使你不受欢迎,因为我也不是立刻就想起了您,尽管你对我来说是相当重要的。"

现在两人都笑了。半是隐蔽的青年时代的初恋的那种甘美的淡淡的芬芳,同它整个的迷人的甜蜜感在他们心中苏醒了,犹如一个梦,一个人们在醒来时会轻蔑地撇一下嘴的梦,尽管他还是希望再去做一次。美梦有头没尾,这只能希望而无法要求,这只能应允而不能给予。

他们继续谈下去。但在语调里已经有了一种真诚,一种温柔的信赖感,它能保守一种玫瑰色的、业已半是苍白的秘密。她吐出的轻松的字眼,一种欢愉的笑声不时像落在玉盘里的流动的珍珠。他们谈起过去的事情,谈起忘掉的诗歌、枯萎的花朵、丢失的和抛掉的饰带,这是他们之间的故事,像无痕迹的传说一样,在他们心里撞击起多年沉默的、尘封的大钟,慢慢地、慢慢地充满了一种痛苦的、疲惫的庄重感;他们业已死去的青年时代的爱情的结局在他们的谈话中有着一种深沉的,几乎是悲哀的严肃性。

他讲道:"在美国那边我得到一个消息,说您订婚了,那是在婚礼早已举行了的时候。"在讲这段话时,他的富有旋律的声音有些轻微的颤抖。

她什么也没有回答。她的思想已退回到了十年前。

一阵郁闷的沉默压在两人身上,几分钟的时间过去了。

随后她轻轻地问,几乎听不到声音:

"您当时对我是怎样想的?"

他惊愕地朝她望去。

"我可以坦白地告诉您,因为明天我就会回到我的新的故乡去了。我没有惹您生气过,瞬间都没有过混乱的充满敌意的念头,因为生活当时已经把爱情的斑斓的火焰冷却成一种同情的发出微光的火苗了。我不理解您,只是——惋惜。"

一片轻微的深红泛上她的面颊,她的眸子里的光华变得强烈了,当即激动地喊道:

"惋惜我!我不知道这是为什么。"

"因为我想到您未来的丈夫,一个冷漠的、总是去想赚钱的人——您不要反驳我,我完全不是想去侮辱您的丈夫,我一直尊重他——我是因为想到您，一个少女，我是怎么离开她的。因为我无法想象。像您这样一个孤独的人，理想的人，对日常生活有的只是一种轻蔑的嘲弄，怎么能成为一个常人的诚实的妻子。"

"如果情况果真这样，那我为什么同他结婚？"

"我知道得不很清楚。也许他有一些隐藏起来的优点，表面上看不到，只有在私下交往中才开始显露出来。这对我是一个容易解开的谜，因为我不能也不愿意相信。"

"这是什么意思？"

"他有伯爵的头衔和百万的家财，这是我唯一缺少的。"

她好像是没有听到最后一句话，因为她用手指遮在眼睛上方，在阳光中手指透出深色的玫瑰红，像是紫色的贝壳在发光，她向远方，向很远的模糊不清的天水一线的地方望去，在那里天空把它淡蓝色的衣裳浸入海浪的深色的绚丽之中。

他也陷入沉思，几乎忘记最后的话；她避开他，突然用听不到的声音说：

"是这么回事。"

他吃惊地、几乎是畏惧地向她望去。她用一种慢慢的显然是做作的安详姿态重新坐进她的圈手椅里，以一种平静的感伤，单调地、嘴唇几乎不动地继续说道：

"那时你们没有一个人理解我，当我还是一个小女孩、说着怯生生的孩子话时，连您跟我那么要好也不理解我。也许我自己也不理解。我现在还时常想到，我不明白自己，因为女人对她们的迷恋奇迹的少女灵魂能知道些什么呢？她们的梦想像柔弱的、细小的白色花朵，现实哈出的头一口气就使它枯萎。我不像其他的少女，她们梦想着健壮有阳刚之气的英雄，他们应当使她们寻觅的渴望变成闪光的幸福，使她们的平静的预感成为欢愉的领悟，并把她们从那种模糊不清、莫名所以、无法把握却是感觉得到的痛苦中解脱出来，这种痛苦把它的阴影越来越浓烈、越来越咄咄逼人和越来越沉重地笼罩住少女的时光。我从来不知道这种痛苦，我的灵魂乘着另一种梦的小舟驶向未来的遮蔽起来的丛林，这丛林隐藏在未来岁月的浓密雾霭的后面。我的梦是我特有的。我总是做一个国王的孩子去做的梦，这些梦像古老童话书里的那样，他们用熠熠闪烁、光彩耀眼的宝石玩耍，他们的手发射出童话宝藏的金色光华，他们穿的飘动的衣服价值连城。我梦想豪华和富丽，因为我爱这两样东西。当我的双手可以抚摩飒飒颤动、轻吟浅唱的丝绸时，当我的手指能够在一块贵重的天鹅绒衣料的质地柔软的长筒中像睡眠一样伸展开来时，我是多么快乐！当我能够把珠宝像一条锁链似的戴在我那因喜悦而发抖的手指上时，当洁白的宝石在我的头发的波浪里像珍珠一样闪耀时，我是多么幸福！我的最高的目的就是坐到一辆时髦的汽车的柔软座位里。我当时醉心于艺术的美，这种陶醉使我瞧不起我的现实生活。当我身着日常普通的衣服，像一个修女一样的朴素和简陋，并经常整天地待在房子里时，我恨自己，因为我为我的平庸感到羞愧，我躲在自己狭小的丑陋的房间里。我的最美好的梦就是一个人单独地生活在海边，在属于自己的家产上，这家产是豪华的，同时也富有艺术性；在树荫遮盖、绿叶浓密的甬道上，那里没有脏兮兮的爪子来干些卑下的工作，那里是一种丰腴的祥和——几乎就像这儿一样。我梦里所要的，我的丈夫都满足了我，也正因他能够这样做，他才成了我的夫君。"

她沉默不语了，脸上泛出一种放肆的美。她眼睛里的光亮变得强烈而逼人，面颊的红晕燃烧得越来越灼人。

深沉的寂静。

只有粼粼波浪在下面发出节奏单调的歌声，浪花把自己抛向平台的台阶，就像投入一个可亲的胸脯中似的。

这时他轻声地说，仿佛自言自语：

"但是爱情呢？"

她听到了。嘴唇上露出一丝微笑。

"您今天还有您的那些理想，所有的那些，您当时不都带到远方的世界去了？难道所有的您都保留下来，一点没有损害，或者有一些已经死去了，枯萎了？或者有人最终把它们用暴力从您的胸膛撕扯了出来，并抛到污泥里去，被成千上万奔向生活目的地的车轮碾得粉碎？或者您什么也没有失掉？"

他忧郁地点了点头，一声不响。

突然他握住她的手，放在嘴唇上，沉默地吻了吻。随后他用动情的声音说："永别了！"

她有力和真诚地对他做出了反应。她向一个由于久别而变得陌生的人袒露了她内心深处的秘密，展示了她的灵魂，她并不为此感到羞愧。她目送他而去，露出微笑。她想到他谈到"爱情"这个词儿，往昔那轻轻地听不到的脚步把她和现实隔离开来。突然她想到，那个人本来是能引导她的生活的，这种想法用色彩描绘着这个古怪的念头。

慢慢地，慢慢地，完全察觉不到地，这种微笑在她那梦幻般的嘴唇上消逝了……

高中甫　译

生命的奇迹

——献给亲爱的朋友汉斯·缪勒

　　一缕缕灰色的云雾低低地压在安特卫普的上空，把整个城市裹在它那厚重的闷热的雾层里。一座座房屋转眼间消融在一层薄薄的轻烟中，一条条街道的走向渺茫难辨。但在天上从云团里发出一声轰响，一声嗡嗡的呼喊，像神说的一句话，那是教堂塔楼的钟在发出低沉的哀鸣和请求；塔楼融化在这浩瀚、狂暴的云雾海洋里，这雾海填满城市和乡村，在遥远的港湾，团团围住那大洋里躁动不安、静静滚动的潮水。某处，有一线暗淡的光在跟这潮湿的烟云搏斗，想要照亮一块显眼的招牌，但只有那粗硬的喉管里发出的模糊不清的嘈杂声和笑声告诉人们，那是一个小酒馆，里边聚集着怕冷的人和讨厌坏天气的人。胡同里，空无一人；一旦有人路过，那也总像一道短暂的闪光，急速融入雾中。这个星期日的早晨，就是这样令人不悦，无精打采。

　　只有那些钟在呼喊，在不停地呼喊，仿佛雾要窒息他们的发声一般感到绝望。因为虔诚的教徒毕竟是少数；外来的异端已踏入国土，就是那些没有叛教的人，也懒于敬奉主。这样一来，清晨的一团浓重的云雾便足以使许多人背离自己的义务。干瘪的老太婆不知疲倦地嘟嘟囔囔地数她们的十字架念珠，穷人身穿朴素的礼拜日专用长袍站在那里祈祷，她们都消失在教堂的那些又深又暗的厅堂里，祭坛和小礼拜堂的闪光的金饰以及亮晶晶的做弥撒的服装像柔和的火光交相辉映。雾气像透过高墙渗漏进来，这里也像陷入沉思的空荡荡的街道一样，充满悲郁的叫人冷得发抖的气氛。因为没有阳光，连清晨的布道也是冷漠的，苦涩的：这布道是针对基督教徒的，语调里强压着暴怒，在这暴怒中仇恨和自恃力量强大地结为一体，因为宽容的时代似乎已经过去了，从西班牙给教士们带来了愉快的消息，说新国王以众口称颂的威严服务于宗教事业。与最后的审判所描述的恐怖相结合的，是对未来时代提出警告的隐晦的语句，这些话大概在无数听讲人的座位中一排排地小声传播开来，却在黑暗空处隆隆地空空落地，犹如在令人颤抖的湿冷的空气中冻结成冰。

在布道的时候，有两个男人穿过教堂大门疾步走进来，因为他们裹在又高又严的大衣里，头发散乱地遮着脸，一眼望去无人认清是谁。那个身材高大的人一把拉下裹在身上的湿外衣，露出一张清秀但很不寻常的面孔，那脸上富态的资产者的线条与他那富商老板的发型十分相配。另一个人则比较奇特，尽管他的穿着不很时髦，但他那温文尔雅的举止与他那张颧骨略高的农民式的但心地善良的脸，是和谐一致的，一大堆下垂的白发给他这张脸增添了一层福音派新教徒的宽容。他们二人做了一次短时的祈祷；然后，那位老板招呼他的年长的同伴跟他走，他们小心翼翼地慢步走进侧厅，里面几乎是一片黑暗，因为蜡烛在潮湿的房子里不停地颤抖，在五颜六色的窗玻璃前是一直无心散开的浓重的云雾。在侧面的一个小礼拜堂里放着遗产家族的大部分捐赠物和许下的誓愿；就在这个小礼拜堂前边，老板停住脚步，用手指着对面的一个小祭坛，简短地说："它在这儿。"

另一个人走近一些，把手遮在眼睛上方，想透过朦胧的光线看得更清楚一些。祭坛的一侧挂着一幅很亮的画像，在黑暗中这画像的色调显得更柔和更生动，这位画家的目光立刻就被吸引住了。这便是那张心脏被剑刺穿了的圣母画像，尽管有痛苦有悲哀，但她显得极温柔、极宽容。这位玛利亚的头非常漂亮，这圣母简直就像一位处在充满幻想的花季的少女，一种淡淡的哀愁衬在她那天真无邪的妩媚的微笑上。向下飘垂的浓密的黑发轻贴在一张苍白瘦削的脸上，双唇透着炽热的红色，像一个紫红色的伤口。线条少有的细腻，有些线条像眉毛的细纤稳稳地一描，就在那温柔的面孔上平添一道充满渴望的光和一种俏皮的美；一双深色的眼睛是耽于梦想的，像来自另一个多彩的可爱的世界，只是一种可怕的痛苦使她离开了那美丽的世界。两只手顺从地轻轻叠放着，胸脯好像由于恐惧而在那冷剑刺入时微微地颤动，她那伤口流出的血染红了那把剑。所有这一切都沉浸在奇异的光辉里，她的头从上到下闪着金光。就连她的心流动着的也不像是温热的血，而像是教堂彩色玻璃在日光照射下反射出的花萼的魔光。而那不断消散的晨曦还在吸收这幅画像最后的世俗的亮光，使得罩在这位可爱的少女头上的神圣的光环像真实的火花熠熠生辉。

这位画家一直在赞不绝口地欣赏这幅画像，突然间他转移了注意力。

"这是我们当中谁也画不出来的。"

老板点头表示赞同。

"那是一个意大利人。一个青年画家。不过这里有一个完整的故事。我想从头给您讲起，而您本人也应该如此，您知道，他为您安放了拱顶石。您瞧，布道结束了；除了教堂，我们还要为这事寻找别的场所，这样才能更好地适应我们的努力和我们共同的工作。我们走吧！"

画家又踌躇地站了一会儿，才转身离开那幅画像，那画像似乎变得越来越明亮，如烟的黑暗仿佛力图变亮，云雾围着窗户构成的拱形越来越呈金黄的颜色。当他还在专心致志地看画、落在后面的时候，他几乎觉得，那孩子般双唇带着淡淡哀愁的皱褶好像消失在微笑里，向他展示了新的美色。他的同伴已经走出去了，他不得不加快脚步，好在大门口赶上他。像来时一样，他们又一起走出了教堂。

早春的清晨披在城市身上的沉重的雾衣，现在已经变成了黯然无光的银白色的薄纱，像尖形的编织物缠住隆起的屋顶。湿漉漉的条石路面像钢铁一样闪光，清晨最早的熹微的阳光讨人喜欢地在路面上嬉戏。二人穿过弯弯曲曲的小巷朝明亮的港口走去，这位老板就住在那里。他们慢步朝那里走，沉浸在思考和回忆中；老板的故事很快便言归正传，比他们梦游般行走的步伐还要快。

"我已经给您讲过，"他开口说，"我年轻的时候去过威尼斯。为了免得做事总是犹犹豫豫，我并不十分笃信基督教。我不去管理我父亲的营业所，我跟那些整天寻欢作乐的年轻人一起坐在小酒店里喝酒、耍闹，也和别人一样会在桌子上扯着嗓子唱下流小曲，说脏话。我从来不想返回家乡。我的生活是轻浮的，正像我父亲从家里紧急写信时说的那些威胁我的话一样：他们了解我，而且警告说，这放荡的生活会把我毁掉。我只是一笑置之，有时也有恼火的事：猛猛地喝上一口甜的红葡萄酒，就能把一切苦楚忘得一干二净。葡萄酒要是不能消愁，妓女的一个吻就可以解闷。我拆开那些信，然后撕成两半：

我喝得酩酊大醉，我想不出有什么出路。但在一天晚上，我摆脱了一切。这种状况是很少的，我今天还有这种感觉；显然好像有一个奇迹为我开辟了道路。我坐在我的酒馆里：今天我还能看见它跟它的烟气和我的那些酒友在一起。妓女们也都在，其中的一个长得非常美；我们很少像这一夜闹得这么凶，这一夜雷雨轻鸣，阴森可怖。当一个放浪的故事刚刚引起哄堂大笑时，我的仆人突然走进来，递给我一封信，那是信差从弗兰德斯送来的。我很生气，我不爱看我父亲的信，因为信里老是提醒我牢记我的义务，勿忘侍奉基督，这两桩事早就被我给淹死在酒里了。我想把信收起来：这时，我的一个酒友跳了起来，他是一个漂亮的小伙子，善于随机应变，精通骑士的一切本领。'别听癫蛤蟆叫！这跟你有什么相干！'他喊着把信抛在空中，一伸手抽出他的军刀，熟练地把那张向下飘落的信纸深深地刺向墙里，弄得那闪着亮光的有弹性的军刀直颤抖。他小心地把刀抽回来——那封还没看的信就留在原处了。'这个蝙蝠就贴在那儿吧！'他嘿嘿地笑着说。其余的人都鼓起掌来，那些妓女快活地朝他跑去，大家举杯向他祝酒。我自己也在笑，跟他们一起喝酒，强迫自己参与狂欢，这样一来，我就把信和父亲，上帝和我自己，全忘在脑后了。我们离开那里时，那封信我连想都没想；我们到了另一家酒馆，在那里我们的狂呼暴饮达到了顶峰。我从来没有像那次似的烂醉如泥，发现一个妓女如同罪恶一般美。"

老板不知不觉地站住，用手一次又一次地抚摩前额，好像他要从自己的头脑里抹去一种令人不快的情景。画家立刻发现他的回忆的痛苦，不去瞅他，却像好奇似的把目光停留在一只张帆疾行的三桅帆船上，它正撑满帆向港口靠近；他们俩慢慢地走到港口的一个五颜六色、杂乱无章的堆物那里。沉默没有持续很久，讲述人赶快继续说下去。

"您想象得出结果会怎样。那时我年轻，很糊涂，可是她是放肆的，美丽的。我们一起走了，而我却烦躁不安，欲火中烧。但发生了一件异乎寻常的事。当我躺在她那诱人的臂膀里，她的嘴压在我嘴上时，这柔情在我看来却变得不那么疯狂了，可以说是变成不得已的回报；她的嘴唇以奇异的方式使我记起往日在父母屋里的晚上温情的问候。有一次，也真奇怪，而且令人难以相信，我躺在这个妓女的怀里竟突然想起我父亲的那封被揉皱刺破的没读过的信。我当时仿佛觉得我的酒友的一剑是刺进我鲜血直流的胸膛。我一跃而起，那样突如其来，脸色那样苍白，吓得那个妓女眼睛发直地问我发生了什么事。但我羞于说出我的愚蠢的恐惧心理，我因这个陌生的女人而感到害羞，我是躺在她的床上，安享她的美色；我不想把我这一瞬间的愚不可及的思想告诉她。但此时此刻，我的整个生活都变了样，今天和当时我都觉得，只有上帝的怜悯才能左右这件事。我把钱扔给她，她勉勉强强地拿了钱，因为她怕我瞧不起她，她喊我德意志傻瓜。但我什么也没听见，我风风火火地冲进寒冷的雨夜里，像一个绝望的人对着河道朝一只小船大声叫喊。终于来了一只小船，船夫要求金币当船资，但我的心由于突如其来的、冷酷无情的、不可理解的恐惧而跳个不停，除了那封信，我脑子里什么都不去想，一个奇迹这么突然地又使我记起了那封信。到达那个酒店，我像发了热病似的急于看到那封信的内容。我像一个发狂的人突然闯进酒店，一点儿也没有注意到我的酒友们快活而又惊奇的呼唤，几步跳上一个杯盏乱响的饭桌，从墙上撕下那封信就跑开了，根本没管身后的无礼的嘲讽和愤怒的咒骂。在酒店附近的一个角落里，我用颤抖的手打开那封信。天空阴云密布，大雨如注。风撕扯着我手中的信纸，直到我用充血的眼睛看清所有字迹之前我都没松手。上面只有几句话：我的母亲病危，希望我能回家。像从前那样的申斥和责骂的话一句也没有。但当我看到那刀刃正好穿过我母亲的名字的时候，我心里感到万分羞愧……"

"一个奇迹，一个显而易见的奇迹信号，不是所有的人都懂得，但对那为他而产生的人是好的。"画家嘟嘟囔囔地说，这时讲述人激动不已地陷入沉默中。他们又肩并肩无言地向前走了一会儿。远处，老板的豪华的房舍迎着他们闪着亮光。当老板抬头发现他家时，他赶快继续讲下去。

"让我说得简短点吧，至于这一夜我是多么痛苦多么懊悔地熬过的，我就不对您讲了。我只对您说说第二天早上我是跪在马库斯教堂的台阶上就够了，在那里我热情地发狂地许下誓愿说：如果圣母对我大发慈悲，使我得到母亲的原谅和祝福，我就为圣母建一座祭坛。当天我就起程了，我时刻怀着绝望和恐惧奔向安特卫普，不顾一切地冲向我父母家。

"我的母亲站在大门口，她已经老了，脸色很苍白，但很健康。她见到我，高高兴兴地迎着我张开手臂，我呢，大哭了一场，诉说我忧虑了多少天，因刺伤母亲的心又有多少夜在羞愧难当中煎熬。从那时起，我的生活完全变了样，我敢说那是一个好的生活方式。我所占有的最可爱的东西，就是那封信，我把它砌在这座房子的基石里了，是我亲手砌的，我曾设法来完成我的誓愿。回到家里不久，我就派人建造了那个祭坛，这您是看见了的，我还尽一切努力把祭坛装修得庄严肃穆。因为我不了解那些秘密，而这些秘密您是知道如何用您的艺术去探索，我只想要献给圣母一幅庄重的画像，要知道她还向我显过灵呢，所以我写信给我威尼斯的一位好友，请他给我介绍一位他所认识的最优秀的画家，让这位画家为我完成我心中的这件作品。

"几个月过去了。有一天，一位年轻的画家来到我家门前，说他是被介绍来的，向我转达了我朋友对我的问候和写给我的信。这位意大利画家的奇特的无比忧郁的脸我还记得清清楚楚，他完全不像我在威尼斯狂欢滥饮时的那些吵吵闹闹的酒友。大家宁愿把他当作修道士而不是当作画家来接待，因为他是个黑黑的瘦高个儿，他的头发是简简单单分开的，他的面容是那种守夜人和苦行僧一样超俗的苍白。信只证明那好的印象，打消了我的关于这位艺术家是否过于年轻的思虑；我的朋友在信中告诉我，说意大利的那些老画家比公爵还骄傲，就是高薪聘请也很难说动他们离开故土，在家乡围绕在他们身边的是朋友和女人，爵爷和百姓。是一个偶然的机会选定了这位年轻的艺术家；他因为一个莫名的原因渴望离开意大利，这对他来说比一切金钱的报酬都更紧迫，实际上在家乡，大家也了解这个青年画家的价值，也很尊敬他。

"我朋友介绍来的这个人，是一个安静的内向的人。他的生活情况我一点也不知道，我只模模糊糊地预感到，有一个美丽的女人对他的命运深表同情，他就是这个原因才离开故乡的。虽然我没有什么证据，我总觉得这样的行为是异教的，非基督教的，但我认为，那幅您看到的画像，他是在没有模特儿也没做太多准备的情况下在很少的几周内凭记忆画成的，它具有他所爱的那个女人的特征。每当我到他那里去的时候，我总会发现他怎样重新品味您看到过的那同一张可爱的面容，或是他如梦幻般沉浸在观察中。画像完成以后我隐隐地担心它失去神性，担心他把一个妓女当圣母来画；当我劝他作第二幅画像、选择另一个形象的时候，他一声没吭。第二天，当我到他那里去的时候，他已经离去了，一句告别的话也没有留。我踌躇地带着这幅画像去装饰那个祭坛；当我询问教士时，他不假思索便准许了……"

"他做得很对，"画家几乎很激动地插口道，"不按照我们遇到的女人的美，我们该从哪里知道如何描绘我们可爱的女人的优雅的美呢？如果我们不是按照上帝的形象被创造出来的，那么，为了表现最完整的形象，人之中最完善的形象不就必然成了不可见的事物的一个仅只黯然无光的衬托了吗？我是您选中的作第二幅画像的人，我是一个穷人，这些穷人离开了自然就画不了画，他们天生不会凭想象作画，他们总是通过勤恳模仿真实来完成他们的作品。为了画好圣母的画像，若是我选择不是我最可爱的人做模特儿，通过一个罪恶女人的脸来展示纯洁无瑕的女人是罪恶的，但能搜寻美，我能画那个脸上可以向我展示我们圣母大部分特征的女人，我在我的梦想中看见过她。您要相信尽管是一个罪恶的人的脸，如果您以虔诚的热情画它，在它的特征上就会连一点点贪欲和罪恶的残渣都不会留下；作为在尘世妇女脸上的表情里的一个标志，这种纯洁无邪的魔力一直在起作用。这种奇迹我时常亲眼看到。"

"不管怎样——我信任您。您是一个饱经沧桑的成熟的人，所以您认为这里没有任何罪恶……"

"相反！我认为这是值得赞赏的，只有那些新教徒和其他教派的信徒才强烈反对装饰奉神之所！"

"您是对的。但我请您尽早开始画这幅画像，这没兑现的誓愿像一团罪恶的火在我心中燃烧。经过了二十年，我忘记了这第二幅画像：最近，当我看见我女人的那张忧伤的脸，看见她在我孩子的病床旁痛哭流涕时，我才感觉到这罪过，想起我的誓愿。您知道，这一次圣母创造了一个治病救人的奇迹，那个病是所有医生都绝望地避开了的。我请求您能尽快完成这幅画像。"

"我尽力而为就是了，坦白地说吧：在我漫长的绘画岁月里，几乎没有一个作品使我感到这样难，因为如果它不应该作为一个拙劣匠人的粗制滥造的东西与这位青年画家的画像并列——我渴望对那幅的影响了解得更多一些——那么神的手就必须和我的作品同在。"

"这样的人向来都是可靠的。一切顺利！大胆地创造您的作品吧。我希望您能很快把令人喜悦的消息送到我家里来。"

老板在他家门口又一次跟他亲切地握手，充满信任地望着他那双像山涧里闪光的湖似的眼睛，眼睛周围是错落的尖石和陡坡，它们从那张粗野的德意志的有棱有角的脸上往外射出蓝色的光。画家有一句答话已到嘴边但又大胆地吞了回去，他紧紧地握了握伸过来的手。二人就这样相互充满理解地分别了。

画家慢悠悠地沿着码头踱步。这是他的习惯，当工作还没把他拴在屋子里时，他总是这样。他爱这粗犷的、多彩的景象，他的灵感不间断地在这景致里跃动；他有时坐在一个挂满露珠的木桩上，以便把一个劳动者奇异的身体弯曲描摹下来，努力掌握绘画中透视缩减的难上加难的技巧。水手的喊叫，车驶过的辚辚声，还有那夹杂着单调的嘟嘟哝哝闲谈般的声浪冲向岸边的大海，都搅扰不了他。他的灵感虽然不是从他自己内心看到的图像的反光中发射出来，但它们在一切无声无息诞生地活着的人之中辨认出那道很可能照亮一件艺术品的光线。因此他也总是走向生活，在生活里有着五光十色、纷纭万千、变幻莫测的魅力。他以审视的目光漫步在海员中间，表情严肃地注意着。好似海滩无光泽的贝壳和破碎的岩石一样聚集在码头上的吵吵嚷嚷的无所事事的人群。

但这一次他很快便停止了他的搜寻。老板的故事深深地打动了他的心，因为这故事也悄悄地触摸了他自己的一次遭遇，连往日如此献身于艺术的魔力今天也拒绝为他服务。尽管她们都有着粗鲁的渔民形体，但在所有这些女人脸上都有出自那位青年画家之手的圣母画像的温柔的光在闪烁。他在梦幻般的思想中贴着人群犹犹豫豫地漫游了一段时间；随后，他再也不去努力抵住那思慕的冲动，他穿过如网的弯弯曲曲的黑暗的胡同，试着再返回教堂去看那个温柔可爱的女人的那幅异乎寻常的肖像。

从那次交谈以后，又过了几周。当时画家答应他朋友完成那幅圣母祭坛用的画像，但全天那一动没动的画布还一直以责备的目光注视着这位老画家，他似乎害怕动笔，宁肯把一小时一小时的光阴消耗在大街上，免得非去感受对他的畏缩发出粗暴的提醒和无言的指责不可。为了审视自己的内心，从画家看到那位青年艺术家的画像的那一天起，这种对活跃的工作起着重大作用的生活就发生了一个转折：未来和过去突然分离开来，注视着他，像一面空空的镜子，只有黑暗和阴影向镜子里面流去。除了害怕一种生活，没有任何可怕的东西；这种生活在攀登到最后一个山峰上时抬头一看，先是大胆地迈步，接着沉思的恐惧袭上心头，走上错误的道路，没有力气迈着最后轻捷的步伐向前走去。有一次，这位画家觉得他一生已经画了好几百幅虔诚的宗教画了，现在竟然失去了画出一个人的庄重的面孔的能力，他本人好像觉得只有神的相貌才是庄重的。他找过那些按小时出卖面孔供人作画的女人，他也找过那些出卖自己肉体的女人，他还找过市民女子和脸上闪现心地纯洁之光的温柔可爱的少女。但是每当她们很近地站在他面前，他想描上第一笔时，他总是感觉到她们的凡俗的人性。在这个人身上，他看见金黄色的贪食的肥胖，看见那在爱的搏斗中纵情玩笑的举止粗野的贪婪；在另一个人身上，他感觉到那隐藏在短时闪光的少女前额之后的空荡荡的平滑，那些妓女的粗鄙的步态和暧昧的大腿的弯曲简直令他惊异不止。他觉得世界突然变得如此荒凉寂寞，所有这样的人都在他周围浮动，他觉得那神圣的呼吸似乎已经泯灭，处处充塞着那些女人贪婪而诱人的肉体，她们再也不知道什么是神秘的童贞，不懂得什么是一身清白地献身于另一个世界的梦想的微弱的恐惧。他羞于打开那些装着他个人作品的皮夹，因为他觉得他好像离开了大地，好像自己有罪似的，因为他选择粗俗的农民做耶稣基督的殉道者，选择丑陋的女人做他的女仆。这种情绪像密布的压顶的黑云罩在他头上。他看见，在他逃向艺术以前，自己像一个小雇工在他父亲的犁后面走，用坚实的农民的双手拿耙来锄黑色的泥土，他问自己，他播下黄色的谷种，照看和保护孩子，是不是不如用粗笨的手指改变那些并非为他制造的秘密和奇迹的信号。他的全部生活仿佛就在他的手指中摇摆，被一小时的短暂的认识劈成两半，被一张画像切断，这幅画像飘飘摇摇地通过他的梦，成了他醒着的数分钟里的痛苦和极乐。因为在他看来，在他向圣母祈祷时不可能再有别的感觉，只能感觉到圣母就在那幅画像上，它是一幅如此优美高雅的肖像，与他所遇到的所有尘世女人的美色完全不同，在带有神的预感的女人的恭顺的光华中容光焕发，在不可靠的朦胧的记忆中融入这个形象的奇妙的服装里。当他第一次努力不去体察真实，而是依照理想的形象创造一个圣母的时候——那形象一直在他脑海里浮现，玛利亚怀抱一个孩子，温柔地微笑着，处在不受干扰的极乐中——这时，他那想要运笔的手指无力地垂了下来，像因痉挛而不能动弹了。流动的血已经枯竭，面对他以内心的眼睛看见的那个好像被他画在坚硬的墙上的清清楚楚的图像，手指的熟巧似乎无力表述眼睛的语言。他没有能力把他梦想中最美最可靠的图像变成现实，这痛苦像火一样烧灼他的心，就是现实也不能从自己的无限丰富的宝库中提供一座桥。他向自己提出一个忧心的问题：他是否还可以称自己是艺术家，因为他变成了这个样子；他一生中是否仅仅是一个辛勤的画匠而已，就是只会把颜色涂抹上去，如同一个手推车车夫向工地运送石头。

这样的自寻烦恼的思虑弄得他终日不得安宁，强劲地把他从他的小屋赶了出去，屋里那空空如也的画布和细心准备的画具像发出嘲讽的声音似的折磨着他。他曾多次意欲向老板和盘托出他的危机状况，但又怕这位亲切善良的人不能完全理解他，害怕这个人宁可相信这是一个笨拙的托词，而不相信他没有能力动手作这样一幅画像，要知道他曾完成过大量的作品，而且受到行家和外行赞誉。他像往常一样不知所措地在大街小巷四处游荡，内心又悄悄地害怕这偶然事件或是一种隐蔽的魔力一再使他在那个教堂前从梦游中醒来，仿佛有一根无形的绳索把他绑在这画像上，有一种神奇的力量在梦中操纵着他的灵魂。有时他走进屋里，隐秘地希望能够发现一丝纰漏，使那逼人的魔力失效。但一到画像前，他就完全忘却了妒忌地按照艺术和手工艺的标准去衡量那位年轻艺术家的创作，他只感到周围有不停震动的声音把他拖入更温馨更美好的享受和观察的境界中。当他离开教堂，回忆起他自己和他自己的努力时，他才加倍地感觉到旧日的痛苦。

一天下午，他又到阳光照耀的大街小巷四处游荡，这一次他觉得他那恼人的疑虑减弱了。从南边刮来第一阵春风，送到他心里的虽然不是温暖，却也是许多日益生机盎然的春日的明媚。这位画家好像第一次感觉到，把他个人的忧伤用来遮盖这世界的那灰色的微光已经消散，上帝和恩宠向他心里流动，就如每次伟大的复活的奇迹以一闪即逝的信号公之于世。三月的明朗的太阳照得所有的屋顶和街巷闪闪发亮，五颜六色的信号旗在港口上空飘扬，港口在轻轻摇动的船只中间泛着天蓝色的光，在没完没了的城市嘈杂声中发出嗡嗡的声音，好像欢呼般的歌唱。西班牙骑队的一个巡察人员快步来到广场；人们今天不像以前那样用仇恨的目光望着他们，而是愉快地望着他们的装备和闪耀的头盔上的阳光的反照。女人们的头巾迎风招展，露出鲜嫩生动的面孔，而在石头路面上则响着孩子们跳舞的轻巧的脚步声，他们手拉着手，边唱边舞边在圆圈里旋转。

就是在平时昏暗的码头小巷里，也有越来越快乐的漫步者踏进去，那里也静静地闪烁着微光，像是从光线中往下降落的雨。太阳不能让它那放射着光辉的脸完全面向这些向前倾斜的山墙的屋顶，因这些屋顶都紧密地相互倾侧，是黑色的和发皱的，如同两个站在那里不停地闲聊的可爱的母亲头上古老的女帽。但那嬉戏的光从这个窗投向那个窗，好像闪耀的手忽隐忽现地向下抓挠，像做纵情欢乐的游戏般来回跳跃。有些地点，光照既安静又柔和，好像暮色刚现时的一只睡意惺忪的眼睛。在下边，在大街上，是一处昏暗，多少年来一成不变，只在极少的冬日里被白色的雪覆盖。住在那里的人，眼里都充满着永远朦朦胧胧的不快和悲哀；只有那些心中燃烧着对光和亮的渴望的孩子深信不疑地被这春天的第一道光线所迷惑，穿得薄薄的，在那尘土飞扬、高低不平的石头路面上游玩，下意识地深深沉浸在那从屋顶间露出的窄窄的蓝色光线和日环的金色舞蹈带来的欢快情绪中。

这位画家走啊走，没有一点儿疲倦的感觉。他觉得，他好像也获得了一种隐秘的欢乐，有如太阳闪射出的一现即逝的亮光就是上帝照耀的射入他心灵的赐福的光线。一切痛苦都从他脸上消失了，现在他的脸显得温柔、平和，使得玩耍的孩子们抬头去瞧，战战兢兢地向他致意，因为他们把他看成一个神甫了。他走啊走，不去想目的地和终点，因为在他的肢体里活跃着新的春天的冲动，好像在沙沙作响的老树里的嫩芽有所请求地敲打结实的韧皮，使韧皮能让嫩芽的幼小的力量见到阳光。他的脚步欢快而轻捷，像年轻人的一样；他显得更有精神，更活跃了，虽然这路程已持续了好几个钟头，快速的轻快灵活的节拍测量着快步走过去的路段。

他突然呆呆地站住，用手遮住眼睛，好像被闪电的光伤害了似的，或者说像是发生了一件可怕的难以置信的事件。他是抬头去看照在一个窗户上的阳光才感觉到那反射光的充足的光线刺得两眼发痛，但透过那层紫红色和金色的雾在混乱的深红面纱上出现了一个罕见的现象，一种奇异的幻象：那位年轻的艺术家的圣母，充满幻想和淡淡的哀愁地向后靠着，就像在那张画上。他打了一个寒噤，失望的最大的恐惧与一个被赐福者的微醉般颤抖的狂喜结合在一起，在这位被赐福者看来圣母的奇异的幻象不是在梦的黑暗中，而是在白昼的亮光中出现的这个奇迹，它是为许多人制造的，真正看到它的人却很少。他不敢抬头去看，他觉得他还不够坚强，他那瑟瑟发抖的肩头还承受不起不幸的决断给人带来的沮丧的一瞬，因为他害怕，与他那气馁之心的毫不留情的自我烦恼相比，这一秒钟会把他的生命搞得更加破碎。当他的脉搏慢下来，平缓地跳动，他在喉咙里不再痛苦地感觉到它的捶击时，他才吃力地站起来，从遮住的颤抖的手下边缓缓地向那扇窗户望去，他就是在那窗框里看见过那幅诱人的画像的。

他被欺骗了。这不是那位青年艺术家的玛利亚画像上的那个少女。但那只举起来的手并没有因此而沮丧地放下来。因为连他看到的这张画他也觉得是一个奇迹，虽然与一个在观察时刻的灼炽的光线里显现的神的形象相比，那是一张更可爱、更温柔、更富人情味的画。这个若有所思地在光亮的窗栏杆上的少女，与那幅祭坛画像只有一种很久以前的已消失的相似：她的脸被黑色的鬈发笼罩得好像有很多细纹，泛起一种神秘的不可思议的苍白的光，但她的线条更硬，更锐利，几乎是愤怒的，嘴周围蕴含着痛哭后抗拒的激愤，甚至连她那双充满梦幻的眼睛的失魂落魄的表情也不能减弱这愤怒，从眼睛里流露出一种旧日的刻骨的悲伤。幼稚的骄横和天生的隐隐的悲哀，跟这种尽力控制的烦躁不安交织在一起。在她的静止不动里是一种沉静，这沉静每时每刻都可能融入一种易怒的活动中，对多少有些不可思议的东西和离奇古怪的东西就连一个温柔的梦也会感到迷惘；而这位画家从她外貌的某种紧张的表情上感觉到，在这孩子身上已经开始有了生活在梦想中、时刻离不开种种渴求的那种女人的影响，她们的灵魂寄希望于那些她们全身心热爱的事物上，如果硬把这些事物从她们身边夺走，她们就会死。除了所有这一切古怪和陌生之外，他更为惊异的是大自然的奇迹：这就是使她脑后在那光照反射的窗户里照射出圣灵之火般的太阳的炽热，圣光聚集在她的鬈发周围，使鬈发像黑色的钢铁般闪着亮光。在这场奇迹游戏中他最清楚的是感觉到：上帝的手向他指出令人满意地出色地完成他的作品的道路。

一个手推车车夫结结实实地撞在这位木然站在街心的完全沉浸在观察之中的画家身上。"天哪！您怎么不看着点，还是那个漂亮的犹太女人把你这老东西的魂给勾去了？你像一个傻瓜似的直勾勾地张望，把路都给堵住了！"

画家如梦方醒，吓了一跳，但那粗鲁的话并没有伤害他；他只顾听这个身披外衣的粗汉话中向他透露的信息，根本没注意那粗话。他十分惊诧地抓住那句话问那个车夫。

"这是一个犹太女人吗？"

"我不知道，但都这么说。总之，她不是当地人的孩子。这孩子他们是从哪儿找到或得到的，这跟我有什么相干，对这事我从来没有好奇心，听听而已。你要是想知道，就请您去问那个掌柜的吧，那孩子是怎么来的，他肯定比我了解得更清楚。"

他指的那位"掌柜的"是一位旅店老板，一家有霉味的烟雾缭绕的小酒店的店主，在这些小酒店里一向是充满生机，喧闹不止，因为戏子和海员，士兵和懒汉，为了经常光顾酒店，就在那里下榻。他的脸是肿胀的、温和的，他站在窄小的门里，像一块诱人的招牌似的很显眼。没怎么思索，画家便向他走去。他们二人走进小酒店。画家找了个角落，坐在一张很不干净的木桌旁，略微显得激动不安。当店掌柜把他要的一杯酒放在他面前时，他请求店掌柜跟他一起小坐片刻。邻桌的几个水手已经有些醉了，正在狂呼乱叫，为了不让他们听见，他小声说出他的愿望。他用简短的但内心激动的话语讲了那使他感受到的奇迹信号，店掌柜惊愕地倾听着，好像在竭力用他那迟钝的被酒精烧麻痹了的理解力跟随画家的思路——画家最后请求店掌柜允许他的女儿充当他的一幅圣母玛利亚画像的模特。他也没忘了提到，父亲的同意就是参与了这项敬神的活动；他又点明，他准备用现金为这项服务付酬。

店掌柜没有立刻回答，他用他的粗短的手指一个劲儿地抠他宽大的鼓胀的鼻孔。最后他开口说：

"您不要把我当成一个坏基督教徒，不敬上帝。但是，您说的这个事儿，不那么简单。我毕竟是父亲，我可以对我的孩子说，您就去这么办吧，我信赖你。您听我说，我们达成协议了。不过这孩子是很特别的……该死！那里发生什么事！"

他突然气哼哼地跳了起来，因为他不喜欢别人打断他的话。在另一张桌子上有一个人像疯了似的用酒杯把凳子敲得噔噔响，在喊人添酒。店掌柜粗暴地从他手里夺去酒杯，强忍着咒骂去向酒杯里灌酒。同时他又顺手拿来一个玻璃杯和一瓶酒，把它们放在客人的桌子上，斟满两玻璃杯酒。他自己的那杯酒一下子就给喝干了，他像感到很清爽似的把嘴巴胡子抹擦干净，然后开口说道：

"我要告诉您，我是怎样碰到这个犹太女孩的。我当过兵，先是在意大利，后来在德国。您听我说，那是一种很糟的行当，不比今天和从前更糟。后来我厌倦了这一行，我想经过德国回家去，找一种正当的手艺干，因为我手头的脏钱已经所剩无几了；那点脏钱都从手指缝流出去了，可我从来不是一个吝啬鬼。于是我来到一个德国的城市。我刚到那里，有一天晚上就听见外面哄闹咆哮。为什么，我不知道，只见一些人聚集起来闹事，往死里打那些犹太人，我也跑过去挤进人群，总希望发现点什么，我出于好奇，很想看看发生了什么事。那简直是闹到疯狂的地步，他们破门而入，杀人抢劫，奸淫妇女，无所不为，这些家伙还贪得无厌地兴冲冲地大吼大叫。很快我就看腻了，我从人群里挤出来，因为不愿让我的正直的战斗之剑沾上女人的鲜血，也不愿意为了猎物跟姑娘们扭斗。我走进一条小巷，刚想穿过这巷子回家，一个犹太老人疾步向我跑来，他满腮长长的胡子颤抖着，一副心绪慌乱的样子，怀里抱着一个在睡梦中被惊醒的孩子。他结结巴巴地对我说了一大堆含混不清的话。他说的犹太德语我倒是全听懂了，意思是如果我愿意救他们，他就给我很多钱。我很可怜那个孩子，她一直用她那双大眼睛惊异地凝视着我。这笔交易似乎不坏。于是，我把我的大衣披在他身上，领他们到我的住所去。有几个人停留在小巷的巷口，他们不怀好意地向老人走来，但见我手里拿着一柄出鞘的剑，他们对这祖孙二人也就未加干涉。我把他们带到我那儿去；因为老人跪在地上苦苦哀求我，我也就在当天晚上离开了这个城市，城里的大火和屠杀一直肆虐到深夜。走了很远我们还能望见火光，老人绝望地呆呆地看着那火光，孩子一路上却睡得死死的。我们三个人在一起的时间不很长：没几天，老人就得了重病，死在路上了。在这之前，他把他逃难时弄到的所有的钱都给了我，还给了一张用怪模怪样的字母写的条子，要我到安特卫普交给一个经纪人，那人的姓名他也告诉了我。临死前，他把他的孙女托付给我了。我来到这里，把那张字条交出去，那字条还真发生了奇妙的作用：那个经纪人给了我相当可观的一笔钱，比我预想的多得多。我很高兴，因为我从此结束了我的流浪生活，买下了这座房子和这家酒店，那疯狂的战争年代我很快就忘得一干二净了。那孩子我始终留在身边：我感到很遗憾，我也曾希望她长大后能为我这个老鳏夫照管这个家，但事与愿违。

"正像您现在所看见的，她整天就是这个样子。她总呆头呆脑地望着窗外，不跟任何人说话，答言也只是那么羞答答的一句，她那低头缩脖的样子活像有人要揍她似的。她从不跟男人讲话。起先我想她能在我这酒店里帮帮忙，像对门老板的小女儿那样给我招揽顾客，人家那女孩子跟顾客开玩笑，逗他们高兴，酒是一杯接着一杯地喝得精光。可是我的女儿过分拘谨：谁要是碰一下，她就像一阵旋风似的冲出门去。随后，我就找她，她总是坐在哪儿的一个角落里缩成一团嗷嗷地哭号，能把一个人的心给哭碎了，还以为谁伤害了她呢。就是这么一个怪孩子！"

"请告诉我，"画家打断说话人，他在说话时好像越来越陷入沉思，"她仍然是犹太人，还是已经改宗，信奉基督教了？"

店掌柜狼狈地抓了抓脑袋。"您知道，"然后开口说，"我当过兵，我知道我自己就不很笃信基督教。我过去很少进教堂，现在也不进教堂，为了这个，我很后悔。对于给孩子改宗，我的头脑好像一直很麻木。这我从来没有像模像样地试着去做，因为我觉得这对这个固执的孩子是徒劳的。人们曾唆使神甫来卡我的脖子，恐吓我；我只好劝他们放心地等到孩子懂事的时候。虽然她现在已经十五周岁了，不过这事恐怕还要等很长时间，因为她非常内向，十分古怪。熟悉犹太这个民族的人都知道他们就是这样奇怪的人；我觉得那位老人很好，这女孩也不坏，只是很难跟她接近。您说的事，我觉得不错，因为我认为，一个基督教徒对灵魂的挽救从来都不可能是做得很够，每一项这样的活动都是很重要的……我要坦白地告诉您，我对这孩子没有真正的权威，只要她用她那黑色的大眼睛去瞪一个人，那人就不敢加害于她。这您全看见的。我去叫她。"

他骄傲地站起来，又斟满一杯酒，站着一饮而尽，然后噔噔地穿过店堂，这时又来了几个海员，从他们的短小的白色陶土烟斗里往外喷着一股股遮头盖脸的浓烟。他亲热地跟他们握手，斟满他们的酒杯，跟他们开着粗俗的玩笑。随后，他才想起他要去干什么，画家听见他迈着沉重有力的步子慢慢走上楼梯。

他的情绪非常古怪。这温馨的信任本来使他的动作都变得欢快起来，但现在随着酒店里光亮的不断增大而显得黯淡无光了。街心的尘埃和屋里昏暗的烟气漂浮在他记忆中的那幅闪着微光的画像上面。把这到处都与具有如此光辉思想的尘世女人的形象混杂在一起的肥壮而粗野的人类提升到他的虔诚梦想的最高位置，乃是一种罪恶，他心里依稀跃动着对这种罪恶的恐惧。想到要他从某人的手里接受由秘密和公开的奇迹信号指示他寻找的馈赠物，他不禁打了个冷战。

店掌柜又回到店堂里来，在他那笨重的宽大的黑影里映衬出一个女孩的形体。那女孩犹犹豫豫，好像害怕那狂呼乱叫的烟气似的停在门前，像求助般用细纤纤的手抓住门框。店掌柜的一句命她进来的粗话，吓得她那刚一出现的影子退回楼梯通道的黑暗里去。这时，画家已经站起身来朝她走过去。他用自己衰老的粗糙的但又那么温柔的手抓住她的手，一边凝视着她的眼睛一边亲切地轻声说："你不想在我这儿坐一会儿吗？"

这女孩惊讶地望着他，因为听到这充满温柔和被净化的爱的、深沉的银铃一样的语调而感到无比惊异，这语调第一次透过酒店里烟雾缭绕的黑暗迎向她来。她脸上流露出那些长年累月渴望爱抚的人和那些有朝一日以惊愕的灵魂接纳她的人的那种微微颤抖的惊恐，感觉到他的双手的温柔和他两眼脉脉含情的善良。当她得到这个人的温柔时，在她内在的眼睛里出现了她已故祖父的面影，被遗忘的银铃又在她心里敲响，敲击的声音是那么大，那么欢快，一直穿过所有的脉络，上升到咽喉，弄得她答不出一句话。她只是脸红了，使劲儿点头，几乎像在气头上，突如其来的动作似乎笨拙生硬。她怯生生地满怀期望地跟着他来到他的座位前，半坐在他身旁，没有去挪动那个长椅。

画家没有说话，只温和地朝她弯着身子。在这位老年人的明亮的目光前面，突然生动地现出这么早就挣扎在这孩子心中的孤独和高傲的拘谨的悲剧。他真想把她拉到身边，在她的前额上给她一个祝福的吻，但他害怕吓着她，害怕别的嘿嘿笑着指点着他们这老少一对的人的眼睛。他太了解这个孩子了，简直不知说什么好。一种炽热的同情感在他心中升起，像一股滚滚的热流。他了解这个固执的孩子的痛苦，那痛苦是如此剧烈，她才如此易怒，如此有威胁性，因为这是爱，是一种难以置信的巨大的爱的宝库。这爱是准备给人的，又是遭到摈斥的。他柔声细语地问她："孩子，你叫什么名字？"

她抬起头来，信任地但又迷惘地看着他。在她看来，一切都太奇异，太陌生。她的声音里有一些胆怯的颤动，她半掉转身子小声说："艾斯特。"

尽管如此，这位老年人还是感觉到了她对他的信任，她只是不敢显露出来罢了。他开始温柔地说：

"我是一位画家，艾斯特，我要画你。这对你绝不是什么坏事，你将会在我那里看到很多美的东西。有时，我们也许可以一起说说话，像好朋友似的。每天只需要一两个小时，如果你满意，就这么长时间。艾斯特，你愿意到我那儿去吗？"

女孩脸更红了，不知如何回答。模糊不清的谜突然出现在她面前，她找不到解决的办法。最后，她用一种不安的疑问的目光看着他的父亲，他就好奇地站在旁边。

"你父亲已经允许了，可以说他很愿意，"画家赶忙说，"这要由你自己决定，我不愿也不能强迫你。艾斯特，你愿意吗？"

他把他的一只晒得黑红的农民的大手伸给她握。她犹豫了一会儿，然后含羞地无言地把她的娇小白嫩的手赞同地放在画家手里，他的手紧紧地握了它一秒钟工夫，好像是握着一个被捉到的猎物。然后他带着友好的目光放开手。店掌柜对如此之快达成的交易感到惊讶，把几个海员从桌边喊过来，想让他们看看刚刚发生的奇怪的事。但那女孩羞怯地感到了自己是处在众人注目的中心，便突然跳起来，闪电般飞跑到门外去了。所有的人都惊愕地目送着她。

"该死的，"店掌柜不胜惊奇地说，"您在这儿干得真出色呀。我真没想到这个腼腆的孩子会同意！"

好像是为了证实这一点似的，他又灌了一杯酒。在这个慢慢地变得亲密起来的小团体里，这位画家开始觉到不那么舒适了。他把钱扔在桌子上，跟店掌柜商议了一下一切细节，同他握了握手表示谢意，然后就急匆匆地走出了酒馆。里边的烟气和喧闹使他感到厌恶，在那里酗酒的、狂欢乱叫的同住者使他嫌弃。

当他来到大街上时，太阳已经西沉。只有粉红色的晚霞裹着天空。傍晚是温柔的、纯净的。这位老人迈着缓慢的步子往家走，心里想着在他看来像梦一样的如此离奇、如此令人宽慰的种种事情。敬神的情绪包围着他那颗开始幸福地颤抖的心，犹如从一个塔楼上传来的第一响钟声在召唤人们去祈祷，周围所有塔楼的钟声全加入合奏，发出高的和低的、沉闷的和快乐的、响亮的和哀怨的声音，跟处在欢乐、忧愁和痛苦中的人没有两样。虽然他觉得，神的奇迹的柔和的灯如此晚才燃起并照亮一颗一生都老老实实在黑暗中走直路的心，是难以令人相信的，但是他不敢再去怀疑；他带着这个梦寐以求的恩惠之光，穿过昏暗暮色中的街道往家走，似在幸福的清醒之中，又似在奇妙的梦境里……

时间过得很快，画家画架上的画布还一直没有着笔。但这不再是束缚他的双手的气馁，而是一种内在的把握十足的信赖感，这种信赖感不再是以时日计算，它不是匆匆忙忙，而是在神圣的恬静和被遏制的力量中摇晃不已。艾斯特来了，虽然显得羞怯和茫然，但不久就在父亲般的慈祥的光辉中变得十分投入、温顺和单纯，这种光辉照亮了这个质朴的胆怯的人的灵魂。这一天他们只是在一起聊天，像彼此多年不见的朋友相遇一样，仿佛在他们揣度用深沉的情感浸润古老的亲切言辞和恢复古老时刻的价值之前要重新相识一样。不久，一种秘密的需要把这两个人联系在一起，他们虽然彼此相距遥远，但在某种单纯中和他们情感的质朴中是相似的：一个是受到生活教育的人，这使其在他的心底深处只有澄明和恬静，一个洞悉世事的人，岁月使他变得淳朴。另一个是还没有感受到生活的人，因为她过去像是深陷在黑暗中一直耽于梦想，现在她内心深处接收到从明朗世界射向她的第一束光辉并无华地反射出恬静的光亮。他们两人在人群中间孤独寂寞，这样他们更为接近，更为相互信任。在两人之间性的差别已经无足轻重：在一个人身上这种思想已经熄灭了，仅是还把滤过回忆的暮年光辉投向他的生活而已；对少女而言，她还没有意识到她的女性的朦胧的情感，性对于她来说仅是一种柔和的、非常模糊的和不安的无定向的渴望。在他们中间还竖有一堵脆弱的并已摇晃起来的墙：种族和宗教彼此陌生的墙，血统的差异必然越来越使人感到陌生和敌意并引起一种猜疑，正是由于猜疑，伟大的爱才迟迟没有到来。若是没有这种意识不到的立场，少女早就把她积蓄起来的高尚的爱强烈地流露出来了，会哭泣着投入老人的怀抱，并向他袒露她内心的恐惧和增长的渴望，她孤独日子里的痛苦和欢乐。但她只在目光和缄默中，在不安的表情和暗示中泄露出了她灵魂中的秘密，因为，每当她感到她心中的一切要宣泄出来，她最深处的感情要用清晰的喷涌而出的言辞表露出来时，一种神秘的力量就像一只看不见的手似的抓住她，把要说的话压了下去。就是老人也没有忘记，在他的一生中他即使不恨犹太人，那也怀有一种陌生的感情。一种犹豫不决阻止他去开始作画，因为他希望，他要把这个少女领上一条皈依真正信仰之路。奇迹不会发生在他身上，而是他使奇迹发生。他要在她的目光里看到深沉的对耶稣基督的思念，圣母本人当她怀着圣孕期待圣子降临时就有着这样的思念的。为了能创作出一个圣母，他希望先使她的本性充满信仰，在圣母身上虽然还有着圣母领报节的敬畏，却充溢着甜蜜的信赖。他想，周围是一种早春气氛的柔和景色；白云，他们像天鹅在空中翱翔一样，仿佛用一条看不见的细线把温暖的春天拽在后面，一片嫩绿，欣欣向荣；还有显得羞怯的花朵，它们像柔弱的童音宣告巨大的欢愉。但是他觉得姑娘的眼睛还过分胆怯了，过分卑恭了；圣母领报和为一种模糊的希望献身的神秘火焰还不能在这种不安的目光里燃起，在这样的目光里承载着深沉的潜藏起来的民族痛苦和时而闪动的选民的抗拒，这是对他们的主的怨恨。他们知道这不是谦卑，不是温柔的天界之爱。

他谨慎而细心地寻找一条把信仰带向她的心灵的道路；因为他知道，当他把信念清晰展现给她，有如在阳光中色彩缤纷闪耀着的圣体显示一样，她才不会战栗地倒下，而是截然地和严厉地掉转头来，避开敌意的表示。在他的画册里有许多出自神话故事里的绘画；他在自己的学习年代，就是此后也有时模仿过许多大师，一种对他们的热烈崇拜左右了他。他把它们找了出来，同她一起肩并肩地进行观察，不久他就感觉到某些画在她的灵魂中所产生的深刻印象，她翻动画页的双手变得不安，她的呼吸变得急促，这使他觉得面颊发热。一个充满美的多彩世界突然出现在这个孤独少女的面前，多年来她看到的只是酒馆里的慵睡的形象，穿着黑色衣裳妇女的满脸皱纹的面孔，在街上哭喊的打闹的肮脏孩子。可这儿是温柔的身着华服的极富魅力的漂亮女人，有悲哀的骄傲的；有充满欲望的和富于梦幻的；有身披甲胄和长长盛装的骑士，他们与这些妇女说笑；有披着长长白色鬈发的国王，他们头顶上的金色王冠在闪闪发光；有俊美的少年，他们身体被弓箭射穿，钉在刑柱上，倾倒下来或者被折磨得流着鲜血。这是一个她不熟悉的陌生的国度，像勾起一种无意识的乡思，这向她亲切地展现出这样的景色：绿色的棕榈和高耸的柏树，湛蓝的天空，下面是荒野和群山，城市和远方都闪现出同样的深沉光泽，这显得比本身就像一片永不散去的乌云的北方景象欢快得多了。

他不断地给她添加一些小故事。他用旧约中那些朴素的和富有诗意的传奇故事来向她讲解这些画，谈起神圣日子里的奇迹和迹象，他是那样热情，竟忘记了他原本的意图，他以令人心醉神迷的绚丽多彩来宣讲虔诚的信仰，正是这种信仰才赋予他最近一段日子梦寐以求的恩惠。这位老人的热情信念深深地感动了这位少女的心，她本人觉得有如身处在一个封闭的奇迹国度，它突然从昏暗里敞开了广阔的大门。她的生活开始越来越强烈地摇晃，它从深夜骤然在紫色的黎明中苏醒过来。自从她本人有这样的经历以来，对她说来没有什么是不可相信的了，那些三圣王跟随银星，从遥远地方走来的传说，马和骆驼上载有无数熠熠发光的珍宝，这都是可信的，因为她本人就感受到类似的奇妙力量。不久这些画就被搁置到一边。老人讲述他生活中某些与书中传说相近的神的征兆；许许多多他在高龄时那些沉默寡言日子里所编织和梦幻的一切，现在都随着语言一涌而出，连他本人都感到惊奇，如同一个人审视地从另一个人手里接过某种陌生的物件似的。他像一个布道者一样，在教堂里用上帝的话开始宣讲、说明，但他一下子就忘掉了他的听众和他的目的，只顺从那朦胧的快意，让心中翻腾不已的源泉随着深沉的言语喷涌而出，就像在一株花萼上，上面的一切都是生命的甜蜜和神圣。他的语言飞在他的听众之上，他们是低下的种族，无法再进入他的世界，只能喃喃低语和目瞪口呆；它们飞得越来越高，在他忘却尘世重负的梦中直抵近天堂，可人间的苦难突然又铅锤般悬在他的翅膀上……

画家蓦地环顾四周，他那狂喜的语言所形成的紫色烟雾还在周遭弥漫；现实重又向他指明它井然有序的冷冰冰的存在。但是他看到的都是像梦一样的美。

艾斯特坐在他的脚下，望着他。温顺地偎依在胳膊上，在平静的、蓝色的、澄明的眼睛里突然聚集起那么多的光亮，慢慢地在他身上从上向下滑过，他在虔诚的冲动中丝毫没有注意到，她靠着他的双膝，蹲伏在那里，朝他抬起了目光。她自己童年中的一些古老话语在她的脑海乱成一团轰鸣作响，父亲在某些日子里身着长长的黑色的节日服装，披着白色的碎布编成的带子，从一本古老的和庄重的书里曾念诵过这些话，它们也有着这样令人畏惧的肃穆庄严和炽烈的虔诚。一个她失去的和所知甚少的世界在模糊不定的色彩中重又显露出来，并使她满怀痛苦地渴望，让她的眼睛里闪现出泪珠的亮光。当老人弯下身子见到这痛苦的目光并吻她的额头时，他感觉到，她那温柔的四肢在炽热中颤动，像在抽泣。他误解了她，认为奇迹已经出现，他一向寡言少语，现在上帝在这个伟大的时刻赠予他一个雄辩的火热的舌头，就像从前赠给那些走到人民中间去的预言家一样。他认为，这种战栗是一个寻找到了通向真正的和充满幸福的信仰之路的少女怀有的一种既渴望又畏惧的幸福感；她颤抖不安，摇晃不定，像突然点燃起来的一束火把，火焰还闪烁不定地升高，随即在它成为稳定的火柱之前又缩了回来。这个错误的想法使他的心充满了喜悦，误以为一下子就接近了他那极为遥远的目的地。他的话有着一种庄重感：

"艾斯特，我向你讲到了奇迹！许多人说，那是以前的事，可是我感到并且说，奇迹在今天也有，只不过是它们变得更不声不响，只不过是在那些期待奇迹的人的灵魂中才发生而已。我们中间发生的就是一个奇迹，我的话和你的眼泪，在一只看不见的手里是同一体，这只手从我们看不见的内心深处把它们撞得合而为一，是一个突然领悟到的奇迹。因为你理解我，你就属于我们。在这个时刻，上帝赐予你泪水，你就成了基督教徒……"

他一下子怔住了。因为一听到这话艾斯特便支起双手从他的脚下跳了起来，就像要把他的这个想法撞击回去一样。在她的眼睛里闪现出惊愕和针对画家的狂放不羁的愤怒抗拒。在这瞬间她是美丽的，因为她的表情由严峻变为抗拒和愤怒，这种表情在她嘴唇四周画出的线条像刀刻的那样清晰，在她颤抖的四肢做出一种准备自卫的好斗姿态，在她身上燃起的全部怒火刹那间爆发出来，进行极为猛烈的自卫……

随后一切又都平静下来。她为这种无言抗拒的强力而感到羞愧。但介于他们中间的那堵墙，一度为一种超感官的爱所照透，现在又变得黑暗和高大。在她的目光里是冷漠、烦躁和惭愧，不再是愤怒，不再是信赖，仅是实际存在，不再是神秘的怀有畏惧的渴望。她的双手瘫软无力地沿着她瘦削的身躯垂了下去，就像在高空中飞行时折断了翅膀。生活对于她来说依旧是一个美妙而稀奇的梦，但是她不敢再去爱那个她从中沮丧地醒了过来的美梦了。

老画家也感觉到了，一种急于求成的信任欺骗了他，但这不是他漫长的寻求的一生中的第一次失望，生活不仅是忠诚和信赖。这样他感到的不是痛苦，而仅是惊奇，随后很快对她感到羞愧，又怀有差不多是种喜悦的心情。他温和地握住她那双瘦弱的还一直发烧的小手。"艾斯特，你突然的激动差点把我吓着。我那样讲不是对你有什么恶意。或者你是这么想的？"

她羞愧地摇了摇头，随后她振作了起来。她的话几乎又变得倔强起来：

"但是我不要成为基督教徒。我不要。我……"——在她用低沉的语调说出这段话之前，她把这个字拖了很长——"我……我恨基督教徒。我不认识他们，但是我恨他们。您对我说的博爱的话，比我在我的一生中听到的每句话都更加美好。我周围的人也说他们是基督教徒，但是他们粗野而残暴。我……不知道，不清楚，长时期一直是这样……但是每当我们在家谈起基督教徒时，在话里就有着一种恐惧和一种仇恨……所有人都恨他们……我也恨他们……因为每当我同我的父亲走在一起时，他们就朝我们叫喊，有一次他们朝我们扔石头……有一块打中了我，我流了血，我哭了起来，当我喊着救命时，我的父亲却害怕地拉我跑开……我知道他们的不多……但是，我还知道……我们的巷子阴暗，狭窄，像这里我住的一样。只有犹太人住在里面……但是城市的那边是漂亮的。我从高处的一间房子看见过那儿……那儿有一条河，那么蓝那么清在流动，那边有一座宽大的桥，人们穿着明亮的衣服在桥上走，就像您在画上指给我看的那样。房子都饰有艺术雕像，配有黄金和山墙。中间是高高的，啊，是那么高的塔楼，大钟在里面歌唱，太阳直照在马路上。那一切都是那么美……当我对我的父亲说，他该领我到那边去、到明亮的城市去时，父亲变得严肃起来并说：'艾斯特，基督教徒会杀死我们的。'……这话使我害怕……从那以后我就恨基督教徒……"

她在自己的梦中停了下来，因为这一切在她身上又都变得清楚起来。她早就忘却的、尘封的和在她的灵魂中遮蔽住的，又都闪现出来。她又沿着昏暗的犹太区街巷一直走回家中。一下子都连在一起，一切都历历在目，她明白了，她有时当作是一个梦的，都是实实在在的，是过去的生活。她的话匆匆地尾随着那些清晰的瞬息即逝的画面。

"那时候，一天晚上……突然有人把我从床上拉起来……我认出那是我爷爷，他把我抱在怀里，面色苍白，发抖……整个房屋在呼啸、在颤抖，空中都是叫喊和喧嚷……但是现在我明白了，我又听到他们在喊叫，是那些陌生人，是基督教徒……我的父亲在喊，还是我的母亲在喊……我什么也不知道了……我的爷爷抱着我进入黑暗之中，穿过昏黑的大街小巷……一直是喧嚷和同样的喊叫。外国人，基督教徒……我怎么能忘掉这一切？！……后来有一个男人，我们同他一起走……当我醒来时，我们已来到荒郊野外，我的爷爷和那个男人，我就是在他那儿生活的……我再看不到城市了，但是天空鲜红鲜红的，就是那儿，我们就是从那儿来的……我们不断地走啊，走啊……"

她又停了下来。那些画面像消逝了，逐渐变得昏暗了。

"我有三个姐姐……她们都非常漂亮，那天晚上她们来到我的床边，吻我……我的父亲高大，我够不着他，他经常把我抱在他的怀里……还有我的母亲……我再也看不到她了……我不知道，她发生了什么事，因为我的爷爷，每当我问他的时候，他就扭过头去，一言不发……当他死后，我不敢问任何一个人……"

她又停了下来。从她的喉咙里发出一声啜泣，带有一种痛苦的力量。她轻轻地补充说：

"现在我什么都知道了……这一切对我怎能如此黑暗？我觉得我的父亲就站在我身旁，并说那句当时作为回答的话——它在我的耳边是那么清清楚楚……我不再问任何人了……"

她的话成为抽泣，无声的绝望的哭泣，它在深深的悲哀的沉默中失去了声音。在几分钟以前生活的图画还是那么明亮、那么吸引她，现在在她面前生活又变得阴郁和昏暗。老人聚精会神地对这种痛苦进行观察，他早就忘记了自己的意图和目的。他一声不响地站在她的面前，为了和她一道哭泣，他不得不在她身旁坐了下来，他哭，是因为他不能用话说出来：他的伟大的人性之爱无意之间在她身上唤起了这种痛苦，他觉得这是一种罪过。他战栗地感觉到在一个终点之内所得到的祝福和沉重的苦难，似汹涌的波浪上下翻滚，他不知道它们会把他的生活高高举起还是拽向咄咄逼人的深谷。但是他感到自己对恐惧和对希望一样的疲惫和麻木；只有对这个姑娘的年轻生命充满了怜悯，他试图寻找一些话语，可毫无结果：它们都像铅一样的沉重，发出来的声音像假金属的一样。有什么样的语言能表达出这样一种回忆的痛失呢？

他用手悲哀地抚摸着她的头发。她望着他，困惑，不知所措；她表情机械地拢了拢头发，立起身来，眼睛茫然四顾，仿佛她要重新弄清是怎么回事似的。她的表情疲惫、沮丧，只有眼睛里还闪现出阴沉的光亮。她强打起精神，脱口说出一句话，以掩饰她内心中还在颤动的抽泣："我现在得去了。天晚了。我的父亲在等我。"

她表情生硬地点点头示意作别，把自己的物件整理一下，转身走去。老人一直用坚定的理解的目光望着她，这时又一次把她喊了回来。她吃力地转过身，眼睛里闪烁着湿润的泪花。老人带着真挚的表情又一次握住她的双手，凝望着她。"艾斯特，我知道，你现在走了，不会再回来了，不管你相信我或不相信我。因为一种神秘的恐惧在欺骗你。"

他感觉到她的双手在他的手里温和地、信赖地松弛下来。他蛮有把握地说下去："艾斯特，再来吧！不管是愉快的还是悲哀的事，让我们把它们都放在一边吧。明天我们就开始画画，我觉得会成功的。别再悲哀了，让过去的就过去吧，别触动它。明天我们开始新的工作，新的希望。不是吗，艾斯特？"

她含着泪点了点头。她怀着对前途没有把握和恐惧不安的心情返回家中，像从前一样，只是意识上比她从前更为充实更富有内涵。

老人陷入深思。对奇迹的信仰在他并不陌生，但奇迹对他更为庄重和神圣，因为他感到这只是上帝手上的一次生活游戏。他放弃了这样的念头：让其在脸上显示出对神秘希望的信念，而其灵魂也许早已灰心丧气，什么都不相信了。他不愿再抬高自己，成为上帝的中介人，而只愿是一个简简单单的仆人，要竭尽全力创作出一幅画，虔诚地放到神龛上，像其他的祭品一样。他发觉了错误：去追随迹象，去寻找它们，而不是等待，等待它们的到来并对他展现出来……

但他那颗谦恭的心越来越低沉下去。他为什么要在这个没有人对她怀有希望的孩子身上做出奇迹？在他的像一株老干——只有枝丫还贪恋地伸向蓝天——业已变得空空的光秃秃的生命里，另一个年轻的生命出现了，它畏缩而充满信赖地偎依在他身边，难道这已不够是一种恩惠了吗？生命的奇迹已经在他身上发生，他感觉到了；这对他是一种恩惠，是使此后的日子还能燃烧的爱，他能把它像一颗种子一样埋下，让它还能开出绚丽花束。生命给予他这一切还不够吗？上帝不是已经向他指点出了他为上帝服务的道路了吗？他渴望为他的画像寻找一个形象，他已经找到了她；他要用她创作一幅画像，而不是把她的灵魂引向一种信仰，这不就是上帝的意志吗？她也许永远不会理解这种信仰。他那谦恭的心越来越低沉下去。

黄昏进入他的房间，变得黑暗起来。老人站了起来。他感到烦躁不安，畏惧不宁，这在他晚年很少有过，往常都是非常宜人，如同秋日一样凉爽澄明。随后他走到一个柜子跟前，取出一本旧书。他心烦意乱，疲惫不堪。他拿出圣经，以一种颤抖的狂热吻了吻；随之他翻了开来，一直读到深夜……

开始作画了。艾斯特沉思地向后倚在一把柔软的适宜的靠背椅上，时而听老人对她讲述他自己或别人的各式各样的故事，以打发老是保持同一姿势的单调时间，时而沉入梦乡的昏暗的小房里，它的四面墙上装饰的织花壁毯、画像和绘画一直在吸引着她的目光。工作进展得不是很快。画家感到，他所画的这些草图仅是练笔，还不到最终的有把握的时刻。他思想中的略图还缺少某种他无法用语言和概念解释清楚的东西，但他十分清晰地感觉到了，于是一种火一般的急迫感不断驱使他一页一页地画下去，他把它们仔细地相互加以比较，但不满意，尽管他的这些创作是那么踏实逼真。他不同艾斯特谈这些。但是他觉得，在她的生硬的表情之中有着与他所期待的圣母应当表现出的那种温柔相敌对的情绪，这种表情甚至就是在她陷入甜蜜的梦境也没有从她的嘴唇上消失；在她的身上似乎还有着过多的孩子式的抗拒，还没有成熟到去承受圣母思想中那种甜美的重负。他觉得，语言不能够使她排除掉这种阴沉的情绪，冷峻只有从内心中才能得到缓解。但是在她的脸上远看不到这种柔和的、女性的表情，就是头几个春日把它红色的阳光穿过窗棂射进房间里并向整个世界宣告创造的生机时，就是所有的颜色都变得更为温和更加深沉，像温煦的、穿过街巷翻腾而来的空气时，她的面色依然冷漠。画家终于疲倦了。老人懂得了，认识到他的艺术的界限，他无法强逼它越过去。他放弃了他制订的计划，迅即听从一种突然的直觉的响亮声音。在他对各种可能性作了反复考虑之后，他决定不在艾斯特身上画圣母领报的思想，因为她的脸上缺少那种虔诚的苏醒的女性的第一个迹象所有的惊恐表情，而是用她创作抱着圣婴的圣母像，这圣婴是他的信仰的最朴素最深沉的象征。他要马上动手，因为迟疑不决又开始侵入他的灵魂，梦寐以求的奇迹的光华越来越苍白乏力，甚至快要沉入沉重的透不过气来的黑暗之中。他没有告诉艾斯特，就解下已画有一些匆匆草就的略图的画面，换上一张新的，竭力为他的新的构思铺平道路。

翌日，当艾斯特以习惯的方式坐下来，温柔地靠在那儿等候开始工作——她对这项工作绝不是没有好感，而是认为它使她百无聊赖的孤寂日子有了丰富的语言和愉快的时刻——时，她惊奇地听到画家在同一个粗俗的农家妇女交谈的声音，这声音她一点也不熟悉。她好奇地在谛听，但听不清楚。少顷妇女的声音消失了，一扇门打开来，老人走进，朝她而来，他的怀里抱着个物件，她头一眼没有看出是什么。他小心翼翼地把一个幼小的、赤裸的、只有几个月大的强壮婴儿放到她的怀里，婴儿开始不安地动了起来，随后就老实下来。艾斯特目瞪口呆地望着老人，她搞不清他在开什么玩笑。可老人只是微笑，一言不发。当他看到她那畏惧的询问目光盯住他不放时，他用平静和乞求的声音向她解释他的意图，他要画她怀中抱着孩子。他把他目光中的所有慈爱和善心都通过这个请求表达出来了。他对这个陌生少女怀有的深沉的父亲般的爱和对她不安而虔诚的心灵的真挚信赖，使他的言辞，还有他那意味深长的沉默富有光彩。

艾斯特的脸涨得通红。一种无法抑制的内心羞涩令她难受得很。她几乎不敢用畏惧的目光从侧面去看这个幼小的生气勃勃的赤裸婴儿，她不情愿地把他放在她颤抖的双膝上。犹太民族的严格习俗养成了她对赤裸的憎恶，这使她在注视这个健壮快乐、现在安静地睡着了的孩子时怀有一种厌恶和神秘的恐惧。她下意识地遮住了孩子赤裸的身体，在触摸这柔软的红红的胴体时她害怕地朝后缩了缩，像是犯罪似的。一阵恐惧涌上心头，她不知道是为什么。她身上的所有声音都畏葸地传向她那呼唤着的胳膊，但是她不能用生硬简短的"不"去回答老人温和慈祥的话语，她对他怀着挚爱的尊敬。她觉得，她对他什么都不能拒绝。他的沉默和带着紧张热望目光的询问是那样沉重地压迫着她，她都几乎想呼喊起来，盲目地，野兽般的，没有目的，没有言辞。对这个安静睡着的孩子的仇恨发狂般地攥住她，是这个孩子破坏了她的宁静时刻，扰乱了她梦幻般的安逸。但是反对这个安详的老人，她觉得她软弱无力，不能去反对他那善意的方式。他就像悬在她昏暗幽深生活上方的一颗银白色的孤独的星星。像对他的任何一个请求一样，她又一次卑恭地、迷惘地点了点头。

他没有再说什么，而是开始作画。他先只是画个轮廓。因为艾斯特还十分不宁和茫然，这无法表现出他的作品的内在思想。梦一般的表情太柔弱乏力了。在她的目光里有着某种痉挛性和强逼性的东西，因为她总是设法避免看到她怀中睡着的赤裸婴儿，而总是冷漠地望着墙上方那些与她毫不相干的绘画和饰物。由恐惧而产生的这种勉强的和僵硬的表情使老人也感到不自由。除此之外，她感到双膝上负荷沉重，因为她不敢活动。只有脸上的紧张神色越来越强烈地暴露出了这种充满痛苦的努力，这终于使画家本人开始想到了她的不适中中断了工作，尽管他意识到的不是她承袭下来的憎恶，而是他所认为的少女的羞涩。婴儿仍安静地睡着，像一只饱食后的野兽，没有感觉到画家细心地用双手把他从姑娘的怀中抱了起来，放到隔壁房间的床上。孩子一直躺在那里，直到他的母亲，一个粗俗的荷兰船夫的妻子——这段时间她到安特卫普闲逛去了——把他抱走。艾斯特身体恢复了自由，解除了负担，但她想到每天都要怀着同样的恐惧，这个念头使她依然感到极为苦恼。

她惴惴不安地走了，在以后的日子里又惴惴不安地来了。她内心秘密地升起一种希望：画家也许会放弃这个计划，她要用一句平静的话请求他。这个决定变得越来越迫切，越来越无法遏止。但她不能这样做；一种内心的骄傲或者说是一种秘密的羞耻感使业已到了嘴上的话又缩了回去，就像一个振翼欲飞的鸟儿，它试着挥动翅膀，准备在下一刻就自由地冲向高空。但在她每天到来并承受她的烦躁不安时，这种羞耻感逐渐变成了一种无意识的欺骗，因为她已经对此习以为常了，有如令人厌烦的常事一桩。只是她没有认识到，这一刻还没有到来。画进展得不快，虽说画家用斟酌再三的话向她做了说明。实际上他的画布上只有形象的、淡淡的和无关紧要的线条，以及一两处草草勾出的轮廓。因为老人在等候着艾斯特能同那个念头和解，并不急于求成。暂时他只是让姑娘坐着当模特儿来打发时间，并说了许多无关痛痒的事情，对孩子的在场和艾斯特的烦躁不宁故意装作没有看见。他越来越兴致勃勃。

这次他的信赖没有欺骗他。一天上午，天气晴朗，温暖；窗户用它的四框框起了一幅明亮的透明景色：塔楼，虽然它们在远处，但它们的金色光华就像从近旁闪耀出的一样；屋顶，从上面飘起的袅袅炊烟，轻柔地消失在深邃的锦缎般的碧空；白云，它们就在跟前，像要落下来似的，有如一只毛茸茸的扑打翅膀的鸟儿落进这片翻腾的屋脊海洋之中。太阳用它的手把它的黄金掷了进来，光华和跳跃的亮光，滚动的光环像叮当响动的小小的铸币一样，窄细的光线像发亮的匕首，跳动不定的形状，无法解释也没有意义，它像闪光的小动物那样灵巧地透过木板跳了进来。孩子被这种闪烁不定和刺人发痒的游戏从熟睡中弄醒，他用指尖拍打紧闭的眼睑，直到睁开了双眼，闪动着，注视着。他开始在姑娘的怀里不安地动弹起来，姑娘不情愿地哄着他。但他不是想从她怀里挣脱，而只是用他滚圆的小手笨拙地捕捉在他周围跳动和嬉戏的亮光，他无法抓到，而越是抓不到，他的兴趣就越大。他胖胖的小手活动得愈来愈忙乱，在阳光照射下显得透红，殷红的血潺潺流动。这种天真的游戏以一种奇妙的刺激攫住了这个不灵活的小家伙，也使艾斯特不自觉地入迷了。孩子的无效努力激起了她的怜悯，她深情地微笑起来，注视着这无休止的游戏，毫不疲倦，或者是不再想起她对这个天真的要人照料的孩子的厌恶感。一个人的生命，一个生机盎然的生命第一次在这个小的光滑的躯体上向她展现出来，她以孩子式的好奇心注视着孩子的每个动作。老人在观察，一声不响。他怕言语再度唤起她的抗拒和被忘却的羞耻感。但是一个通谙世事的老人的满意微笑一直停留在他那温和的嘴唇上。在这种沟通中看不出他有什么独特之处，而仅是一种正当的、所期待的、一种对大自然运行的法则的信赖，这个法则不会拒绝也不会忘记成为真理的。他又感觉到生命的那种永恒的并一再更新的奇变就在近旁，这种奇变从孩子身上一下子就产生出女人的无私的善，这种善又返回到孩子身上，循环往复，这样就永远不会失去自己的童年，而是生活两次，在自己身上和她们遇到的人身上。这不就是玛利亚的上帝的奇迹？她是孩子，从来没有成为女人，但是她的生命在她的孩子身上继续下去。每种奇迹不就是在现实之中有着它的印象吗？一个变化中的生命的种种在一个看得到的时刻有着一种无法接近的光辉和一种永远无法理解的呼啸。

老人再度深切地觉得那种奇迹的临近，几周以来他的神的或尘世的念头一直在挤迫着他，不放开他。但是他知道，这是一扇黑暗的关闭的门，所有器官在它面前都得谦恭地重新掉转过身去，除了在被拒绝的门槛上印上敬畏的一个吻之外，不需更多的强求。他抓起笔来，用工作去驱逐这些念头，它们消失在浓云中。当他为了把现实的景象描写下来而望去时，有一瞬间他像着迷似的。因为他发觉，迄今他一直在一个罩着面纱的世界里所建筑的，不知不觉地以一种直接的力量迎面向他扑来。他寻找的这幅画在他面前活了起来。这个如花似锦的健壮婴儿用发亮的眼睛和抓取的双手扑打光线，这光线把一种深色的柔和光华洒满他的全身，赋予他一种天使的形象。在玩耍的孩子的头上还有另一个形象，它温柔地俯下身来观望着，本身也像溢满孩子发出的明亮的光华。她那双狭长的孩子般的手小心翼翼地从两个方向保护着孩子，以避免发生任何不测。在她头上飞速出现一片光辉，它没入头发中间，宛如是从那里面发出的一种内在的光，温柔的运动与嬉戏的光结为一体，无意识同梦幻般的回忆联系在一起，这一切组成一幅飞快完成的美丽图画，由玻璃般的颜色绘成，稍有活动就会破碎。

老人像梦幻似的望着婴儿和少女，他俩在光的嬉戏中变得如此亲密。有如在遥远的梦境中，他突然忆起意大利画家那幅几乎被忘却的绘画和他对上帝的虔诚。他再次觉得他听到了上帝的呼唤。但这次他没有陷入梦幻，而是把全部力量都倾注于这一时刻。他急迫地把握住婴儿双手的动作和少女往常是那么冷漠而今是如此温柔的表情，仿佛他要使这易于消逝的瞬间变为永恒似的。他感到他身上的创作力像年轻人的热血一样。他的整个生命是一次搏斗，是一次陶醉，是这一瞬的光和色的吮吸，是他作画的手的一种塑形和捕捉。在这一刻，他感到上帝的力量和无垠的生命的充实之秘密从没有像现在这样就在近旁，他想到不是这一瞬间的奇迹和迹象，而是它的永存，是他本人创作了这一刻。

这个游戏的时间不是很长。婴儿在无望的捕捉中终于累了，而艾斯特在看到老人突然间热情似火，双颊通红地工作，也感到奇怪起来。他的脸色重又显出如梦幻般的明朗，就像他对她说起上帝及其数以千计的奇迹的那天一样；她又一次感到在创造的世界中会失去的对伟大所怀有的一种热烈的诚惶诚恐。在这种包容广泛的情感中渺小的羞耻感完全消融了，在这一瞬间她使画家感到惊喜，因她已对孩子入迷了。她看到的只是生命的充实；这种时刻的丰富多彩和伟大崇高让她一再感到惊奇不止，这就是当画家指给她看的陌生而又遥远的人的画像、梦一般的美丽城市和繁花似锦的风景时，她才有的那种惊奇。对陌生的向往和远方的绚丽给她自己生活的贫乏和她的灵魂历程的单调涂上了斑斓的色彩。但在她灵魂深处燃烧起自身的创造的渴望，就像在黑暗中一线隐藏起来的光，没有人知道。

　　这一天是艾斯特和这幅画的命运的一个转折。阴影落了下来。现在她迈着明快和匆忙的步子去到画家那里，做模特儿的时间她觉得过得太快了，这是由于它们都是一次经历上相互联结的环节，环环相扣，它们的每一个环节对她都有着意义，因为她不认识生命的价值，相信用小小的铜币决定毫无价值的事情。老人的形象同孩子的弱小无助的玫瑰色身体相比不知不觉退居到次要地位了。她的憎恨突然转化为一种粗暴的几乎是贪婪的温柔，如同少女对孩子和小动物经常有的那种温柔一样。她的整个身心都倾注在观看和爱抚之中，她下意识地在一种献身的充满激情的游戏中使母爱——女人的一种高尚的思想，活了起来。她忘掉她来此的目的。她到了这里，抱起鲜花般的婴儿，坐在宽大的靠背椅上，开始深情地与孩子嬉戏，孩子很快就熟悉了她，朝她笑了起来，笑得十分有趣，她完全忘了她是为了画而来的，完全忘了这个赤裸的婴儿一度像一种压力和负担使她痛苦。她觉得这是遥远的事了，就像她那些数不清的虚假和骗人的梦一样，从前她在昏暗悲惨的巷子里长时间勤奋地一个接一个编织这些美梦，现实的轻轻一吹就使它们的网线裂成碎片。只有在这个时候，就是现在她相信她还在活着；她停留在家里令她感到陌生，如同人们睡着了进入的黑夜一样。当她用自己的手指握住孩子的胖胖小手时，她觉得这不是没有血色的梦。从这双蓝色的大眼睛朝她闪现出的微笑不是骗局。这一切都是生命，她要把这生命献给世界，在这样一种深情的渴求中消耗掉自己；这是她的种族继承下来的一份丰富的意识不到的遗产，在她成为妇女之前，就渴求奉献，渴望有女人的眷恋。在这种游戏中埋藏有更为深沉的欲求和更为炽烈的快乐的胚芽。但这一切还只是可爱的念头和深情的嫉妒，玩耍的优雅和愚蠢的梦境之间的轮番嬉戏罢了。像孩子们摇晃布娃娃一样，她摇动婴儿，同时她沉入梦境，像女人和母亲那样做梦，进入了甜蜜的温柔的无边无际的远方。

　　老人用他整个智慧的心灵感觉到了这个转变。他觉察到她对他的疏远，不是更陌生，他发现他不再在她的希望之中，而是在一旁，像是一种柔和的回忆。他为这种转变高兴，他也更爱艾斯特，因为他在她身上看到了年轻的、强烈的和善良的本能，他指望这些本能能比他的努力更快地粉碎她承袭下来的抗拒和封闭。他知道，在她把祝福和希望带给一个幼小生命的同时，她对他，一个老人，一个行将就木者的爱就在耗损和减少。

　　他把这奇妙的时刻归功于艾斯特对婴儿的苏醒过来的温柔。在他面前形成了许多幅富有魅力的图画，对一个唯一的思想的多种解释，都不相同。不久是一种温存的游戏：艾斯特逗孩子玩，她本人在无拘无束的欢乐中也像个孩子，轻柔的动作，既不生硬也不狂热，各种柔和的颜色和谐地融为一体，各种可亲的形状亲切地汇合在一起。随后当孩子疲惫地在温软的怀中入睡时，又是安静的时刻，艾斯特细长的双手像两个天使护在他的上面，在她的眼睛里那种充满深情的喜悦闪耀出占有的幸福和深藏不露的激情，她把睡着的孩子轻轻地弄醒。随之又是这样的瞬间：四只眼睛彼此对视，不自觉地、无意识地在寻找着对方，一双是深情的体贴入微，另一双是幸福的闪耀。之后又是令人入迷的迷惘时刻：孩子用他的笨拙的小手抓挠少女的乳房，等待母爱的馈赠。艾斯特的羞耻感又使她的双颊变得通红，像玫瑰般地发亮，但这使她感到的不再是恐惧，不是反感，而只是一种发窘的冲动，这冲动化为一种幸福的微笑。

　　这些天成了创作这幅画的日子。他从成千上万种温柔中创作了一种温柔，他从成千上万种嬉戏的、愉悦的、畏惧的、幸福的、深情的目光中创作了一种目光：母性的目光。一幅静谧的伟大的作品出现了。它是那么质朴。一个玩耍的婴儿和一个少女温和地低下的头。但色彩是柔和的，明快的，他从来还没有找到过；形体是清晰的、明朗的，宛如深色的树直指向神圣的晚霞。仿佛有一种内在的光隐于其中某处，是它点燃起那种神秘的光亮，在画上有一种空气在飘动，比尘世的更为柔和，更为喜人和更为清爽。这里面虽然没有什么超凡入圣的东西，却有生命——这幅画所创造出来的生命——的一种秘密的神秘感。在漫长勤奋的创作年代里老人经常是细心地一笔一笔去画，现在他第一次感觉到他的这幅画是在自己成长，形成，他本人对此一无所知。在古老的民间传说中那些有魔法的精灵在完成他们的工作时，隐而不见，却有着创作狂热感，使人们在早晨带着惊讶的目光看到他们夜间完成的。当老人在创作的狂热之后从画前后退几步并用审视的目光进行观察时，就有着与此相同的感觉。奇迹的念头又在敲打他的心扉，但心儿还迟疑不决，考虑着是否允许它进来，因为他觉得这幅画不仅是他的整个奋斗的鼎盛时期之作，而且还有着某种遥远的和高大的东西，即使是作为他创作的顶峰，也是他卑微的工作所无法般配的。他创作的喜悦越来越深沉，并变成一种敬畏的情绪，一种对这幅自己的作品的畏惧，他不再敢重新认出这是他的作品。

他觉得艾斯特也变得遥远了，因为他觉得她只是他完成的尘世奇迹的一个中介人。他以老人的慈祥照看着她，但他的灵魂又满是些虔诚的梦。他觉得生命的朴素力量一下子变得如此奇妙。谁能给予他一个回答？圣经是古老的、神圣的，但他的心是尘世的，还深深地存于生命之中。他可以问一下，上帝的翅膀是否能飞临这个世界？上帝的迹象今天是否还穿行在这个世界？或者它仅是生命的质朴无华的奇迹？

老人并没有自负地想去知道答案，尽管在他的生活中发生了如此罕见之事。但他本人不再像从前那样有把握了，因为他相信生命，相信上帝，不去思考谁是真实的。每天晚上他都小心地把画罩上。因为在这些天里有一次当他返回家中，银色的月光祝福般地洒满画像时，他觉得圣母朝他显露出她的面庞似的。他差一点匍匐在地拜倒在自己的作品前面……

这些天里，在艾斯特的生活里还发生了另一件事，这虽说不是什么奇怪的，不可想象的，却像旋风一样搅动着她的生活，使她陷于极大的、莫名的痛苦之中，心里感到阵阵战栗。她开始感觉到成熟的神秘，她从孩子变成了女人。她的心里充满了迷惘，不知所措，也没有人给予她引导和指点，她只好在沉沉的黑暗和神秘的光亮之间孤独地走着一条奇特的路。她心里生出种种渴念，就是找不到路。以前她见了游伴总是避而远之，和周围的人不说一句不必要的话，这种难以抑制的固执态度在这些日子里简直成了灾星，使她尝到了可怕的失落感。

因为她体会不到在这成长中所包含的隐蔽的甜蜜而舒适的感觉，好似一棵禾苗，离结穗还远着呢，可现在余下的就只有麻木、困惑和如此孤独的痛苦了。这时，老人给她讲的那些传说和奇迹就像具有诱惑力的灯光，把这种无知状态照亮，她的梦也随着灯光贪婪地进入了种种可能的荒唐之所。这位温顺女子的故事使她激动不已，同时也使她突然之间产生了一种几乎是快乐的恐惧。可是她又不敢相信，因为他还谈了些别的她不懂的事。不过她认为，她自己身上也发生了某些奇怪的现象，因为她整个感觉都起了很大变化，她周围的世界和所有的人似乎一下子全变了，变得深沉和奇怪了，而且充满隐蔽的冲动。一切事情似乎都是息息相关的，具有一种内在的生命，它在直往前挤，又在往后退，这是一种共同的东西，但是她并不知道藏于何处；她觉得，这些原本零散的东西似乎都是互相关联的。她自己感到有种内在的力量在将她拉进生活，拉到人群中去，可是她不知所措，不知道她该往哪儿去，只是留下了这争先恐后、挤挤压压和折磨人的同样的痛苦，留下了这未曾耗用的渴求和被束缚的力量的痛苦。

以前艾斯特认为不可能的事，现在当她意识到自己的失落，当她心里一心渴望一件她可以紧紧抓住的事情的时候，就在这一筹莫展的时刻，她倒要来试一试了。于是她便同她的养父交谈。在这以前，她感觉到他们之间的距离，所以对他盲目的欲望推着她跨过了这道门槛。她同他谈论各种事情，对她讲这幅画，而且非常投入，想在这谈话的时刻能够攫取某些对她来说很有价值的东西。酒店老板显然对这个变化感到高兴，他大胆地拍拍她的脸颊安慰她，并认真地听着。有时候他也插上一句话，但其表情总是漫不经心的，很客观，就像他把嚼过的烟吐在地上一样。后来他自己也拙嘴笨舌地讲起了刚刚发生的事，艾斯特虽然听得很专注，但是并没有听懂。他不知道该向她说什么，他也不想说什么。所有的事情似乎只是到了他身边，并没有触及他的内心，她从他的话里听出他对一切都漠不关心，这使她感到厌恶。以前她只是模模糊糊地感觉到的事，现在明白了：这样的人是无法同她、同她的心灵沟通的。他们在一起坐着，但并不了解，他们之间是一片荒漠，没有理解。在她看来，在这个寒酸的酒店里出出进进的人当中他还算是最好的，因为他身上所具有的某种诚实的粗鲁在有些瞬间甚至会变成一种亲切感。

不过失望并不能把这种不可遏制的欲望的逼迫力摧毁，它以其凶猛的威力又涌回到这两个从日出到日落整天都在一起的人的身上。她热切地数着天亮以前黑夜还有多少个孤独的小时，数着白天去看望画家之前还有多少个钟点，脸上流露着火一样的热情。一进巷子，她犹如游泳者跳进泡沫翻腾的洪流，完全投进了自己热情的怀抱，从安详地行走的人群中拼命往前冲，当她脸颊红红的、头发散乱着站在这所渴慕的屋子的大门之前，才停住脚步。在这心理转变时期，她对无拘无束的热情有一种无法驾驭的乐趣，这种乐趣不仅完全控制了她，而且使她显出一种放荡不羁的风骚之美。

她的这种贪婪的、几乎是充满绝望的柔情使她特别喜欢老人前面的孩子，而老人友善、亲切的宽厚态度中却有着某种对于一切狂热的激情显出拒绝和淡泊的东西。他对艾斯特的这种女性的变化一无所知，可是他从她的整个举止中感觉到了这种变化，她那突然出现的极度兴奋状态使他感到陌生。他感到了把她推向狂热激情的那种原始力，所以他并不打算约束她。所以虽然他的思绪又完全沉湎于遥远的隐蔽的生命力的游戏之中，但并没有失去对这个孤独的孩子的父爱。他对她来这里感到高兴，并且竭力让她留在这里。画已经完成了，但是他并没有告诉艾斯特，因为他不想让她离开这个她似乎倾注着自己柔情的孩子。他时不时还在画上加上一两笔，但都只是些无关紧要的表面文章，比如在衣服上加上个皱褶啦，在背景的明暗方面轻轻加上一笔啦，或是在光线变化上稍稍作点调整啦，等等。至于这幅画的原本思想及其内在感觉方面他不敢再碰了，因为现实的魔力慢慢消失了，他觉得这幅画的双重面貌就是那个美妙的梦所精神化了的人，对那个瞬间的记忆已经开始模糊了，他觉得时间越长，这个梦就越难获得尘世的力量。在他看来，想要修改这幅画的任何尝试不仅仅是愚蠢之举，而且是罪孽。他暗暗决定，在画成这幅画之后，不再继续创作拙劣的作品了，而要以极其虔诚的态度把他的时间用来发现那些小路，那些能将自己生命引向一个个高峰的小路，他在生命的晚年还曾见到过这些高峰上金色的晚霞。

这些孤独的、被人反感的人，他们心里都具有敏锐的本能，它犹如一张用敏感的丝编织的隐蔽的网，能把说出的以及未曾说出的话统统收罗进去。艾斯特以这种敏锐的本能觉察到了这位她如此喜爱的老人所保持的微微的距离，他那同样温存的柔情几乎使她痛苦不堪；她觉得恰恰是现在她需要得到他的整个生命和他全部毫无拘束的爱，好披露自己的心灵和日益增加的痛苦，要求解答包围着她的种种谜团。她全神贯注地等待能够把心里挤得快要溢出来的话尽数吐露的那一刻，但是这种等待没有尽头，反而弄得她疲惫不堪。于是她便将全部柔情转向那孩子。她将自己的全部感觉倾注进这笨拙的小身体，以炽烈的力气抱着他，吻他，动作是那么猛烈和忘我，弄得这孩子往往只觉得很痛，并且开始不满了。随后她克制了自己，并照看和安慰着孩子，但是这种胆怯也是极度兴奋的表现，正如她的感觉并不是母亲式的，而是情爱和深深渴望的冲动怯生生地创作的一次寻觅式的冒涌。她身上的一股力冒了出来，由于她的无知，这股力在孩子身上化成了泡沫。这是她经历的一场梦，一次痛苦的麻醉状态；她只是拼命牢牢抓住这个孩子，因为他有一颗温暖的跳动着的心，同她的心一样，因为她可以把心里燃烧的全部柔情统统赠送给那两片默默地嘴唇，因为她有两条有着下意识渴望的胳膊可以抱住一个活生生的人而不必担心，不会感到害臊，要不然她同陌生人只要说上一句话就会羞得无地自容的。她自己骗自己，就这样，她度过了几个小时又几个小时，没有疲倦，也没有感觉。

抱着这孩子，现在对她来说就是她所狂热渴望的生活的概念。在她周围，时间都为云雾所笼罩，她一点也觉察不到。晚上市民们聚在一起，带着遗憾的隐隐的恼怒谈论着古时候的自由和那个非常喜欢弗兰德斯地区的好国王卡尔。城里在煽动闹事。新教徒秘密联合起来了，躲在阴暗角落里的社会渣滓纷纷拉帮结派，在来自西班牙的威胁性消息的支持下，小的暴动以及同士兵的冲突在不断增加；在这不安宁的争吵中战争和反叛的火苗已经显出了迹象。小心谨慎的人现在已经开始把注意力集中在外国，其余的人则在自我安慰，并让自己镇定下来，但是全国都处于战战兢兢的期盼之中，这在每个人身上都有反应。男人们坐在小酒店的角落里低声谈论着，店老板从他们中间走过，拿战争和他自己的恐惧开着玩笑，可是谁也笑不出来。那些耽于享乐的人，现在都失去了无忧无虑的欢乐，心里都很害怕，都在忐忑不安地期待着。

艾斯特对这个世界，对它的压抑和恐惧及其秘密的狂热毫无所知。孩子像往常一样安静，只是笨拙地朝她笑笑。所以她觉得周围没有丝毫变化。她的生活只是随着唯一的洪流奔向不祥的迷惘；围着她的黑暗使她把自己空虚时刻所做的种种幻想的梦当成了现实，这些梦是如此遥远和陌生，以至于她对冷静和谨慎地去理解这个世界就永远不抱希望。她觉醒的女性意识竭力想要这个孩子，可是这胆小的神秘物并不懂得女性意识，反而是她仿照圣经传说中那些朴素的神奇故事把他幻化成千百种形态，犹如寂寞的幻想具有种种魔法一样。要是有人用简单的语言给她解释了日常生活中的这个谜，那么她也许就会以姑娘们在这个时期所特有的那种羞涩的目光打量着从她身边走过的男人。不过她并没有去想那些男人，而只是望着孩子们在街上玩耍，梦幻似的想着那个奇异的奇迹：或许某一天也会赐给她那样一个愉快地玩耍的孩子，一个完完全全属于她的、成为她的幸福的孩子。她心里的愿望简直难以遏制，以至于她说不定会不顾一切羞耻和胆怯，为了这个渴望的幸福而委身于第一个最好的男子；可是她不懂得这个具有创造力的结合，她的渴望在这些盲目而毫无意义的小路上走入了迷途。于是她一次又一次地回到这个陌生的孩子身边，她觉得他像自己的孩子一样。所以她的缱绻情意变得如此热忱而真挚。

一天，她到了画家那里。他怀着隐隐不安的心情觉察到了她对这孩子那种过分的、几乎是病态的热情，她的脸上容光焕发，眼睛里闪烁着烦躁不安的神情。孩子通常都在，但这回没有在那儿。她心里感到很不安，但是她不愿承认这一点，于是便向老人走去，问他这幅画的进展情况。问这个问题的时候，她的脸上泛起了红晕，因为她一下子感觉到很不好意思，在这段时间里她既没有去注意他，也没有去注意他的作品。她冷落了这位如此善良的人，心里像犯了罪一样感到十分沉重。但是他显得像是什么都不知道的样子。

"已经完成了，艾斯特，"他说，同时微微一笑，"早就画好了。过几天我要把画交出去了。"

她的脸色变得煞白。一个不祥的预感袭上她的心头，她连想都不敢去想。她怯生生地非常轻声地问："那我以后不用再到你们这儿来了？"

他向她伸出双手。这是个温和的强迫性的老姿势，曾使她一再为之着迷。"你多会儿想来就来，孩子。来得越勤越好。你都看到了，我在这老屋子里一个人多么孤单，只要你在这里，整天就会乐融融的。你常来，经常来吧，艾斯特。"

她对这位老人的全部旧爱翻腾起来了，仿佛现在要溢过所有堤坝，汇聚成语言倾泻出来了。他是多伟大，多好啊！难道他的心不是真的，这孩子的心仅仅是她自己的梦？此刻，她对他又变得非常信赖，但是她生活的观念仍像雷雨云似的压在这棵正在成熟的禾株上。她一想到这孩子就感到很难堪。她想把这烦恼压下去，一再把这句话往下压，但是它冒了起来，变成一声狂野而绝望的叫喊："孩子。"

老人默默无语。但是他的面容越来越严厉，几乎变得毫无情意。此刻他正一心希望她的心能为自己所有，而她却把他忘了，这就像被一只愤怒的胳膊搡了一下，使他非常反感。他冷冷地、漠不关心地说："孩子已经不在了。"

他感觉到她的目光贪婪地以疯狂的绝望神情停留在他的嘴上。但是他心里阴沉沉的自制力迫使他保持倔强和残酷。他没有说什么补充的话，此刻他恨这位姑娘，她从他那儿接受了那么多的爱，现在却全都忘了，毫无感激之情，这位善良而温顺的老人在这一刻感到了折磨她的乐趣。不过这种弱点和自我否定的出现只有一瞬间，就像在这柔和澄清的无垠大海中流去的一个孤独的波浪。他对她的目光心怀同情，便转过了身。

可是她受不了这种沉默。她以疯狂的表情扑到他胸前，紧紧抱住他，抽泣着，呻吟着。她怀着从未有过的巨大痛苦，哭着喊出了一番绝望的话："我一定要重新得到这孩子，我的孩子。否则我就无法活下去，他是我仅有的一点小小的幸福，现在让人偷走了。你为什么要从我手里夺走这孩子？……我对你不好，但是请你原谅，把孩子给我吧。他在哪儿？告诉我！告诉我！我必须重新得到他……"

一阵无声的抽泣淹没了她的话。老人听了她的话深受感动，便向边哭边抱着他胸膛的姑娘俯下身来，这时她紧紧抓着的手正在慢慢地松弛，人也像一朵枯萎的花一样在一点点往下坠。他轻轻抚摸着她散乱的黑黑的长发。"聪明点，艾斯特！别哭。孩子是不在了，但是……"

"这不是真的，不，这不是真的！"她怒气冲冲地说。

"这是真的，艾斯特。他母亲离开我们国家了。对外国人和异教徒来说，日子是很艰难的，对胆小的和忠实的人来说也是如此。他们去了法国或是英国。你干吗要沮丧呢……聪明点，艾斯特……再等几天……一切都又会好起来的……"

"我不能，我不能，"她发狂似的嗷嗷哭着，"为什么抢走我的孩子……除了这孩子我可什么也没有了……我必须重新得到他……我必须，必须……他很喜欢我，他是唯一属于我的，完全属于我的人……叫我现在怎么活下去……告诉我，孩子在哪儿，告诉我……"

她又是埋怨，又是抽泣，凑在一起，说起话来就显得杂乱无章和悲观失望，而且声音越来越小，越来越没有意义，后来就变成了表情麻木的号啕大哭。她的思绪像紊乱的闪电射进绞尽了脑汁的头颅里，无法清醒，也无法安静；一切感觉和思考都不停地以旋风般的无情的力量围着一个痛苦的思想疯狂地旋转，她说的那些话非但摆脱不了这个思想，反而使它跟着一起转了起来。这默默的、无边无际的海洋，她那正在寻觅的爱情的海洋是绝望的痛苦，现在翻腾喧嚣起来了。她的话杂乱无章地、火热地从嘴里流出来，就像是从一个弥合不了的伤口里一滴滴流出的血。老人沮丧地沉默着，他曾试图用温存的话来消解她的痛苦。但他觉得这种激情的原始力及其可怕的烈焰比劝慰的力量要大得多。他等待着，等待着。有时候她滔滔不绝、情绪激动的哭诉似乎有了停顿，激动的程度似乎也减弱了，但是随着一声声抽泣还不断冒出几句话来，又像喊又像哭。一个丰富的青春的灵魂在痛苦中流血。

他终于可以对她说话了，但是艾斯特并不听他。她那湿润、呆滞的眼睛里只有一个图像，充塞她的感觉的只有一个思想。她像高烧中的谵妄一样，结结巴巴地说："他笑起来有多可爱……他只属于我，只属于我一个人……有那么多美好的日子……我是他的母亲……人家不让我得到他了……我只要能见到他，只要再见一面……只要见到他，只要见一面……"她的声音又在一筹莫展的抽泣中消失了。她从老人胸前慢慢垂了下去，完全蹲在了地上，虚弱和战栗不已的手还紧紧抱着他的膝部，嘴里不断发出悲伤的呻吟。她挤缩在一起抽搐着的身体，以及深埋着的感情激动的面庞像是被愤怒的痛苦击毁了。她的毫无希望的思绪已经疲惫不堪，只是一再喃喃地重复这句单调的话："只要见到他……只要见一面……只要见一面……只要见到他。"

老人朝她深深俯下身来。

"艾斯特！"

她一动也不动。嘴唇还在继续无意识地、平淡地说着那两句话。他想把她扶起来；他抓着她的胳膊，那胳膊没有一丝力气，一动不动，像是一根断了的树枝；胳膊又软绵绵地垂了下去。只有嘴唇里还在单调而下意识地结结巴巴地吐着这句悲伤的话："只要见一面……只要再见到他……只要见一面……"

正当他一筹莫展的时候，他忽然想到了一个奇怪的念头。他俯在她耳朵上说："艾斯特！你可以见到他，见一次或者常常见，随你的便！"

她像从梦中惊醒似的，一下子跳了起来。这句话像是流遍了她的全身，身体一下子活动起来了，她伸直了腰。她慢慢地又恢复了清醒。但是她觉得自己的思想还不很清楚，因为本能上她并不相信从痛苦中竟又会得到这么大的幸福。她毫无把握地望着老人，心里左思右想摇摆不定。她没有完全理解他，所以在等着他的话。她对一切还模糊不清。可是他没有说话，只是怀着善良的预兆望着她。他用胳膊轻轻抱着她，仿佛怕把她抱痛似的。这么说，这不是梦，不是瞬间的谎言。她的心怦怦直跳，怀着纷乱的期待怦怦直跳。她像个小孩，乖乖走去，毫无目的地倚在他身上。但是他只几步就把她领到画架前面，动作极其迅速地把罩在画上的布揭掉。

起初的瞬间，艾斯特站着一动不动。她的心也不跳，像是凝固了。但是随即她就贪婪地朝画像扑去，仿佛她要把这可爱的微笑的幸福孩子从画框里拽出来，让他重新回到生活中来似的，这样她就可以体会他笨拙的四肢的娇嫩，在他的小笨嘴上逗出笑来。她并没有想，这只是一幅画像，只是画了的一块布，这不过是生活的梦，她不去考虑，只是体会，她的目光闪烁着，陶醉在幸福之中。她紧贴画像站着，一动不动。她的手指有点颤，有点痒，渴望重新战栗地抚摸孩子光滑而柔嫩的身子；她的嘴唇像火一样地灼热，想要温柔地吻遍这梦寐以求的胴体。一股幸福的暖流流遍全身。热泪随即夺眶而出。但是这已经不再是愤怒和指责的眼泪，而只是突然充满她内心并要冒出来的诸多奇怪感情的外流和溢出而已。他紧紧抱着她，两只硬硬的手上的抽搐现在也轻轻地消解了，一个犹豫不定的却是温柔与和解的声音萦绕在她身边，将她轻轻地、甜蜜地摇入了一个远离现实生活的清醒而美妙的梦境。

在欣喜中老人又有了那种疑惑的惊慌不安的感觉。这件作品多么奇怪，就连创作这幅画并将它摆放在那儿的人心里也有一种神秘的感觉，画上光线所衬托出来的那种柔和的庄严是多么超凡脱俗！这难道不像我们崇敬的圣徒像吗？那些心情压抑和沮丧的人看到这些圣像，他们的烦恼和忧愁不是就会奇迹般地被净化和解脱，他们会突然忘掉自己的痛苦，走回家去吗？这位姑娘凝视着自己的形象，没有好奇，没有羞耻，而只有委身与渎神，难道她眼睛里不是燃烧着神圣的火焰吗？他感觉到一定有一个目标，有好些奇怪的路可以通往那儿；一定有一种意志，不像他的意志那样盲目，它有预见，是他各种愿望的老师。这些想法像虔诚的钟声使他这颗挑选出来感激上天恩惠的心欣喜不已。

他小心翼翼地拉着艾斯特的手，把她从画像前领开。他没有说话，因为他也热泪纵横了，但他不愿让她看见。他觉得，他头上仿佛还有一片温暖地流动着的光华，如同圣母像上的光华一样；仿佛这房间里在他们身边还有某种巨大的、说不出来的东西，用看不见的翅膀嗖的一下飞了过去。望着艾斯特的眼睛，这双眼睛现在不哭了，不倔强了；她只是还罩着一条轻柔的反光面纱。他觉得周围的一切都更加明亮、柔和、美好了。一切东西都在向他显示着奇迹和神圣。

他们两人还一起待了很久。他们又像以前那样谈话了，但谈得更加心平气和，更加纯净，好似两个彼此非常了解、互相不再探索的人一样。艾斯特安静下来了。这幅画又赐给了她幸福的、最美好的回忆，她又重新拥有了她的孩子，不过比现实中要神圣得多，深沉和慈祥得多，所以一看到这幅画她就激动和快乐不已。现在这幅画完全不只是她的美梦的外壳，整个儿是她自己，是她的心灵。现在谁也不会把这幅画拿走。每当她看到这幅画，它就属于她一个人，而她是有权永远看到这幅画的。这位由于神秘的预感而战栗不已的老人高兴地答应了她怯生生的请求。现在她天天都有了同样的幸福和充实的生活，她也不必再为自己的渴望担惊受怕了；这个小小的容光焕发的形象对别人来说就是救世主，对这位孤单的犹太少女来说无意中也是爱情和生命的一个上帝。

她又来了几天。可是画家想起了几乎已经忘掉的别人对他的委托。买主来看了这幅画，虽然他对这幅作品的秘密奇事一点也不知道，但是画上的那种宽容的慈爱和这个永恒象征的素朴和庄严也深深感动了他。他热情地握着朋友的手，而他的朋友却以谦逊和虔诚的态度谢绝了对他的称赞，仿佛他面前的这幅画不是自己的作品似的。他们决定不久就用这幅画去装饰祭坛。

第二天就用这幅画装饰了祭坛上空着的一侧。奇怪的是，祭坛上的这两位圣母成了陌生的一双，而且稍许有点相似，不过神态并不一样。她们看起来像姐妹俩，一个还信心十足地沉溺于生命的欢乐，而另一位却已经尝到了痛苦的难咽之果，体验了昔日的惊恐。但是两人头上都有一片同样的光华照耀着，仿佛她们顶上爱情的星星在闪亮，她们脚下，她们终身所走的那条路总要穿过欢乐和痛苦……

艾斯特也随着画像来到了教堂，仿佛她在这里发现了自己的孩子似的。这孩子对她来说是陌生的，她心里的这个记忆已经慢慢地消失了，她滋生了一个母亲的信念，要让梦境变成现实。她伸展四肢在画像前躺了好几小时，就像一位信徒躺在救世主的画像前一样。萦绕在她心里的还有另一个信念；钟声响起来了，呼唤人们去做祈祷，这是她所不了解的；她也听不懂神甫的话，现在神甫在响亮地合唱，歌声像浑浊的波涛声响彻教堂，并且飞升到神秘的朦胧里，犹如一片芬芳的云高高地挂在座椅的上空。她最恨这些女人和男人的信仰，现在他们就在她的周围，他们嘟嘟哝哝的祷告声盖过了她轻声对孩子所说的那些温存体贴的话。

但是这一切她都没有感觉到，她的心太困惑，不可能去了解和探索；她只盲目地沉湎于一个愿望：每天看她的孩子，外界的事她也就不再去想了。她正在成熟，但其本能之风暴已经过去，所有的渴望都消失了或者说流到促使她一再去看画像的那个思想中去了，它像具有磁力的魔法，任何力量都解不开它。她从来没有像在教堂的这段漫长的时间里那么幸福过，教堂的庄严和隐蔽的欢乐她都感觉到了，但并不理解。她唯一的痛苦是，有时有个陌生人跪在画像前面，虔诚地仰望着圣婴，可是这个孩子属于她，只属于她一个人呀！随后往日那种不可遏制的妒忌性的执拗又在她心里猛烈地升起来了，她的心里怒火在燃烧，简直要驱她去斯打和痛哭；在那样的时刻她的神智越来越紊乱，她连这个世界和她的梦境世界也区分不开。只有当她躺在画像前的时候，她心里才会重新获得宁静。

和煦的春天过去了，创作的圣婴已经完成，风暴已过，花也开了，现在夏天似乎要赐给圣婴以极大的庄严的安静。夜晚变得温暖和明亮，狂热的激情已经消退，温存、甜蜜的梦落在了艾斯特的头上。现在她的生活好像已经恢复正常，在平和的热情的节奏中时间有着同等的分量，那些在黑暗中失去的目标都想标明自己的光明大道，一直通向遥远未来的光明大道。

夏日终于带来了它最绚丽的鼎盛时期，圣母玛利亚节，弗兰德斯最美好的日子。身穿节日盛装的长长的节庆行列，越过平日充满辛勤劳动人群的田野，长条旗迎风飘扬，各色旗帜猎猎飘动。圣体匣像太阳一样照耀着秧苗，教徒举手加额祝福，从祈祷的声音里发出和缓的轰鸣，连麦捆听了都索索颤抖，恭顺地躬身俯首。在高空，嘹亮的钟声不间断地向远方传送，从辽远的闪闪发光的教堂钟楼发出欢快友好的声音作为回应。此起彼伏的钟声欢快地回荡着，轰鸣声震耳欲聋，好像大地本身在歌唱，倨傲的森林和波涛澎湃的大海也参加进来。

这一度辉煌，发源于生气蓬勃的农村，汹涌奔腾地流入这个城市，漫过了雄伟的城墙。手工匠人单调的喧扰停止了，每日劳作的喘息声静默了；只有乐师奏着吹管和风笛，漫游在一条又一条街巷，蹦蹦跳跳的孩子们以银铃般的声音欢天喜地地应和着这快乐的演奏。那些必须整年在柜橱里虚度时日的丝绸服装，以其发黄的饰物迎着太阳闪闪发光；一群群穿着节日盛装、边走边聊的人，汇合在一起，奔向教堂做礼拜。大教堂的沉重的大门，以缭绕的香烟和有香味的凉爽迎接这些虔诚的教徒，教堂里简直就是撒满鲜花的春天，圣像和祭台被精心地装饰着繁盛的花环。千百支蜡烛射出神奇的光，照耀着这充满管风琴声和歌声的散发着香气的黑暗，从深处和高处颤巍巍地渗过来神秘莫测的光亮和令人毛骨悚然的朦胧的微光。

随后，这虔诚的骇人的气氛，好像突然涌向大街小巷。一个虔信者的队列形成了，教士们肩上抬着主祭坛的那幅非常有名的玛利亚画像，开始庆典游行；那幅画像，好像流传着许多应验的奇迹。随着这幅画像，似乎他们也把静穆带到街上那嘈杂的人群中。这种静穆因为一阵沉默不语和俯首躬身遍及整个人群。于是，跟在画像后面的人们脸上便出现了一道宽宽的虔诚祈祷的皱纹，直到画像又回到大而凉爽的教堂，被收在教堂的有香味的洞穴。

　　但在今年，浓重的乌云给这虔诚的庆典遮上了阴影。几个星期以来就隐隐约约有一种压力压在全国的大地上，可疑的暧昧的消息逐渐增多，说什么旧的特权应该一律宣布废除。争取自由的战士和新教徒开始活动了。不怀好意的流言从农村传来：说新教的传教士在城郊的露天广场上向成千的人传教，向武装起来的市民供献晚餐。西班牙的士兵遭到了袭击，日内瓦人在唱赞美诗时，教会遭到了攻击。不过，所有这一切消息都是未经证实的，但人们感到一场即将出现的大火的火星已在秘密地闪烁，那些有智有谋的人在密室策划武装反抗，在众多一无所有的人当中迅猛发展。

　　这个节日使那第一个浪涛冲向了安特卫普，那是一些不可救药的暴民，他们从来也没有联合过，只在暴动时突然聚集到一起。谁都不认识的不三不四的人一下子出现在形形色色的酒馆里，对西班牙人和僧侣大肆谩骂，野蛮地威吓。从各个角落和声名狼藉的小巷里，冒出来许多奇奇怪怪的怕见阳光的平民百姓，个个都有一副被激怒的抗拒的面孔。争吵在增多。间或也有小的冲突，但没有酿成普遍的激愤，而是像孤独地嗞嗞作响的火花自消自灭。奥兰宁亲王还在进行严格的训练，监视这伙贪婪好斗、恶毒凶狠的暴徒，他们只是为了蝇头小利而与新教徒伙同一起。

　　有规模的光彩夺目的游行庆祝活动，激起了被压迫者本能的愤怒。信徒的歌唱里第一次混杂进戏谑的言语，虚张声势的恐吓四处飞扬，还有恶意讥诮的笑声在空气中震荡。很多人按照虔诚的赞美诗的曲调唱着争取自由者之歌的歌词，一个年轻的小伙子跟他的伙伴开着玩笑，用悲叹的声音模仿传教士的传教，其他人则像一个恋爱中的女子，卖弄风情地摇着帽子，向画像致意。士兵和少数敢来参加庆典的信徒无可奈何，只好咬紧牙关忍受这越来越放肆的嘲讽。这些挣脱了枷锁的平民百姓，自从意识到他们的反抗力量以后，变得越来越难控制。几乎人人都拿起了武器。这阴险的意志，至今只用谩骂和骇人的威胁为自己开辟道路，现在则渴望行动了。在节庆的当天和此后的数日内，这即将发生的骚动就像一场大雷雨前的乌云重重地压在这座城的上空。

妇女和那些忧心忡忡的男人，自从游行时出现那些令人恼火的危险的场面以来，一直守护着这座房子。大街现在已被暴民和新教徒占领。艾斯特最近几天也一直待在家里。但她对这些暴风雨和各种事件一无所知。她模模糊糊觉察到，小酒店里的人越来越拥挤，妓女们刺耳的声音混杂在那些吵闹谩骂的男人的激动的声浪中，她看到了周围那些妇女的仓皇失措的面孔，也看见一些人在窃窃私语，但是她漫不经心地面对这一切，从来也没为此问过他的养父。她只是更多地去想那个孩子，那个孩子早已在梦中变成了她的孩子；所有的回忆都在这一幅画像中变得朦朦胧胧。她觉得这世界不再是陌生的，而是没有价值的，因为这个世界什么也没有给她，她在童年时思想里就失去了她的爱的奉献，失去了她这个年龄的少女对神的强烈的需要。只是在她偷偷地走向那幅既是她的神又是她的孩子的画像，这一刻，她才呼吸到真正的生活，平时她的所作所为只是一个梦幻者充满渴望的错误活动，犹如一个夜游患者从一切东西旁边走过去。一天又一天过去了，有一天在一个白色薄雾笼罩着的漫长的夏夜，她偷偷地从家里逃出去，把自己锁在教堂里，跪在那幅使她无知的灵魂神化了的画像前面。

这些天像重担压在她身上，因为人们封锁了她到她的孩子那里去的路。在圣母玛利亚节期间，过节的人群挤满那高高的通道和管风琴嗡嗡响的教会的主堂；她不得不像被侮谩的乞丐低声下气地乞求着，走出混乱的虔诚教徒的人群转向出口，因为这一天信徒们不间断地站立在那些圣母玛利亚的画像前，她害怕被认出来。她悲哀地，甚至是绝望地往回走，没有感觉到这一天里整个忧郁的太阳的光辉，因为她看不到孩子了。妒忌和愤怒袭上她的心头，因为她看见那络绎不绝的前来朝圣的人群为了虔诚的进香穿过大教堂高大的门走进那蓝色的散发着香气的黑暗之中。

使她感到更悲哀的，还是第二天人们不准她走上那条布满危险人群的大街。酒馆的喧闹像讨厌的浓烟直往她的小房间里灌，使她不堪忍受。她不能看到画上的孩子的一天，对她的迷惘的心来说，就像一个没有睡眠也没有梦的黑暗阴郁的夜，一个只有痛苦、黑暗和渴望的夜。她还不够坚强，不能忍受孤独寂寞，深夜，当她的养父跟客人坐在一起时，她蹑手蹑脚地走下楼。她碰了碰大门，长出了一口气：门是开着的。她带着一种长时间缺乏新鲜空气的舒适感，悄悄地溜出门，匆匆地朝大教堂走去。

她跑步走过的这几条大街都是黑洞洞的，充满沉闷的连续不断的轰隆声。各处，单独的团伙都聚集起来准备闹事，奥兰宁起程的消息促使所有无拘束的暴力蠢蠢欲动。过去整天只是个别的和随意冒出来的恐吓语言，现在听起来就像一道道命令。这当中也有醉汉的狂号和被煽动起来的人高唱造反之歌，连别人家的窗户都被震得轰轰直响。武器不再隐藏，斧子、镐头、剑和木钉在不安定的火炬中闪光，像一股贪婪的潮水，只踌躇了几分钟，就喷着泡沫卷着波涛漫过所有的堤坝，同样，这些心怀恶意的人群也滚成了一团，势不可当。

艾斯特没有注意到这不驯服的人群，不知是不是她在从旁溜过去的时候反撞了一个人的粗壮的胳膊，那个人好奇地色迷迷地一把揪住她裹着的头巾。她根本不问为什么这帮人突然变得这样狂暴，她对他们的活动和口号丝毫不懂；她只感到厌恶和恐惧，于是她越来越加快脚步，直至最后气喘吁吁地站在高大的罩着白色月光面纱的大教堂的前面，这教堂正躺在众多房屋的阴影中酣睡。

她微微地打了个寒噤，然后颤抖而又镇定地从一个侧门走进去！一条条高大的没有光线的通道都是黑洞洞的，只有淡彩色的窗玻璃周围有一线神奇的银色的月光颤抖闪烁。一排排的椅子上已空无一人。在各个宽阔的鸦雀无声的空间里，没有一个人影晃动；祭坛前面在黑色的静止不动的矿石上立着圣徒的形象，就像微微颤动的萤火虫，从似乎无底的深处向小教堂上面，闪烁着长明灯的摇摇晃晃的光。在这种死一样的寂静中，一切都是神圣的，静谧的，空间里充溢着沉默的庄严肃穆，她怯生生地迈着脚步，吃力地摸索着走向侧门，颤抖着，一边压低声音念念有词地跪在那幅画像前面。这画像在扑朔迷离的黑暗中好像从厚厚的散发着香气的云雾中向下望着，无限地近而又无限地远。这时她没有再想什么。跟往常一样：她那未来的少女心灵的整个混乱的向往，全织进那些理想的甜蜜的梦境里；热情像从她所有的神经中溢出，仿佛令人陶醉的云飘浮在她额头的四周。在合为一体的无意识的虔诚和无意识的爱的渴望中度过的这漫长的几个小时，好像是一剂甜丝丝的、微微使人麻痹的毒药，这漫长的几个小时是一个黑暗的泉，是极乐的夜神的恐惧，它包含并接近一切神的生命。因为一切极乐都存在于这些甜蜜的、无法遏止的、因狂喜而颤抖不止的梦境中。她激动的心孤零零地在教堂的无边的寂静里敲击。有一束柔和的、明亮的、犹如蒙着银色雾气的光从画像上投射下来，好像是从一个深藏在内心的发光的灯上照射下来似的，但她在极度兴奋的梦境里认出了她的孩子，这些把她从冰冷的台阶上举起来，送进一个幻想之光的亲切温暖之乡。她早已不再知道，她认识的这个孩子是一个陌生的孩子。她梦见原样的神，梦见一个女人模样的神，这是和她完全一样的有血有肉的人；模模糊糊的对神的渴念，寻觅者的狂喜和未来做母亲的渴望，共同编织成一个生活梦想的虚假的网。现在对她来说，光亮就在这广大的沉重的黑暗之中。在对人语和钟鸣一无所知的令人战栗的寂静中竖琴发出柔和的声音。在她那四肢伸展的身体上空，时间迈着无声的脚步在前进……

突然一次撞击，大门摇动一下。接着是第二次撞击，第三次撞击，她吓得站起来，凝神去望那可怕的黑暗。随后又响起雷鸣般的撞击声，整座高大的傲然屹立的建筑都被震得发抖，孤寂的灯光像火红的眼睛滚动着穿过黑暗。被冲开的门闩的嘎嘎声，像孤立无援的叫喊，吱吱嘎嘎地响彻那空荡的巨大教堂，这令人恐怖的声音混乱而有力地撞在四壁上。许多人露出贪婪的目光，愤怒地捶打着大门，激动的声音一阵嘶鸣，嗡嗡地闯入这个洞的孤寂之中，就好像大海轰鸣着冲决堤岸，翻滚着相互碰撞的波涛站在睡梦中的神殿的门前大声叹气。

艾斯特像从梦中被惊醒一样，心慌意乱地侧耳细听。但就在这时，大门终于被推倒了。黑压压的人流猛地涌了进来，整个大厅突然充满了咆哮和喧闹，那喧闹愈演愈烈。好像还有数千人等在外面起哄。欣喜若狂的火把突然像贪婪的手一样高举起来，它们的迷乱的血染似的光落在那些粗野的被盲目的热情扭曲了的面孔上，从这些面孔上射出的狂热的目光好像充满犯罪的渴望。艾斯特现在才模模糊糊地料到她在半路上碰到的这个阴森的团伙的意图。第一阵噼啪的斧头砍落在讲坛的木头里，画像呼啦呼啦地倒在地上，雕像全被折断，咒骂和嘲讽旋风般从这黑压压的浪涛中倾泻出来。火把像被这愚蠢的举止吓坏了似的，在这浪涛上不安地跳动。这洪流混乱地朝着主祭台涌去，对什么都是又抢劫又捣毁，又诅咒又亵渎。圣饼像白色的花朵撒了一地，长明灯嗖的一声被野蛮的拳头砸飞了，就像一颗流星穿过黑暗。越来越多的人往里边挤，火把也越来越多，不停地闪烁。一幅画像被烧着了，火苗一蹿一蹿地冒得老高，像一条急速跳动的火蛇。一个人伸手抓住管风琴；管风琴那些被打碎的管子发出的错乱的音调尖声响着，像求助似的穿过黑暗。人影出现了，像来自癫狂迷乱的梦境。一个满脸是血的放肆的家伙在其他人野兽般的狂吼下用圣油擦他的靴子，破衣烂衫的无赖穿着补丁摞补丁的大主教的长袍趾高气扬地摇来摆去，一个怪声尖叫的妓女在她散乱的肮脏的头发里插着一个闪着金色圣者光环的小雕像。盗贼用圣器举杯痛饮红葡萄酒。在大祭坛旁有两个人手持闪光的战刀为争夺一件镶宝石的圣体祭器打得不可开交。妓女们在教堂前跳着淫荡的醉人的舞蹈，喝醉酒的人对着圣盘呕吐，愤怒的人用闪耀的斧头无情地打碎眼前看到的一切。这喧闹和粗声粗气地骂声、尖厉刺耳的怪叫连成一气，组成一个千奇百怪的大合唱；这狂暴，像一股讨厌的浓重的瘟疫气息，冒着浓烟升腾到那些黑色的顶点，它们脸色阴沉地向下看着这火把跳跃的火焰，对于这绝望的人的讥讽来说，它们仿佛是静止不动的，不可企及的。

艾斯特藏在祭坛的阴影里，已经处在半昏迷的状态。她觉得，所有这一切都是一场梦，像虚假的幽灵似的一下子就会消失。但是，第一批火把已经冲进了侧面的过道。这些人为盲目的热情所鼓舞，像喝醉了酒似的。全身颤抖着，跳过格栅或噼啪一通砍断格栅，推倒雕像，从圣龛上撕下圣像。短剑在不停颤抖的火把的光亮里像火蛇似的闪闪发光，愤怒地捅破柜橱和带着被打碎的框架倒在地上的画像。那黑压压的人群带着他们冒着浓烟的不停颤抖的火光跟跟跄跄向前走来，越走越近。艾斯特屏住呼吸。更深地紧贴在阴影里。由于恐惧和痛苦的等待，她的心都停止了跳动。她还不知道，眼前发生的事件意味着什么，她只感到害怕，突然的难以控制的害怕。几声脚步向前走来。一个魁梧的粗野的汉子一斧子砍断了格栅。

她以为自己已被人发现。但就在随后的一刻，她看出了这些侵入者的意图。这时，在侧面祭坛上，圣母玛利亚的雕像随着一声尖厉的死命叫喊，被砸得粉碎，落在地上。她心中的恐惧减弱了；他们还想把她的画像也消灭，那是她看见他们借着不稳定的火把的光又吆喝又嘲讽地把一幅幅画像强拉下来捣乱踩坏的时候，才完全弄清楚的。她的全部思想迅即集中在这样一个可怕的闪电般震颤的念头上：他们是想要戕杀那幅画像，这画像在她迷乱的梦中早就是她的孩子了，早就是同她自己的活着的孩子一样的孩子了。眨眼间，一切都亮起来，如同沉浸在一束刺眼的光线里。一个思想，她平时就有的思想，此时此刻千百次地涌现，在她心中点起了一把火：要救这个孩子，她的孩子。在这一刹那，梦想和现实在她心中绝望地交织在一起。这些宗教狂破坏者向祭坛冲来。一个斧头高高地举在空中——就在这一瞬间，她失去了一切清醒的思考能力，跳到那幅画像前张开双臂去加以保护……

这简直就像施了魔法一般。斧头从那只无力地垂下来的手里咚的一声沉闷地落在地上。而从另一个人僵硬的拳头里哗哗响着掉下去一个熄灭的火把。这一幕，像一道闪电，惊动了这醉汉般吵吵闹闹的人群。只有一个人的喉咙里声音越来越低地咕噜着："圣母……圣母。"

所有的人都面如死灰，全身颤抖地站在那里。有几个人双膝抖动着跪下来祈祷。没有一个人不怔怔地战栗。这不可思议的幻觉般的场景压倒了一切。对她说来，毫无疑问，这里就是发生了一个人们常提到的被证实了的奇迹：这位显然具有那幅画像特征的圣母，保护了那幅画。当他们看到这个少女容貌几乎和那幅栩栩如生的画像一模一样时，他们被鞭打的良心受到了感动。他们什么时候都不如这转瞬即逝的一刻里更虔诚。

但这时又有另外一些人冲了过来。火把照亮这伙呆若木鸡的人和这个半呆的紧紧压在祭坛上的少女。喧闹吞没了静默。一个妓女的尖叫声向后传去："前进……这是酒店老板的那个犹太姑娘。"魔力突然破了。这伙被侮辱者羞愧而愤懑地冲了上去。粗野的一拳把艾斯特打到一边，她趔趔趄趄地走了好几步。但她挺住了；她在为画像而战，这幅像就好像是她自己的血热的生命。她操起一个很重的银烛台，盲目愤怒地极为顽强地对着那些圣像破坏者打去；一个人骂骂咧咧地冲过去，又是一个人怒不可遏地跳到了前面。一把短剑像一道短暂的红色的闪电，只一触动，艾斯特便摇摇晃晃地倒下去了。祭坛的碎片一片一片地像下雨似的落在她身上，她再也感觉不到疼痛了。圣母的画像跟这孩子，圣母的画像跟这受伤的心，在这唯一的一下斧砍之下双双地倒下去了。

咆哮的人群继续冲击着；这群掠夺者从一个教堂跑到又一个教堂，大街上充满了无法遏止的喧闹。一个令人恐怖的夜降临在安特卫普。惊恐和震颤带着这个消息潜入家家户户，在锁好的大门的后面跳动着一颗颗胆怯的心。但暴乱的火焰像一面旗帜飘扬在全国的上空。

那位老画家听到了袭击圣像的消息以后，这一夜也是在难以克制的恐惧中度过的。他双膝颤抖着，抓住一幅耶稣受难像，画着十字发誓要拯救那幅曾赐给他神之恩宠的画像。这是一个疯狂的、阴郁的夜，令人恐惧的思想一直折磨着他。天刚放亮，他在家里就待不住了。

他来到教堂前，最后的希望崩溃了，就像一个人被砍倒了一样。门都被撞破了，破布和碎片以及血污的痕迹在告诉人们圣像破坏者走过的无情的道路。他吃力地踏步穿过黑暗走向他的画像。他双手向圣龛抓了抓。但他没抓着，他抓了一个空，然后双手无力地垂了下来。他心中的信赖，多年来他在虔诚的感恩歌里唱过的信赖像被掠走的燕子一样突然去了。

他终于控制住了自己，打了打火。火石打出了一道短暂的亮光，照亮了眼前的一个景象，他一见便吓得跟跟跄跄地往后退。在被砸碎的一堆废弃物中间的地面上躺着那幅意大利画家的悲哀可亲的圣母画像，那圣母的心已被短剑刺穿，正流着鲜血。但被刺穿了心脏的不是画像，而是人，是圣母本人……当急速闪起的亮光又熄灭时，他的前额上已渗出了冷汗。他以为自己做了一场噩梦。但当他再点着灯时，他认出了艾斯特，那少女带着致命的创伤躺在那里。通过一个与众不同的奇迹，她——他的圣母画像的活的化身，展示出了那个陌生画家的圣母特征和她的流血致死的命运……

这便是一个奇迹，一个众所周知的奇迹。但是这位老人再也不愿意相信奇迹。他看见她，看见他晚年这朵温柔可爱的花已经死去，躺在他的那幅被砸碎的画像旁边，就在这一刻，他的灵魂上响着虔诚信仰的琴弦一下子被扯断了。在他心中活了七十年的上帝只一分钟便被他否认了。难道赐给人们如此之多的创造者幸福和未来辉煌的明智仁爱的上帝之手就是为了无目的地重新把她拉进黑暗？这不可能是一种意志，只能是一种恶作剧般的意志的游戏！只是一个生命的奇迹，不是神的奇迹。这是偶然事件，像成千上万匆匆而过的事件一样，交错纠缠，自行解决，不再是奇迹！难道在上帝那里善良的纯真的灵魂如此之少，以至于他在懒散的游戏中把她抛了出去？他第一次站在教堂里怀疑上帝，因为他曾相信他是伟大的，善良的，现在却不再理解他的道路了。

他低头朝这个年轻的死者看了好久，她曾经多么温顺地把那么多傍晚的时光灌注在他最近几年的生活里。当他在她裂开的双唇四周看到显而易见的极乐时，他便变得更仁厚、更正直了。谦卑恭顺又来到他善良的心上。难道他真的可以问一句，是谁创造了这奇迹，使这个孤独的少女为圣母的荣誉视死如归？他可以不可以论一论，这是神的意旨，还是生活的安排？他可以用语言把他所不知道的爱藏起来吗？他可以因为不理解神的本性而反对神吗？

这位老年人一阵战栗。此刻他觉得很可怜。他感到，在这漫长的七十年的岁月里，他一直孤独地迷失在神和生活之间，即使他曾想彻底理解那简单但又模糊的事物。难道那不曾是照耀在蓓蕾绽开的少女头上的发生同样奇异影响的两颗星吗？难道它们——神和爱——不曾在她们心中合而为一吗？

第一缕晨光悄悄地照射在窗前。但这晨光并没有把他照亮，因为他对即将到来的新的一天，对他在如此漫长的年月里走过来的生活不再有任何向往，他曾被生活的奇迹触动，但从未被完全照亮。他心神安定地感觉到自己现在已接近那最后的奇妙的事物，这再不是假象和幻梦，而是永远模糊不清的真实。

桑仁　译

灼人的秘密

伙　伴

　　机车沙哑地吼叫着，塞默林①到了。黑色的列车在山上银白色灯光的照耀下停了一分钟，下来几个穿着五颜六色衣服的乘客，又上了几个人。到处是恼人的噪音。接着，前面的机车又沙哑地嘶鸣起来，扯动黑色的车链，嘎嘎地开了过去，冲进隧道的洞口。广漠的景色又纯净地展现出来了，清晰的背景，被湿润的风吹得分外明亮。

　　下车的人中有一位年轻人，他那考究的衣着，带有天然弹性的步履，给人以好感。他迅速地走在别人前边，叫了一辆去旅馆的马车。马儿不慌不忙地在上坡路上嘚嘚地走着。空气里充满了春意，那五六月特有的洁白而轻盈的浮云，像穿着白色衣裳的轻佻小伙子，在蓝色的空中嬉戏奔跑，时而躲藏在高山背后，时而互相拥抱，又再度逃开；有时像手绢似的揉成一团，有时又散成丝片，末了又戏弄地给群山头上戴上白色的帽子。高空中风在奔驰，狂暴不羁地摇动着细长的沐雨的树枝，直摇得各个枝丫咔咔作响，飞落下千百颗晶莹的水滴。有时仿佛从山里飘来清凉的雪的芬芳，随后又让人呼吸到一种又甜又冲鼻的气息。空中和地上的一切都在骚动，显得极度烦躁不宁。马匹轻轻地喘着鼻息，往已是下坡的路上跑去。小铃铛在前边叮叮当当作响。

　　一到旅馆，这位年轻人就立即跑到旅客登记处，匆匆地稍一浏览，马上就失望了。"我干吗到这里来？"他开始烦躁不安地自忖，"光是在这里的山上待着，没有社交，这比在办公室还烦人。显然，我来得不是太早就是太晚。我每逢假期运气总是不好，登记本上没有一个

　　① 塞默林（der Sermmering）：奥地利境内阿尔卑斯山的一个隘口，在维也纳附近，海拔985米，铁路线在海拔893米的高度从隘口的隧道里通过。塞默林是奥地利著名的避暑胜地，又是从事冬季运动的场所。

熟悉的名字。哪怕有几个女人在这里也好，那就可以来次小小的、必要时甚至是真挚的调情，而不至于索然寡味地度过这个星期。"这位年轻人是个男爵，出身于名望不是太高的奥地利官僚贵族，现在总督府供职。他这次短短的休假并没有特别的必要，只是因为他的同事都休过了一星期春假，而他又并不愿意把他的一周假期送给国家。他虽然不乏才干，却具有一种喜爱社交的秉性，喜欢在各种人物的圈子里抛头露面，深知自己对于孤独是一筹莫展的。他从来不喜欢深居简出，尽可能地避免只身独处，因为他根本不愿意闭门反躬自省。他知道，他需要人的摩擦面，以便使他内在的才华、他心底的热情能放纵地燃起火光，而他单独一人时则是冷冰冰的，毫无用处，就像那装在匣子里的火柴。

他沮丧地在空无一人的前厅里踱来踱去，时而心不在焉地翻翻报纸，时而又在音乐室的钢琴上弹一曲华尔兹，不过手不由己，老是弹不出正确的旋律。后来他就烦躁地坐下，凝视着窗外。窗外夜幕正缓缓下垂，灰色的雾霭像蒸汽一样从松林中升腾起来。他心烦意乱、百无聊赖地在那里待了一个小时，就走进了餐厅。

餐厅里才只有几张桌子坐了人，他都匆匆地投以一瞥。毫无所获！只有那边的一位教练——是他在跑马场认识的——漫不经心地招呼了他，还有一张面孔，是在环城路①上见过的，此外，什么也没有了。没有女人，没有任何能够引起一次——即便是短暂的也好——钟情的对象。他本来就沮丧的情绪变得更加烦躁。他是这样一种年轻人，他们标致的面孔常使他们获得成功，他们心里总是为一次新的相遇、一次新的经历做好准备，他们总是急不可待地憧憬那未知的艳遇，他们对任何看来意外的事情都不会吃惊，因为他们早就把一切都预料到了，他们的眼睛不会放过任何性爱的东西，因为他们投向每个女人的第一瞥目光，就是从肉欲上打量的，而且不管她是朋友的妻子，还是给他开门的女仆。如果以某种草率的鄙视态度把这些人称作追逐女人的能手，那么无意中会使这个字眼包含多少由观察而得来的真理啊！因为在他们身上确实集中了狩猎者各种强烈的本能：侦察、兴奋和心灵的

---

① 维也纳市中心一条繁华的大街。

冷酷。他们的举止总是落落大方，时刻准备着并且一心想寻花问柳，并穷追不舍，不达目的决不罢休。他们总是充满激情，但不是恋人那种高尚的激情，而是赌徒那种冷酷的、谋略的、危险的激情。在他们当中有一些固执的人，他们不仅把青年时期，而且单是由于等待机缘就把整个一生变成无穷无尽的追逐冒险。他们把一天分解成几百次小的官能享乐——马路上的一瞥、一个瞬息即逝的微笑、对坐时轻轻擦到的膝头——把一年又分解为几百个这样的日子。对他们来说，官能享乐就是永远潺潺流动的、富于滋养的、充满刺激的生活的源泉。

　　而这里却没有一个可供玩弄的对手，这一点，这位用目光在狩猎的人马上就看清了。宛如一个赌徒手里拿着牌，满怀信心地坐在绿色的赌桌旁，却等不到一个对手。对一个赌徒来说，任何刺激都没有这种刺激更使人恼火了。男爵要了一份报纸，他的目光阴郁地在字行上移动，但思想是麻木的，像醉酒似的在这些铅字上磕磕绊绊。

　　忽然他听见背后有衣服的窸窣声和一个略为有点生气的、装腔作势的声音："Mais taistoi done，^①埃德加！"

　　一个穿着绸衣的女人走过他桌旁，衣服发出轻微的窸窣声，旁边投下高大而丰腴的身影。她后面跟着一个脸色苍白的小男孩，他穿着一件黑丝绒上装，目光好奇地扫了他一眼。这两个人在对面为他们留着的桌旁坐下，孩子显然竭力想使举止合乎礼节，但是从他不安静的黑眼珠看来又做不到。这位夫人——年轻男爵的注意力全在她身上——穿着十分整齐和优雅。他非常喜欢她这种类型，这是一个快要进入中年的犹太女人，身材显得稍为丰满了些，热情充沛，可又善于把自己的热情隐藏在高雅的伤感后面。起初他还不敢看她的眼睛，只是欣赏她那两道弯弯的、美丽的眉毛，它们在她那柔嫩的鼻子之上呈弧形，那秀丽的鼻子虽然显示了她的种族，但这高贵的造型也使她的轮廓显得分明和可爱。她的头发如同她丰满的身体上一切女性的东西一样，长得特别浓密。她对自己的美貌看来很自信，对于种种仰慕早已司空见惯。她轻声地点了饭菜，并教训那正在叮叮当当玩叉子的男孩——做这一切的时候，她装出一种漫不经心的神态，对男爵小心翼翼投来

① 法文：别说话！

的目光装出不在意的样子，而实际上正是由于他那目不转睛地眼光才迫使她这样地拘束和小心。

男爵阴沉的脸一下子变得开朗起来，眉开眼笑，精神焕发，皱纹平整了，肌肉放开了，因此他的身材也一下子变得魁梧了，眼睛闪闪发光。他同那些需要男人在场才能焕发自己全部力量的女人完全一样，只有情欲的刺激才能把他的精力全部调动起来。潜伏在他心里的猎手嗅出了这里有猎物。他的目光挑战似的搜寻她的目光，要与之相遇。她的目光闪烁着犹豫的神态，有时在移动中与他的目光交叉，但从不作什么明确的回答。他觉得她的嘴角有时也泛起一丝微笑。不过这一切都是那么模棱两可，而使他激动的却正是这种不可捉摸的神情。唯一使他觉得有希望的，是她的目光常常在扫视，这意味着反抗和拘束，再加上她同孩子的谈话显得出奇地谨慎，这显然是做给一个观众看的。他感觉到，过分强调这种惹人注意的镇定正是用来掩饰她心猿意马的一种手法。他自己也激动了：这场戏已经开始了。他巧妙地拖长吃饭的时间，目光几乎不停地把这位夫人紧紧盯了半个小时，直到他默画了她脸上的每一根线条，能无形地触摸她丰腴身体的每个部位为止。外面天色更暗了，大片雨云向树林伸出灰色的双手，树林像孩子似的，因为恐怖而呻吟起来，挤入屋内的阴影也越来越浓了，沉默使屋里的人越加感到窘迫。他觉察到，在寂静的威胁下，母亲同孩子的谈话变得越来越勉强，越来越不自然，话快说完了。这时他决定进行一次试探：他第一个站起身来，经过她的身旁慢慢地向门口走去，久久地凝望着室外的景色。到了门口，他像是忘了什么东西似的，突然把头转过来，一下子就逮住了她：她活泼的目光正在望着他的背影呢。

这情景刺激了他，他在前厅里等待着。不一会儿她来了，拉着男孩，路过时顺手翻了翻几本杂志，给孩子看了几张图片。当男爵像是偶然地走到桌旁，装着去找本杂志，实际是为了再进一步窥视她那湿润晶莹的目光，或许有机会同她搭讪时，她就转过身子，轻轻拍着她儿子的肩膀说："Viens，埃德加！Au lit！"①说着就冷冷地从他身边走了过去。男爵略为有点扫兴地目送着她。本来他曾计划要在今天晚

---

① 法文：走吧，埃德加！该睡了！

上结识她的，而她这毫不留情的态度使他失望了。但归根结底这抗拒之中包含着诱惑，而恰恰是这种让人捉摸不定的态度刺激了他的欲望。无论如何，他已经有了伙伴，这出戏可以演了。

神速的友谊

第二天早晨，男爵走进大厅时，他看见，那位漂亮女人的孩子正在那儿和两位开电梯的仆人聊得起劲，孩子正给他们看卡尔·梅依[1]的一本书里的插画。他妈妈不在，显然还在梳妆哩。男爵现在才仔细地观察这个男孩。这是个腼腆的孩子，发育得不太好，有点神经质，大约十二岁，手脚老是不停，有一双黑色的、到处窥视的眼睛。如同这样年龄的孩子常有的那样，他显出无缘无故受惊害怕的样子，就像刚被叫醒又突然被置于陌生的环境中似的。他的面孔不算不好看，但是还没有定型，在他身上成人和幼童的斗争还刚刚开始，胜负未定。他脸上的一切好像是手捏出来的，尚未成型，线条轮廓很不分明，只是把苍白和不安糅合在一起。此外他正处于那种不利的年龄，这时他们的衣服总是不合身，袖子和裤子在瘦削的肢体上松弛地晃动着，而他们也从没有去注意修饰外表，讲究穿着。

这男孩子在这里犹豫不决地晃来晃去，显出可怜巴巴的样子。他站在这里老碍别人的事。一会儿，被他用各种问题纠缠得烦了的门房把他推开，一会儿他又挡住了大门；显然他缺少友好的伙伴。孩子喜欢问东问西，因此就去找旅馆的仆役。要是他们正好有时间，就回答他，但当看见有人来了，或者有什么紧急的事要做，谈话就立即中断。男爵面带笑容，饶有兴味地注视着这个不幸的男孩。孩子对一切都好奇地打量着，但一切都不友好地躲开他。有一次男爵紧紧抓住了这个好奇的目光，但是那黑溜溜的眼睛一旦发现自己探索的目光被抓住，就立即怯生生地将目光收了回去，躲在下垂的眼皮后面。男爵觉得这很有意思。他开始对男孩产生了兴趣，他自忖，这孩子仅仅是由于胆怯才这么腼腆的，能不能把他作为去接近那女人的最迅速的媒介呢？

---

[1] 卡尔·梅依（Kad May，1842—1912）：德国作家，专写一些以印第安人为题材的惊险小说。

无论如何，他要试一试。男孩刚刚又跑到门外去了，他就悄悄地跟着。这孩子需要温柔与爱抚，只见他抚摸着白马玫瑰色的鼻孔。可他真没运气，马车夫也相当粗暴地把他搡走了。现在他又伤心又无聊地荡来荡去，空虚的眼神里含着一丝儿悲哀。这时男爵就同他搭话了：

"喂，小家伙，你喜欢这儿吗？"他突如其来地说，竭力使他的口气平易近人，毫无架子。

孩子的脸涨得绯红，怯生生地在发愣，有点害怕似的用手按着心口，难为情地来回转着身子。一位陌生的先生和他谈话聊天，这在他的生活中还是第一次。

"谢谢，很喜欢。"他结结巴巴地说了这么一句，最后一个词只在喉咙里咕噜了一下，就咽了回去。

"我觉得很奇怪，"男爵笑着说，"这本来就是个很乏味的地方，尤其是对像你这样的年轻人。你整天干什么呢？"这男孩依然不知所措，不能爽快地回答。这位漂亮的陌生先生来找他这个无人过问的孩子聊天，这真的可能吗？这使他既羞涩又骄傲。他费力地鼓足了勇气。

"我看书，然后我们散步，有时候我们也坐车，妈妈和我。我是来这里休养的，我生过病，大夫说我得多晒太阳。"

最后几句话他已经说得相当镇定了。孩子们对自己生病总是感到很骄傲，因为危险使得他们在家人眼里显得倍加宝贵。

"是啊，太阳对于像你这样的年轻人是非常必要的，它一定会把你晒得黑黑的。但是你也不能整天坐着晒太阳，你应该到处跑跑，痛快地玩玩，也可以来点儿恶作剧。我觉得你太老实了。你看起来像是个整天待在家里、手里捧着又厚又大的书本啃个不停地书呆子。我记得我在你这么大的时候简直是个淘气包，每晚回家时裤子都撕破了。你别太老实了。"

孩子下意识地笑了，这一笑可解除了他的恐惧心理。他本想也说几句，但觉得在一个如此友好亲切的陌生先生面前这样随便就显得太放肆了。别人说话他从来不插嘴，而且老是容易发窘；现在由于幸福和羞怯，他更不知所措。他很希望和这位先生的谈天继续下去，却什么话也想不出来。幸好旅馆的那条大黄狗这时走了过来，嗅了嗅他们两人，并乖乖地摇着尾巴让人抚摸。

"你喜欢狗吗？"男爵问。

"噢，很喜欢。我祖母在巴登①的别墅里养了一条狗，我们在那里住的时候，它整天都跟着我。不过我们只是夏天才到那里去玩。"

"我家里，在我们庄园里，有二十多条狗。如果在这里你听话，我就送你一只狗，送你一只白耳朵的棕毛小狗。你要吗？"

孩子高兴得脸都红了。

"嗯，要的。"

这句话脱口而出，说得热切而贪婪，但他接着又胆怯地、像吓着了一样，吞吞吐吐地说出他的担心。

"可是妈妈不会同意的。她说她不能让人在家里养狗。狗太使人讨厌了。"

男爵不觉喜形于色，终于把话题转到了他妈妈身上。

"妈妈那么严厉吗？"

孩子思索着，对他注视了片刻，似乎在自问对这位陌生的先生是否可以信赖。回答是谨慎的：

"不，妈妈并不严厉。因为我刚生了病，现在她什么都允许我的。甚至她也许会同意我养条狗呢。"

"要我为你说情吗？"

"要，请您给说说吧！"男孩高兴得叫了起来，"这样妈妈肯定会答应的。这条狗是什么样的？白耳朵，是吗？它会把捕获物找到叼回来吗？"

"会，它什么都会。"男爵对他如此迅速地从男孩的眼里发现了闪烁着热切的光辉，粲然一笑。开始时的拘谨一下子就消失了，由于害怕而收敛起来的热情一下子就喷涌而出。这个原来腼腆的、羞涩的孩子转瞬间就变成一个热情嬉闹的男孩了。男爵不由自主地想，要是那位母亲也是这样，在胆怯之后也这么热烈就好了。刚这么想，那男孩就蹦到他身上，向他提出了二十个问题：

"这只狗叫什么名字？"

"叫卡罗。"

---

① 巴登（Baden）：这里指奥地利的巴登城，以风景秀丽和温泉浴场而出名。

"卡罗！"孩子欢天喜地地叫道。

大概他说每句话都在笑，都在欢叫，被这喜出望外的喜讯陶醉了。事情竟进展得出人预料地神速，连男爵本人都感到很吃惊。他决心趁热打铁。他邀请这孩子跟他一块儿散散步，而这可怜的孩子呢，几个星期以来就渴望着有人跟他一起玩玩，听了这个邀请，简直是欣喜若狂了。这孩子被他的新朋友用一些像是偶然想到的问题所引诱，喋喋不休地把什么事都讲了出来。一会儿工夫，男爵就知道了这个家庭的一切，尤其是知道了埃德加是维也纳某律师的独生子，出生于一个富有的犹太资产阶级家庭。他通过巧妙的询问，马上就打听到，他母亲对塞默林完全不感兴趣，她曾抱怨这里没有谈得来的朋友，他甚至觉得，从埃德加回答他妈妈是不是喜欢他爸爸这个问题时的支支吾吾的神气，可以推测到他们的关系准不那么妙。他对自己的做法几乎感到羞愧了，他轻而易举地就从这天真无邪的孩子嘴里把这些细微的家庭秘密套了出来。因为埃德加完全信任了他的新朋友，并为自己讲的事情居然能引起一个大人的兴趣而感到自豪。再加上散步时男爵曾把胳膊搭在他的肩上，大家都会看到他和一个大人的关系是多么亲密，埃德加那颗幼稚的心灵由于这种自豪感而剧烈地跳动起来。他渐渐忘了自己是个孩子，无拘无束地像同年龄相仿的人在一起那样滔滔不绝地谈个不休。从埃德加的谈吐中可以看出，他很聪明，正如大多数病弱的孩子一样，由于跟成人在一起的时间比跟同学在一起的时间多而有些早熟，对于自己倾慕或敌视的人或事，反应出奇地激烈。他对任何事情都不能心平气和，谈到任何人或事时，不是特别喜爱，就是极端仇恨，甚至恨到脸都会扭曲得凶狠、难看。也许因为刚生了病的原因吧，他说话带点粗野和突如其来的味道，这使他的言谈如火样地炽热，看来他的笨拙只不过是对自己激情的一种恐惧，一种他费力加以压抑的恐惧而已。

男爵轻而易举地取得了他的信任。仅仅半个小时，他就掌握了这颗火热的、不安颤动着的童心。欺骗孩子，欺骗这些难得被人爱的天真无邪的孩子真是轻而易举的事。他只要把自己的身份忘掉就行了，这样同孩子说起话来就会自然而然、无拘无束，使孩子也觉得他是个小伙伴，这样几分钟之后两人之间任何感情上的距离都没有了。埃德加简直欣喜若狂。在这寂寞的地方突然找到了一位朋友，一位多好的朋友啊！他把维也纳的小男孩全都忘了，连同他们细声细气的声音和幼稚可笑的废话，他们的形象好像都让位给这位新的大朋友了。当这位大朋友告别时又一次邀请他明天上午再来的时候，当这位新朋友像大哥哥似的从老远向他招手的时候，他自豪得连心都要跳出来了。这一刻也许是他生活中最美好的时刻。欺骗孩子真是易如反掌——男爵向这个跑走的孩子微笑着。现在他有了介绍人。他知道，孩子一定会去讲给他母亲听，一直要把他母亲折腾得精疲力竭方才罢休，他准要每句话都复述一遍——这时他怡然自得地想到，他在提到她的时候加了一些奉承话，譬如每次他都用埃德加的"漂亮的妈妈"这个词来称呼。这位健谈的孩子不把他妈妈和他引到一起是不会安静的。对这一点他确信无疑。他无须自己动手就可以缩小他和这位漂亮的女人之间的距离，现在他可以安安静静地做他的梦，眺望一番景色了，因为他知道，一双热烈的小手，就会为他筑起一座通向她心扉的桥梁。

三重唱

几小时以后证实，这个计划是非常出色的，每个细节都获得了成功。当年轻的男爵故意稍稍晚些进入餐厅的时候，埃德加从椅子上一跃而起，急忙向他致意，面带幸福的微笑，向他招手，同时拉着他母亲的袖子，慌张而激动地劝说她，一面以引人注目的手势指着男爵。他母亲不好意思地红着脸斥责孩子这些任性的举止，可终究还是不能不往那边瞧瞧，以照顾孩子的意愿。男爵立即抓住这个机会恭恭敬敬地鞠了一躬。这样彼此就算认识了。她不得不回谢，但此后就把头埋得更低地吃她的东西，整个用餐时间都小心翼翼地避免再往那边看。埃德加可不是这样，他不住地望着那边，有一次他甚至想和那边说话，这种放肆的行为立即遭到了他母亲的严厉责备。吃过晚饭以后他就该去睡觉了，这时他和妈妈悄悄说了好一阵子话，结果是他的热切请求得到允许，于是他就走到另一张桌子去向他的朋友道别。男爵对他说了几句亲切的话，这又使这孩子的眼睛里露出了光辉。他和他聊了几分钟。突然他巧妙地把话一转，站起来向另一张桌子转过身去，祝贺邻座那位有点不知所措的女士有这个聪明伶俐的儿子，说他上午跟她儿子在一起十分愉快——埃德加站在旁边，快乐和骄傲使他的脸都红了——又问起孩子的健康，问得十分详细，提了许多具体问题，迫使母亲只好一一作答。这样他们就不可遏止地进行了一次较长的谈话，男孩对此感到非常幸福，并以一种敬畏的心情倾听着。男爵作了自我介绍，并相信自己觉察到了他那响亮的名字对这位爱慕虚荣的女人产生了某种印象。总之，她对他非常彬彬有礼，尽管她丝毫未失自己的尊严，甚至还先向他提出告别。她抱歉地说，这是孩子的缘故。

孩子激烈反对，说他不困，愿意通宵不睡。可是他母亲已经向男爵伸出了手，他尊敬地吻了它。

这一夜埃德加睡得很不好。他心里像一团乱麻，既极度幸福，又有稚气的绝望。因为在他的生活里，今天发生了新的事情。他第一次进入了大人的行列之中。他半睡半醒，忘掉了自己的童年，似乎自己一下子长大了。直到现在，他一直孤单地受着教育，常常生病，没有几个朋友。他需要温暖爱抚，但是除了父母和仆人之外，别无一人，而父母亲也很少照看他。对于爱的威力，如果只是根据其起因，而不是根据它产生之前的张力，不是根据那空虚而黑暗的空间——这空间在心灵发生重大事件之前充满了失望和孤寂——来判断，就必定会判断错误。一种超重的、没有使用过的感情已在这里期待着，现在它伸开双臂向第一个似乎赢得它的人扑过去。埃德加在黑暗中躺着，心里快乐异常，思绪万千。他想笑，又想哭。因为他喜欢这个人，他还从未爱过一个朋友，没有爱过父亲和母亲，就连上帝也没有爱过哩。他少年时代全部幼稚的热情，现在紧紧地拥抱着这个人的形象。两小时前他连他的名字还不知道呢。

他很聪明，不会为这突如其来的、独特的新友谊而发窘。但使他感到十分惶惑不安的是他感到自己微不足道，无足轻重。"我配得上做他的朋友吗？我，一个十二岁的孩子，还在上学，晚上总要比别人更早地被打发去睡觉。"这些想法在折磨着他。"我能为他做些什么呢？我能对他有些什么帮助呢？"他想以什么东西来表达自己的心意，却痛苦地感到力不从心。这使他很不愉快。往常，每当他喜欢某个同学，第一件事就是把他书桌里宝贵的小玩意儿——邮票、石头之类童年的财产分几样给这位同学。这些东西，他昨天还觉得非常了不起、魅力非凡，现在一下子就变得一钱不值、微不足道和令人不屑一顾了。那么他怎样才能给这位他连"你"字都不敢称呼的新朋友一些宝贵的东西呢？用什么办法才能表达自己的感情呢？他越来越因为自己的矮小、自己的半大不小、不成熟，为自己还是个十二岁的孩子而苦恼。他还从来没有因为自己是孩子而如此痛恨地诅咒过自己呢，也从来没有如此殷切地渴望长成他梦想的那样：高大、强壮，长成一个男子汉，一个像别人一样的大人！

这些惶惑不安的念头很快就编织成了这个崭新的成人世界的色彩缤纷的美梦。埃德加终于带着微笑入睡，但他老想着明天的约会，这破坏了他的酣睡。他怕去晚了，所以第二天七点钟就惊醒了。他急急忙忙穿上衣服，到母亲房里去问了早安。这使他母亲十分惊讶，过去她总要费好大的气力才能把他从床上叫起来。还没等她发问，他就跑下楼去了。他一直焦急地晃荡到九点，连早饭都忘了，一心想着别让他的朋友为这次散步等得太久。

九点半，男爵终于潇洒地走了过来，他当然早就把这次约会忘到九霄云外了。但是现在因为孩子热切地向他跑来，他也不得不对这股激情报以微笑，并表示准备遵守他的诺言。他又挎着孩子的胳膊，带着这个神采奕奕的孩子走上走下，只是委婉但坚决地拒绝现在就一起去散步。他好像在等待着什么，至少他那心神不定的、扫视着大门的目光说明了这点。突然他全身一振，埃德加的妈妈走进了前厅，一边回答他的问候，一边亲切地朝他俩走来。当得知埃德加当做什么了不起的秘密瞒着她想和男爵一起散步的计划时，她就微笑着同意了，并爽快地接受了男爵要她同去散步的邀请。

埃德加立即露出一副愁眉苦脸的样子，咬着嘴唇。多恼人，她偏偏现在走来了！这次散步本该只属于他一个人的，即使是他自己把他的朋友介绍给妈妈的，但这只不过是表示他的一种盛情而已，这并不表明他因此愿意和她共有这位朋友。当他看到男爵对母亲的那股殷勤劲儿时，他心里就激起了某种妒意。

他们三人一起散步，由于他们两人都对他表示了出奇的关心，因而在孩子的心里更滋长了一种觉得自己很了不起的、突然身价百倍的危险感觉。埃德加几乎成了谈话的中心了。母亲有点假惺惺地对他苍白的脸色和他的神经质表示忧虑，而男爵却又笑嘻嘻地反对这种看法，并赞许他的"朋友"——他是这么称呼他的——可爱。这是埃德加最美好的时刻。他获得了他整个童年时期所没有得到的权力。他可以同大人一起说话而不立即受到申斥，被要求住嘴，他甚至可以表示各种各样的冒失要求，而这些他在这以前提出来就准会挨上好一顿臭骂。他认为自己业已长大成人了，当这种自欺欺人的感情在他的心里越来越自信地滋生起来时，孩子的这种情绪是毫不奇怪的。在他光明的梦境里，童年已经被远远地甩在身后了，就像一件被抛掉的、不合身的衣服。

中午，男爵应越来越友好的埃德加的母亲之邀，坐在她的桌边。由 vis-a-vis① 到一起并坐，由认识变成了友谊。三重唱正在进行，女声、男声、童声这三种声音配合得十分协调。

进 攻

现在这位没有耐心的猎手觉得是时候了，是蹑手蹑脚地挨近他的猎物的时候了。在这种事情上他不喜欢这种老是亲热的三重唱。三个人在一起聊聊天当然很惬意，但是归根结底聊天并非他的目的。他知道男女之间的情欲，如果成了戴假面具游戏的社交，那就总会耽误官能享受，就会使语言失去激情，使进攻缺乏火力。要使她透过谈话了解他的本意，至于这个本意是什么，他已经使她了解得一清二楚了，对此他是很有把握的。

他对这个女人所打的主意恐怕不至于徒劳无功，成事的概率很大：她正当那种关键性的年龄，这时候一个女人对素来忠于一个自己不喜欢的丈夫开始感到后悔了，美貌正在消逝，风韵所余无多，在母性和女人之间她还不能做出刻不容缓的最后一次抉择。生活，好像早就已经有了答案的生活，此刻又一次成了疑问，意志的磁针最后一次在渴望官能享受和彻底断绝欲念之间颤动着。一个女人面临着一个危险的决断：是为了她自己的命运，还是为了孩子的命运，是做女人还是做

---

① 法文：面对面。

母亲。男爵对这一切都一目了然，他感到他已经觉察到她的这种危险的动摇了。她谈话当中总是忘记提及她丈夫，实际上她心里对她孩子也了解得非常之少。她杏仁般的双眸里有一种百无聊赖的影子，在伤感的面纱下，半遮半露地掩饰着她的情欲。男爵决定迅速采取行动，但同时又得避免急不可待地样子。相反，像垂钓者引逗地抽回钩子一样，在他这方面，他又做出一副极其冷淡的样子，虽然实际上是他在追别人，却要让别人来追他。他决定表现得高傲一些，竭力强调他们社会地位的不同。他觉得只要突出他的高傲，显示他的外貌，强调他那响亮的贵族姓氏，以及做出冷冰冰的举止，就可以将这温柔、丰满、漂亮的肉体弄到手。这个想法撩拨得他心里奇痒难熬。

这场热烈的戏已使他兴奋异常，因此他强迫自己小心从事。他一下午都待在自己房间里，美滋滋地相信她在找他，在惦记着他。但是，他未露面并未引起她的注意，她本来就想避开他的。可是这使可怜的孩子难受极了。整个下午埃德加都茫然困惑、若有所失；他以男孩子所特有的那种执拗的忠诚，在漫长的好几小时里始终痴心地等着他。他觉得走掉或者独自做点什么事都是一种罪过。他茫然无主地在过道里踱来踱去，天色越晚，他心里越是快快不乐。他心绪不宁，想入非非。他梦到了一次事故，梦到不知不觉中受到的一次侮辱，由于焦急和恐惧他差点儿哭出声来。

男爵晚上去吃饭的时候，受到了热烈欢迎。埃德加不顾母亲的告诫，叫了他，不理会别人的惊讶，朝他奔去，用他瘦削的双臂紧紧地抱住他的胸部。"您在哪儿啦？您在哪儿待着啦？"他匆忙地叫道，"我们到处找您。"母亲不高兴把自己扯进去，所以脸红了。她相当严厉地说："Sois sage, Edgar. Assieds toi！"[①]（她总是和他说法语，虽然她的法语讲得并不自如，一碰到难表达的句子还感到很吃力。）埃德加顺从了，但还在向男爵刨根问底。"你别忘了，男爵先生可以做他愿意做的事。也许他讨厌我们跟他在一起呢。"这回她自己把自己扯进去了。男爵立刻就愉快地感到，这种责备正是为了恭维。

这个猎手兴奋起来了。他狂喜、激动，那么迅速地在这里找到了

---

① 法语：听话，埃德加。坐下！

猎物的真正足迹，他感到它就在他的射程之内了。他眼睛炯炯发光，神采飞扬，口若悬河，滔滔不绝，连他自己也不明所以。他同每个情欲旺盛的人一样，当他知道讨得了女人欢心时，便风度飘逸，潇洒自如，就像有些演员，当他们知道面前的观众对他们着迷时，就劲头倍增。他在朋友们中间是个讲春宫故事的能手，而今天——这时他喝了几杯为庆祝这新友谊而要的香槟酒——就讲得更为出色。他自诩为一位地位很高的英国贵族朋友的客人，在印度打过猎。他很聪明地选了这个题目，那是因为这题材是轻松的，而且他可以从旁观察这些富有异国情调的逸事、这些她所无法企及的事情在这个女人身上所引起的激动。听这个故事最最着迷的，首先还是埃德加，他的眼睛也由于兴奋而显得炯炯有神了。他忘了吃，忘了喝，凝视着这位侃侃而谈的人。他从未希望能够真正见到一位有过亲身经历的人，讲述他只从书本上才读到过的那些惊人的险遇，什么猎虎啦、棕色人啦、印度人啦以及把千百人研为齑粉的、可怕的 Dschagemal[1] 的轮子等等。直到现在他还从来不相信真的会有这样的人，正如他从来没把童话国家当成真的一样。此刻，他心里突然第一次涌现出了一个辽阔的世界。他目不转睛地盯着他的朋友，屏住呼吸，凝视着他面前的那双曾经打死过一只老虎的手。他什么都不敢问，随后他说话的声音异常兴奋。在他驰骋的想象里，他的大朋友成了故事里的主角：他高高地骑在一只披着紫色象服的大象上，戴着贵重头巾的、棕色皮肤的男人两边相随；突然他又看见丛林里跳出一只龇牙咧嘴的老虎，伸着前爪去抓大象的鼻子。现在男爵又讲起更为有趣的、关于怎样智捕大象的故事：用驯服的衰老动物把猛烈的、目空一切的幼象引诱进木笼子里。孩子的眼睛迸发出炽热的光芒。这时妈妈看了一下表，突然说："Neuf heures！ Au lit！"[2] 他觉得，这仿佛在他面前落下了一把闪着寒光的刀。

埃德加吃了一惊，脸都吓白了。"带你上床！"这对所有孩子来说，都是一句可怕的话，因为他们觉得，这句话是在大人面前对他们公然的轻蔑，是一种自我招供，是童年和小孩需要多睡眠的一种标志。

---

① Dschagemal 即转轮王，为神话中的印度国王。

② 法语：九点了！该睡了！

可是这种羞辱竟发生在这么有意思的时刻，使他听不到这些闻所未闻的故事，这真是太可怕了。

"只听完这一个，妈妈，这个捕象的故事，就让我听完这一个吧！"

他开始乞求了，但立即想起了他作为大人的新的尊严。而他母亲今天也严厉得出奇，"不行，已经很晚了，快上楼吧！Sois sage,^① 埃德加！男爵先生讲的故事明天我都详细地讲给你听。"

埃德加迟疑地站了起来，以前每次都是他母亲送他上床，可今天当着他朋友的面他不愿乞求，他那孩子气的骄傲使他起码还要做出自愿走开的样子。

"真的呀，妈妈，明天你全部讲给我听。全部！关于捕象的故事和其他的故事！"

"好，我的孩子！"

"马上，今天就要讲！"

"好，好，但是你现在去睡吧。走吧！"

埃德加自己也感到奇怪，他把手递给男爵和妈妈的时候，脸居然没有红，虽然喉咙里已经在鸣咽了。男爵亲切地捋了捋孩子那浓密的头发，这使得孩子绷紧的脸上又露出了一丝笑容。接着他就赶快往门口跑去，否则他们就要看到大滴大滴的眼泪从他脸上滚下来了。

大　象

母亲和男爵又在桌旁坐了一会儿，但是他们不再谈象和打猎的事了。孩子离开他们之后，他们的谈话气氛有一点压抑，有一点微妙不安的困窘。后来他们来到前厅，坐在一个角落里。男爵比任何时候更加神采飞扬，而几杯香槟酒又使她兴味盎然，所以谈话很快就具有了危险性质。本来男爵谈不上漂亮，他只是因为年轻，头发剪得短短的，一张棕黑色的、精力旺盛的娃娃脸，很有点男子汉气魄，他那灵活而几乎是调皮的动作撩得她心猿意马。现在她乐于从近处看他，也不害怕他的目光了。在他的谈话之中，逐渐有了一种使她略感困惑的放肆，

---

① 法语：要听话。

有某种类似抚摸她身体的东西，有一种触及她的身体又迅速移开的东西，有某种捉摸不定的欲望，这使得她双颊绯红。随后他又轻快地笑着，无拘无束，像个孩子。这就使得这些细微的、轻浮的欲念好像是孩子闹着玩似的。有时她觉得该对他说句严厉的话。但是她生性喜欢卖弄风情，被这些淫猥的话儿撩拨得心痒难当，只想更多地消受。这种放肆的游戏使她感到销魂。后来她自己也模仿起来。她频送秋波，暗示允诺，完全沉湎在这绵绵情话和狎昵动作中，甚至容许他挨近。他的声音有时使她感觉到他那热乎乎的、战栗的呼吸正喷在她的肩头上。像一切赌徒一样，他们也忘掉了时间，完全陶醉在销魂的谈话之中。到了午夜，前厅里开始熄灯的时候，他们才猛然一惊。

　　一惊之下，她立即一跃而起，猛然感到自己太放肆了，竟干出了这样的事。本来她也是个玩火的里手，但现在她那已被撩拨起来的本能业已感觉到，火已玩到这个危险的人身边了。她战栗地发现，自己已不能再把握住自己，心里有什么东西在开始蠕动，看什么都很兴奋，宛如一个人在发高烧时的感觉一样。恐惧、酒和火热的话语在她头脑里回旋激荡，一种恼人的、莫名的恐惧攫住了她。她一生中这种恐惧在类似这样的危险时刻里曾经历过数次，但是都没有这一次那样令人头晕目眩，如此猛烈无情。"晚安，晚安。明早再见！"她急匆匆地说着，想逃遁而去。这倒不是为了逃脱，而是为了逃开此刻的危险，逃脱她自己心中一种新奇的、陌生的、欲推犹就的窘境。男爵轻轻抓住她告别时伸出来的手，吻着。不是通常的吻一次，而是用嘴唇从纤秀的手指尖一直吻到手腕，颤抖着吻了四五次。她感到他硬硬的胡须在她手背上戳得痒痒的，她起了一阵微微的哆嗦。某种温暖的、令人窒息的感情从手背上随着血液流贯了全身。恐惧甜蜜地袭来，她的太阳穴突突直跳，头在发热。恐惧，这莫名的恐惧现在使得她全身战栗起来，她急忙从他手里抽回了自己的手。

　　"您再待会儿嘛。"男爵悄悄地说。可是她已经仓皇失措地匆匆跑走了，这个动作使她的恐惧和慌乱暴露得一目了然。现在她心里很兴奋，这也正是男爵的意图。她觉得，她的感情越来越不能解释了。残酷得灼人的恐惧在追逐着她，把她抓住，但就在逃开的时候，她同时又为他没有抓住她而感到惋惜。她多年来下意识渴望的事情，很可能会在这种时刻发生。从前这种艳事她总是在最后关头把它摆脱开了，可对它的气息她爱得如痴如醉。这种巨大的、危险的艳事，这种不是转瞬即逝的、撩人的调情。可是男爵很骄傲，不去捕捉这个良机。他对自己的胜利很有把握，因而不想在这个女人酒意蒙眬、不能自持的时候把她弄到手。正相反，只有神志清醒时的斗争和委身，才会激起这个手段光明正大的赌棍的兴趣。她是逃不出他的手心的。他看到，她血管里火辣辣的毒药使她战栗了。

她在楼梯上停住了脚步，用手按着气喘吁吁的心口。她得休息一分钟。她的神经已经受不住了。她从胸口发出一声叹息，这叹息，半是庆幸自己脱离了危险，半是惋惜。这一切都像一团乱麻，弄得人头晕目眩，六神无主。她半闭双眼，像喝醉了酒一样，在往她的房门那儿摸索，接着深深地舒了一口气，因为她终于抓住了冰凉的门把手。这时她才感到安全了！

她轻轻推门进了房里，马上就吓得退了回来。房里，在里边暗处，有什么东西动了一下。她那兴奋的神经剧烈地战栗了。她正想呼救的当儿，从里面发出了一个轻轻地、睡意蒙眬的声音："是你吗，妈妈？"

"上帝保佑，你在这里干吗？"说着她就直奔沙发床。埃德加正蜷缩成一团在上面躺着，刚刚醒来。她第一个念头就认为这孩子准是病了，或者是需要什么东西。

但是埃德加仍带着睡意，略带一点责备的口气说："我等你好久，后来就睡着了。"

"干吗等我？"

"为了大象。"

"什么大象？"

现在她才想起，她确实答应今天晚上就把打猎的故事和其他冒险故事全讲给他听的。因此孩子跑到她房间里来了。这单纯、幼稚的孩子，他深信不疑地等着她，等着等着，就睡着了。这种放肆的举动激怒了她，或许她本来是对自己发火，她想大喊大叫来掩饰自己的罪过和羞愧。"马上回自己床上去，你这没有教养的东西！"她对他嚷了起来。埃德加诧异地望着她。她为什么对他发那么大的火？他又没有做什么错事。但是他的惊讶似火上加油。"马上到自己房里去！"她怒气冲冲地吼道，这时，她感到委屈他了。埃德加默默地走了。原来他已经疲倦极了，透过蒙眬的睡意，他迟钝地感觉到，他母亲没有遵守自己的诺言，这样对待他是不公正的。但是他没有反抗。因为困倦，他觉得什么都是昏昏沉沉的，一切都是麻木迟钝的，随后他又生自己的气，竟在这里睡着了，没有醒着等妈妈。"完全像个孩子。"在重新入睡以前，他还在生自己的气。

因为从昨天起，他就恨自己的童年了。

前哨战

男爵没有睡好。一次调情中断之后就去睡觉总是危险的：一个不平静的、梦魇频扰之夜，使他不久就后悔没有把这一分钟紧紧抓住。当他早晨带着未消的睡意，怀着恶劣的心绪走下楼来时，孩子从躲藏的地方朝他蹦跳过来，热情地投入他的怀里，用千百个问题来折磨他。埃德加非常快乐，他又有一分钟可以独占他的大朋友，而无须和妈妈分享了。他的故事该只讲给他听，不再讲给妈妈听了。他向他提出许许多多问题，因为妈妈虽然答应给他讲，但还是没有把这种奇妙的故事讲给他听。这时，男爵吃了一惊，掩饰不住自己恶劣的心情，但埃德加把成百个孩子气的、恼人的问题倾倒在他身上。此外，在提这些问题时还掺杂着种种亲昵的表示。他终于又和这位他找了好久、一大早就等着的朋友单独在一起了，他真是快乐极了。

男爵粗声粗气地敷衍着。这孩子没完没了的盯梢、数不尽的幼稚问题以及他那并不讨人喜欢的热情，所有这一切，都开始使他感到厌烦。天天同一个十二岁的孩子转来转去，跟他说些无聊的话，对此他感到厌烦了。现在他一心只想着如何趁热打铁，赶快把这位母亲掌握住，而孩子在场却使这事很棘手。由于他的不慎，唤起了孩子对自己的这种痴情，他对此开始感到不快。这使他心情抑郁，因为他暂时无法摆脱开这个热情得过分的朋友。

不过无论如何总得设法摆脱他。一直到十点钟——他和孩子母亲约好去散步的时间，他心不在焉地敷衍着叽叽喳喳说个不停地孩子，只是偶尔插上一两句话，同时还翻阅着报纸。可当时钟的指针快成九十度角的时候，他仿佛忽然记起来似的，请埃德加为他到另一家旅馆去一趟，问问他的表兄格伦特海姆伯爵到了没有。

真心实意地孩子真是高兴极了，终于可以为他的朋友办点事了，他对自己的使者身份很自豪，立即奔了出去，撒腿猛跑，惹得人们都奇怪地望着他的背影。可是他一心想显示一下把事情交给他办是多么可靠。那家旅馆的人对他说，伯爵还没有到，现在压根儿还没有人来打过招呼。他带着这个消息又狂奔了回来。但是男爵已经不在前厅里了。于是他就去敲男爵的房门——白敲了一阵！他怀着不安的心情跑遍了所有的场所，包括音乐室和咖啡室，然后激动地冲到他妈妈那里去打听个究竟。她也不在。最后他十分失望地去问门房，门房告诉他，几分钟之前他们俩一起出去了！这消息惊得他目瞪口呆。

埃德加耐心地等待着，他天真无邪，根本不往任何坏事上想。他想他们大概只是出去一会儿，对此他是很有把握的，因为男爵还等着他的回话呢。但是好几个小时过去了，不安开始潜入他的心头。真的，打这位陌生的、诱人的人进入了他幼小的、天真无邪的生活那一天起，这孩子整天都处于紧张、激动和纷乱的状态之中。任何热情压在像小孩那么纤细的机体上，宛如压在柔软的石蜡上一样，都会留下它的痕迹。他的眼皮又神经质地颤抖起来，脸色变得更加苍白。埃德加等啊，等啊，起先是不耐烦，后来就激动不安，末了几乎要哭了。但他一直没有什么怨恨，他盲目地信赖这位出色的朋友。他想可能是个误会。隐隐的恐惧折磨着他，也许是自己把他托付的事理解错了。

他们终于回来了，两人愉快地聊着天，丝毫也没有什么惊讶地表示，这可真令人奇怪极了。看来他们根本就没有把他放在心上。"我们迎你去了，希望在路上碰见你。埃狄。"男爵说，并不问托付他办的事。他们居然没有在路上碰见他，这使孩子大为诧异。他向他们保证说他是从笔直的大马路上跑回来的，并想知道他们是从哪个方向去找他的。刚说到这里，妈妈就打断他的话："行了，行了！小孩子不要盘根问底，没完没了。"

埃德加脸都气红了，当着他朋友的面这么卑鄙地来贬低他，这已经是第二次了。她为什么要这样做？他确信，他已不是孩子了，而她为什么总要把他当成孩子？显然她嫉妒他有个朋友，挖空心思想把他的朋友拉过去。对了，刚才肯定是她故意把男爵领错路的。但是他不愿任她欺侮，这一点她该明白。他要给她点颜色。埃德加决定今天吃饭的时候只同他的朋友说话，跟她一句话也不说。

但是他们根本就没有注意到他的报复，甚至连他这个人也好像没有看见。这使他很难受，这完全出乎他的预料啊！昨天他们在一起的时候，他曾经是轴心啊！现在他们两人谈笑风生，互相调侃，可是没有一句话与他相干，仿佛他掉到桌子底下去了。血涌上他的双颊，喉咙里像是塞了一团东西，卡住了呼吸。他越来越愤慨地意识到自己竟是那样地无足轻重。难道他就老老实实在这儿坐着，看着他母亲把他的朋友抢去，除了沉默之外不能进行什么反抗了吗？他想，他得站起来，用两个拳头出其不意地猛捶桌子。只有这样，才能把他们的注意力引到自己身上。但是他控制住了自己，只是放下了刀叉，一口也不吃了。他们很久也没发现他不吃东西，只是到最后一道菜时，母亲才奇怪地注意到，问他是不是不舒服了。"可恶，"他心里想，"她想的只是我是不是病了，别的事情她都觉得无关紧要。"他冷冷地回答说，他不想吃，这样她也就满意了。没有什么事，什么事也不会促使他们对他加以理睬啊。男爵似乎已经完全把他忘了，至少他没有和他说过一句话。他眼里热乎乎的，泪水涌进了眼眶，他得想个法子，趁人不注意的时候，迅速地拿起餐巾，好使这该死的、幼稚的泪水不至于毫无顾忌地流下双颊。这顿饭结束的时候，他舒了一口气。

吃饭的时候，他母亲建议一起坐马车到玛丽娅·舒茨去玩一次。埃德加听着，用牙齿咬着嘴唇。她一分钟也不让他单独跟他的朋友在一起。现在她边站起来边对他说："埃德加，你要把功课全忘了，你得留在房里把功课补一补。"听到这话，他对她恨到了极点。他又一次把小拳头攥得紧紧的。她老想在他朋友面前侮辱他，总是当众提醒他，他还是孩子，还得上学，只有得到允许才可以同大人在一起。这回的用意可是一目了然的。他未作回答，立即把身子扭了过去。"噢，又不高兴了。"她笑着说，随后就对男爵说，"要是他做上一小时功课，真会那么影响他的健康吗？"

"嗐，一两个小时对身体绝不会有什么坏处。"男爵说。男爵，他一度把自己称为他的好朋友的男爵，曾经嘲笑他是书呆子的男爵，现在居然说这样的话，他感到浑身发凉、血液凝固。

这是默契吗？他们两人真的联合起来对付他了吗？孩子的目光里闪烁着愤怒的火焰。"爸爸不让我在这里学习，爸爸要我在这里休养。"他一下子把这句话甩了出来，带有一种对自己疾病的骄傲，绝望地死抱住父亲的话、父亲的威望不放。他把这句话当作一种威胁说了出来。真是奇怪之至，看来这句话当真使得他们两人心里都不愉快了。母亲把目光移开，只用手指烦躁不安地敲着桌子。他们之间出现一阵难堪的沉默。"随你吧，埃狄。"末了，男爵强作笑容地说，"我又不用考试，我各门功课早就是不及格的。"

对这个玩笑，埃德加并没有笑，只是用审视的、锐利的目光打量着他，仿佛要深入到他的灵魂中去似的。发生了什么事呢？他们之间的关系起了变化。为什么？孩子并不清楚。他不安地移动着他的目光，一把小槌在他心里剧烈地敲打着：第一次猜疑。

灼人的秘密

"她怎么变成这样？"在滚动着的马车上孩子坐在他们对面沉思起来。为什么他们不像以前那样关心我了？为什么当我注视妈妈的时候，她总是避开我的目光？为什么他老是在我面前开玩笑，装疯卖傻？他们两人不再像昨天和前天那样跟我说话了，我仿佛觉得他们已经换了一副面孔。妈妈今天的嘴唇那么红，她准擦了口红。我从来没有见她这么打扮过。而他呢，老是蹙着眉头，好像我侮辱了他似的。我确实没有做过对不起他们的事啊，没说过一句让他们生气的话呀！不，不会是我的缘故，因为他们两人之间的关系和在这之前不一样了。他们两人好像干了什么事而又不敢说出来似的。他们不再像昨天那样谈笑风生、兴致勃勃了。他们很拘束、发窘，他们一定瞒着什么事。他们两人之间准有个什么秘密，不想让我知道。这个秘密我无论如何要把它弄个水落石出，不惜任何代价。我看出来了，就是那种不让我知道的秘密，这种秘密就是演戏时男人和女人伸开胳膊唱歌、互相拥抱又推开的那种秘密。这一定是同我的法语女教师的秘密一样的，爸爸同她相处得很不好，后来就把她辞掉了。所有这些事情都有关联，这我感觉到了，可就是不知道是怎么回事。噢，一定要知道这个秘密，彻底知道这个秘密，要抓住这把钥匙，抓住这把能打开所有大门的钥匙，那我就不再是孩子，不让他们再来搪塞和欺骗我了！不只现在，就是永远也不让人搪塞和欺骗！对孩子他们总是把什么事都隐瞒起来。我要揭穿他们的这件事，揭穿这个可怕的秘密。他的额头上起了一道深深的皱纹，他在严肃地苦思冥想，车厢外的景色他连望都不望。这个瘦弱的、十二岁的孩子看起来几乎老了。窗外，四周色彩绚丽，山上的针叶林染着一片明净的绿色，山谷沐浴在暮春的柔和光泽里。他只是不住地盯着坐在他对面马车后座上的两个人，仿佛用一根钓竿一样，用灼热的目光要从他们眼睛的深处把这个秘密钓出来似的。再没有什么比一条模糊不清的踪迹更能使未成熟的智力大显身手的了，有时候只有一扇很薄的门，就把孩子同我们称之为现实的世界隔开了，而凑巧一阵风却会把这扇门给孩子们吹开。

埃德加蓦地感到他从来没有像现在这样挨近这个未知的巨大秘密，好像可以抓得着似的。他觉得这个秘密就在面前，虽然现在还是锁着的，谜底尚未揭开，但是很近，非常之近了。这种感觉鼓舞着他，使他显出突然郑重其事的严肃神情。因为他下意识地感到自己已经处在童年时代的边沿。

对面的两个人心里感到某种隐隐约约的障碍，但并没想到这障碍是来自孩子。三人同车使他俩感到处处受碍，很不自在。他们对面那双森然闪着火焰的眼睛打扰着他们。他们几乎不敢说，也不敢看。现在他们之间再也无法回到以前那种轻松的、社交场合的谈话了，而是很深地陷入语调亲昵、用词挑逗的阶段，常为轻佻的、偷偷地触摸而颤抖不已。他们的谈话常常接不下去。谈话中断了，想继续下去，但又不断地在孩子执拗的沉默影响下绊倒。

他那固执的缄口不语，特别对于母亲来说是一大负担。她从侧面小心翼翼地打量着他，当她第一次突然发现这孩子咬着嘴唇的神情和她丈夫激怒或生气时的神情完全一样时，她大吃一惊。恰恰是现在，她有外遇时，想起她丈夫来，心里很不是滋味。她觉得，这孩子像是鬼怪，像是良心的卫士，在这马车里一点大的地方，在她对面只有十英寸的距离，滴溜溜滚动着黑黝黝的眼睛，在苍白的额下窥视着。这使她加倍地忍受不了。埃德加忽然抬头凝视有一秒钟之久。两人立即垂下了目光：他们感到生平第一次受到了窥伺。在此之前，母子两人亲密无间，但是现在两人之间，她和他之间，忽然有了什么东西，关系完全变了样。生平第一次，他们开始察觉到，他们两人的命运彼此分开了，两人已经相互暗暗地仇恨起来了，由于这种仇恨还刚产生，彼此都不敢承认。

当马匹又在旅馆前面停下的时候，三个人都舒了口气。这是一次不愉快的远游，这一点大家都感觉到了，可是谁都不敢说。埃德加第一个跳下马车。她母亲告罪说头痛，急忙上楼去了。她极为疲倦，想独自一人待会儿。埃德加和男爵留了下来。男爵给马车夫付了钱，看了看表，径自往前厅走去，毫不理睬孩子。孩子望着男爵那优雅、修长的背影，他正迈着有节奏的、轻快飘逸的步履。这步履曾经使这孩子着迷，昨天他还悄悄对着镜子加以模仿哩。他走了，径直走了。显然他把这孩子忘了，让他在马车夫旁边、在马旁边站着，仿佛这孩子与他毫不相干。

埃德加看着他这样走掉，心里像有什么东西被撕成了两片。不管怎样他还始终狂热地爱着男爵。男爵就这样走开了，没有用大衣触他一下，没有向他这个知道自己确实毫无过错的孩子说一句话，他心里绝望了。费尽气力保持的镇静崩溃了，人为地加重了尊严的担子从他过于狭窄的肩头滑了下来，他又成了一个孩子，和昨天及以前一样渺小、恭顺。这违反他的本愿，催促他快步向前。他迈着哆嗦的步子，迅速跟着男爵，在男爵正要上楼梯的时候，他在前面拦住了他，带着难以忍住的眼泪，压低了声音说：

"我做了什么对不起您的事？您不理我了！为什么您现在老是对我那么疏远？为什么您总想把我支开？是您觉得我碍事，还是我做错了什么事？"

男爵吃了一惊。这声音里有一种东西扰乱了他的方寸，使他的情绪缓和下来。他对这个毫无恶意的孩子产生了同情心。"埃狄，你是个傻瓜！我只是今天情绪不好。你是个可爱的孩子，我真的很喜欢你。"说着他使劲地来回抚弄着他的头发，但只是半转过脸来，以免看到孩子这双湿润的、恳求的大眼睛。他演的这出喜剧开始使他有点痛心了。

本来他对自己如此厚颜无耻地玩弄这个孩子的爱已经感到羞愧了，而这软弱无力的、颤动的、如泣如诉的声音更使他感到痛苦。"现在上楼去吧，埃狄，今天晚上我们又会处得很好的，你看吧！"他抚慰地说。

"但您别让我妈妈早早叫我上楼，好吗？"

"行，行，埃狄，我不让她叫你上楼。"男爵笑着说，"现在上楼去吧，我得去换吃晚餐的衣服。"

埃德加走了，此刻感到十分高兴。但不久他心里的槌子又开始敲动起来。昨天以来他好像大了好几岁，猜疑这位不速之客业已牢牢地盘踞在他的心里了。

他等待着。这是关键性的考验。他们一起围桌而坐。九点钟了，母亲还没叫他去睡觉。他已经感到有些不安了。为什么恰恰今天她让他在这里待那么长时间，而以往她是一到时间就打发他走的呀？难道男爵把他的愿望和谈话告诉给她了？突然间他感到难以名状的后悔，今天真不该以完全信赖的心情去追他啊。到十点钟，他的母亲忽然站了起来，同男爵告别。奇怪的是，男爵对她过早告辞看来一点也没有感到惊奇，也没有像往常那样挽留她。孩子心里的槌子敲得越来越厉害了。

这是个尖锐的考验，他也装出一无所知的样子，二话没说，就跟他母亲朝门口走去。但是走到那里时他突然用眼睛一扫，真的，在这瞬间他截获了一道含笑的目光，它越过他的头顶从她眼里正巧朝男爵送去。这是一道默契的目光，某种秘密的目光。这么说男爵把他出卖了，因此今天的早走是为了要他安静下来，好让他明天不再妨碍他们。

"坏蛋！"他咕哝了一句。"你说什么？"母亲问道。"没什么。"他从牙缝里挤出这几个字。现在他有了自己的秘密，它的名字叫作恨，对他们两人无边无际的恨。

沉　默

埃德加内心的骚动业已过去。他终于享有了一种纯粹的、明净的感情：仇恨和公开的敌视。他现在确信自己是他俩的障碍，因此跟他俩待在一起就成了他的一种复杂得出奇的乐趣。他觉得破坏他们，用他积聚起来的全副力量去反对他们，是一件赏心悦目的快事。他先是对男爵表露出他的愤怒。早上男爵下楼遇见他时，亲切地向他打招呼说："早晨好，埃狄。"埃德加坐在靠背椅上纹丝不动，连眼睛都没抬一下，只是咕哝一下，生硬地回了他一句："好。""妈妈下来了吗？"埃德加两眼看看报纸说："我不知道。"

男爵感到惊愕。这一下子怎么啦？"埃狄，怎么啦？没睡好觉？"他本想像往常那样开个玩笑来缓和一下空气，可是埃德加依然轻蔑地冲口回了一个"不"字，随即又埋头看他的报纸。"蠢孩子。"男爵自言自语地嘀嘀说，耸耸肩膀，走开了。敌意已经公开了。

埃德加也以冷漠和彬彬有礼的态度对待他妈妈。一次她想打发他去网球场玩，对这样一个拙劣的企图，他平静地拒绝了。由于愤恨而轻轻滑动的冷笑紧贴在他的嘴唇上闪现出来，这表明他不再受骗了。"我宁愿跟你们一块儿去散步，妈妈。"他说这话带着一种虚假的亲热，并紧紧盯住她的两只眼睛。对她说来，这个回答显然是不受欢迎的。她迟疑了片刻，像是寻找什么东西似的。终于她打定了主意，说："在这儿等我。"于是就去用早点。

埃德加等待着。不信任感在他脑子里折腾着，他忐忑不安地直感到他们的每句话里都能搜寻出一种秘密的、敌视的意图。现在这种猜疑经常能使他作出一种具有奇异洞察力的决断。妈妈要他在前厅里等，但他不在那里等，而宁愿站在马路上，那里不只能监视大门，而且能监视所有的门道。他心里有某种预感，觉得妈妈耍了个骗局。这下他俩可再也溜不掉了。像在讲印第安人故事的书里学到的那样，他躲在马路旁的一堆木料后面。大约半个小时之后，他看到他妈妈真的从一个侧门出来了，手里拿着一束绚丽的玫瑰花，后面跟着男爵，那个叛徒。这时他满意地笑了。

两个人兴高采烈。他俩避开了他，光是为了自己的秘密，就可以舒口气了吗？他俩谈笑风生，正准备折向通往林中的小径。

现在是时候了，埃德加不慌不忙地，做得像是偶然到这里来似的，从木料后面蹿了出来。他非常镇定地向他俩走来，以便有时间，有许多时间来充分欣赏他俩的惊诧表情。两个人一怔，交换一下惊奇的眼光。这孩子慢慢地、带着一种泰然的神情向他们走去，他那嘲弄的目光紧盯着他们。"啊，你在这儿，埃狄，我们在里面找过你了。"母亲终于开口说。"她撒谎撒得多不要脸啊！"孩子心里想，但是他的嘴唇一动不动，把仇恨的秘密掩藏在牙齿的后面。

三个人犹豫不决地站在那儿，一个窥伺着另一个。"那我们走吧。"这个恼火的女人沮丧地说，顺手撕碎了一朵最鲜艳的玫瑰花。她的鼻翼在轻轻地翕动，这就暴露了她的愠怒。埃德加站在那里，仿佛这与他毫无关系。他望着蓝天，等待着。他俩要走的时候，他准备跟随他们。男爵又作了一次努力。他说："今天有网球联赛，你看过没有？"埃德加轻蔑地望了他一眼，对他根本就不予理睬，只是翘翘嘴唇，像是要吹口哨似的。这就是他的答复，明亮的牙齿显示了他的仇恨。

孩子突如其来的出现，像梦魇似的纠缠着两个人。罪犯跟在看守后面走着，暗暗攥紧了拳头。其实孩子并没有做什么，可是他俩每分钟都无法忍受他那窥视的目光。孩子的眼睛里噙着愤怒的泪水，含着深深的阴郁，它对任何接近的尝试都愤怒地加以摈斥。"离远一点！"突然母亲狂怒地说着。孩子不断地偷听他们的谈话使她烦躁不安。"别老在我跟前跳来跳去，把人烦死了！"埃德加顺从地走开了，但是每走一两步就回过头来，一看到他俩落在后面，他就停在那儿等待着，像条黑狗用他那靡非斯特的目光①纵横上下地织成一个仇恨的火网。他俩感到已被火网套住，无法脱身。

孩子恶狠狠的沉默像一种强酸腐蚀了他俩的兴致，他的目光使他们的谈话一到唇边就变得索然无味。男爵再也不敢说一句挑逗的话了，他愤怒地感觉到这个女人要从手上滑掉，她那好不容易才点燃的热情由于害怕这个令人厌恶的孩子又冷淡下来了。他俩总想设法交谈，却总是谈不下去。末了他们三人都默不作声、无精打采地走着，只听到树木摇曳碰撞发出的低语和他们自己扫兴的脚步声。这孩子把他俩的谈话窒息了。

现在三个人心里都充满了一触即发的敌意。这个被出卖的孩子快乐地感到，他们的愤怒是完全抵御不住他的被蔑视的存在的，但他——

---

① 见歌德所著《浮士德》第一部。浮士德在复活节同他的学生瓦格纳出城散步时，魔鬼靡非斯特变成一条黑狗跟浮士德回到书斋，他那犀利的目光能洞察一切。

咬牙含恨地等着他们发作。他用狡黠的、嘲弄的目光，不时打量着男爵那气冲冲的面孔。他看到男爵在牙缝中滚动着骂人的话，而又不得不抑制自己，以免骂出口来。他同时也怀着一种魔鬼般的乐趣注意到他母亲的怒火正在呼呼上升；他看出他俩在寻找机会，向他扑过来，把他推倒，或者使他不能再妨碍他们。但是他不给他们这样的机会，他对自己的仇恨做了长时间的筹划，使它没有任何破绽可寻，没有任何漏洞可钻。

"我们回去吧！"他母亲突然说道。她觉得无法再控制自己了，她准会做出什么事来，至少会在这种刑罚下喊叫起来。"多可惜，"埃德加平静地说，"这儿多美啊。"

他俩知道孩子在嘲弄他们，但是他俩什么也不敢说。这暴君在两天之内如此出色地学会了控制自己，不动声色，毫不泄露这是恶意的揶揄。他们一声不响地在漫长的路上往回走。当房间里只剩下母亲和孩子两人时，她仍然激怒不已。她悻悻地把阳伞和手套掷在一旁。埃德加立刻注意到她很激动，她的火气需要发泄，但是他希望这次爆发，因此故意留在房间里，以便激怒她。她来回走动，又坐了下来，用手指敲弹着桌子，随后又跳了起来。"看你的头发乱成什么样子！你脏得太不像话了，这样子见人简直是丢脸。这么大了你不知道羞耻？"孩子一句顶撞的话也没说，走到一边去梳头。这种沉默，这固执而冷漠的沉默以及跳动在嘴唇上的嘲弄简直把她气得发狂，她真想狠狠地揍他一顿。"回自己房里去！"她冲着他叫了起来。埃德加微微一笑，随即走了出去。

现在她和男爵，他们两人见到孩子就发抖，在每次会面的时候，对孩子那无情而冷酷的目光都感到恐惧！他俩越是感到不自在，孩子的眼睛里就焕发出越是欢愉的光泽，他的喜悦就越有一种挑衅的味道。埃德加现在几乎在用孩子们野兽般的残忍来折磨这对毫无抵御能力的人。男爵倒还能够压住他的怒火，因为他一直希望这是孩子的恶作剧，他只想着自己的目的。可是她，这个做妈妈的却一再控制不了自己。她觉得冲他大喊大叫一通自己会感到轻松些。"别玩弄叉子！"在餐桌上她朝着他喊叫起来，"你这个没教养的丑八怪，你还不配和大人坐在一起。"埃德加仅是微微一笑，把头稍微歪向一边。他知道这喊叫意味着绝望。看到她如此不加掩饰，他感到骄傲。他现在的目光非常镇定，镇定得像医生的目光。前段时间，为了惹他们生气，或许他是恶狠狠的，但人们在仇恨中学得很多、很快，现在他只是沉默！沉默！沉默！直到她在他沉默的压力下开始长吁短叹。

他母亲再也无法忍受了。现在当他们吃完饭站了起来，埃德加又以这种不言自明的神态准备尾随他们时，她一下子就发作了。她一切都不顾了，吐出了真话。她被他不时地窥视弄得坐卧不安，像一匹被牛虻折磨的马一样暴跳了起来。"你像三岁孩子那样老是跟着我转悠什么？我不要你老待在我跟前。孩子不要老缠着大人。记住！自己一个人去待一小时。看看书，或者随便干点什么。让我安静安静！你老在我身边溜来溜去，那副讨厌的样子，真让人烦死了。"

终于把她的供词逼出来了！男爵和她这时显得十分尴尬，而埃德加却莞尔一笑。她转过身想走。她对自己感到生气，刚才怎么好对孩子泄露自己不愉快的心情呢？但是埃德加只是冷冷地说："爸爸不让我一个人在这儿转来转去。我已经答应爸爸了，在这儿处处小心，老跟在您身边。"

他强调"爸爸"两个字，因为他早就注意到这两个字对他们两人有着某种使他们瘫痪的神秘作用。他父亲同这种炽热的秘密也准有某种瓜葛。爸爸一定具有某种支配他俩的、隐秘的、他不知道的力量。因为一提到爸爸，好像就会使他俩感到恐惧和不快，就是这次，他们也未作反抗。他们放下了武器。母亲先走了，男爵也随后离去。在他俩之后是埃德加，但他不像仆人那样畏葸，而像一名看守那样强硬、严峻和无情。他抖动着无形的、锁住他俩的铁链，他们摇晃着，但无法挣脱掉。仇恨锻炼了他那孩子式的力量。他，一个无知的人，却远比那两个被秘密铐住双手的人更为强大。

撒谎者

时间很紧迫了。男爵只剩下很少几天可供利用了。他俩感到，去反抗这被惹火了的孩子的执拗劲是没有用的，于是他俩只好采取最后的也是最卑劣的一招：逃，摆脱开他的专横统治，哪怕是一两个钟头也好。

"把这封信送到邮局去寄挂号。"母亲对埃德加说。母子两人站在前厅里，男爵在外边正和出租马车的车夫谈话。

埃德加狐疑地拿着这封信。他想起来，过去都是有个仆役给母亲跑腿的。他们是不是在合谋算计他呢？

他犹豫不决。

"你在哪儿等我？"

"在这里。"

"一定？"

"是的。"

"你可不要走开呀！你在前厅这儿一直等到我回来？"由于他感到自己占了上风，所以同母亲说话时带着命令式的口吻。从前天起发生了多大的变化啊！

他拿着两封信走了。在门口他和男爵碰了个照面。埃德加同他搭话了。两天来这是第一次。

"我去发两封信。我妈妈在等着我，等到我回来。你们可不要先走掉啊。"

男爵急忙从旁边挤了过去。"好的，好的，我们等你。"

埃德加向邮局奔去。他得等着。他前面的一位先生提了一大堆无聊的问题。埃德加终于办完了他的事，拿着挂号单跑了回来，回来时正赶上看到他母亲和男爵坐着出租马车走了。

他气得发呆了，几乎想弯腰拾起一块石头向他俩掷去。他俩到底把他摆脱掉了，但是撒了一个多么下流、多么卑鄙的谎啊！他母亲说谎，这他昨天就知道了；但她居然能这样不要脸，说话不算数，这就把他对她的最后一点信任也摧毁了。他看到那些言辞只不过是些五色缤纷的水泡，它们膨胀起来，一破就化为乌有，而他从这些言辞后面揣摩到了事实的真相。从此，他就不再能理解整个生活了。这会是一个什么可怕的秘密，居然使成年人欺骗他这么一个孩子，像罪犯似的偷偷溜走？在他读过的那些书里，人们为了得到金钱或者为了攫取权力和王国而进行谋杀和欺骗。可这儿是为了什么？这两个人要干什么？为什么他俩要躲避他？他俩撒了上百个谎究竟想遮掩什么呀？他绞尽脑汁，穷思苦想。他隐约地感觉到，这项秘密就是童年的一把门闩，获得了这项秘密就意味着长成一个大人，长成一个男子汉了。噢，一定得掌握这个秘密！但他没法进一步清晰地思考。他俩摆脱了他，这事燃起了他的愤怒，给他清澈的目光蒙上了一层烟雾。

他跑进树林，恰好来得及躲入暗处，使别人都看不到他。这时他哭了起来，泪如泉涌。"撒谎、狗东西、骗子、流氓！"——他必须大声地把这些话喊出来，否则他会憋死的。愤怒、焦急、恼恨、好奇、一筹莫展和他俩这些天来的背叛都被压制在孩子气的斗争里，被桎梏在他把自己想象成大人的幻觉之中，现在都迸出胸膛，化成了泪水。这是他童年时代的最后一次哭泣，最后一次号啕大哭，他最后一次像女人一样，哭一阵就感到痛快些。他在这不能自制的愤怒时刻，把所有一切都一股脑儿哭了出来：信任、热爱、虔诚、尊敬——他的整个童年。

男孩回到旅馆之后，已经变成另一个人了。他十分冷静，办事谨慎而周密。他先回到自己的房间，把脸和眼睛细心地擦洗干净，不让他俩看到他有泪痕，不让他们享受胜利的喜悦。随后他就准备进行清算。他耐心地等候着，毫无不安的感觉。

当马车载着这两个逃亡者返回旅馆时，前厅里有很多人。有几位先生在下棋，另一些人在看报纸，女人们在闲谈。在这群人中间，孩子一动不动地坐着。他面色显得有些苍白，目光颤抖。现在，他母亲和男爵进门时突然看到了他，感到有些尴尬。男爵正要结结巴巴地讲他事先编好的谎话时，孩子挺直身子安详地朝他俩走去，挑衅地说道："男爵先生，我有话同您谈。"

这使男爵感到不快。他有一种像被抓住了的感觉。"好的，好的，以后再说，以后吧！"

但是埃德加提高了嗓门，声音响亮而严峻，周围的人都听得清："可是我想现在同您谈。你做得太卑鄙下流了。您骗了我。您是知道的，妈妈在等我，可您……"

"埃德加！"母亲喊了起来，向他扑过去，所有人的目光都朝她望去。

但是孩子现在突然刺耳地叫了起来，因为他看到她要把他的话压下去：

"我当着大家的面再对您说一遍：您无耻地撒了谎，这是卑鄙的，这是下流的。"

男爵站在那里，面色苍白，人们都望着他，有几个人窃窃地笑了起来。

母亲抓住了激动得发抖的孩子。"马上到你房间里去，要不我就在众人面前揍你一顿。"她声音沙哑、结结巴巴地说道。

但是埃德加站在那里又恢复了平静。刚才这样冲动，他觉得遗憾。他不满意自己，因为本来他是想冷静地向男爵挑战的，只是到最后一刻，愤怒竟比他的意志更为厉害。他安详地、从容不迫地向楼梯走去。

"请您原谅，男爵先生，原谅他的粗野。您知道，他是一个神经质的孩子。"她还在结结巴巴地说，周围的人都盯着她，目光里流露出有点幸灾乐祸的神情，这使她惶惑不安。世界上再没有比丑闻更使她感到可怕的了，她知道她必须保持镇定。她不是立刻就溜走，而是先到门房那里问有没有她的信件以及说几句无关紧要的小事，随后才快步走上楼去，仿佛什么事情都没有发生似的。但是在她身后是一片窃窃私语和压低的笑声。

半路上她放慢了脚步。面对这种严重的处境她一点办法也没有，同时对这场争吵她感到恐惧。她无法否认这是自己的过错。还有，她怕孩子的目光，害怕孩子这种新的、陌生和奇怪的目光，这目光使她瘫痪和惶恐不安。由于畏惧，她决定用温柔的办法来试一试。她知道，在这样一场斗争中这个被激怒了的孩子是强者。

她轻轻地拉开门。孩子在那里坐着，平静而冷淡。他望着她，眼里毫无惧色，也没露出任何好奇的神情。他显得泰然自若。

"埃德加，"她尽可能亲昵地开始说，"你怎么啦？我为你感到害臊啊。你怎么这样粗野，还是一个孩子就这样对待大人！你得马上去向男爵先生道歉。"

埃德加望着窗外。这个"不"字，他像是对着树木说的。他那镇定的神情使她感到惊奇、陌生。

"埃德加，你这是怎么啦？你，怎么变得和往常大不一样了？我简直都认不出你来了。往日你是个聪明的乖孩子，人们都喜欢你。可你一下子变成这个样子，像是让魔鬼缠住了似的。你为什么那样恨男爵？以前你是非常喜欢他的。他对你一直是那么好啊。"

"是呀，因为他想认识你。"

她感到很不是味儿。"胡说！你想到哪儿去了，你怎么能这样想呢？"

这下孩子可光火了。

"他是撒谎的人，一个伪君子。他所做的都是为了自己，是卑鄙的。他想要认识你，才对我表示亲热，还答应送给我一只狗。我不知道他答应了你什么，为什么对你那么亲热，但是他也要从你身上得点什么，妈妈，这是肯定的。要不他不会这样客气友好的。他是一个坏人。他撒谎。你只要瞧一瞧他那样子，有多虚伪。啊，我恨他，恨这个卑鄙的骗子，这个流氓……"

"埃德加，你怎么能说这话呢？"她不知所措，也不知该怎么回答。她心里激起了一种感情，觉得孩子是对的。

"真的，他是个流氓，这我是不会看错的。你自己一定也会看出来的。他为什么怕我？他为什么躲避我？因为他知道我看透他了，我认识他，这个流氓！"

"你怎么能说这话呢？你怎么能说这话呢？"她脑海里已经枯竭了，只是用毫无血色的嘴唇结结巴巴地一再重复这两句话。现在她蓦地感到害怕了，但是并不知道是怕男爵呢，还是怕孩子。

埃德加看得出他的告诫起了作用。把她拉到自己这一边，成为仇恨男爵、反对男爵的一个同志，这个思想在引诱着他。他温和地走到母亲身边，拥抱她。他的声调由于激动变得像在讨好似的。

"妈妈，"他说，"你一定会自己看出来，他不会干什么好事的。他把你都变成另一个人了。不是我，而是你变了。他怂恿你来反对我，只是为了独个儿跟你好。他肯定会欺骗你的。我不知道他答应给你什么，可我知道他不会遵守诺言的。你应当提防他。谁骗了一个人，那他也会骗另一个人。他是一个恶人，你不应该信任他。"

这声音充满感情，几乎是声泪俱下，像是出自她本人的心胸。她心里已经产生了一种不愉快的感觉，这种感觉告诉她的，与孩子所说的一样恳切、中肯。但是她不好意思向自己的孩子承认他是对的。她像许多人一样，出于一种自认为优于他人的情感，在处于狼狈境地时，常用一种粗暴的方式来救助自己。她愠怒地挺了挺身子。

"小孩子懂得什么！这些事不用你来多嘴。你应当有礼貌。就这些。"

埃德加的脸上又泛起一片冷意。"随你好了，"他生硬地说，"反正我警告过你了。"

"那么说你是不准备去道歉了？"

"不。"

他俩面对面站着，满脸怒气。她觉得这关系到她的威望。

"那你就在楼上用餐。一个人。在你没有道歉之前，不准到我们桌上来。我要教你懂得规矩。不得到我的许可，不准你离开房间，听懂了吗？"

埃德加微微一笑。这种不怀好意的微笑，像是与他的嘴唇长在一起的。在内心他却对自己发火。他多愚蠢，竟然又一次泄露了他的衷曲，而且还对她——这个撒谎的女人发出警告呢。

母亲快步走了出去，连一眼也没看他。她惧怕这双犀利的眼睛。自从感觉到孩子已经看出了一切，并告诉她这件她不想知道、也不想听到的事情后，这孩子就使她感到讨厌了。使她感到惊愕的是，她仿佛听到一个声音，她的良知离开了她的躯体，乔装成孩子，乔装成她亲生的孩子在她身旁走来走去，在警告她、嘲弄她。直到现在，这个孩子一直生活在她身边，是一件装饰品、一个玩物，是一种爱和信赖，有时也是一个累赘，但不论是什么，都总是同她生活在同一激流中、合着她生活的节拍。这个孩子今天第一次放肆起来，反抗她的意志。现在在她对自己孩子的回忆中，总是夹着某种类似仇恨的东西。

不仅如此，现在当她稍感倦意地走下楼梯时，从她自己的心胸中响起了孩子的声音："你应该提防他。"——这个警告总是不肯缄默。这时她从一面闪亮的镜子前面走过，她询问般地向里望去，越望越深，越望越深，直到镜子里的嘴唇泛起一丝微笑，并围成圆形，像是要吐出一个危险的字眼似的，从她的内心深处还响着这种声音。但是她高高地耸耸肩膀，犹如要把所有这些看不见的思虑全都抖落下来似的，朝镜子里快乐地看了一眼，扯了扯衣服，带着一个赌棍把最后一枚金币叮当一声抛到赌台上去的那种果断的神态走下楼去。

月光中的踪迹

侍者把晚餐给埃德加送到房间里，随后就锁上了门。门上的锁在他身后嘎嘎地响着。孩子愤怒地跳了起来。很明显，这是受他母亲的指使，把他像一头凶狠的野兽似的关了起来。他心里产生了一个可怕的念头。

"把我关在这里，下面在干什么呢？现在他们俩在商量些什么？如果到头来这个秘密就在那儿，难道我就把它错过？噢，一旦我在大人们中间，我就能到处察到这个秘密。在夜里，大人们把门关起来，把这个秘密沉浸在轻言絮语中，要是我能偷偷地进到里面，这巨大的秘密就在面前；几天来我已经接近了它，可就是还一直没有把它抓住！从前，为了捉住它，我什么都干过！那时候我从爸爸的书桌里偷了些书出来，这些奇奇怪怪的事情书里都有，只是我不懂。这个秘密一定贴着个什么封条，要想找到它，得先把封条揭去，这封条也许是在我身上，也许是在别人身上。那时我问过别的女仆，求她把书里这些地方给我讲一讲，但是她把我嘲笑了一顿。做个孩子太可怕了，好奇心重，可是又不许问别人，在大人面前总是显得很可笑，好像是些傻瓜和废物似的。但我会把这个秘密弄清楚的，我感到现在很快就会知道了。我已经掌握了一部分，不把它全部弄到手，绝不罢休！"

他谛听是否有人来。外面，微风吹拂着树林，它把枝条之间静如明镜一样的月光碎成无数摇曳不定的小片。

"他们俩想干的一定不会是什么好事，要不他们干吗要编造那么卑劣的谎言来把我支开？他俩现在肯定在嘲笑我。这两个该诅咒的到底把我甩开了，但是最后笑的是我。我真太蠢了，让人关在这里。我不去紧紧盯住他们，窥视他俩的一举一动，倒反让人关在这里。我知道，大人往往都不怎么谨慎，他俩一定会露出马脚的。他们总认为我们孩子还很小，晚上睡得死死的。可他们忘了，我们也会假装睡觉而去偷听，我们也能装傻，而实际上十分聪明。前不久，我的姑姑生了孩子，其实这事大人早就知道了，在我面前却装作惊奇的样子，仿佛感到很意外似的。但我也是知道的，因为我听他们说过，那是几星期前一个晚上，他们以为我睡着了就谈论起来。这次我也要让他们惊讶一下。

这两个卑鄙的家伙。噢，现在他俩一定自以为很保险，我要是能穿门而出，前去侦察，暗地里注视他俩，那该多好。现在我也许该按铃吧？这样女仆就会来开门，问我要什么东西。或者我吆喝骂人，摔碎餐具，那他们也会来开门的。这当儿我就可以溜走，去窃听他俩说话。不行，我不这样做。不能让别人看见他们对待我是如何卑鄙。我以此为骄傲。明天我再向他们算账。"

楼下传来一个女人的笑声。埃德加一怔，这可能是他的母亲。她倒是有理由发笑，有理由嘲弄他，一个小孩，一个走投无路的人，要是他让人觉得累赘的话，就把他锁在房间里，像扔团湿衣服一样，往墙角一甩了事。他小心翼翼地把头探出窗外。不是，不是她，是一个他不认识的、放肆的姑娘在和一个小伙子逗趣。

就在这时，他看到窗户离地面并不很高。不知不觉他起了一个念头：跳出去。现在他俩肯定自以为很保险，我正好去偷听。这个决定使他兴奋得全身发热，仿佛他已经把这个童年时代的、闪闪发光的、显得十分巨大的秘密掌握在手里似的。"跳出去，跳出去！"他颤抖着。毫无危险，没有人从这里过去。于是他就跳了下去。只有鹅卵石发出轻微的声响，没有一个人听到。

这两天，蹑手蹑脚和窥伺已经成了他生活中的一大乐趣。他轻轻地提起脚步绕旅馆走着，小心翼翼地避开灯光的强烈反照。这时他有着一种快感，这快感同因恐惧而引起的轻微战栗混在一起。他先是谨慎地把面颊紧贴在餐厅的玻璃上向里望去。他俩常坐的位置上是空的。随后他逐个窥视各扇窗户。他不敢进旅馆去，因为怕在过道中间凑巧碰上他们。到处都找不到他俩。他感到绝望了。正在这时，他看到两个影子从门里闪了出来——他往回一缩，蹲在暗处——他母亲和那个形影不离的伴侣出来了。来得正是时候。他们在谈些什么？他无法了解。他们说得很轻，风在树林里变得不安起来。忽然飘来一阵十分清晰的笑声，这是他母亲的声音。这笑声他从来没有听见过，笑得少有地刺耳，像是被胳肢、被刺激引起的神经质的笑声。他感到这笑声很陌生，心里大为惊愕。她在笑。那就是说没有什么危险的事了，不是什么要对他隐瞒的大事，不是什么了不起的事。埃德加感到有些失望。

但是他们为什么要离开旅馆？现在夜都深了，他们到哪儿去呢？

风在高空中挥动着它巨大的翅膀，夜空刚才还很洁净，充溢着月光的清辉，现在变得昏暗了，无形的手撒开了黑色的幕布，有时把月亮包裹起来，使夜变得漆黑一团，几乎连路都难以辨认。当月亮重又露出来时，一切又都被洒上光辉。银色的月光冷冷地泻在周围的山川树木上。光和影之间进行着神秘莫测的游戏，像是一个女人，时而赤身裸体，时而裹着衣服在嬉戏，是那样地诱人。正在这时，四周的景物又赤裸裸呈现出明亮的胴体：埃德加从侧面看到路上有两个移动着的黑色身影，或者不如说是一个身影，因为他俩贴得那么紧，仿佛两人心里害怕而紧紧挤在一起似的。可现在他们两个要去哪里？松树在呻吟，林中像是充满了忙碌和喧嚣，宛如在围捕野兽似的。"我跟着他们，"埃德加想，"风刮得这么紧，林中这样响，他俩不会听到我的脚步声。"在他们沿着下面宽广明亮的大路向前走去时，埃德加在上面的林中轻巧地从一棵树跳向另一棵树，从一个树影跃向另一个树影。他无情地紧紧跟踪他们。他感谢风儿，它使别人听不到他的脚步声；他咒骂风儿，它老是把他们说的话刮到远处。要是他能听到他们的谈话就好了，哪怕是只听到一次，那他肯定就可以知道这个秘密。

下面的两个人信步走去，毫无所知。他俩陶醉在这广阔、昏乱的夜色之中，在不断增长的激动中忘却了自己。没有任何预感来警告他们：上面树叶浓密的暗处有人在跟踪着他们的每一个脚步，有两只眼睛死死地盯着他们，充满了仇恨和好奇。

突然他俩停住了。埃德加也立即停住了脚步，紧紧贴在一棵树上。一种剧烈的恐惧在向他袭来。要是他俩现在往回走，比他先回到旅馆，要是他不能及时赶回自己的房间，母亲发现房间是空的，那该怎么办？这样一来一切都完了，他们会知道他暗地里窥视他们来着，他就再没有希望从他们那里索取这个秘密了。但是他们二人在犹豫不决，显然在争论什么。幸好有月亮，他一切都看得清清楚楚。男爵指着一条昏黑狭窄的小路，这条小路通往下面的山谷，在那里月亮不像在这条路上那样倾泻着它的全部光华，而只是透过密林渗出点滴的光亮和稀疏的光线。"他干吗要到下边去？"埃德加抽搐了一下。他母亲好像说"不"，另一个却在说服她。埃德加从他的手势上看得出他是多么紧迫。孩子害怕了。这个人想向他母亲要什么？这个浑蛋为什么要把她领到暗处去？突然他从自己所读过的那些书里——这些书就是他的整个世界——生动地记起了谋杀、拐骗和可怕的犯罪。一定是的，他想谋杀她，正是为此他才摆脱开他，把她单独引到这里。他该呼救吗？杀人犯！呼救声刚要冲出喉咙，但是他嘴角发干，喊不出声来。他的神经由于激动绷得紧紧的，使他几乎站不稳了。由于害怕跌倒，他赶紧伸手去抓一个把手——这时"咔嚓"一声，他双手折断了一根树枝。

那两个人惊愕地转过身来，凝望着暗处。埃德加一声不响地靠在树上，胳膊紧紧贴在一起，矮小的身体深深地埋在树影之中。死一样的寂静。但他俩像是受惊了。"我们回去。"他听到他母亲说，声音显得畏葸胆怯。男爵本人显然也不安起来，他顺从了。两人慢慢地往回走，相互靠得紧紧地。他俩内心的惶恐就是埃德加的幸福。他用四肢在林中爬行，双手都被划出血来。到了森林的尽头，他就全速往回跑去，气喘吁吁，到了旅馆，三步两步就蹦上了楼。锁门的钥匙幸好还在门上插着，他开了门，冲进房里，躺到床上。他得休息几分钟，因为心在胸膛里剧烈地跳动着，像是钟舌在敲响的钟壁上那样跳动不已。

随后他胆子大了起来，靠在窗旁，等着他们两人的到来。好长时间过去了。他们一定走得很慢，很慢。他从窗框的暗影里小心地窥视着。现在他们慢慢地走来了，月光照着他们的衣服。在这绿光中他们看起来像幽灵似的。男爵真是杀人凶手吗？他刚才阻止了一件多么可怕的事啊，这个想法使他感到慰藉而又恐怖。他望着他们粉白色的脸，看得清清楚楚。母亲的脸上流露出一种欣喜的表情，这是他从没见过的，但男爵显得烦恼和不悦。很明显，这是因为他的意图落空了。

他俩紧紧挨在一起，一直到旅馆门前他俩的身体才互相分开。他们是不是会朝楼上看？没有，他俩谁也没有往上看。"他们把我忘记了。"孩子想。他怀着一股狂暴的怒气，同时又感到一种隐隐的、胜利的喜悦。"我可没有忘记你们。你们以为我睡了，或者在这个世界上不存在了，但是你们会看到你们的错误的，我要监视你们的一举一动，直到从他这个浑蛋手中把这个秘密弄出来为止。这可怕的秘密，它使我无法入睡。我一定要粉碎你们的同盟。我不睡。"

那两个人慢慢地进了大门。现在当他俩一前一后往里走去时，两个投在地上的黑影又倏地纠缠在一起，变成了一条黑色的长带消逝在光亮的门内。楼前的空地在月光中洁白明亮，像铺满白雪的辽阔草地。

袭　击

埃德加喘着粗气从窗户旁退了回来，恐怖在摇撼着他。在他的生活里，还从没有这样接近过这样充满神秘莫测的东西。书本中那个激动不安的世界，紧张冒险的世界，充满凶杀和欺骗的世界，他原以为只能在童话中、在梦幻的后面，是不真实的、不可企及的。可现在他就像突然陷进了这个充满恐怖的世界之中，一经同它直接接触，他的整个身心就剧烈地震颤不已。这个男人，这个神秘的人，这个突然闯进他平静生活的男人究竟是谁？他光是一个杀人犯吗？为什么老是找偏僻的地方，要把他的母亲拉往暗处？看来是要发生可怕的事了。他不知道该怎么办。明天他要给爸爸写信或发电报，这是肯定的。可是这坏事，这可怕的事，这谜一样的事会不会现在就发生，今天晚上就发生呢？他的母亲还没有回到自己房间，她还同那个可恨的陌生人在一起呢。

在内层门和外层门之间有可以轻易开启的暗门，里面有一个狭窄的空间，比一个衣柜大不了多少。他紧贴着身体挤进这巴掌大的暗处，以便窥视他们的脚步。他决意不让他俩有瞬间的机会单独在一起。现在是午夜时分，过道上空荡荡的，只有唯一的一盏灯亮着，光线微弱暗淡。

他感到这几分钟的时间长得可怕——终于，他听到了向楼上走来的、轻微的脚步声。他全神贯注地谛听着。这不是像要回到自己的房间的那种疾步行走，而是一种拖沓的、犹豫的、非常缓慢的脚步，像是在攀登一条崎岖难行的陡峭山路似的。这中间他们老是一再地耳语和走走停停。埃德加激动得浑身发抖。他俩走到头了？怎么他还和她在一起？耳语声听不见，脚步声尽管还是迟疑不决，但越来越近了。现在他突然听到了男爵那可怕的声音，他嘶哑地、轻轻地在说什么，可埃德加听不懂，随之是他母亲立即表示异议："不，今天不！不！"

埃德加在发抖，他俩走近了，他什么都可以听清楚了。他们走向他的每一步，尽管是那么轻，仍使他的心胸感到痛苦。那种声音他感到极为可憎，这该死的家伙的声音充满了贪婪，是多么令人厌恶！

"您不要这样残忍。您今天晚上多美啊！"

另一个声音说："不，我不应当，我不能够，您放开我。"

在他母亲的声音里流露出那么多的恐怖，这使孩子大吃一惊。他还要她什么呢？她为什么害怕呢？他俩越来越近了，大概现在已经到了他的门前。他浑身颤抖，现在他就站在他俩的身后，近在咫尺，只有一层薄布挡着。现在他连他们呼吸的声音都能听到了。

"您来吧，玛蒂尔德，您来吧！"他又听到母亲的喘气声，声音越来越脆弱，抗拒的力量瘫痪了。

这是怎么了？他俩又走到黑暗中去了。他母亲没有回自己的房间，而是过门不入！他要把她拖到哪儿去？她为什么不再说话了？难道他往她嘴里塞了一团布？把她的喉咙卡住了？

这个想法使他狂怒了。他用颤抖的手把门开了一半。现在他看到了他俩在昏暗的过道上，男爵用胳膊搂着他母亲的腰，领着她轻轻走去，看来她已经不再抗拒。现在他在自己的房门前停住了。"他要把她弄走？"孩子惊慌起来，"现在他要下手作恶了。"

他猛地冲了出去，把门一关就向二人奔去。当他母亲看到突然有什么东西向她扑来时，她叫了起来，吓瘫了。男爵费了好大的劲才把她扶住。可就在这一刹那，他觉得一个软弱的小拳头打在自己脸上，打得他的嘴唇狠狠地碰在牙齿上，他周身像被猫抓了一样。他把那个受惊的女人放开，她立即疾步逃之夭夭。在还不知道是谁打他之前，他就胡乱地招架，用拳头回击起来。

孩子虽是个弱者，但他毫不屈服。早就渴望的时刻终于来到了，他可以把被出卖的爱、积聚起的仇恨一股脑儿激烈地发泄出来。他用自己的两只小拳头乱捶一气，紧咬嘴唇，怒火中烧，像发了疯一样。男爵现在也认出是他来了，他对这个密探满腔仇恨，几天来这个孩子一直在触他的霉头，破坏他的好事，他狠狠地回击，不管打在什么地方。埃德加喘着粗气，但他毫不放松，也不呼救。午夜时分，他俩在过道上默默地、咬牙切齿地搏斗了一分钟之久，男爵才慢慢意识到他同一个尚未发育成熟的孩子打架是多么可笑。他紧紧抓住了他，想把他甩开。

孩子这时感到身不由己，知道一会儿就要输了，就将挨打，暴怒中他朝着那只想来卡他脖子的手就咬。被咬的人下意识地发出一声低沉的叫喊，松了手，孩子就利用这一瞬间逃回自己的房里，把门闩上。

这场午夜的战斗只持续了一分钟。周围没有任何人听到。一切都寂静无声，仿佛都在沉睡。男爵用手帕擦了擦流血的手，不安地窥视着昏暗的四周。没有人窃听。只有顶棚上一盏电灯在不安地闪烁，他觉得这盏灯也在嘲弄他。

暴风雨

第二天早晨，当埃德加蓬松着头发从昏乱的恐惧中醒过来时，他自问道："难道这是梦，是一个凶恶的、危险的梦吗？"他的脑袋在嗡嗡作响，关节发木僵硬。现在，他往下一看，才发现自己还穿着衣服。他一跃而起，蹒跚到镜前，一望自己苍白、扭曲的面孔就惊得后退。他的额角上有一条红肿的血痕。他费力地集中思想，恐惧地回忆起一切：夜里过道上的那场战斗。他冲回房间，像发烧似的颤抖着，往床上一倒，还是穿着衣服，以便随时可以逃出去。他在那儿一觉睡了过去，沉入了郁闷的、布满阴云的梦乡，那一切又在梦里再现了一次，所不同的只是更为可怕，还带有一股流着鲜血的潮湿味道。

楼下面行走在鹅卵石上的脚步声沙沙作响，讲话声像看不见的鸟儿一样飘了上来，阳光照进了房间。一定很晚了，他吃惊地向时钟望去，可是时针还指着午夜，昨天激动之中他忘记了上弦。失去了时间的凭依，这使他不安，到底发生了什么事？这种茫然若失的感觉更增强了这种不安。他迅速地振作精神，走下楼去，心中忐忑不安并感到有些内疚。

在餐厅里他母亲一人坐在通常坐的那张桌子旁。埃德加松了一口气，他的敌人不在，他不会看到那张可憎的面孔了，那张面孔昨天他在愤怒中曾用自己的拳头狠揍了一顿。可当他靠近那张桌子时，他感到慌乱了。"早晨好。"他问候母亲。

他母亲没有回答。她眼都没抬一下，而是用异常呆滞的瞳仁望着远处的景色。她显得非常苍白，眼圈留有淡淡的一层红晕，鼻翼神经质地抽搐着，显露出她的激动。埃德加咬紧嘴唇。这种沉默使他不知所措。他不知道昨天是不是把男爵伤得很重，也不清楚她是否知道夜里的这场殴打。这种茫然无知在折磨他。她的面孔仍是那样呆滞，这使他根本不敢望她一眼，害怕她现在低垂的眼睛会骤然从沉重的眼皮后面跳出来把他抓住。他变得安静极了，一点声音也不敢弄出来，他小心翼翼地拿起杯子，又把它放了回去，偷偷地望了一下母亲的手指。她非常烦躁地玩着汤匙，扭曲着的手指显露出内心的狂怒。就在这种透不过气的感觉中他坐了一刻钟，期待着什么，但它并没有到来。一句话也没有，没有一句话能使他从窘迫中解脱出来。他母亲站了起来，根本不理睬他。现在埃德加还不知道他该怎么做：独自留在桌旁，还是跟随她去？最后他还是站起身来，低声下气地跟在她的后面。她飞快地扫他一眼，同时感到他的尾随是多么可笑。埃德加把步子放得越来越小，以便跟她拉开一段距离，可她毫不注意他，径直回到自己的房间去。当埃德加也走到门口时，房门已经紧紧锁上了。

这是怎么啦？他完全不得要领。对昨天发生的事他不再那么自信了。难道他昨天的袭击不对吗？他们是在准备对他进行惩罚还是进行新的侮辱？他感觉到一定要出事，很快就会发生可怕的事。处于他与他们之间的是一场即将到来的暴风雨前的闷热，是带电的两极所产生的电压，只有闪电才能把它释放掉。带着这种预感的重负，他孤独地熬过了四个钟头，在房间里走着，他那细长的颈背被看不见的重量压得抬不起来。中午，当他来到餐厅桌子前时，已完全是一副忍气吞声的样子了。

"你好，妈妈。"他又说道。他得打破这种沉默，打破这种可怕的沉默，像一片阴云那样悬在他头上的沉默。

母亲仍不予回答，仍不睬他。怀着一种新的惶恐，埃德加觉得她现在对他的怒火是深思熟虑的，是积蓄已久的，这种火气他生平还从没有遇到过。过去她发火总是只爆发一通了事，更多的是神经质的，而不是感情上的，并且一会儿就变成一种抚慰的笑容了。可这次他觉察出这是从她内心最深处迸发出来的一种狂暴的感情，他对这个不小心招来的强大压力感到吃惊。他几乎无法进餐，在他的喉咙里翻腾着某种干枯的东西，使他感到窒息。他母亲像什么也没有看到。只是在她起身时，才像是漫不经心地转过身来说："待会儿上楼来，埃德加，我有话同你说。"

这语气没有威胁的味道，却那样冷冰冰的，使埃德加悚然，就像有人突然把一副铁链套在他的脖子上。他的傲气消失了，像一条被痛打的狗一样，默默地随着她上楼，进入房内。

她有几分钟一声不响，用这种办法继续折磨他。这几分钟里，他听到钟的嘀嗒声，他听到外面孩子的笑声，他听到自己的那颗心在胸膛里怦怦跳动。但她也不是那么信心十足的样子，因为她现在对他讲话时，不是看着他而是背着他。

"我不想再谈你昨天的所作所为。这简直是闻所未闻，我一想到它，就感到丢脸。这种后果是你自己造成的。我现在只想告诉你，你单独在大人中间这是最后一次。我已经给你爸爸写了信，得给你找一个家庭教师或者送你去寄宿学校，好去学一些礼貌。我不想再为你烦恼了。"

埃德加垂着头站在那儿。他觉得这只是一个开场白，一个威吓罢了，正题还在后面，他不安地等待着。

"你现在立即去给男爵赔礼。"

埃德加一怔，但是她不让他打断她的话。

"男爵今天已动身走了，你得给他寄封信，我口授你写。"

埃德加又是一怔，但他母亲的口气是坚定的。

"不许还嘴。那是纸和墨水，坐下。"

埃德加抬头望去，她的眼睛显出果断和坚定。他从没看到过他母亲这样严厉、专横。他害怕起来。他坐到那里，拿起钢笔，但是把脸深深伏在桌上。"上面写上日期。写了吗？称呼之前空一行！这样写：非常尊敬的男爵先生！惊叹号。再空一行。我十分遗憾地获悉——写了吗？——十分遗憾地获悉，您已离开了塞默林——塞默林有两个m——因此我想到只能写信——写快一点，字不一定写得很讲究！——来请您原谅我昨天的鲁莽。正如我母亲告诉您的，我尚处在一次重病的康复时期，易受刺激。我经常把看到的事加以夸大，但随即就感到后悔……"

伏在桌上弓着的背脊倏地直了起来。埃德加转过身来，他的悖逆精神又苏醒了。

"这我不写，这不是真的！"

"埃德加！"

她用这声音来威胁他。

"这不是真的，我没有做什么可后悔的事。我没有做什么坏事，为什么要赔礼？我只是在你喊叫的时候来救你！"

她的嘴唇变得毫无血色，鼻翼在翕动着。

"我呼救了？你疯了！"

埃德加火了。他猛地一下跳了起来。

"是的，你呼救过，在外面的过道上，昨天夜里，当他抓住你的时候。'您放开我，您放开我'，您这样喊的，声音很大，我在房间里都听见了。"

"你撒谎，我从没同男爵在过道里待过，他只是陪我走到楼梯……"

这种大胆的谎言使埃德加跳动的心为之一停。她的声音并未吓住他，他用晶亮的眼珠凝视着她。

"你……没有……在过道上？他……他没有把你抓住？没有用暴力搂住你？"

她笑了起来。一种冷酷的、干涩的笑。

"你在做梦。"

这对孩子来说太过分了。他现在知道大人会撒谎，会说些卑微的、大胆的遁词，会说狡猾的和模棱两可的话。但是，这种厚着脸皮的、冷冰冰的否认，当面撒谎，可实在把他惹急了。

"那这伤痕也是我在做梦？"

"谁知道你同谁打了架？可我不要和你争论，你必须听话，去把它写完。坐那儿去，写！"

她瘫软无力，在用最后的力量支撑住自己。

但是现在埃德加内心连最后一点信任的火花也熄灭了。人们竟然可以像踏灭一根燃着的火柴根那样来践踏真理，这他想不通。他觉得身上冰冷，全身瑟缩。他所说的话都变得尖刻、恶毒和肆无忌惮：

"那么，我是在做梦？在过道里，还有这儿的伤痕都是做梦？你们两人昨天在那儿，在月光中闲逛，还有他要领你往下走，这难道也是做梦？你以为我会像娃娃那样让人锁在房间里？不！不！我才不像你们想的那么傻呢。我知道我所知道的事。"

他放肆地紧盯着她的脸。这下她的力量全垮了，她不敢去看自己孩子的脸，这就在眼前的、被仇恨弄得扭曲了的脸。她的愤怒狂暴地发作起来了。

"去，你必须马上写！要不……"

"要不怎么？……"现在他变得十分大胆，声音带着挑衅的味儿。

"要不我就要像打小孩似的打你。"

埃德加走近了一步，只是嘲弄地笑着。这时她伸手就打了他一记耳光。埃德加叫了起来，他像一个淹在水里的人用双手扑打着四周。又是一记，他耳朵里闷响起来，两眼冒金星，他盲目地挥舞起拳头，回击过去。他觉得他打着一块软东西，是打在脸上了，他听见一声叫喊……

这声叫喊使他恢复了常态。突然他看到了自己，他意识到这事不得了了：他打了自己的母亲。羞耻、震惊和剧烈的恐惧袭击着他，他感到非逃不可，钻到地里，逃啊，逃啊，只要不再看到这目光。他跑出门，冲下楼去，穿过房子来到大街上，逃啊，逃啊，像是后面有条疯狗在追他似的。

初步领悟

他跑得很远，后来在路边上停住了。他必须抓住一棵树，由于恐惧和激动，他的四肢还在剧烈地颤抖着，他大口地喘着粗气。他一手酿成的恐怖在后面追赶他，抓住了他的喉咙，把他摇来晃去，让他像发高烧似的。他现在该怎么办？逃到哪里去？这里已经是镇外的森林中了，离他住的地方有一刻钟的路程。他有一种被遗弃的感觉。自从他孤立无援以来，这里的一切都好像变了样，显得更加充满敌意、更加令人憎恶。这些树木昨天还友好地对他沙沙作响，现在却突然阴沉地咆哮起来，像是一种威胁。这一切，他眼前的这一切还要变得更加陌生和疏远吗？面对着这广袤而生疏的世界，这种孤独感使孩子感到头晕目眩。不，他还不能承受这一切，他还不能单独承受这一切。可是他该逃到哪里去？回家去？他怕他父亲，他很容易发火、很严厉，会立即把他送回来的。他不愿意回去，宁愿逃到危险的、没有熟人的陌生地方去；他觉得他永远不能再见他母亲的面了，一见到就会想起他曾用拳头打过她。

这时他想起了祖母，这个和蔼慈祥的老人，从他小时候起就溺爱他，每当他做了错事受到责骂时，她总是他的保护者。他想到巴登去躲在她那里，等到母亲火气消了，再从那里给父母亲写一封信，向他们赔礼。在这一刻钟的时间里，他是如此沮丧，只身处在这世界上，有的只是一双软弱无力的手。他诅咒他的傲慢——被一个陌生人用谎言激起的、他那愚蠢的傲慢，想重新做一个从前那样的孩子，听话、忍耐、不自负；他现在已经感觉到这种自负夸张到了多么可笑的程度。

可是怎么到巴登去？怎么翻过这山川河谷？他急忙用手掏了掏总是随身带着的钱包。上帝保佑，那个崭新的、二十克朗的金币还在熠熠闪亮，这是他生日的礼物。他一直舍不得把它花掉，几乎每天都要看看它是否还在。望着它他感到愉快，觉得自己很有钱，随后总是怀着一种温柔的心情用手帕把它擦得亮亮的，像个小太阳在闪光。但是这点钱够用吗？这个骤然袭来的念头使他感到惊慌。在他的生活中他经常乘坐火车，可从来没想过坐火车得付钱，也没想过要花多少钱，是一个克朗还是一百个克朗。他初次感受到了，生活里有许多事过去想都没想过，他周围各种各样的事都有一种固有的价值，一种特殊的重量。他在一小时之前还自以为什么都懂，现在却感到，在他不知不觉之中，千百个秘密和问题从他身旁溜了过去。他感到羞愧的是他那贫乏的智慧在他步入生活的第一个台阶时就无能为力了。他越来越胆怯。他往下面的车站走去，步子越来越小，越来越犹豫。他经常梦想过这样的逃遁，想进入生活干番大事业，成为皇帝或国王，英雄或诗人。而现在他畏葸地望着那儿一座明亮的小房子，心里想的只是一件事，那就是到祖母那里去这二十个克朗够不够。路轨闪着光亮通向远处，火车站空空荡荡，冷冷清清。埃德加胆怯地走近售票处，为了不让别人听到他的话，悄声地问，到巴登去的车票要多少钱。一张惊奇的脸从昏暗的隔板后往外望了望，两只眼睛在眼镜后面朝这个怯生生的孩子微笑着。

"一张整票？"

"对。"埃德加结结巴巴地说，一点也不傲慢了，只怕钱不够。

"六个克朗！"

"要一张！"

他轻松地把他所钟爱的那枚光滑的金币递了上去，多余的钱找了回来。埃德加一下子觉得自己又十分富有了，他现在手上有了这张能够保证他自由的棕色车票，而他口袋里的银币则在发出沉浊的乐声。

从行车时刻表上他知道火车再过二十分钟就到了。埃德加躲到一个角落里。有几个人悠闲自在地站在站台上。可在这个不安的孩子看来，仿佛所有的人都在注视着他，似乎大家都感到奇怪，怎么这么小的一个孩子独自乘火车；他越来越往角落里缩，仿佛他的额头上明显地贴着逃跑和罪行这两条标记似的。他终于听到了火车从远处发出的长鸣声，随后就隆隆地驶近，这时他松了一口气。这列车将把他带入世界。上车时他才发现，他买的是三等车厢的票。过去，他从来都是坐头等车厢的。他又觉得，这里的情形不一样，他遇到了各种各样的事。他周围的乘客都和以前的不一样。他的正对面是几个意大利工人，手很粗糙，声音沙哑，手里拿着铁锤和铲子，他们用迟钝而愁苦的眼睛望着前面。显而易见，他们在路上干了不少累活，因为几个人十分疲倦，在隆隆的列车上睡着了，张着嘴，倚在又脏又硬的靠板上。埃德加想，他们为了挣钱而去做工，但不知他们能挣多少钱。他又一次感到，钱不是一种常有的东西，得想办法去挣来。现在他第一次意识到，他以往理所当然地习惯的是舒适的气氛，而他生活的两旁，左边和右边，却是黑洞洞的、看不到底的深渊。这是他的目光过去从没有觉察到的。他第一次知道了有各种职业，有各种规定，环绕他周围有各种秘密，离他很近，可他就从来没有注意过。自从埃德加单独一个人以来，这一小时他就学到了许多东西，他开始将目光透过这狭窄的车厢的窗户，瞻望外面的大千世界。在他那晦暝的恐惧之中有某种东西正开始悄悄地滋长，这虽然还不是幸福，却是对丰富多彩的生活的一种惊叹。在每一瞬间，他都感觉到，他的出逃是由于恐惧和怯懦，但这是他第一次独立行动，从现实中来体验以往从他身边一掠而过的一切。他也许第一次成了他父母亲的秘密，正如这个世界从前对他是个秘密一样。他用另一种目光望着窗外。他觉得仿佛第一次看到这现实中的一切，仿佛事物外面罩着的轻纱抖落了，向他展示了一切，展示了事物意向的内涵、它们活动的秘密神经。路旁的房舍像被风刮走似的飞驶而过，他不由地想到了住在里面的那些人，不论他们是穷是富，幸运或是不幸，不论他们是不是像他一样渴望知道一切，也不论那儿有没有像他一样把什么事都当作游戏的孩子。他第一次觉得，站在路旁挥动小旗的护路工人并非是活动木偶和没有生命的玩具，并非是可以任意搁置的物件，而他从前却是这样想的；他懂了，他的命运就是同生活做斗争。车轮滚得越来越快，现在列车沿蛇形线冲下山去，群山变得越来越矮小，越来越遥远，车已进入了平原地带。他再次回头瞭望，群山与蓝天渐渐交融，只是依稀可辨，遥不可及。埃德加觉得，他的童年就要慢慢消散在那雾蒙蒙的天际了。

纷扰的晦暝

列车停了下来，巴登到了，埃德加独自上了站台。这时华灯初上，信号灯向远方闪着绿的、红的光。他看到这色彩缤纷的灯光，不觉想起夜已临近，心里骤然产生一种恐惧。要是白天倒还好，因为四周都是人，他可以休息，坐在椅子上，或者看看商店的橱窗。可是现在人们都回家了，每个人都有一张床，闲谈一番，然后度过一个恬静的夜。而这时他却怀着负疚之感孤单地踯躅街头，孤寂而又生疏，这他怎能忍受得了？啊，要赶快找一个蔽身之处，一分钟也不要待在空旷而陌生的天幕下面，这是他唯一明晰的念头。

他沿着那条熟悉的路匆匆走着，无暇左顾右盼，一直走到他祖母的寓所。这所房子坐落在一条宽阔的大街上，但不是那么显眼，前面是一个拾掇得很好的花园，长着各种蔓生植物和常青藤。在这片绿荫的后面，一座洁白的、令人感到亲切的老式房子在闪着光辉。埃德加像个生人似的从栅栏外往里面窥望。里面什么动静也没有，窗户都关着，显然大家都同客人到后面花园里去了。当他的手刚接触到门铃时，发生了一件奇怪的事情：他突然感到，他两个钟头里一直想得那么容易、那么理所当然的事却是不可能的。他该怎样进去，怎么向他们打招呼，怎样承受那些问题，怎么回答他们？当他不得不说他是从母亲那里偷着逃出来的时候，怎样去忍受他们的第一瞥目光？怎么去解释他闯下的大祸，他自己都无法理解的行动？这当儿里面有一扇门开了，突然，一种愚蠢的恐惧攫住了他：马上要有人出来了。他拔腿就跑，也不辨东南西北。

跑到公园前他停住脚步，因为那儿一片黑暗，他猜想不会有什么人能看见他。也许他可以在那里坐下来，安静地思考思考，好好休息休息，弄清楚他的境遇。他畏葸地走了进去。前面有几盏灯亮着，照得嫩叶闪耀出阴森的水光，呈现出晶莹剔透的碧绿；往后，走下山丘，那儿的一切像一堆郁闷的、黑色的发酵物似的团聚在早春之夜的晦暝里。埃德加怯生生地从一些人身边溜了过去，他们都坐在电灯光下聊天或看书。他要独自待着。可是，就是在没有灯光的甬道暗处也不宁静。这里的一切都是怕光的，声音微弱，都在喁喁私语，其中更混杂着风吹树叶的沙沙声、远处脚步的拖沓声、压低嗓门的耳语声和某种欢愉的、呻吟的、充满恐惧的喘息声，这些声音是人和动物以及不肯安睡的大自然同时发出来的。这是一种危险的不安，一种压抑的、隐蔽的、令人畏惧的、谜一样的不安。林中地下也有某种声音，这也许是同春天连在一起的蠢动声。这个无依无靠的孩子害怕得要命。

在昏黑的暗处，他蜷缩在一条椅子上，在考虑他到家后该讲些什么。可是，每当他要集中思想时，那种声音就从他身旁滑了过去。他不由自主地老在谛听黑暗中低沉的响动，神秘的声音。这种黑暗是多么可怕呀，可又是多么迷惘的、神秘的美啊！把所有这些窸窣声、沙沙声、嗡嗡声都混在一起的是动物还是人，或者仅仅是风的魔手？他谛听着。是风，它不安静地在林中穿行，但也是人——现在他看清楚了——相互搂抱着的对对情侣，他们从山下灯光通明的城市走上来，他们谜一般地在这里出现，使黑暗也活跃起来。他们要干什么？他无法理解。他们彼此不说话，因为他听不到说话声，只有脚踩在鹅卵石上发出的沙沙声。他时而看到他们的身形在光亮处像影子一样地一掠而过，都是搂得紧紧的，像一个人似的，这和先时他看到他母亲同男爵的情形一样。这个秘密，这个巨大的、闪光的和充满不祥的秘密，这里也有啊。现在他听到越来越近的脚步声和一种压低了的笑声。他感到恐惧，怕走近的人在这儿发现他，于是他又往暗处缩了缩。这时从不辨五指的黑暗中有两个人摸索着往山上走，并没有看见他。他们搂抱着走了过去，埃德加松了一口气，可是他们突然停了下来，就站在他的椅子跟前。他们把脸贴在一起，埃德加什么也看不清楚，他只听到从女人嘴里发出来的喘气声，男的则喃喃着一种火热的、荒唐的话语。他打了个欢愉的寒战，恐惧之中有一种压抑的预感。他俩停了一分钟，随后鹅卵石在他们脚下发出沙沙的声音，脚步不久就在黑暗中消失了。

埃德加一阵颤抖。现在血又在血管里翻腾起来，比以前任何时候都更加炽热。在这纷扰的黑暗之中他突然感到寂寞难忍。不可遏止的需求主宰了他，他需要亲切的声音，需要拥抱，需要明亮的房间和他所爱的人。他觉得，这纷扰的夜晚的全部黑暗仿佛都沉到了他的心灵深处，进出他的胸膛。他跳了起来。回家，回家，回到家里，什么地方都行，在温暖、明亮的房间里，与亲人在一起。他们对他能怎么样呢？打也好，骂也好，自从他感受到了这种黑暗的滋味和寂寞的恐惧以来，他什么都不怕了。

这种想法驱使他往前走，不知不觉他突然站在祖母寓所的门前了，手又重新摸着冰冷的门铃。他看到，现在窗户透过绿荫闪着光亮，在想象中，看到每扇明亮的玻璃后面熟悉的房间里都有人在里面。这种亲昵感使他感到幸福，这种乍到的安适感使他与他所爱的人靠近了。如果说他还在犹豫的话，那只是为了更亲切地享受这种预感。

这时在他身后响起一声刺耳的尖叫：

"埃德加，他在这儿！"

祖母的女仆看见了他，向他扑来，抓住他的手。里面的门开了，一只狗跳到他面前汪汪直叫，屋里的人拿着灯走了出来。他听到欢叫声和惊叹声，呼喊和脚步混成一片的嘈杂声，越来越近。现在他认出来了，最前面的是祖母，她张开了胳膊，在她后面竟是他的母亲，他以为自己是在做梦。他的眼睛哭肿了，他颤抖着，畏葸地处在这激动的感情中间，他手足无措，不知该做什么，该说什么，甚至连他感觉到什么也不清楚：是恐惧还是幸福？

最后的梦

事情原来是这样的：他们早就在这儿找他，等他很长时间了。他母亲尽管在气头上，却也对这激动的孩子破门而出感到惊慌，叫人在塞默林到处寻找。正当大家都激动不安，纷纷做出各种危险的猜测时，有位先生带来消息说，他三点钟前后在车站售票处看见过这个孩子。人们很快从车站得知埃德加买了一张去巴登的车票。她毫不迟疑地立即去追赶他，并事先电告巴登和维也纳他父亲处。一片忙乱和激动，两个钟头以来，一切都为寻找这个逃亡者而忙乱着。

现在他们牢牢地抓住了他，但并不是用暴力。他怀着一种受到抑制的胜利感被领进房间里。可是使他奇怪的是，他没有受到他们的严厉斥责，他在他们眼里看到的是欢欣和爱抚。就算是斥责吧，这种假装的生气，也只是一转眼的工夫。随后祖母又含泪搂抱着他，没有人再说他的过错了，他感到围绕他的是一种奇怪的关怀。这时女仆脱下他的上衣，给他拿来一件暖和的。祖母问他饿不饿，需要些什么。他们都很关心地挤过来围看他，但是当他们看到他的窘态时，就不再问他什么了。他快意地重新感觉到了那种曾受他蔑视却是不可缺少的孩子的感情。他对自己近来的自负傲慢感到羞愧难当，现在他得到的特殊宠爱，是他用自己的孤独所赢得的虚假快乐换来的啊！

隔壁房间里的电话铃响了，他听到他母亲在接电话，听到她说的几个字："埃德加……回来了……到这儿来……坐末班车。"埃德加感到奇怪的是，她不再对他火冒三丈，只是搂抱着他，用奇怪的、欲言又止的目光望着他。他越来越懊悔，最好能避开这里祖母、姑妈的悉心关怀，进去请她原谅，十分恭顺地、单独一个人对她说，他要重新成为一个听话的孩子。可当他轻轻站起来时，祖母稍感惊慌地问道："你要到哪儿去？"

他羞愧地站着。他只要一动，他们就为他感到害怕。他把他们大家都给吓怕了，怕他再度逃走。他们怎么能够理解，对这次逃跑，他自己比任何人都感到后悔呢！

饭桌摆好了，他们给他端来一份赶做的晚饭。祖母坐在他身边，两眼一直不离开他。她和姑妈以及女仆静静地把他围住，他在这种温暖的气氛里感到十分安适。只有母亲没有进来，这使他惶惑。要是她知道他现在是多么低声下气的话，那她准会来的！

这时从外面传来辚辚的车声，随即在门前停了下来。其他人都惊讶起来，埃德加也感到不安。祖母走了出去，在暗中，各种声音传来传去，他突然知道他父亲来了。埃德加羞怯地发觉，他现在又是一个人独自在房间里。即使是这短暂的孤独也使他感到慌乱。他的父亲是严厉的，他是他唯一真正害怕的人。埃德加细心地谛听，他父亲好像很激动，说话声音很高，很恼火。这中间，他听见他祖母和他母亲令人宽慰的声音，显然她俩要他说话温和些。但是父亲的声音一直是生硬的，像他正在走来的脚步声一样。这脚步越来越近，已经到了旁边的一个房间，来到门前，现在门打开了。

他父亲个子很高，埃德加此刻在父亲面前觉得说不出的渺小。他走了进来，满脸火气，看来确实正在气头上。

"这是怎么回事，你这小子竟然逃跑了？你怎么能这样使你母亲担惊受怕？"

他的声音很愤怒，双手急剧地摆动着。现在他母亲轻轻走了进来，脸上罩了一层暗影。

埃德加没有回答。他想必须为自己辩解，可是他该怎么讲他被骗被打的事呢？父亲会理解吗？

"喏，你不会说话？是怎么回事？你可以慢慢地说！你有什么不对的地方？你逃跑总得有个理由嘛！有人委屈了你？"埃德加在犹豫。回忆使他又愤恨起来，他差点儿要说了。这时他看到他母亲在父亲背后做了个奇怪的动作，他的心静了下来。母亲的这种动作开头他并不理解，可现在她在看着他，眼里流露出乞求的神情。她轻轻地、非常轻地把手指放在嘴上，做出一个不要说的动作。

孩子感到，突然间一种温暖的感情，一种巨大的狂喜流过他的全身。他明白了她要他保守秘密，他觉得他那小小的嘴唇可以决定一个人的命运啊。她信赖他，他全身浸透着骄傲。猝然之间，他产生了一种自我牺牲的勇气，他要加重自己的过错，为了表明自己是多么值得信赖，自己是一个好汉。他鼓起勇气说：

"没有，没有……没有什么理由。妈妈对我非常好，可是我淘气，是我自己做错了……我……我逃跑了，因为我害怕。"

他父亲愕然地望着他。他一切都料到了，唯独没有料到这么个供词。他的愤怒无从发作。

"喏，你承认了错误，这很好。那我今天就不再谈这件事了。我想你得找个时间好好想想！不许再发生这样的事情。"

他站在那儿望着他。现在他的声音温和得多了。

"你脸色多么苍白啊。可是我觉得你又长高了一截。我希望你不要再耍小孩脾气了，你已经不是一个毛孩子，该懂得些事体了！"

埃德加一直都在望着他的母亲。他觉得她的眼里闪着亮光，或许这是灯光的反射？不，那是湿润而晶莹的泪花，她的嘴上泛起一丝微笑，表明她对他的感激。他们现在把他带去睡觉，可他不再因为他们让他孤零零一个人在那里而感到悲哀了。他有多少东西，有多少丰富多彩的东西要思索啊。近日来在他生活中初次感受到的巨大痛苦消失得无影无踪，他预感到未来的生活是神秘的，他有点陶醉了。在漆黑的夜里，窗外的树木在窸窣作响，但他不再感到恐惧。自从他知道生活是多么丰富以来，他对它就不再感到焦躁不安。他仿佛觉得今天是头一次看到赤裸裸的现实，这现实不再被童年的千百个谎言所遮蔽，而是呈现出它全部难以想象的、危险的未来。他从来没有想到，多姿多彩的生活中痛苦和欢乐竟然到处可以相互转换。而一想到他面前还有许多这样的时光，生活还深藏不露地等待着他惊喜地去揭开它的面纱时，他就感到快乐。现实生活的绚丽多彩，和对于多姿多彩的现实生活的朦胧预感的突然袭来，使他第一次相信他理解了人的本质，即使他们彼此充满敌意，他们也都相互需求，被他们所爱又是多么甜蜜啊。让他带着仇恨去想某件事、某个人，这是不可能的，他对什么都不悔恨，就是对男爵，那个勾引者、他的势不两立的敌人也不怨恨，他对他有了一种新的感激之情，因为他给他打开了通向感情世界的大门。

在黑暗中去想这一切是甜蜜的，令人神往。他昏昏欲睡，从迷梦中轻轻浮现出各种模糊不清的景象。这时他觉得门突然开了，好像有人轻轻走了进来。开头他不大相信，他太困了，怎么也睁不开眼睛。这时他觉得有人喘着气，用自己的脸柔和地、温暖地、甜蜜地揉擦着他的脸。他知道这是他的母亲，她现在在吻他，用手在抚摩他的头发。

他感到了亲吻，他感觉到她的泪水。他温柔地回答了母亲的爱抚，把这当作和解，当作对他沉默的答谢。直到以后，多年以后他才认识到这泪水是一个老之将至的人的誓言。从现在起，她只属于他，属于她的孩子，这意味着她放弃风流生涯，意味着她与自己的欲念诀别。他不知道她也感激他，是他把她从一种无益的艳遇中拯救了出来；她就用这种拥抱把爱那既苦又甜的重负留给了他，像是一笔遗产。此刻，孩子对这一切还不理解，但是他觉得能这样被爱太幸福了，他感到这种爱又把他同世界上最伟大的秘密交织在一起了。

她从他身上松开了手，她的嘴唇离开了他的嘴唇，身影轻轻消失了，却留下了一片温暖，他的嘴唇上还留有一股气息。一种甜蜜的欲望使他渴望温柔嘴唇的再度亲吻和亲切的拥抱，但是这种令人渴求的秘密的遐思美想业已被睡眠的阴影笼罩。几个小时以来的景象又一次五彩缤纷地飞掠而过，他青年时代的书本又一次诱惑地翻了开来。随后孩子沉入梦乡，他生活中更为深沉的梦开始了。

韩耀成　高中甫　译

一个陌生女人的来信

著名小说家 R 到山上去休息了三天，今天一清早就回到维也纳。他在车站上买了一份报纸，刚刚瞥了一眼报上的日期，就记起今天是他的生日。他马上想到，已经四十一岁了。他对此并不感到高兴，也没觉得难过。他漫不经心地窸窸窣窣翻了一会儿报纸，便叫了一辆小汽车回到住所。仆人告诉他，在他外出期间曾有两个人来访，还有他的几个电话，随后便把积攒的信件用盘子端来交给他。他随随便便地看了看，有几封信的寄信人引起他的兴趣，他就把信封拆开；有一封信的字迹很陌生，写了厚厚一沓，他就先把它推在一边。这时茶端来了，于是他就舒舒服服地往安乐椅上一靠，再次翻了翻报纸和几份印刷品，然后点上一支雪茄，这才拿起方才搁下的那封信。

这封信约莫二十多页，是个陌生女人的笔迹，写得龙飞凤舞，潦潦草草，与其说是封信，还不如说是份手稿。他不由自主地再次把信封捏了捏，看看有什么附件落在里面没有。但是信封里是空的，无论信封上还是信纸上都没有寄信人的地址，也没有签名。"奇怪。"他想，又把信拿在了手里。"你，和我素昧平生的你！"信的上头写了这句话作为称呼，作为标题。他的目光十分惊讶地停住了：这指的是他，还是一位臆想的主人公呢？突然，他的好奇心大发，开始念道：

"我的孩子昨天去世了——为挽救这个幼小娇嫩的生命，我同死神足足搏斗了三天三夜。他得了流感，可怜的身子烧得滚烫。我在他床边坐了四十个小时。我在他烧得灼手的额头上敷上用冷水浸过的毛巾，白天黑夜都握着他那双抽搐的小手。第三天晚上我全垮了。我的眼睛再也抬不起来了，眼皮合上了，连我自己也不知道。我在硬椅子上坐着睡了三四个小时，就在这期间，死神夺去了他的生命。这逗人喜爱的、可怜的孩子，此刻就在那儿躺着，躺在他自己的小床上，就和他活的时候一样；只是他的眼睛，他那聪明的黑眼睛合上了，他的两只手交叉着放在白衬衫上，床的四个角上高高燃点着四支蜡烛。我不敢看一下，也不敢动一动，因为烛光一晃，他脸上和紧闭的嘴上就影影绰绰的，看起来就仿佛他的面颊在蠕动，我就会以为他没有死，以为他还会醒来，还会用他银铃似的声音对我说些甜蜜而稚气的话语。但是我知道，他死了，我不愿意再往床上看，以免再次怀着希望，也免得再次失望。我知道，我知道，我的孩子昨天死了——在这个世界上我现在只有你，只有你了，而你对我却一无所知。此刻你完全感觉不到，正在嬉戏取闹，或者正在跟什么人寻欢作乐、调情狎昵呢。我现在只有你，只有同我素昧平生的你，我始终爱着的你。

"我拿了第五支蜡烛放在这里的桌子上，我就在这张桌上给你写信。因为我不能孤零零地一个人守着我那死去的孩子，而不倾诉我的衷肠。在这可怕的时刻要是我不对你诉说，那该对谁去诉说！你过去是我的一切，现在也是我的一切！也许我不能跟你完全讲清楚，也许你不了解我——我的脑袋现在沉甸甸的，太阳穴不停地在抽搐，像有槌子在擂打，四肢感到酸痛。我想我发烧了，说不定也染上了流感。现在流感挨家挨户地在蔓延。这倒好，这下我可以跟我的孩子一起去了，也省得我自己来了结我的残生。有时我眼前一片漆黑，也许这封信我都写不完了——但是我要振作起全部精力，来向你诉说一次，只诉说这一次，你，我亲爱的，同我素昧平生的你。

"我想同你单独谈谈，第一次把一切都告诉你，向你倾吐。我的整个一生都要让你知道，我的一生始终都是属于你的，而对我的一生你却从来毫无所知。可是只有当我死了，你再也不用答复我了——现在我的四肢忽冷忽热，如果这病魔真正意味着我生命的终结——这时我才让你知道我的秘密。假如我能活下来，那我就要把这封信撕掉，并且像我过去一直把它埋在心里一样，我将继续保持沉默。但是如果你手里拿到了这封信，那么你就知道，那是一个已经死了的女人在这里向你诉说她的一生，诉说她那属于你的一生，从她开始懂事的时候起，一直到她生命的最后一刻。作为一个死者，她再也别无所求了，她不要求爱情，也不要求怜悯和慰藉。我要求你的只有一件事，那就是请你相信我这颗痛苦的心匆匆向你吐露的一切。请你相信我讲的一切，我要求你的就只有这一件事：一个人在其独生子去世的时刻是不会说谎的。

"我要向你吐露我整个的一生，我的一生确实是从我认识你的那一天才开始的。在此之前我的生活郁郁寡欢、杂乱无章。它像一个蒙着灰尘、布满蛛网、散发着霉味的地窖，对它里面的人和事，我的心里早已忘却了。你来的时候，我十三岁，就住在你现在住的那所房子里。现在你就在这所房子里，手里拿着这封信——我生命的最后一丝气息。我也住在那层楼上，正好在你对门。你一定记不得我们了，记不得那个贫苦的会计师的寡妇（她总是穿着孝服）和那个尚未完全发育的、瘦小的孩子了——我们深居简出，不声不响地过着我们小市民的穷酸生活——你或许从来没有听到过我们的名字，因为我们房间的门上没有挂牌子。没有人来，也没有人来打听我们。何况事情已经过去很久了，过了十五六年了。不，你一定什么也不知道，我亲爱的。可是我呢，啊，我激情满怀地想起了每一件事，我第一次听说你，第一次见到你的那一天，不，是那一刻，我现在还记得很清楚，仿佛是今天的事。我怎么会不记得呢，因为对我来说世界从那时才开始。请耐心，亲爱的，我要向你从头诉说这一切，我求你听我谈一刻钟，不要疲倦，我爱了你一辈子也没有感到疲倦啊！

"你搬进我们这所房子来以前，你屋子里住的那家人又丑又凶，又爱吵架。他们自己穷愁潦倒，却最恨邻居的贫困，也就是恨我们的穷困，因为我们不愿跟他们那种破落无产阶级的粗野行为沆瀣一气。这家男人是个酒鬼，常打老婆；哐啷哐啷摔椅子、砸盘子的响声常常在半夜里把我们吵醒。有一回那女人被打得头破血流，披头散发地逃到楼梯上，那个喝得酩酊大醉的男人跟在她后面狂呼乱叫，直到大家都从屋里出来，警告那汉子，再这么闹就要去叫警察了，这场戏才算收场。我母亲一开始就避免和这家人有任何交往，也不让我跟他们的孩子说话，为此，这帮孩子一有机会就对我进行报复。要是他们在街上碰见我，就跟在我后边喊脏话，有一回还用硬实的雪球打我，打得我额头上鲜血直流。全楼的人都本能地恨这家人。突然有一次出了事——我想，那汉子因为偷东西给逮走了——那女人不得不收拾起她那点七零八碎的东西搬走，这下我们大家都松了口气。楼门口的墙上贴出了出租房间的条子，贴了几天就拿掉了。消息很快从清洁工那儿传开，说是一位作家、一位文静的单身先生租了这套房间。那时我第一次听到你的名字。

"这套房间给原住户弄得油腻不堪，几天之后油漆工、粉刷工、清洁工、裱糊匠就来拾掇房间了，敲敲锤锤，又拖地又刮墙，但我母亲对此倒很满意，她说，这下对门又脏又乱的那一家终于走了。而你本人在搬来的时候我还没有见到你的面：全部搬家工作都由你的仆人照料，那个个子矮小、神情严肃、头发灰白的管事仆人。他轻声细语、一板一眼地以居高临下的神气指挥着一切。他使我们大家都很感动，首先，因为一位管事的仆人在我们这所郊区楼房里是件很新奇的事，其次他对所有的人都非常客气，但并不因此而降格把自己等同于一个普通仆人，和他们好朋友似的山南海北地谈天。从第一天起他就把我母亲看作太太，恭恭敬敬地向她打招呼，甚至对我这个丑丫头，也总是既亲切又严肃。每逢他提到你的名字，他总带着某种崇敬，带着一种特殊的尊敬——大家马上就看出，他和你的关系远远超出了普通主仆的程度。为此我多么喜欢他，多么喜欢这个善良的老约翰啊！虽然我忌妒他老是可以在你身边侍候你。

"我把一切都告诉你，亲爱的，把所有这些鸡毛蒜皮的、简直是可笑的小事都告诉你，为的是让你了解，从一开始你对我这个又腼腆又胆怯的孩子就具有那样的魔力。在你本人还没有闯入我的生活之前，你身上就围上了一圈灵光，一道富贵、奇特和神秘的光华——我们所有住在这幢郊区小楼里的人（这些生活天地非常狭小的人，对自己门前发生的一切新鲜事总是十分好奇的），都在焦躁地等着你搬进来。一天下午放学回家，看到楼前停着搬家具的车，这时对你的好奇心才在我心里猛增。家具大都是笨重的大件，搬运工已经抬到楼上去了，现在正在把零星小件拿上去。我站在门口望着，对一切都感到很惊奇，因为你所有的东西都那样稀奇，我还从来没有见过；有印度神像、意大利雕塑、色彩鲜艳的巨幅绘画，最后是书。那么多那么好看的书，以前我连想都没有想到过。这些书都堆在门口，仆人在那里一本本拿起来用小棍和掸帚仔仔细细地掸掉书上的灰尘。我好奇地围着那越堆越高的书堆蹑手蹑脚地走着，你的仆人并没有叫我走开，但也没有鼓励我待在那里；所以我一本书也不敢碰，虽然我很想摸一摸有些书的软皮封面。我只好从旁边怯生生地看看书名：有法文书、英文书，还有些书的文字我不认识。我想，我会看上几个小时的；这时我母亲把我叫进去了。

"整个晚上我都没法不想你，而这还是在我认识你之前呀。我自己只有十来本便宜的、破硬纸板装订的书，这几本书我爱不释手，一读再读。这时我在冥思苦想：这个人会是什么样子呢？有那么多漂亮的书，而且都看过了，还懂得所有这些文字，他还那么有钱，同时又那么有学问。想到那么多书，我心里就滋生起一种超脱凡俗的敬畏之情。我在心里设想着你的模样：你是个老人，戴了副眼镜，留着长长的白胡子，有点像我们的地理老师，只是善良得多，漂亮得多，温和得多——我不知道为什么我那时就肯定你是漂亮的，因为当时我还把你想象成一个老人呢。就在那天夜里我还不认识你，我就第一次梦见了你。

"第二天你搬来了，但是无论我怎么窥伺，还是没能见着你的面——这又更加激起了我的好奇心。终于在第三天我看见了你，真是万万没有想到，你完全是另一副模样，和我孩子气的想象中的天父般的形象毫无共同之处。我梦见的是一位戴眼镜的慈祥的老人，现在你来了——你，你的样子还是和今天一样，你，岁月不知不觉地在你身上流逝，你却丝毫没有变化！你穿了一件浅灰色的、迷人的运动服，上楼梯的时候总是以你那种无比轻快的、孩子般的姿态，老是一步跨两级。你手里拿着帽子，我以无法描述的惊讶望着你那表情生动的脸。你脸上显得英姿勃发，一头秀美有光泽的头发：真的，我惊讶得吓了一跳，你是多么年轻、多么漂亮、多么修长挺拔、多么标致潇洒。这事不是很奇怪吗？在这第一秒钟里，我就十分清楚地感觉到，你是非常独特的，我和所有别的人都意想不到地在你身上一再感觉到：你是一个具有双重人格的人，是个热情洋溢、逍遥自在、沉湎于玩乐和寻花问柳的年轻人；同时你在事业上又是一个十分严肃、责任心强、学识渊博、修养有素的人。我无意中感觉到后来每个人都在你身上感觉到的印象，那就是你过着一种双重生活，它既有光明的、公开面向世界的一面，也有阴暗的、只有你一人知道的一面——这个最最隐蔽的两面性，你一生的秘密，我，这个着了魔似的被你吸引住的十三岁的姑娘从第一眼就感觉到了。

"现在你明白了吧，亲爱的，当时对我这个孩子来说，你是一个多大的奇迹，一个多么诱人的谜呀！一个大家对他怀着敬畏的人，因为他写过书，因为他在那另一个大世界里颇有名气，而现在突然发现他是个英俊潇洒、像孩子一样快乐的、二十五岁的年轻人！我还用对你说吗，从这天起，在我们这幢楼里，在我整个可怜的儿童天地里，没有什么比你更使我感兴趣的了。我把一个十三岁的姑娘的全部劲，全部纠缠不放的执拗劲一股脑儿都用来窥视你的生活，窥视你的起居了。我观察你，观察你的习惯，观察到你这儿来的人，这一切非但没有减少反而更增加了我对你本人的好奇心，因为来看望你的客人形形色色，三教九流，这就反映了你性格上的两重性。到你这里来的有年轻人，你的同学，一帮衣衫褴褛的大学生，你跟他们有说有笑，忘乎所以；有时又有一些坐小汽车来的太太，有一回歌剧院的经理，那位伟大的乐队指挥来了，过去我只是怀着崇敬的心情远远地见到过他站在乐谱架前。到你这里来的人再就是些还在商业学校上学的小姑娘，她们扭扭捏捏地候地一下就溜进了门去。总而言之，来的人里女人很多，很多。这一方面我没有什么特别的想法，就是一天早晨我去上学的时候，看见一位太太头上蒙着面纱从你屋里出来，我也并不觉得这有什么特别——我才十三岁呀，我以狂热的好奇心来探听和窥伺你的行动。在孩子的心目中她还并不知道，这种好奇心已经是爱情了。

"但是，我亲爱的，那一天，那一刻，我整个地、永远地爱上你的那一天、那一刻，现在我还记得清清楚楚。我和一个女同学散了一会儿步，就站在大门口闲聊。这时开来一辆小汽车，车一停，你就以你那焦躁、敏捷的姿态——这姿态至今还使我对你倾心——从踏板上跳了下来，要进门去。一种下意识逼着我为你打开了门，这样我就挡了你的道，我们两人差点撞个满怀。你以那种温暖、柔和、多情的眼光望着我，这眼光就像是脉脉含情的表示，你还向我微微一笑——是的，我不能说是别的，只好说：向我脉脉含情地微微一笑，并用一种极轻的、几乎是亲昵的声音说：'多谢啦，小姐！'

"事情的经过就是这样，亲爱的；可是从此刻起，从我感到了那柔和的、脉脉含情的目光以来，我就属于你了。后来不久我就知道，对每个从你身边走过的女人，对每个卖东西给你的女店员，对每个给你开门的侍女，你一概投以你那拥抱式的、具有吸引力的、既脉脉含情又撩人销魂的目光，你那天生的诱惑者的目光。我还知道，在你身上这目光并不是有意识地表示心意和爱慕，而是因为你对女人所表现的脉脉含情，在你看她们的时候，不知不觉之中就使你的眼光变得柔和而温暖了。但是我这个十三岁的孩子对此毫无所感：我心里像有团烈火在燃烧。我以为你的柔情只是给我的，只是给我一人的，在这瞬间，在我这个尚未成年的丫头的心里，已经感到自己是个女人，而这个女人永远属于你了。

　　"'这个人是谁？'我的女友问道。我不能马上回答她。我不能把你的名字说出来：就在这一秒钟里，这唯一的一秒钟里，我觉得你的名字是神圣的，它成了我的秘密。'噢，一位先生，住在我们这座楼里。'我结结巴巴、笨嘴笨舌地说。'那他看你的时候你干吗要脸红啊？'我的女朋友使出了一个爱打听的孩子的全部恶毒劲冷嘲热讽地说。正因为我感到她的嘲讽触到了我的秘密，血就一下子升到我的脸颊，感到更加火烧火辣。我狼狈之至，态度变得甚为粗鲁。'傻丫头！'我气冲冲地说。我真恨不得把她勒死。但是她笑得更响，嘲弄得更加厉害，直到我感到，盛怒之下泪水都流下来了，我就把她甩下，独自跑上楼去。

　　"从这秒钟起，我就爱上了你。我知道，许多女人对你这个被宠惯了的人常常说这句话。但是我相信，没有一个女人像我这样盲目地、忘我地爱过你。我对你永远忠贞不渝，因为世界上任何东西都比不上孩子暗地里悄悄所怀的爱情，因为这种爱情如此希望渺茫、曲意逢迎、卑躬屈膝、低声下气、热情奔放，它与成年妇女那种欲火中烧的、本能的、挑逗性的爱情并不一样。只有孤独的孩子才能将他们的全部热情集中起来：其余的人则在社交活动中滥用自己的感情，在卿卿我我中把自己的感情消磨殆尽。他们听说过很多关于爱情的事，读过许多关于爱情的书。他们知道，爱情是人们的共同命运。他们玩弄爱情，就像玩弄一个玩具；他们夸耀爱情，就像男孩子夸耀他们抽了第一支香烟。但是我，我没有一个可以向他诉说我的心事的人，没有人开导我，没有人告诫我，我没有人生阅历，什么也不懂：我一下子栽进了我的命运之中，就像跌入万丈深渊。在我心里生长、迸放的就只有你，我在梦里见到你，把你当作知音：我父亲早就故世了，我母亲总是郁郁寡欢、悲悲戚戚，她靠养老金生活，生性怯懦，掉片树叶还生怕砸了脑袋，所以我和她并不十分相投；那些开始沾上了行为不端这坏毛病的女同学又使我感到厌恶，因为她们轻佻地玩弄那在我心目中视为最高的激情的东西——因此我把原先散乱的全部激情，把我那颗压缩在一起而一再急不可待地想喷涌出来的整个心都一股脑儿向你掷去。在我的心里你就是——我该怎么对你说呢？任何比喻都不为过分——你就是一切，是我整个生命。人间万物所以存在，只是因为都和你有关系，我生活中的一切，只有和你相连才有意义。你使我整个生活变了个样。原先我在学校里学习并不太认真，成绩也是中等，现在突然成了第一名。我读了上千本书，往往每天读到深夜，因为我知道，你是喜欢书的；突然我以近乎有点顽固的劲头坚持不懈地练起钢琴来了，使我母亲大为惊讶，因为我想，你是喜欢音乐的。我把自己的衣服刷得干干净净，缝得整整齐齐，好在你面前显得干净利索，让你喜欢；我那条旧学生裙（是我母亲的一件家常便服改的）的左侧打了一个四方的补丁，我感到难看极了。我怕你会看见这个补丁，因而瞧不起我；所以我上楼的时候，总是把书包压在那个补丁上，吓得直哆嗦，生怕被你看出来。但这是多傻啊：你后来再也没有、几乎是再也没有看过我一眼。

　　"再说我，我整天都在等着你，窥伺你的行踪，除此之外可以说是什么也没做。我们家的门上有一个小小的黄铜窥视孔，从这个小圆孔里可以看到对面你的房门。这个窥视孔——不，别笑我，亲爱的，就是今天，就是今天，我对那些时刻也并不感到羞愧！——这个窥视孔是我张望世界的眼睛。那几个月，那几年，我手里拿了本书，整个下午整个下午地坐在那里，坐在前屋里恭候你，生怕妈妈疑心。我的心像琴弦一样绷得紧紧的，你一出现，它就不住地奏鸣。我时刻为了你，时刻处于紧张和激动之中，可是你对此毫无感觉，就像你对口袋里装着的、绷得紧紧的怀表的发条没有一丝感觉一样。怀表的发条耐心地在暗中数着你的钟点，量着你的时间，用听不见的心跳伴着你的行踪，而在它嘀嗒嘀嗒的几百万秒之中，你只有一次向它匆匆瞥了一眼。我知道你的一切，了解你的每一个习惯，认得你的每一条领带、每一件衣服，不久就认识并且能够一个个区分你那些朋友，还把他们分成我喜欢的和我讨厌的两类：我从十三岁到十六岁，每一小时都是生活在你的身上的。啊，我干了多少傻事！我去吻你的手摸过的门把手，捡了一个你进门之前扔掉的雪茄烟头，在我心目中它是神圣的，因为你的嘴唇在上面接触过。晚上我上百次借故跑到下面的胡同里，去看看你哪一间屋子亮着灯。这样虽然看不见你，但是能清清楚楚地感觉到你在那里。你出门的那几个星期——我每次见那善良的约翰把你的黄色旅行袋提下楼去，我的心便吓得停止了跳动——那几个星期我活着像死了一样，毫无意义。我满脸愁云，百无聊赖，茫然若失，不过我得时时小心，别让母亲从我哭肿了的眼睛上看出我心头的绝望。

"我知道，我现在告诉你的，全是些怪可笑的感情波澜，孩子气的蠢事。我该为这些事而害臊，但是我并不感到羞愧，因为我对你的爱情从来没有比在这种天真的激情中更为纯洁、更为热烈的了。我可以对你说上几小时，说上好几天，告诉你，我当时是怎么同你一起生活的，而你呢，连我的面貌还不认识，因为每当我在楼梯上碰到你，而又躲不开的时候，由于怕你那灼人的眼光，我就低头打你身边跑走，就像一个人为了不被烈火烧着，而纵身跳进水里一样。我可以对你说上几小时，说上好几天，告诉你那些你早已忘怀的岁月，给你展开你生活的全部日历；但是我不愿使你厌倦，不愿折磨你。我要讲给你听的，只有我童年时期最最美好的那次经历，我请你不要嘲笑我，因为这是一件微乎其微的小事，但是对我这个孩子来说，这可是件天大的大事。那一定是个星期天，你出门去了，你的仆人打开房门，把那几条他已经拍打干净的、沉重的地毯拽进屋去。他，这个好人，干得非常吃力。我一时胆大包天，走到他跟前，问他要不要我帮他一把。他很惊讶，但还是让我帮了他，这样我就看见了你寓所的内部，你的天地，你常常坐的书桌，桌上的一个蓝色水晶花瓶里插着几朵鲜花，看见了你的柜子，你的画，你的书——我只能告诉你，我当时怀着多么大的崇敬甚至虔诚的仰慕之情啊！对你的生活我只是匆匆地偷望了一眼，因为约翰，你那忠实的仆人，是一定不会让我仔细观看的，可就是这么看了一眼，我就把整个气氛吸进了胸里，这就有了入梦的营养，就能无休止地梦见你，无论醒着还是睡着。

"这，这飞快地一分钟，它是我童年时代最最幸福的时刻。我要把这时刻讲给你听，好让你这个并不认识我的人终于能开始感觉到有一个生命在依恋着你，并为你而消殒。这个最最幸福的时刻我要告诉你，还有那个时刻，那个最最可怕的时刻我也要告诉你，可惜这两个时刻是互相紧挨着的。为了你的缘故——我刚才已经对你说过——我把一切都忘掉了，我没有注意我的母亲，对任何人都不关心。我没有注意到，一位年纪稍长的先生，一位因斯布鲁克的商人，我母亲的远亲，常常到我们家里来，每回都待得很久。是的，这倒使我感到很高兴，因为他有时带我母亲去看戏，这样我便可以独自待在家里，想着你，守候着你，这可是我最大最大的、我唯一的幸福！一天，母亲郑重其事地把我叫到她房间里，说要跟我一本正经地谈一谈。我的脸都吓白了，听到自己的心突然怦怦直跳：她会不会感觉到什么，看出了什么苗头？我马上想到的就是你，就是这个秘密，这个把我和世界联系在一起的秘密。但是妈妈自己感到不好意思，她温柔地吻了我一两下（她平素是从来不吻我的），把我拉到沙发上挨着她坐下，然后吞吞吐吐、羞怯地开始说，她的亲戚是个鳏夫，向她求婚，而她呢，主要是为了我，就决定答应他的要求。一股热血涌到我的心头：我内心里只有一个念头，我的全部心思都在你的身上。'我们还住在这儿吧？'我结结巴巴地勉强说出这句话来。'不，我们要搬到因斯布鲁克去，裴迪南在那里有座漂亮的别墅。'别的话我什么也没有听见。我觉得眼前发黑。后来我知道，当时我晕倒了；我听见母亲对等候在门后的继父悄声说，我突然伸开双手往后一仰，随后就像块铅似的摔倒了。以后这几天里发生的事情，我，一个不能自己做主的孩子，是如何反抗她那说一不二的意志的，这些我都无法向你描述了：就是现在，一想到这件事，我正在写信的手还发抖呢。我真正的秘密是不能泄露的，因此我的反抗就显得纯粹是要牛脾气，故意作对，成心别扭。谁也不再跟我说了，一切都在暗地里进行。他们利用我上学的时间搬运行李：等我回到家里，总是不是少了这样，就是卖了那件。我看着我们的屋子，以及我的生活变得零落了。有一次我回家吃午饭的时候，搬家具的人正在包装东西，把什么都搬走了。空空荡荡的屋子里放着收拾好了的箱子，以及母亲和我各自的一张行军床：我们还要在这里睡一夜，最后一夜，明天就动身到因斯布鲁克去。

"在这最后的一天，我怀着一种突然的果断心情感觉到，没有你在身边，我是不能活的。除了你，我想不出别的什么解救办法。我当时心里是怎么想的，在那绝望的时刻我究竟能不能头脑清楚地进行思考，这些我永远也说不出来，可是我突然站了起来，身上穿着学生装——我母亲不在家——走到对门你那里去。不，我不是走去的：我两腿发僵，全身哆嗦着，被一种磁石一般的力量吸到你的门口。我已经对你说过，我自己也不知道我想干什么：跪在你的脚下，求你收留我做个女仆，做个奴隶。我怕你会对一个十五岁姑娘的这种纯真无邪的狂热感到好笑的，但是——亲爱的，要是你知道，我当时如何站在冰冷的楼道里，由于恐惧而全身僵硬，可是又被一种捉摸不到的力量推着朝前走；我又是如何把我的胳膊，那颤抖着的胳膊，可以说是硬从自己身上扯开，抬起手来——这场搏斗虽只经历了可怕的几秒钟，却像是永恒的——用手指去按你门铃的电钮。要是你知道了这一切，你就不会再笑了。那刺耳的铃声至今还在我的耳朵里回响，随之而来的是沉寂，之后——这时我的心脏停止了跳动，我全身的血液凝固了——我只是竖起耳朵听着，你是不是来开门。

"但是你没有来。谁也没有来。那天下午你显然出去了，约翰可能是为你办事去了，于是我就蹒跚地——单调刺耳的门铃声还在我的耳边震响——回到我们满目凄凉、空空如也的屋子里，精疲力竭地一头倒在一条花呢旅行毯上。这四步路走得我疲乏之至，仿佛在深深的雪地里走了好几个小时似的。虽然疲惫不堪，可是他们把我拉走之前我要见到你、跟你说话的决心依然在燃烧，并未熄灭。我向你发誓，这里面并没有一丝情欲的念头。我当时还不懂，除了你之外，我什么都不想：我只想见到你，只是还想见一次，紧紧地抱着你。于是整整一夜，这漫长的、可怕的整整一夜，亲爱的，我都在等待着你。母亲刚一上床睡着，我就蹑手蹑脚地溜到前屋里，侧耳倾听你什么时候回家。整整一夜我都在等待着，而这可是一个冰冷的一月之夜啊！我疲惫不堪，四肢疼痛，想坐一坐，可是屋里连张椅子都没有了，于是我就平躺在冷冰冰的地板上，从房门底下的缝隙里嗖嗖地吹进股股寒风。我的衣服穿得很单薄，又没有拿毯子，躺在冰冷的地板上，浑身骨节眼里都感到刺痛；我倒是不想要暖和，生怕一暖和就会睡着，就听不到你的脚步声了。这是很难受的，我的两只脚痉挛了，紧紧蜷缩在一起，我的胳膊颤抖着。我只好一次又一次地站起来，在这漆黑的夜里，可真把人冻死了。但是我等待着，等待着，等待着你，宛如等待我的命运。

"终于——大概已经是凌晨两三点钟了吧——我听见下面开大门的声音，接着就有上楼梯的脚步声。顿时我身上的寒意全然消失，一股热流在我心头激荡，我轻轻地开了房门，准备冲到你面前，伏在你的脚下……啊，我真不知道，我这个傻姑娘当时会干出什么事来。脚步声越来越近。烛光忽闪忽闪地照到了楼上。我哆哆嗦嗦地握着房门的把手。来的人果真是你吗？

"是，是你，亲爱的——但你不是独自一人。我听到一阵挑逗性的轻笑、绸衣服拖在地上发出的窸窣声和你低声细语的说话声——你是带了一个女人回家来的。

"我不知道我是如何挨过这一夜的。第二天早晨八点钟，他们就把我拖往因斯布鲁克；我已经没有一丝力气来反抗了。

"我的孩子已在昨天夜里去世了——如果我当真还要继续活下去的话，那我又将是孤苦伶仃的一个人了。明天要来人了，那些陌生的、黑炭似的大个儿笨汉，他们将抬一口棺材来，收殓我那可怜的、我那唯一的孩子。也许朋友们也会来，送来花圈，但是鲜花放在棺材上又顶什么用？他们会来安慰我，对我说几句，说几句话；但是他们又能帮得了我些什么呢？我知道，这以后我又是孤零零一个人了。再也没有什么东西比在人群之中感到孤独更可怕的了。这一点我那时就体会到了，在因斯布鲁克度过的没有尽头的两年岁月里，即从我十六岁到十八岁的时候，像个囚犯，像个被摒弃的人似的生活在家里的两年时间里，就体会到了这一点。继父是个生性平和、寡言少语的人，对我很好；我母亲好像为了弥补她无意之中所犯的过失，所以对我的一切要求总是全部给予满足。年轻人围着我献殷勤，但是我都斩钉截铁地对他们一概加以拒绝。不和你在一起，我就不想幸福地、惬意地生活，我把自己埋进一个晦暗的、寂寞的世界里，自己折磨自己。他们给我买的新花衣服我不穿，我不肯去听音乐会，不肯去看戏或者跟大家一起兴高采烈地去郊游。我几乎连胡同都不出：你会相信吗，亲爱的，我在这座小城里住了两年，认识的街道还不上十条？我悲伤，我要悲伤，看不见你，我就强迫自己过着清淡的生活，并且还以此为乐。再有，我怀着一股热情，只希望生活在你的心里，我不愿让别的事情来转移这种热情。我独自一人坐在家里，一坐就是几小时，就是一整天，什么也不做，只是想着你，一次一次地、反反复复地重温对你的数百件细小的回忆，每次见你啦，每次等你啦，就像在剧院里似的，让这些细小的插曲一幕幕从我的心里闪过。因为我把往日的每一秒钟都回味了无数次，因此我的整个童年时期还都历历在目，那些逝去岁月的每一分钟我都感到如此灼热和新鲜，仿佛是昨天在我身上发生的事。

"那时我的整个身心全都用在了你的身上。你写的书我全都买了；要是报上登有你的名字，那么这天就像节日一样。你相信吗，你书里的每一行我都能背下来，我一遍又一遍地把你的书读得滚瓜烂熟？要是有人半夜里把我从睡梦中叫醒，从你的书里抽出一行来念给我听，今天，隔了十三年，今天我还能接着念下去，就像在梦里一样：你的每一句话，对我来说都是福音书和祷告文。整个世界，只是和你有关，它才存在；我在维也纳的报纸上翻阅音乐会和首演的广告，心里只有一个想法，那就是哪些演出会使你感兴趣；一到黄昏，我就在远方陪伴着你：现在他进了剧场大厅，现在他坐下来了。这事我梦见过千百次，因为我曾经有一次，唯一的一次，在一次音乐会上见过你。

"可是我说这些干什么呢，说一个被遗弃的孩子的这些疯狂的、自己糟蹋自己的，这些如此悲惨、如此绝望的狂热干什么呢？把这些告诉一个对此一无所感、毫无所知的人干什么呢？那时我确实不还是个孩子吗？我长到十七岁，十八岁了——年轻人开始在街上转过头来看我了，可是他们只能使我火冒三丈。因为想着和别人，而不是和你谈恋爱，即使只是拿恋爱开个玩笑，我也觉得简直是闻所未闻、难以理解的，在我看来，受勾引本身就已经犯了罪。我对你的激情始终犹如当年，只是随着我身体的发育和性欲的萌发而变得更加炽烈、更加肉感、更加女性化罢了。当时在那个女孩子，那个去按你的门铃的女孩子朦胧无知的意识中没能预感到的东西，现在成了我唯一的思想：把自己献给你，完全委身于你。

"我周围的人认为我腼腆，都说我怕羞（我紧咬牙关，关于我的秘密，一个字也不露出来）。但是在我心里滋长了钢铁般的意志。我的全部心思都集中在一点上：回到维也纳，回到你的身边去。我费了好大的劲，终于实现了自己的愿望。在别人看来，我的这个愿望也许是荒谬的，不可理解的。我的继父颇有资财，他把我当作他的亲生女。我一直闹着要自己挣钱来养活自己，后来终于达到了这个目的。我来到维也纳的一个亲戚家，在一家服装店里当职员。

"在一个雾蒙蒙的秋日，我终于，终于来到了维也纳！难道还要我告诉你，我到维也纳以后第一程路是往哪儿去的吗？我把箱子存放在火车站，跳上一辆电车——我觉得电车开得多慢呀，每停一站都使我感到恼火——一直奔到那座楼房前面。你的窗户亮着灯，我的整个心灵发出了动听的声音。这座城市，这座曾经如此陌生、如此毫无意义地在我四周喧嚣嘈杂的城市，现在才有了生气，我现在才重新复活，因为我感觉到你就在近旁，你，我那永恒的梦。我并没有感觉到，无论是隔着多少峡谷、高山、河流，或是在你和我闪着喜悦光芒的目光之间只隔着一层透明的薄玻璃，我对于你的意识来说，实际上都是一样遥远的。我抬头仰望，仰望：这儿有灯光，这儿是楼房，你就在这儿，这儿就是我的世界。对于这一时刻，我已经做了两年的梦了，现在总算赐给了我。这个漫长的、柔和的、云遮雾漫的夜晚，我在你的窗前站了很久，直到你房里的灯熄灭以后，我才去寻找我的住处。

"这以后，我每天晚上都这样站在你的房前。我在店里干活一直干到六点钟才结束，活计很重、很累，但我很喜欢，因为工作很杂乱，我对自己内心的不宁也就不那么感到痛楚了。等到卷帘式铁百叶窗在我身后哐当一声落了下来，我就直奔我心爱的目的地。只要看你一眼，只想碰见你一次，只想用我的目光远远地再次抚摸你的脸庞——这就是我唯一的心愿。大约一个星期之后，我终于遇见了你，而且恰恰在我没有预料到的那一瞬间：我正抬头朝你的窗户张望的时候，你横穿马路过来了。突然，我又变成了那个小姑娘，那个十三岁的小姑娘。我感到热血涌上我的面颊；违背我渴望看见你的眼睛的内心冲动，我下意识地低下了头，像是有人在追我似的，从你身边一溜烟似的跑了过去。后来我为自己这种女学生似的胆怯的逃遁而感到羞愧，因为现在我的目的是一清二楚的：我想遇见你，我在找你。过了那么多渴望的、难熬的岁月，我希望你能认出我来，希望你注意到我，希望你爱上我。

"但是你好长时间都没有注意到我，虽然每天晚上，无论下起纷飞的大雪，还是刮着维也纳凛冽刺骨的寒风，我都站在你那条胡同里。我往往白等几小时，有时候等了半天以后，你终于在朋友的陪伴下从屋里走了出来，有两次我还看见你和女人在一起。当我看见一位陌生女人同你紧挽胳膊一起走的时候，我感觉到了自己的成人意识，我的心突然颤了一下，把我的灵魂也撕裂了，这时我感觉到对你有一种新的、异样的感情。我并没有吃惊，我在儿童时代就已经知道女人是陪伴你的常客，可是现在这使我突然感到有种肉体上的痛苦，我心里那根感情之弦绷得紧紧的，对你跟另一个女人的这种明显的、这种肉体上的亲昵感到非常敌视，同时自己也很想得到。我当时有种孩子气的自尊心，也许今天也还保留着，所以一整天没有到你的屋子跟前去：但是这个抗拒和愤恨的空虚夜晚是多么可怕呀！第二天晚上，我又低声下气地站在你的房子跟前，等呀等，就像我的整个命运都站在你那关闭的生活之前似的。

"一天晚上，你终于注意到我了。我已经看见你远远地过来了，我就振作起自己的意志，别又躲开你。说也凑巧，有辆货车停在街上要卸货，因而把马路堵得很窄，你就只好紧挨着我的身边走过去。你那心不在焉的目光下意识地扫了我一眼，它刚遇到我全神贯注的目光，就立即变成了——回忆起心里的往事，使我猛然一惊！——你那种勾引女人的目光，变成了那温存的、既脉脉含情又撩人销魂的、那拥抱式的、盯住不放的目光。这目光从前曾把我这个小姑娘唤醒，使我第一次成了女人，成了正在恋爱的女人。有一两秒钟之久，你的目光就这样凝视着我的目光，而我的目光却不能，也不愿意离开你的目光——随后你就从我身边走了过去。我的心怦怦直跳；我下意识地放慢了脚步，出于一种无法抑制的好奇心，我转过头来，看见你停住了，正在回头看我。从你好奇地、饶有兴趣地注视着我的神态里，我立刻就知道，你没有认出我来。

"你没有认出我来，那时候没有，永远，你永远也没有认出我来。亲爱的，我怎么来向你描述我那一瞬间的失望呢——当时我是第一次遭受到没有被你认出来的命运啊，这种命运贯穿在我的一生中，并且我还带着它离开人世；没有被你认出来，一直还没有被你认出来。我怎么来向你描述这种失望呢！因为你看，在因斯布鲁克的两年中，我时刻都想着你，什么也不做，只是想象我们在维也纳的第一次重逢，根据自己的情绪状态，做着最幸福的和最可怕的梦。如果可以这么说的话，一切我都在梦里想过了；在我心情阴郁的时候，我设想过，你会拒我于门外，你会鄙视我，因为我太卑微，太丑陋，太不顾羞耻。你各种各样的怨恨、冷酷、淡漠，这一切我在热烈的幻想中都经历过了——可是这一点，这最最可怕的一点，就是在我心情最阴郁、自卑感最严重的时候，也没有敢去考虑过：你根本丝毫没有注意到我的存在。今天我懂得了——啊，那是你教我懂得的！——少女和女人的脸在男人眼里一定是变化无常的，因为脸通常只是一面镜子，时而是热情的镜子，时而是天真烂漫的镜子，时而又是疲惫的镜子，镜子中的形象极易流逝，所以一个男人也就更加容易忘记一个女人的容貌，因为年龄就在这面镜子里带着光和影逐渐流逝，因为服装会把一个女人的脸一下打扮成这样，等会儿又变成那样。那些听天由命的人，她们才是真正的智者。可是当时我这个少女，我对你的健忘还不能理解，因为由于我自己毫无节制、时刻不停地想着你，所以就产生了一种幻觉，以为你也一定常常想着我，在等着我；如果我知道，你的心里并没有我，压根儿连想都没有想过我，那我活着还有什么意思！你的目光使我清醒了，你的目光表示，你一点也不认识我了，关于你的生活和我的生活之间，你竟连一根蛛丝那样的些微记忆也没有了。面对这样的目光，我如梦初醒，第一次跌到了现实之中，第一次预感到了自己的命运。

　　"你那时没有认出我来。两天以后我们又再次相遇，你的目光带着点亲昵的神情周身打量着我，这时你依旧没有认出我就是曾经爱过你的、被你唤醒的那个姑娘，你只认出我是那个漂亮的、十八岁的姑娘，两天以前曾在同一地点同你迎面相逢。你亲切而惊讶地看着我，嘴角挂着一丝轻柔的微笑。你又从我的身边走过去，马上又放慢了脚步。我颤抖，我狂喜，我祈祷，但愿你来跟我打招呼。我感到，我第一次为你而充满了活力；我也放慢了脚步，没有躲开。突然，我没有回头便感觉到你在我的身后，我知道，这回我可以第一次听到你对我说话的、可爱的声音了。这种期待的心情几乎使我瘫软了，我担心自己可能不得不停下来，心里像有十五个吊桶，七上八下——这时你走到我旁边来了。你用你特有的那种轻松愉快的神情跟我攀谈，仿佛我们是早就认识的老朋友了——啊，你没有感觉出我这个人，你也从来没有感觉出我的生活！——你跟我说话的神态是那么富有魅力，那么泰然自若，甚至我也能够跟你答话了。我们一起走了一条胡同，这时你问我，是否愿意我们一起去吃饭。我说：'行。'我怎敢拒绝你呢？

"我们一起在一家小饭馆里吃饭——你还记得这家饭馆在哪里吗？啊，不，你一定跟其他这样的晚餐分不清了，因为在你心目中，我算得了什么？只不过是数万个女人中的一个，许许多多不胜枚举的风流艳遇中的一桩罢了。你有什么好想起我来的呢？我说得很少，因为在你身边，听你跟我说话，我就感到无限幸福了。我不愿意由于一个问题、一句愚蠢的话而白白浪费一秒钟。我永远不会忘记感谢你的这个时刻，你的心里满满地盛着我热情的崇敬，你的举止如此温存风雅、轻松愉快、识体知礼，毫无迫不及待的妄为，没有匆忙的、谄媚讨好的表示，从第一个瞬间起，就亲切自重，如逢知己，即使并没有早就把自己的整个身心都献给你，那么单凭这一点，你也会赢得我的心的。啊，你可不知道，我傻乎乎地等了你五年，你没有使我失望，你简直使我高兴得忘乎所以了！

"天已经很晚了，我们起身离去。走到饭馆门口，你问我是否忙着回家，是否还有点时间。我怎么能瞒着你，不告诉你我乐意听从你的意愿呢？我说，我还有时间。随后，你稍稍迟疑了一下，就问，我是否愿意上你那里去聊一会儿。'好啊！'我自然而然地脱口而出，随后我立即发现，你对我如此迅速的允诺，感到有点儿难堪或者高兴，反正显然感到十分意外。今天我明白了你的这种惊异；我知道，一个女人，即使她心里火烧火辣的，想委身于人，她们通常也总要否认自己有这种打算，还要装出一副惊恐万状或者怒不可遏的样子，非等男人再三恳求，说一通弥天大谎，赌咒发誓和做出种种许诺，这才愿意平息下来。我知道，也许只有那些吃爱情饭的妓女，或是幼稚天真、年未及笄的小姑娘才会兴高采烈地满口答应那样的邀请。但是在我心里，这件事只不过是——你怎么能料想得到呢——化成了语言的心愿，千百个白天黑夜所凝聚而现在突然迸发的相思而已。总之，当时你很吃一惊，我开始使你对我发生兴趣了。我觉察到，我们一起走的时候，你一边说着话，一边带着某种惊异的神情从侧面打量着我。你的感觉，你那对于一切人性的东西具有魔术般的十拿九稳的感觉，在这里立即在这位漂亮的、柔顺的姑娘身上嗅出了一种不同寻常的东西，嗅出了一个秘密。于是，你好奇心大发，我觉察到，你想从一连串拐弯抹角的、试探性的问题着手，来摸清这个秘密。可是我避开了你：我宁可显得傻里傻气的样子，也不愿对你泄露我的秘密。

"我们上楼到你屋里。请原谅，亲爱的，要是我对你说，你不可能明白，这楼道，这楼梯对我来说意味着什么。当时我的心里充满了何等样的陶醉，何等样的迷乱，何等样的疯狂、痛苦、几乎是致命的幸福啊！我现在想起这些，还不禁泪湿衣襟，然而我已经没有眼泪了。你想一想吧，那里每一件东西都好像渗透了我的激情，每一样东西都是我童年时代的憧憬的象征：那大门，我在前面等过你千百次的大门；那楼梯，我在那里倾听你的脚步声，并在那儿第一次看见你的楼梯；那窥视孔，通过这个小孔我看得神魂颠倒；你房门口铺的小地毯，有一次我曾在上面跪过；那钥匙的响声，每回一听到这声音，我总是从我潜伏的地方猛地一跃而起。我的整个童年，我的全部激情都寄托在这几米大的空间里了，我的生命就在这里。而现在命运像暴风雨似的降落到我的头上来了，因为一切，一切都如愿以偿了：我和你在一起走，我和你在你的、在我们的房子里走着。你想想吧——这话听起来毫无意思，可我不知道怎么用别的话来说——一直到你房门口为止，一切都是现实，都是一辈子沉闷的、日常的世界，而从那儿起，孩子的仙境、阿拉丁①的王国就开始了；你想一想，这房门我曾急不可待地盯过千百回，如今我飘飘然地走了进去，你将会预料到——但仅仅是预料到，永远也不会完全知道，我亲爱的！——这转瞬即逝的一分钟从我的生活里带走了什么。

"那个晚上，我在你身边整整待了一夜。你可没有想到，在这以前还从来没有一个男人触摸过我，没有一个男人紧贴着或者看见过我的身子哩。但是亲爱的，你又怎么会想到呢，因为我对你毫无反抗，

---

① 阿拉丁：《一千零一夜》中的人物。巫师叫阿拉丁从井里取出一盏神灯，只要把灯一蹭，立即就有一位神灵来到你的跟前，可以满足你的一切要求。阿拉丁发现这个秘密后，就拿走了这盏灯，并娶了一个公主为妻，巫师想了各种办法还是没有得到神灯。

我压制了因羞怯而产生的忸怩，只是为了使你无法猜到我对你的爱情的秘密。要是你猜了出来，准会把你吓一大跳的——因为你喜欢的只是轻松自在、嬉戏玩耍、怡然自得，你生怕干预别人的命运。你喜欢对所有的女人，像蜜蜂采花似的对世界滥施爱情，而不愿做出任何牺牲。假如我现在对你说，亲爱的，我对你委身的时候还是个处女，那么我求求你，不要误解我！我不埋怨你，你并没有引诱我，欺骗我，勾引我——是我，是我自己硬凑到你跟前、投入你的怀抱、栽进自己的命运中去的。我永远，永远不会埋怨你，不，我只有永远感谢你，因为对我说来那一夜是至极的欢乐、闪光的喜悦、飘飘欲仙的幸福。那天夜里我一睁开眼，感到你在我的身边，总是感到奇怪，星星怎么没有在我头上闪烁，因为我真觉得自己到了天上了——不，我从来没有后悔，亲爱的，我从来没有因为那一刻而后悔。我还记得，你睡着了，我听见你的呼吸，贴着你的身子，感到自己挨你那么近，在黑暗中我流出了幸福的泪水。

　　"第二天一大早我就急着要走。我得到店里去，也想在仆人来到之前就走，可不能让他看见。当我穿好衣服站在你面前，你就把我搂在怀里，久久端视着我；莫非在你心里激荡着某个模糊而遥远的回忆，或者你只是觉得我当时神采飞扬、容貌美丽呢？然后你在我嘴上吻了一下。我轻轻从你手里挣脱，想走掉。这时你问我：'你带几朵花去，好吗？'我说好吧。你就在书桌上的蓝色水晶花瓶里（啊，这只花瓶我是认识的，小时候我曾偷看过一眼）取出四朵洁白的玫瑰给了我。连着几天我还不住地吻着这几朵玫瑰哩。

　　"我们事前约好在另一个晚上见面。我去了，那晚又是那么美妙。你还赐给了我第三夜。后来你就对我说，你要出门了——噢，我从小就恨你的这种旅行！——你答应我，一回来就立即通知我。我给了你一个留局待取的地址——我不愿把我的姓名告诉你。我保守着自己的秘密。你又给了我几朵玫瑰作为临别纪念——作为临别纪念。

　　"这两个月里我每天都去向……唉，算了，向你描述这种期待和绝望的极度痛苦干什么呢！我不埋怨你，我爱你，爱的就是这个你：感情炽烈，生性健忘，一见倾心，爱不忠诚。我爱的你这个人就是这个样，只是这个样，你过去一直是这个样，现在还是这个样。你早就回来了，从你亮着灯的窗户我断定你回来了，你没有给我写信。直到我生命的最后时刻，我也没有收到你的一行字，你的一行字，而我却把自己的生命都给了你。我等着，绝望地等着。你没有叫我，没有给我写一行字……没有写一行字……

"我的孩子昨天死去了——他也是你的孩子呀。他也是你的孩子，亲爱的，这是那如胶似漆的三夜所凝结的孩子，这一点我向你发誓。人之将死，其言也真，我快踏上黄泉路了，是不会撒谎的。这是我们的孩子，我向你发誓，因为从我委身于你的那一刻起，到这孩子从我肚子里生出来这一段时间里，没有任何男人接触过我的身子。我的身子任你紧紧贴过之后，我就有了一种神圣的感觉：我怎么能把自己既给你，又给别人呢？你是我的一切，而别人只不过是从我生命边上轻轻擦过的路人。他是我们的孩子，亲爱的，是我那专一不二的爱情和你那漫不经心的、毫不在乎的、几乎是无意识的柔情蜜意所凝成的孩子。他是我俩的孩子，我俩的儿子，我俩唯一的孩子。那么你一定要问——也许吓一大跳，也许只是不胜惊愕——那么你一定要问，我亲爱的，问我在这多年的漫长岁月里，为什么不把这个孩子告诉你，一直到今天他躺在这里，躺在这里的黑暗里的时候才谈到他，而此刻他已准备去了，永远不再回来了，永远不再回来了！可是我又怎么能告诉你关于孩子的事呢？我这个与你素昧平生的女人，我这个心甘情愿地跟你过了销魂荡魄的三夜，而且毫无反抗地甚至是渴求地向你敞开了自己心怀的陌生女人，对她你是永远也不会相信的，你永远不会相信，她这么个跟你短暂地萍水相逢的无名女人，会对你这个不忠诚的男人忠贞不渝，你永远也不会毫无疑虑地承认这孩子是你的亲生骨肉！即使你觉得我的话蛮有道理，真假难分，你也不可能消除这种暗暗的怀疑：我很富有，为此你企图把你在另一次风流欢会时种下的这个孩子硬塞给我。这样你就会对我猜疑，在你和我之间就会产生一片阴影，一片漂浮不定、腼腆的怀疑的阴影。这我不愿意。再说，我了解你，非常了解你，比你对自己了解得还清楚。我知道，你这个人只喜欢爱情中的无忧无虑、轻松自在、游戏玩耍，要是突然间成了父亲，突然间要对一个命运负责，那你一定会感到难堪而棘手的。你一定会觉得，好像我把你拴住了，而你这个人是只有在自由自在的情况下才能呼吸的。因为如果我把你拴住了，你一定会因此而恨我的——不错，我知道，你会违背你自己清醒的意志而恨我的。也许只有几小时，也许只有短短的几分钟，你会觉得我是个累赘，会恨我——但是我要保持我的自尊心，我要让你这一辈子想起我的时候没有一丝忧虑。我宁可独自承担一切，也不愿让你背上个包袱，我要使自己成为你所钟情过的女人中独一无二的一个，让你永远怀着爱情和感激来思念她。可是当然，你从来也没有思念过我，你已经把我忘在九霄云外了。

"我不埋怨你，我亲爱的，不，我不埋怨你。如果我的笔下偶或流露出几滴苦痛的话，那就请你原谅我，请你原谅我——我的孩子，我们的孩子死了，就躺在这里影影绰绰的烛光下；我冲上帝攥紧拳头，管他叫凶手，我的心绪阴郁，神志紊乱。请原谅我倾吐我的哀怨，原谅我吧！我知道，你是善良的，内心深处是乐于助人的，你帮助每一个人，就是素昧平生的人有求于你，你也给予帮助。你的恩惠非常奇特，它对每个人都是敞开的，因此谁都可以自取，两只手能抓多少就取多少，你的恩惠是博大的，是博大无际的，你的恩惠，但是，它是——请原谅我——懒散的。你的恩惠要人家提醒，要人自己去拿。你帮助人要人家叫你，求你，你帮助人是出于害羞，出于软弱，而不是出于快乐。容我坦率地对你说吧，你可以和别人共幸福，而不愿和人共患难。像你这样的人，即使是其中最有良心的人，求他也是很难的。有一次，那时我还是孩子，我从门上的窥视孔里看见有个乞丐按响了你的门铃，你给了他一点钱。还没等他开口向你要，你就迅速给了他，甚至给得很少，可是你给他的时候心里有点害怕，是慌慌张张递给他的，好把他立即打发走，仿佛你怕看他的眼睛似的。你帮助人家的时候那种忐忑不安、羞羞答答、怕人感激的神态，我永远忘不了。因此我从来也不来求你。当然，我知道，那时即使你还拿不稳这是你的孩子，你也会帮助我的，你也一定会安慰我，给我钱，给我一笔数目相当可观的钱，可是你心里总悄悄怀着焦躁的情绪，要把这件煞风景的事从你身上推得一干二净；是的，我相信，你甚至要说服我尽早把胎打掉。这是我顶顶害怕的事，因为你所希望的事，我怎么会不去做呢，我又怎么能拒绝你的要求呢！可是这孩子就是我的一切，他也确实是你的。他就是你，但已经不再是那个我无法驾驭的、幸福无忧的你了，而是那个永远——我这样认为——给了我的、禁锢在我的身体里、连着我生命的你了。现在我终于把你捉住了，我可以在自己的血管里感到你在生长，感到你的生命在生长，只要我心里忍不住了，我就可以用食品喂你，用乳汁哺你，可以轻轻抚摸你，温柔地吻你。你瞧，亲爱的，因此当我知道我怀了你的孩子时，我是多么幸福，因此我就没有把这事对你说：因为这样，你就再也不会从我身边逃走了。

"当然，亲爱的，后来的生活也并不全是我原先所想的那种幸福的日子，有的日子也充满了恐惧和烦恼，充满了对人的卑鄙下流的憎恶。我的日子过得很艰难。为了不让我的亲戚发现我怀了孕，并把这事告诉我家里，因此临产前的几个月我不能再到店里去上班了。我不愿向我母亲要钱——我就把身边有的那点首饰卖掉，这样才勉强维持了分娩前那段时间的生活。分娩前一星期，一个洗衣女工从柜子里偷走了我剩下的最后几枚克朗，因此我只得进了一家妇产医院。只有那些身上分文不名的穷人，那些被抛弃、被遗忘的女人，在走投无路的时候才到那里去，置身于贫困的社会渣滓之中。这孩子，你的孩子，就是在那里呱呱坠地的。那儿真是叫人活不下去：陌生，陌生，一切都陌生，我们躺在那儿的人，互相也都是陌生的，大家寂寞孤独，彼此仇视，大家都是被贫困、被同样的痛苦踢进这间沉闷的、充满哥罗芳①和血腥气的、充满叫喊和呻吟的产房里来的。穷人不得不忍受的轻薄，精神上和肉体上的羞辱，在那里我全受过了：我得跟那些娼妓、那些病人挤在一起，她们惯于对有同样命运的病人使坏；我忍受了年轻医生玩世不恭的态度，他们脸上挂着一丝嘲讽的微笑，掀开我这个毫无反抗力的女人的被单，在我身上摸来摸去，美其名曰检查；我忍受着女护理人员贪得无厌的私欲——啊，在那里，人的羞耻心被目光钉上了十字架，任凭语言的鞭笞。只有写着你的名字的那块牌子，在那里只有这块东西还是你自己，因为那床上躺着的，只不过是一块抽搐着的、任凭好奇的人东捏西摸的肉，只不过是一个供观赏和研究的对象而已——啊，那些妇女，那些在自己家里为守候着她们的、温存爱抚的丈夫生孩子的妇女，她们不懂得举目无亲、不能防卫、像在实

_____

① 即三氯甲烷。

验桌上似的把孩子生下来是个什么滋味！要是我今天在哪本书里看到"地狱"这个词，我就仍然会不由自主地突然想到那间塞得满满的、水汽腾腾的，充满了呻吟、狂笑和惨叫的产房，那间宰割羞耻心的屠场，我就是在那儿遭的罪。

"请原谅，请原谅我说了这些事。可是我就谈这一次，以后永远、永远不再说了。这些事十一年来我一句也没说过，不久我就将闭口不语，直到无垠的永恒，但是我得叫喊一次，嚷一次：为了这个孩子，我付出了多么昂贵的代价啊！这孩子就是我的幸福，如今他躺在那里，已经停止了呼吸。我已经忘掉了那些时刻，在孩子的笑容和声音里，在他的幸福中早就把它们忘在九霄云外了；但是现在孩子死了，痛苦又潜入了我的心头，这一次，就这一次，我得把它从心里倾吐出来。但我并不是埋怨你，我只是埋怨上帝，是他让这些痛苦到处狂奔乱闯的。我不埋怨你，我向你发誓；我从来没有对你发过脾气。即使我腹痛得蜷缩起来的时候，即使在大学生触触摸摸般的目光下我羞愧得无地自容的时候，即使在痛苦撕裂我的灵魂的时候，我都没有在上帝面前控告过你；对于那几夜我从来都没有后悔过，从来没有责骂过我对你的爱情，我始终都爱着你，一直为你所给我的那个时刻而祝福。假如由于那些时刻我还得再进一次地狱，而且事先知道我将受的苦，那么我还愿意再进一次，我亲爱的，我愿意再进一次，再进一千次！

"我们的孩子昨天死去了——你从来没有见过他。这个活泼可爱的小人儿，你的骨肉，从来没有、就连偶然匆匆相遇也没有、就是擦身走过时也没有被你的目光扫视过。有了这个孩子，我就躲了起来，不见你的面；我对你的相思也不那么痛苦了，自从赐给我这个孩子以后，我觉得我爱你爱得没有先前那么狂热了，至少不像先前那样受爱情的煎熬了。我不愿把自己分开来，分给你和他两个人，所以我就没有把自己的感情倾注给你，而是一股脑儿全部给了这个孩子，因为你是个幸运儿，你的生活和我不沾边，而这孩子却需要我，我得抚养他，我可以吻他，可以搂着他。看样子我从由于想你——我的厄运——而陷入的神思恍惚的状态中解脱出来了，我是由于这个另外的你，真正属于我的这个你而得救的——只有在很少很少的时候，我才会低三下四地再到你的房前去。我只做一件事：在你生日的时候，我每次都送你一束白玫瑰，和当年我们一起过了第一个恩爱之夜以后，你送给我的一模一样。这十来年当中，你心里是否问过自己，这些鲜花是谁送来的？也许你也想到过你从前送过她这样的玫瑰的那个女人？我不知道，我也不想知道你的回答。我只是暗中把玫瑰给你送过去，一年一次，为了唤醒你对那一时刻的回忆——对我来说，这已经足够了。

"你从来没有见过他，没有见过我们可怜的孩子——今天我责备自己，我一直把他对你隐瞒了，因为你会爱他的。你从来没有见过他，没有见过这个可怜的男孩，从来没有见过他的微笑，每当他轻轻抬起眼睑，然后用他那聪明的黑眼睛——你的眼睛！——向我，向全世界投来一道明亮而欢快的光芒的时候，你从来没有见过他的微笑！啊，他是多么快活，多么可爱呀：在他身上天真地再现了你的全部轻快的性格，在他身上重演了你那敏捷的、驰骋的想象力：他可以接连几小时沉迷在他的玩意儿里，就像你游戏人生一样，然后他就竖着眉毛，一本正经地坐着看书。他越来越像你了；你所特有的那种既有严肃又有戏谑的性格上的两重性，已经明显地在他身上滋长起来了。他越是像你，我就越发爱他。他学习成绩很好，说起法文来真像只小喜鹊，他的作业本是全班最干净的，再说他的模样多好看，穿身黑天鹅绒衣服或是穿件白海员衫是多么帅气。无论走到哪里，他都是最雅致漂亮的；在格拉多①海滨，我跟他一起散步的时候，女人们都停下来，抚摸他那金色的长发；在塞默林②，他滑雪橇的时候，大家都朝他转过头来啧啧称羡。他是这么漂亮，这么娇嫩，这么惹人爱。去年他进了德莱茜寄宿中学③，穿了制服，身佩短剑，活像个十八世纪的王室侍从——可是他现在除了身上的一件衬衫之外，别无他物了。这可怜的孩子，他躺在这里，嘴唇苍白，双手交叉叠在一起。

"也许你要问我，我怎么能够让孩子在奢华的环境中受教育的呢，怎么能够让他享受到上流社会光明、快活的生活的呢？亲爱的，我在黑暗中跟你说话；我没有廉耻了，我要告诉你，但你别吓坏了，亲爱

---

① 格拉多（Grado）：位于亚得里亚海滨，是意大利著名的海滨浴场。
② 见《灼人的秘密》中注。
③ 德莱茜寄宿中学：原为奥地利女王马利亚·德莱茜（Maria Theresia）于1746年创办的德莱茜贵族学院，1849年以后改为普通文科中学，一直是维也纳的一所有名的中学。

的——我卖淫了。我倒不是那种街头野鸡，不是娼妓，但是我卖淫了。我有很阔的朋友，很阔的情人：先是我去找他们的，后来他们就来找我了，因为我非常之美——不知你注意到没有？每一个我向他委身的男人都喜欢我，他们大家都感谢我，都依恋我，都爱我——只有你不是，只有你不是，我亲爱的!

　　"我对你吐露了我卖淫的真情，你会看不起我吗？不会，我知道，你不会看不起我，我知道，你理解这一切，你也将会理解，我只是为了你，为了你的另一个'我'，为了你的孩子才走这一步的。在妇产医院的那间病房里，我就曾经领略过穷困的可怕。我知道，在这个世界上，穷人总是被践踏、被凌辱的，总是牺牲品。我不愿意，无论如何都不愿意让你的孩子，让你的这个开朗、美丽的孩子在社会深深的底层，在小胡同的垃圾堆里，在霉气熏天、卑鄙下流的环境中，在一间陋室的污浊的空气中长大成人。不能让他稚嫩的小嘴去说些俚言俗语，不能让他那雪白的身体去穿霉气熏人的、皱皱巴巴的寒酸衣裳——你的孩子应该享有一切，享有世上的一切财富，享有人间的一切快乐，他应该重新升到你的地位，升到你的生活范围里去。由于这个原因，只是因为这个原因，我亲爱的，我卖淫了。对我来说，这不是什么牺牲，因为大家通常称之为名誉、耻辱的东西，对我来说全是空的：你不爱我，而我的身子又只属于你一个人，既然这样，那么我的身子不管做出什么事来，我也觉得是无所谓的了。男人的爱抚，甚至于他们内心深处的激情，都不能丝毫打动我的心灵，虽然我对他们之中的有些人也很敬重，由于他们的爱情得不到回报而对他们深表同情，这使我想起自己的命运，而内心常常感到深受震动。我所认识的那些男人，他们大家都对我很好，大家都很宠爱我，尊敬我。尤其是有位年纪较大的、丧了妻的帝国伯爵，就是他为我四方奔走，八方说情，好让德莱茜中学录取这个没有父亲的孩子、你的孩子——他像爱女儿那么爱我。他向我求过三四次婚——要是我答应了这门亲事，今天就是伯爵夫人了，就是蒂罗尔①某座迷人王宫的女主人了，我就可以过着无忧无虑的生活，因为孩子有了一个慈祥的父亲，把他当作宝贝，而我身边就有了个文

---

　　①　蒂罗尔（Tirol）：奥地利的一个州，首府在因斯布鲁克。

静、显贵和善良的丈夫——我没有答应，无论他催得多么急迫、频繁，也不论我的拒绝是多么伤他的心。也许我做了件蠢事，因为要不现在我便在什么地方过着安静、悠闲的生活了，而把这孩子，这可爱的孩子，带在我的身边，但是——我干吗不向你承认呢？——我不愿自己为婚姻所羁绊，为了你，我任何时候都要使自己是自由的。在我内心深处，在我的潜意识里，我一直还在做着那个陈旧的孩子梦：也许你会再次把我召唤到你的身边，哪怕只叫我去一小时。为了这可能的一小时，我把一切都推开了，只是为你而保持自己的自由，一听召唤，就扑到你的怀里。自从童年时代之后青春萌发以来，我的整整一生不外乎就是等待，等待你的意志！

　　"这个时刻果真来到了。可是你并不知道，你没有觉察到，我亲爱的！就在那个时刻你也没有认出我——永远，永远，你永远没有认出我！以前我常常遇见你，在剧院里，在音乐会上，在普拉特公园①里，在大街上——每次我的心都猛地一抽，但是你的眼光只在我身边一晃而过；当然，外表上我已经完全变成另外一个人了，我从一个腼腆的小姑娘变成了一位妇人，像他们所说的，长得漂亮，衣着十分名贵考究，身边围了一帮仰慕者；你怎么会想到，我就是在你卧室里昏暗灯光下的那个羞答答的姑娘呢！有时候跟我一起走的先生中有一位向你打招呼；你向他答谢，并对我表示敬意；可是你的目光是客气而生疏的，是赞赏的，但从来没有认出我。生疏，可怕的生疏。我还记得，有一次你那认不出我来的目光——虽然我对此几乎已经习以为常了——使我像被火灼了一样痛苦不堪：我跟一位朋友一起坐在歌剧院的一个包厢里，而隔壁的包厢里就是你。序曲开始的时候，灯光熄灭了，你的面容我看不到了，只感到你的呼吸挨我很近，就像当年那个夜晚那样近，你的手，你那纤细、娇嫩的手，支撑在我们这两个包厢铺着天鹅绒的栏杆上。一种强烈的欲望不断向我袭来，我想俯下身去卑躬屈膝地吻一吻这只陌生的、如此可爱的手，过去我曾经领受过这只手温存多情的拥抱的呀！我耳边音乐声浪起伏越厉害，我的欲望也越狂热，我不

---

　　① 普拉特（Prater）：维也纳的一座规模很大的自然公园，以其游乐场而著称，地处多瑙河和多瑙运河之间。

得不攥紧拳头，使劲控制住自己，我不得不强打精神，正襟危坐，一股巨大的魔力把我的嘴唇往你那只可爱的手上吸引过去。第一幕一完，我就求我的朋友跟我一起走。在黑暗中你如此生疏、如此贴近地挨着我，我再也忍受不住了。

"但是这时刻来到了，又一次来到了，最后一次闯进了我这无声无息的生活之中。那差不多是正好一年以前，你生日的第二天。奇怪，我时时刻刻都在想着你，你的生日我每年都是过节一样来庆祝。一大早我就出门去买了这些年年都派人给你送去的白玫瑰，作为对那个你已经忘却了的时刻的纪念。下午我带着孩子一起乘车出去，把他带到戴默尔点心铺①，晚上带他去看戏。我想让他从少年时代起就感觉到，他也应该感觉到，这一天是个神秘的节日，虽然他对这个日子的意义并不了解。第二天我就和我当时的朋友，布吕恩的一位年轻、有钱的工厂主待在一起。我已经和他同居两年了，是他的掌上明珠。他娇宠我，也同别人一样要跟我结婚，而我也像对别人一样，好像莫名其妙地拒绝了他，尽管他馈赠厚礼给我和孩子。尽管他本人有点儿呆板，有点儿谦卑的样子，但心地善良，人还是很可爱的。我们一起去听音乐会，在那里碰到一帮兴高采烈的朋友，随后大家便到环城马路的一家饭馆去共进晚餐，在欢声笑语之中，我提议再到塔巴林舞厅去跳舞。本来我对这种灯红酒绿、醉生梦死的舞厅，以及夜间东游西逛的行为一向都很反感，平素别人提议到那儿去，我总是竭力反对的，但是这一次——我心里像有一种莫名的神奇力量，使我突如其来地、本能地做出了这个提议，这在在座的人当中引起一阵激动，大家都兴高采烈地表示赞同——我却突然产生了一个无法解释的愿望，仿佛那里有什么特别的东西在等着我似的。他们大家都习惯于迎合奉承我，便迅速站起身来。我们大家一起来到舞厅，喝着香槟酒，突然我心里产生了一种从未有过的疯狂的然而又差不多是痛苦的兴致。我喝酒，跟着唱一些拙劣的、多情善感的歌曲，心里产生了一种想要跳舞、想要欢呼的欲望，几乎无法把它摆脱开。可是突然——我觉得仿佛有种什么冷冷的或者灼热的东西猛地放到了我的心上——我竭力振作精神，正襟危坐：你和几

_____

① 戴默尔（Demel）点心铺：维也纳的一家高级点心铺。

个朋友坐在邻桌，用欣赏的、色迷迷的目光看着我，用那种每每把我撩拨得心旌飘摇的目光看着我。十年来你第一次又以你气质中所具有的全部本能的、沸腾的激情盯着我。我颤抖了。我举着的酒杯差一点儿从我手中掉落下来。幸好同桌的人没有注意到我心慌意乱的神态，它在音乐和欢笑的喧嚣中消失了。

"你的目光越来越灼人，使我浑身灼烫如焚。我不知道，你到底是，到底是认出我来了呢，还是把我当作另外一个女人，一个陌生女人，而想把我弄到手？热血涌上了我的双颊，我心不在焉地和同桌的人搭着话：你一定注意到了，我被你的目光弄得多么心慌意乱。你脑袋一甩，向我示意，别人根本没有觉察到，你示意我到前厅去一会儿。接着你就十分张扬地去付账，告别了你的朋友，走了出去，临走前又再次向我暗示，你在外面等着我。我浑身直哆嗦，像是发冷，又像发烧，我答不出话来，也控制不住冲动起来的热血。在这一瞬间正好有一对黑人，用鞋后跟踩得啪啪直响，嘴里发出尖声怪叫，开始跳一个奇奇怪怪的新舞蹈，所有的眼睛都注视着他们，而我正好利用这一瞬间。我站起身来，对我的朋友说，我马上就回来，说着就跟着你出来了。

"你站在外面前厅里的衣帽间前面等着我。我一来，你的目光就亮了起来。你微笑着快步朝我迎来；我马上看出，你没有认出我来，没有认出从前的那个孩子，没有认出那个少女来，你又一次把我当成一个新欢，当成一个素不相识的人，想把我弄到手。'您也给我一小时行吗？'你亲切地问道——你那副十拿九稳的样子使我感觉到，你把我当作做夜间生意的野鸡了。'行。'我说。这是同样的一个颤抖的但不言而喻地表示同意的'行'字，十多年前在灯光昏暗的马路上那位少女曾经对你说过这个字。'那么我们什么时候可以见面？'你问道。'您什么时候愿意就什么时候见。'我回答说——在你面前我不感到羞耻。你略为有点惊讶地望着我，眼睛里带着和当年完全一样的那种狐疑、好奇的惊讶，那时我的十分迅速的允诺也曾同样使你感到惊异。'您现在行吗？'你略为有些迟疑地问道。'行，'我说，'我们走吧。'

"我想到衣帽间去取我的大衣。

"这时我想起，存衣单还在我朋友那里呢，因为我们的大衣是存放在一起的。转去问他要吧，没有一大堆理由是不行的，另一方面，要我放弃同你在一起的时刻，放弃这个多年来我朝思暮想的时刻，我又不愿意。于是，我一秒钟也没迟疑：我只拿条围巾披在晚礼服上，就走到外面湿雾弥漫的夜色中去了，根本没去管那件大衣，也没有去理会那个情意绵绵的好人，多年来我是靠他生活的，而我却当着他朋友的面使他成了个可笑的傻瓜，出他的洋相：他结识多年的情妇，一个陌生男人打了个口哨，她就跑掉了。啊，我内心深处意识到，我对一位诚实的朋友所做的事是多么低贱下流、忘恩负义、卑鄙无耻啊，我感到，我做的事很可笑，我以自己的疯狂行为使一个善良的人受到了永久的、致命的精神创伤，我感到，我把自己的生活从正中间撕成了两半——同我急于再一次吻你的嘴唇，再一次听你温柔地对我说话相比，友谊对我来说算得了什么，我的存在又算得了什么！我就是如此地爱你。现在一切都过去了，都消逝了，此刻我可以告诉你了，我相信，哪怕我已经死在床上，假如你呼唤我，我就会立即获得一种力量，站起身来，跟着你走。

　　"门口停了一辆车，我们把车开到你的寓所。我又听到了你的声音，感到你情意绵绵地就在我的身边，我感到如此陶醉，如此孩子气的幸福，简直不知所措，和当年完全一样。事隔十多年以后，我第一次重又登上了这楼梯——不，不说了，我无法向你描述，在那些瞬间，我对一切总是有着双重的感觉，既感觉到流去的岁月，又感觉到现时的光阴，而在这一切之中，只感觉到你。你的房间里变化不大，多了几幅画，添了几本书，有几处地方添了几件以前没有见过的家具，不过我对一切都感到十分亲切。书桌上放着花瓶，瓶里插着玫瑰，插着我的玫瑰，这是前一天你过生日的时候我送你的，以纪念一个女人。对于她你已经记不起来，也认不出来了，即使现在她正在你的身边，和你手拉着手，嘴唇贴着嘴唇，你也认不出她了。不管怎么说，这些鲜花你供养着，这使我心里高兴：这样总还有我心底的一片情分，还有我的一缕呼吸萦绕着你。

　　"你把我搂在你的怀里。我又在你那里过了一个风流夜晚。不过我赤裸着身子的时候，你也没有认出我来。我幸福地承受着你娴熟的温存和情意，并且看到，你的激情对一个情人和一个妓女是没有区别的。你纵情恣欲，毫不在乎消耗掉自己大量的元气。你对我这个从夜总会叫来的女人是如此温柔，如此多情，如此风雅和如此亲切敬重，而同时在消受女人的时候又是如此激情奔放。我陶醉在往日的幸福之中，我又感觉到了你这种独一无二的、心灵上的两重性，在肉欲的激情之中含着意识的亦即精神的激情，这种激情当年就已经使我这个女孩子对你俯首听命，难舍难分了。我从来没有见过一个男人在柔情蜜意之中，在那片刻之际是如此不要命，如此一览无遗地暴露自己的灵魂——当然，时过境迁，此事也就被无情无义地掷进无边无际的遗忘的汪洋大海里去了。不过我自己也忘了自己：此时在黑暗中挨着你的我到底是谁？我就是往昔那个感情炽烈的姑娘吗，就是你的孩子的母亲，就是这个陌生女人吗？啊，在这个销魂之夜，这一切是多么亲切，多么熟悉，又是多么新鲜。我祈祷，但愿这一夜永无尽头。

　　"但是黎明来临了，我们起得很迟，你请我跟你一起去吃早餐。侍者老早就谨慎地摆好了茶，我们一起喝着，聊着。你又用那种非常坦率、亲切的知心人的态度跟我说话，又是不谈任何不得体的问题，对我这个人的情况一句也不打听。你没有问我的姓名，没有问我的住处；对你来说，这只不过又是春风一度，是件无名的东西，是一刻火热的时光，在忘却的烟雾中消散得无影无踪。你说，你现在要出远门了，要到北非去两三个月；我在幸福之中颤抖起来了，因为这时我的耳边响起了一个声音：完了，完了，已经完了！我真恨不得扑到你的膝下，大声呼喊：'带着我去，你终究会认出我来的，终究，终究，过了这么多年之后，你终究会认出我来的！'但是在你面前我是如此腼腆，如此胆怯，如此奴性十足，如此软弱。我只能说：'多遗憾啊。'你笑嘻嘻地看着我，说：'你真觉得遗憾吗？'

　　"这时我野性突发。我站起来，盯着你，长时间地、紧紧地盯着你。接着我说：'我过去爱过一个人，他也老是出门旅行。'我盯着你，目光直刺你眼睛里的瞳仁。'现在，现在他会认出我来了！'我浑身战栗，心都快要跳出来了。可是你对我微笑着，安慰我说：'会回来的。''是的，'我回答说，'会回来的，不过到那时也就忘掉了。'

　　"我跟你说话的样子，一定有点特别，一定很有激情。因为你站了起来，凝视着我，十分诧异，充满爱怜。你抓着我的肩膀。'美好的东西是忘不了的，我永远也忘不了你。'你说，同时低下头来，目光直射进我的心里，仿佛要把我的形象深深印在你的脑海里似的。我感到这目光透进了我的心灵，在探索、追踪，在吮吸我的整个生命，这时我以为，盲人终于、终于复明了。他要认出我了，他要认出我了！我的整个灵魂都沉浸在这个想法之中，颤抖了。

"可是你并没有认出我。没有，你没有认出我，在你的心目中，我此刻比以往任何时候都更为陌生，因为否则——否则你就绝对不可能干出你几分钟以后所干的事来。你吻了我，又一次热烈地吻了我。我的头发乱了，我得把它重新整理好。我站在镜子前面，这时我从镜子里看到——我羞惊难言，几乎摔倒在地——我看到，你正小心翼翼地把几张大钞票塞进我的暖手筒里去。这一瞬间，我怎么会没有叫起来，没有给你一个耳光呢！——我，我从童年时代起就爱你了，我是你的孩子的母亲，而你却付给我钱，为了这一夜！在你的心目中我是一个塔巴林的妓女，只不过如此而已——你就付钱给我！被你忘了，这还不够，我还得受凌辱！

"我迅速收拾我的东西。我要离去，马上离去。我的心都碎了。我伸手去拿我的帽子，帽子就搁在书桌上那只插着白玫瑰、插着我的白玫瑰的花瓶旁边。这时我心里又产生了一个强烈的、不可抗拒的希望：我要再来试一试，提醒你想起往事：'你愿意给我一朵你的那些白玫瑰吗？''好啊。'说着，你立即取了一朵。'可是这些玫瑰也许是一个女人、一个爱你的女人给你的吧？'我说。'也许是，'你说，'我不知道。花是别人送的，我不知道是谁送的；正因为这样，我才如此喜欢这些花。'我凝视着你：'说不定也是一个已经被你忘却的女人送的呢！'

"你不胜惊讶地望着。我死死地盯着你。'认出我吧，最后认出我来吧！'我的目光在呼喊。但是你的眼睛亲切地、莫名其妙地微笑着。你又再一次吻我。可是你并没有认出我来。

"我快步走到门口，因为我感觉到眼泪要涌出来了，可不能让你看见。我急忙奔了出去，跑得太急，在前屋差点儿同你的仆人约翰撞个满怀。他怯生生地忙不迭闪到一边，打开房门让我出去，就在这时——就在这一秒钟，你听见了吗？就在我眼噙泪水看着他、看着这位面容衰老的仆人的一秒钟里，他的眼里突然一亮。在这一秒钟，你听见了吗？在这一秒钟，这位从我童年时代过后就一直没有见过我的老人认出了我。为了这个，我真要跪倒在他面前，吻他的手。我迅速从暖手筒里把钞票，把你用来鞭笞我的钞票扯出来，塞给了他。他哆嗦着，不胜惊讶地注视着我——在这一瞬间他比你在一生中对我的了解还多。所有的人都很娇惯我，大家都对我很好——只有你，只有你，只有你把我忘掉了，只有你，只有你从来没有认出我！

"我的孩子死去了，我们的孩子——现在这个世界上，我除你之外再没有一个好爱的人了。但是对我来说你又是谁？你，你从来都没有认出过我，你从我身边走过像是从一条河边走过，你踩在我身上如同踩着一块石头，你总是走啊，不停地走，却让我在等待中消磨一生。我曾经以为在这孩子身上可把你这个逃亡者抓住，但这毕竟是你的孩子：一夜之间他就残酷地离开我旅行去了，把我忘掉了，永远不回来了。我又是孤单单的一个人了，比以往任何时候都孤单。我什么都没有，你的东西什么都没有了——再没有孩子了，没有一句话，没有一行字，没有一点回忆。假若有人在你面前提起我的名字，对你来说是生疏的，你也就这只耳朵进，那只耳朵出。我为什么不乐意死去，因为对你来说我已经死了？我为什么不走开，因为你已经离开了我？不，亲爱的，我不是埋怨你，我不愿把我的哀愁掷进你快乐的屋子里去。请不用担心我会继续来逼你——请原谅我，此刻孩子已经死了，孤零零地躺在那里，此刻我得让我的灵魂呼喊一次。只有这一次我必须得跟你说——说完我就默默地重新回到我的晦暗中去，就像我一直默默地在你身边一样。但是只要我活着，你就不会听到我这呼喊——只有我死了，你才会收到一个女人的这份遗嘱，这个女人在她生前爱你胜过所有的人，而你始终没有认出她；她曾经一直等你，而你从来没有召唤过她。也许，也许将来你会召唤我，而我将第一次没有忠实于你，那是因为我死了，再也不会听到你的召唤：我没有留给你一张照片，没有留给你一件信物，就像你什么也没有留给我一样；你永远、永远也不会认出我了。我活着命运如此，死后命运也依然如此。在我生命的最后一刻，我不想叫你了，我去了，你连我的名字、我的面容都不知道。我死得很轻松，因为你在远处是不会感觉到的。倘若我的死会使你感到痛苦，那我就不会死了。

"我写不下去了……我的脑袋里在嗡嗡直响……我四肢疼痛，我在发烧……我想，我得马上躺下。也许很快就过去了，也许命运会对我大发慈悲，我不必看着他们把孩子抬走……我写不下去了。永别了，亲爱的，永别了，我感谢你……不管怎么，事情这样还是好的……我要感谢你，直到我最后一口气。我感到很痛快：我把一切全对你讲了，现在你就知道，不，你只会感觉到，我曾经多么爱你，而你在这爱情上却没有一丝累赘。我不会让你痛苦地怀念的——这使我感到安慰。在你美好、光明的生活里不会发生些微变化……我并不拿我的死来做任何有损于你的事……这使我感到安慰，你，我亲爱的。

"可是谁……现在谁会在你的生日老送你白玫瑰呢？啊，花瓶也将是空的了，我的一缕呼吸，我的心底的一片情分，往昔一年一度萦绕在你的身边，从此也即烟消云散了！亲爱的，听着，我求你……这是我对你的第一个，也是最后一个请求……请你做件让我高兴的事，你每逢生日——生日是一个想起自己的日子——都买些玫瑰来供在花瓶里。请你这样做，亲爱的，请你这样做吧，像别人一年一度为亲爱的亡灵做次弥撒一样。我可不再相信上帝了，所以不要别人给我做弥撒，我只相信你，我只爱你，我只想继续活在你的心里……啊，一年只要一天，悄悄地、悄悄地继续活在你的心里，就像过去我曾经活在你身边一样……我求你这样去做，亲爱的，这是我对你的第一个请求，也是最后一个……我感谢你……我爱你，我爱你……永别了……"

他从颤抖着的手里把信放下，然后就久久地沉思。某种回忆浮现在他的心头，他想起了一个邻居的小孩，想起一位姑娘，想起夜总会的一个女人，但是这些回忆模模糊糊，朦胧不清，宛如一块石头，在流水底下闪烁不定，飘忽无形。影子涌过来，退出去，可是总构不成画面。他感觉到了一些藕断丝连的感情，却又想不起来。他觉得，所有这些形象仿佛都梦见过，常常在深沉的梦里见到过，然而仅仅是梦见而已。

他的目光落到了他面前书桌上的那只蓝花瓶上。花瓶是空的，多年来在他过生日的时候第一次是空的。他全身觳觫一怔：他觉得，仿佛一扇看不见的门突然打开了，股股穿堂冷风从另一世界嗖嗖吹进他安静的屋子。他感觉到一次死亡，感觉到不朽的爱情：一时间他的心里百感交集，他思念起那个看不见的女人，没有实体，充满激情，犹如远方的音乐。

韩耀成　译

一颗心的沦亡

为了给一颗心以致命的打击，命运并不是总需要聚积力量，猛烈地扑上去；从微不足道的原因去促成毁灭，这才激起生性乖张的命运的乐趣。用人类模糊不清的语言，我们称这最初的、不足介意的行为为诱因，并且令人吃惊地把它那无足轻重的分量与经常是强烈地起持续作用的力量相比。正如一种疾病很少在它发作之前被人发觉一样，一个人的命运在它变得明显可见和已成为事实之前也很少被察觉。在它从外部触及人们的灵魂之前，它早已一直在内部，从精神到血液中主宰一切了。人的自我认识同时也是一种自我抗拒，而且多半是无济于事的。

索罗门松老人，当他在国内时，自称为枢密顾问。最近，他偕同全家在复活节期间来到了意大利，住在加尔达湖畔的一家旅馆里。这天夜里，老人突然被心头的一阵剧痛惊醒；仿佛有什么东西重压在他的身上，胸口闷得厉害，几乎无法呼吸。老人感到恐惧，因为他一直为胆痉挛所折磨。医生曾建议他到卡尔斯巴德进行疗养。可是，他没有听从医生的嘱咐，却为着全家的缘故来到了南方。此时，他真担心，害怕疼劲儿会愈加厉害，于是畏惧地用手去抚摸他那肥胖的腹部。过了一会儿，尽管疼劲儿并未减轻，但他确信不像刚才那么紧张了。他感到只是胃部难受，这很可能是由于吃了不洁的食品而引起的轻度食物中毒所致。因为在意大利，对于一个旅游者来说，这乃是司空见惯不足为奇的常事。他轻轻吸了口气，抽回了那只颤抖着的手。可那股难受劲儿使他喘不过气来。老人呻吟着走下床来，想活动一下。他站起身来，尤其是走了几步以后，真觉得舒服多了。可是，房间又黑又窄，他更怕吵醒睡在旁边床上的妻子，引起她不必要的惊慌。于是他披上睡衣，赤着脚穿上了拖鞋，蹑手蹑脚地溜到了走廊上，以便在那里活动活动，好减缓痛苦。

他推开正对着昏暗走廊的房门，这当儿从敞开的窗口处，传来了教堂塔楼上的钟声。震颤的钟声响了四下，这声音在湖面上先是响亮，随即渐渐地消失了。已是清晨四点钟。

长长的走廊上一片漆黑。可老人还是清楚地记得：这是一条笔直而宽敞的走廊。不需照明，他在走廊上从一端走到另一端，喘着粗气，来回地走着，感到疼劲儿慢慢地过去了，心中暗喜，这种踱步已使疼痛几乎完全消失了，他准备返回房间。突然，一种声音把他吓住了。这是从近旁暗处传来的窃窃私语声；声音细微，但很清晰。吱的一响，紧接着一阵喃喃低语，走动的声音；随即一道狭长的光柱，从半掩的门缝中透出，划破了混沌一片的黑暗。是什么？老人不由自主地一闪身，躲进了角落里。他并非好奇，完全是屈服于一种可以理解的惭愧心理：害怕别人在这种奇怪的夜游场合看到他。可是，就在这一瞬间，借助一闪的灯光，他清楚地看到了溜出来一个白衣女人的身影，随即消失在走廊另一端的尽头。就在这时，从走廊尽头的最后一个房间那儿又传来了轻轻地扭动门把的声音。之后，一切又都归于一片黑暗和寂静。

老人突然跟踉了几步，仿佛心脏受了一击似的。刚才在走廊尽头再次响起令人不安地扭动门把声的地方，那儿，那儿就是他自己的房间；他为全家租了一套三间的公寓。莫非是他的妻子？不，仅仅在几分钟之前，他才离开她；那时她还在酣睡中。那么，这个女子——绝对没错——这个刚从别人房里溜出来的女子，不会是别人，只能是他那将满十九岁的女儿，艾琳娜。

这惊愕使得老人一阵发冷，全身抖个不停。他的女儿艾琳娜，是个开朗又任性的孩子。"不，这不可能是真的，一定是我看错了！她到别人的房里去干什么，如果不是为了……"此刻他像要摆脱猛兽的追逐一样，拼命想摆脱自己的念头。可是，这溜走的女人的幽灵般的形象，却牢牢地占据了他的脑海，使他再也无法摆脱。无论如何要把这件事弄清楚。他喘息着，手扶着墙壁，慢慢地摸到了女儿的房门口。她的房间刚好和他的紧连在一起。太可怕了。恰恰是在这里，恰恰在过道头上他女儿的房间，唯独从这房间的门上，从门缝里，从钥匙孔里透出了一丝细微的灯光。清晨四点钟，女儿房间里却亮着灯！还有新的证据：房内电灯开关发出咔嗒一响之后，这一缕白光立即了无痕迹地消失在黑暗之中。——不，不，不要再欺骗自己了——就是她，我的女儿艾琳娜，在这夜阑人静的时分，悄悄地从别人的床上溜回了自己的房间。

老人由于恐怖和寒冷抖个不停，浑身直冒冷汗，毛孔里浸透了汗水。他的第一个念头就是一脚把门踢开，几拳打死这个不知羞耻的东西。但是他的两腿发软，在他硕大的身躯下摇晃不定。甚至连蹒跚地走回自己的房间，挪到床头的气力都没有了。有如一头垂死的野兽，他一头栽倒在枕头上。

老人一动不动地躺在床上，瞪着双眼，在黑暗中凝视着。身边传来妻子均匀的呼吸声。这时，他的第一个念头是叫醒妻子，告诉她刚才自己见到的痛心情景，喊叫一阵，发泄出内心的痛苦。但是，如何开口呢？用什么样的语言来向她叙述这令人惊骇的一切？不，不，这种话我说不出口。可是，我该怎么办呢？怎么办呢？

他想集中思想好好考虑考虑，可是思绪像蝙蝠一样，盲目地飞来撞去。这一切实在太令人难以置信了。艾琳娜长着一对讨人喜爱的眼睛，是个温顺、有教养的孩子。曾几何时，他看到女儿俯在桌上做功课时，常常用那粉红色的小指头，费力地描画着粗大的字母……曾几何时，他把她从学校领到糕点铺，她穿着淡蓝色的小衣服，用温柔的小嘴吻着他的额头……难道这一切不就仿佛发生在昨天吗？……不，这是过去年代的事了……可是，就是昨天，真正就是昨天，她还稚气十足地撒娇，央求他给她买橱窗里的那件颜色绚丽的天蓝色加金线的高领衫。"好爸爸！给我买了吧！"看到她绞起双手面带笑容的乞求，他又怎能不去顺从女儿的心意呢……可是现在，现在她竟然从距离他的房间只有两步远的地方，深夜溜了出去，跑到一个陌生男人的床上，在那里赤裸着身体，淫荡地同别人扭在一起……

"我的上帝！我的上帝！"老人不由自主地呻吟起来，"耻辱！耻辱啊！……我的孩子，我那温柔可爱的女儿，怎么能随便和一个男人……这人究竟是谁？能是什么人呢？我们来到戈东这地方才不过三天。在这以前，她从来没有结识过这类油头粉面的花花公子——不论是长着细长脑袋的乌巴尔基伯爵，还是那个意大利军官，或是那个麦克伦堡的骑师……艾琳娜是在到这里第二天的舞会上才和他们相识的。

难道她已和他们之中的一个有了……不，这不可能是初次，或许以前在家里时就早已有过了……我什么都不知道，什么也没有察觉，我是个傻瓜，被蒙在鼓里的傻子……可是，我又怎么会知道她的这些事呢？……我终日不顾一切地为了她们奔波操劳。每天要在办公室里坐上十四个小时，再确切些说，就是整日里带着满箱的货样，待在火车里……为了她去赚钱，钱，钱。为的是让她们母女两人有漂亮的衣饰，让她们富有……晚上，当我拖着疲惫虚弱的身子回到家中时，家里已是空无一人：她们上剧场看戏，参加跳舞会，去做客……我又如何能知道她们整天做些什么呢？现在我知道了：每天夜晚，我的女儿将她那纯洁而富有青春魅力的肉体献给了男人们。她像一个妓女……啊！奇耻大辱啊！"

老人一再呻吟不止，每一个新的思绪都加深了他的痛苦：他觉得自己的头颅被打开了，脑浆外溢，一群红色的小虫在血泊中蠕动。

"为什么我要忍受这一切？……为什么我现在还躺在这里，折磨自己？而她，这个小淫妇，却安然自得地呼呼大睡？为什么我现在不马上冲进她的房里去，让她明白，她干的这种不要脸的勾当我全都知道？为什么我不去打断她的骨头？就是因为我太无能……太怯弱……过去，我在她俩面前一向是个弱者……在任何事情上，我总是让步……过去，我还以此为荣，能让她们过上轻松愉快和无忧无虑的日子，哪怕我再吃苦受累也成……我节衣缩食，省吃俭用，一个铜板一个铜板地为她们攒钱……只要能使她们满足，我甚至宁愿揭掉身上的一层皮……可是，我刚使她们有了钱，在她们眼里，我却已成了个厌物。在她们看来，我既不时髦，又无教养……可从前，我到哪儿去受教育？我十二岁那年，就得离开学校，去为生活奔波，拼命……带着货样走村串乡。随后又是从一个城市到另一个城市，直到有了自己的店铺……可是，她俩刚刚一改变地位，有了自己的住宅，就不肯再用我这古老而诚实的名字。参议，枢密顾问，这是我不得已用钱买的啊，免得人们再叫她索罗门松太太……这样好使她显得高贵……高贵！高贵！……要是我反对她们的这种虚荣，反对她们的'上流'社交，向她们叙述我的母亲——愿上帝保佑她——当时是怎样理家，是如何稳重和谦让，一切只是为了我父亲和孩子们，那她们就嘲笑我。她们笑我保守，笑我落伍……

艾琳娜总是用讥讽的口气对我说：'好爸爸，你这些都早已过时了。'……是啊！我是过时了……可是，她，现在竟然睡在别人的床上，躺在陌生男人的怀里……这是我的孩子，我那唯一的孩子啊……噢，奇耻大辱，奇耻大辱啊！"

这痛苦可怕的折磨着他，使他辗转反侧，久不成眠，终于惊醒了身边的妻子。"怎么了？"妻子睡眼蒙眬地问道。老人屏住气，一动不动。他就是这样纹丝不动地躺在他痛苦的棺枢里直到天明，思绪像小虫一样在吞噬着他。

早餐时，他第一个来到了餐厅。他长嘘了一口气，坐了下来，可是一点胃口也没有，什么也不想吃。

"又是我一个人，"他在想，"老是一个人！……每天清晨，当我去办公室时，她们由于头天晚上的聚会或是看戏的劳累，仍在甜蜜的梦乡里。可等到晚上我回来时，她们早已不知去向，在外面寻欢作乐。在这类交际场合，她们从来不要我同去……啊！金钱，这该死的钱把她俩全毁了。是金钱把我们彼此变成了陌生人……可我，这个傻瓜，还老想为她们去攒更多的钱；其实，我这是洗劫自己呀，把自己变成个穷光蛋，把她们也毁了……五十年来，我不知疲劳地辛勤苦干……可现在，却只落得我孤身一人……"

老人慢慢变得不耐烦了。"她为什么还不来……我有话要对她说……我必须告诉她……我们必须离开这里，马上就得离开这儿……为什么她还不来？大概她还乏得很，正睡得香甜呢？可我的心都快撕碎了……她妈妈每天要花上好几个小时来打扮自己：洗澡、擦鞋、修指甲、理头发，不到十一点钟，是不会下楼的……如此说来，女儿出了问题，倒也不足为怪。啊，钱，这该死的钱！"

从老人身后传来了一阵轻轻的脚步声。"早晨好，爸爸，睡得好吗？"一个女子从他的肩头俯下身来，轻轻地把一个吻印在老人发烫的额头上。他本能地把头扭了过去。他讨厌克吉牌香水的那股甜腻腻的气味。更何况……

"爸爸，你怎么了？又不高兴了？侍者，来一杯咖啡和一份火腿蛋……没有睡好？还是听了什么不愉快的消息？"

老人压住了火气。他不敢向女儿望去，低低地垂下了头，一言不发。他刚好看到女儿那双娇嫩的小手，正在懒洋洋而又娇里娇气地在雪白的台布上胡乱地画着。他全身在颤抖。他用目光悄悄地溜在女儿那双尚未成年的少女的手臂上……不久前，女儿每天晚上临睡前总是用这双手臂来拥抱他……老人的目光又落在女儿那隆起的胸部上，它在那件新买来的高领衫下均匀地起伏着。"赤裸裸一丝不挂……和一个陌生的男人扭在一起，"老人在愤懑地想，"是他搂抱过、抚摸过、吸吮过、占有了……我的亲骨肉……我的孩子……啊！这个坏蛋！"

老人不由自主地呻吟起来。"爸爸，你怎么了？"女儿温存又有些吃惊地问道。"我这是怎么啦？"他脑子轰的一下，"我的女儿成了个娼妓，可我没有勇气当面对她说出来。"

可他只是讷讷不清地说："没什么！没什么！"然后很快拿起一份报纸，将它打开，好挡住女儿那惶惑不解的目光。他越来越感到没有勇气去面对女儿的视线。他的双手又抖了起来："我现在必须跟她讲，就是现在，趁着这里只有我们两个人。"这种思想在折磨着他，可是他说不出话来，连看女儿一眼的勇气都没有了。

突然间，他猛地将桌子一推，迅即吃力地向花园走去；他感觉到两行热泪不由自主地流下双颊。他不愿让女儿看见这一切。

这位身材矮小而结实的老人在园中胡乱地走着，呆呆地凝视着湖面。泪水模糊了视线，但他还是被这眼前的迷人景色吸引住了：在银白色的薄雾后面，黯淡的丘陵上点缀着由柏树勾勒出来的黑色线条，闪现出绿色的波浪。丘陵后面是陡直的山峦，它严峻但并非傲慢地眺望着惹人爱怜的湖水，像是严肃的长者在观看一群可爱的孩童在无忧无虑地嬉戏。这胸襟开阔、繁花似锦、殷勤好客的大自然是多么令人神往！上帝在南国所露出的轻松、善良和幸福的微笑是多么甜蜜！"幸福啊！"老人迷惘地摇晃着那沉重的脑袋。

"到这里来，是能够幸福的。我也该自己享受一次这样的幸福，来亲自领略一下，那些从不知为生活而发愁的人所过的那种惬意生活……写呀，算呀，讨价还价，经营盘算，五十多年了，也该享受几天悠闲自在的日子……在黄土埋身之前，也该有这么一次……六十五岁了，我的上帝，死神的手已触到了我的身体，钱不能救我，医生也救不了我……在这之前，我只想轻松地活着，舒舒服服地喘口气……

可我那过世的父亲以前曾说过：'欢乐从不属于我们，只有当你走进坟墓时，才算最终卸去了肩头的重担。'……昨天我还在想，自己或许可以休息一下了……昨天，我还觉得是个很幸福的人，为我有这样一个美丽、活泼的女儿而欣慰……可是上帝今天惩罚了我，夺走了这一切……现在一切都完了……我再也无法和自己亲生的女儿对话……我再也不能去看她一眼，我为她而感到羞耻……这种思想将时刻伴随着我。不论是回到家中，还是在办公室里，甚至夜晚睡在床上，我都会无时无刻不在想：她现在在哪里？她刚才又到过哪里？她干了些什么？……我再也不能平平静静地走在回家的路上了……过去，每当她跑来迎接我时，看到她是那样年轻、漂亮，我的心高兴得跳了起来。如今，当她再过来吻我时，我就会想：昨天，谁吻过这双嘴唇……当她在我身边时，我又不敢去看她一眼……不行，这样没法活下去，没法子活下去啊！"

老人像个醉汉一样一边蹒跚地走，一边喃喃自语。他一次又一次呆呆地望着湖面，泪水止不住地流进胡须。他伫立在狭长的小路上，取下夹鼻眼镜，揩抹那双噙满泪水的近视眼；他的那副愚蠢的可怜相，一位过路的青年园丁见了，诧异地停了下来，最终还笑出了声音，随后用意大利语朝他不知喊了句什么，就跑开了。这下可把老人从眩晕中惊醒了。他急忙戴上眼镜，趑往花园的另一侧，想在那里随便找个凳子，避开人们。

可是，就在他刚刚靠近一处偏僻的地方时，从左面什么地方传来的一阵笑声惊动了他……这笑声是那样熟悉，又是那样令人心碎。如同银铃般的声音，在他的耳边整整回荡了十九年。这清脆的笑声……他就是为了这笑声，不知曾经在火车的三等车厢内，度过了多少个夜晚，奔波在波兹南和匈牙利之间，为的是给它加上金黄色的养料，好在这块土地上开出鲜艳夺目的花朵。他生活的唯一目的就是为了这笑声。他积劳成疾，患上了胆病……他就是为了使这甜蜜的嘴唇能永远进出银铃般的笑声。可是，现在，这令人诅咒的笑声像一把锋利的尖刀，直插入了老人的心窝。

可老人还是经不住这笑声的诱惑。他看到女儿站在网球场上，球拍在她那光洁白皙的手中随意挥动着。她那娴熟的动作，任意地操纵着球拍的方向，忽起忽落。与此同时，随着球拍的挥动，她那爽朗的笑声一同升上了蔚蓝的天空。三个男人赞不绝口地望着她：身穿敞领运动衫的乌巴尔基伯爵，穿紧身军装的军官和衣着考究的骑师。三个健壮而匀称的男人，有如一组环绕在飞舞的蝴蝶身旁的塑像。就连老人自己也像着迷似的目不转睛地望着。我的上帝！她穿上这雪白的短裙衫实在太美了！阳光在她的金丝秀发上闪闪发亮！她那充满了青春活力的胴体在跑跳中是如此轻盈和敏捷，她完全陶醉在自己那灵活而富有节奏感的动作之中。现在，她欢快地将白色网球击向了高空。一下，两下，三下。她弯下纤细的少女的腰肢，腾空一跃，接住了最后一个险球。这一切都是老人从来没有见到过的：她犹如被一团恣情的火焰燃烧着，白炽而飘逸不定的火团围绕着烈火熊熊的胴体，笼罩着一层夹杂着笑声的、银白色的烟雾，一尊从南国花园里常春藤中显现出来的青春女神，一位从水平如镜的湖面上泛起的柔软的碧波中走出的仙女。这苗条娉婷的胴体，在家中从来没有像现在这样忘情于嬉戏，这样恣意地跳跃。没有过，他从来没有见到女儿这样过。在郁闷的牢笼般的城市里没有过，在自己的家园中，在街道上，他从来没有听到过她迸发出这云雀般的笑声。这笑声，它摆脱了尘世间的污秽，几乎成了一阕欢快的歌曲。没有过，她从来没有像现在这样美丽。老人目不转睛地盯着女儿不放。他忘却了一切。这白炽飘逸的火焰令他心倾神往。他真愿意总是这样站着，一个劲儿地死死地盯着女儿，用热烈的、无休止的目光把女儿的形象印进脑海。这时，她敏捷地一转身，喘着气跃起身来击回了最后一个险球。她呼出一口气，娇喘吁吁，面孔绯红，闪现出骄矜的目光，笑着将球拍紧紧地抱在怀里。"好极了！好极了！"像是刚刚听完一曲咏叹调，三个男人为她的精湛球艺欢叫起来。老人被这几声怪叫惊醒。他满心不悦地瞪了他们一眼。

"就是他们，这帮坏蛋！"老人的心怦怦直跳，"就是他们……可到底是哪一个呢？究竟是他们之中的哪一个人占有了她？……看，他们看上去倒是衣冠楚楚，风流倜傥。这些白昼行劫的强盗……我们像他们这样年纪，正穿着补丁裤子，坐在店铺里，破衣烂衫，在顾客面前低声下气……他们的父辈们，也许至今还在用自己的血汗为他们挣钱……可他们倒好，整日里东游西逛，到处寻欢作乐，无忧无虑的面孔，放荡不羁的目光……他们怎么会不感到快乐和满足呢？……只消说几句甜言蜜语，就会使这样一个爱慕虚荣的女孩子爬到他们的床上去……可这个人究竟是谁呢？肯定是他们之中的一个，我知道，是他透过衣服看到她那赤裸的身体，用舌头咂咂亲吻，并在想，去解开她的衣扣，用自己的感官来享受她的肉体……他对女儿的一切已是那样熟悉，并在思忖，'我占有了她'……他对她是那样热烈，毫无顾忌，在想，今天晚上再来，看，他在向她使眼色呢——这条狗……我真想一棍子打死他，这条狗！"

　　人们从那边发现了老人。女儿挥动着手中的球拍，在向他打招呼，笑着跑了过来。男人们向老人致意。老人没有答礼，依然用满布血丝的眼睛，死死地盯着女儿那充溢笑意的嘴唇。"你这不知羞耻的东西，还有脸笑呢！……哦！那个流氓也许暗中在笑我，在想，他站在这儿，这个蠢犹太佬，夜里在自己床上睡得像个死猪……要是他知道了，这个老傻瓜！……是啊，我知道你们在笑我，你们嫌弃我就像嫌弃一堆吐出的污物一样……可是我的女儿，她是那样可爱、顺从，像娼妓一样跑到你们的床上……至于她妈妈，实在是太胖了，再加修饰打扮，也不过如此，即或有人对她说几句殷勤话，倒也无关紧要……是的，简直是禽兽。当然你们会理直气壮，因为是她们自己在追逐你们……别人那种揪心的痛楚与你们又有何相干……只要你们自己得到了满足，只要你们得到了欢乐，这些下流胚……我真恨不能一枪打死你们……用鞭子抽死你们！……可是，到头来，还是你们有理，因为没有人这样来对待你们……因为他只能把心中的愤怒强咽下去，像狗在吃自己的屎一样……还是你们有理。因为他是这样胆小、可怜……他不敢冲上去，把这不要脸的女人从你们身旁揪回来……他只能站在一旁，一声不响地折磨着自己……懦夫……胆小鬼……胆小鬼……"

　　老头用手抓住了栏杆，绝望的愤怒使他摇晃不定。蓦然间，他朝着脚下啐了一口，然后踉跄地走出了花园。

　　老人蹒跚地走到市区，突然在一家商店的橱窗前停下了脚步。橱窗内琳琅满目，五光十色的商品堆成宝塔形和锥形图案，布置得很是精美诱人。这里专门为旅游者准备了各类商品：从衬衫、渔网、渔具和连衣裙到领带、书籍和食品。可是，老人只是在凝视着一件物品。

它被冷落地置于这些时髦的商品中间。这是一根头上包着铁皮、质地粗糙、难看的手杖。就用它，握在手里沉甸甸的，打起人来可够厉害了。"打死他！……打死他这条狗！"这个念头使老人感到一阵头晕目眩，慌乱，但又带有几分快感。他走进了店铺，只花了很少的钱，就买了这根节疤累累的手杖。他把这沉甸甸的手杖一拿到手中，就感到力量倍增：对于一个弱者来讲，一种武器确实能给他增添不少的勇气。老人感到手臂上的肌肉顿时有了力量。"打死他……打死这条狗！"他喃喃自语，不知不觉之中，他刚才那沉重和吃力的步履变得坚定、平稳和轻快起来。他沿着湖边走去，简直是在小跑；他喘息着，满身汗水。这更多的是由于他那狂暴的激情，而不是由于急速的步伐所致。那只握着手杖的手，由于过分用力而痉挛得越来越厉害。

他就这样，手执武器向绿荫深处走去，同时用不安的目光四处搜索他那不相识的敌人。果真，在那个角落里，他的妻子、女儿正和那三个男人在一起，坐在舒适的、藤制的安乐椅上，一边用麦管吸着苏打威士忌，一边谈笑风生，好不惬意。"是哪一个呢？是哪一个呢？"老人闷闷地思忖，手里紧紧地握住那根沉甸甸的手杖，"该去砸碎谁的脑袋？……谁的？……谁的？"就在这时，艾琳娜跑了过来，她误解了老人目光中的含意。"爸爸，刚才你在哪儿？我们到处找你，麦德维兹先生邀请咱们全家乘他的菲亚特汽车去兜风。沿着湖边一直到德森札诺去。"女儿温存地把老人扶到了桌前，显然，她在期望着父亲对客人的邀请表示谢意。

三位先生彬彬有礼地立起身来，把手伸向老人。老人又哆嗦起来。女儿热烈地勾住他的胳膊，使他感到一阵温暖和令人眩晕的慰藉。他勉强地依次握了向他伸来的手，然后默默地坐下，取出了一支香烟，咬紧牙齿，咀嚼着自己的愤怒。席间的法语对话，不时地被放肆的笑声打断，断断续续地传进他的耳鼓。

老人蜷曲着身体，坐在一旁，一言不发。从他那衔着雪茄的嘴角边，流下了棕色的唾液。"他们是对的……他们是对的……"老人在想着，"我该遭到唾弃……我还向他伸过手去！……三个人，可我知道，这个坏蛋肯定就在他们之中……而我现在竟安然地和他坐在一张桌子前面……我没有把他打倒在地，没有，我没有把他打倒在地，相反，我倒客客气气地和他握手……他们是对的，他们笑我，那完全对。看他们在我面前谈话时的神气，就好像我根本不存在似的，仿佛我早已离开了人世！……但是艾琳娜和她母亲总该知道，我是根本不懂法语的……她俩是知道的，可是没有一个人理睬我，连做个样子也没有，好不至于使我像现在这样尴尬地坐在这里，这样狼狈地坐在这里……对于她俩来说，我根本不存在，不存在……我是她们的累赘，是负担，是厌物……我使她们感到羞愧，她们不甩掉我，只因为我可以给她们金钱……金钱，金钱，这个该诅咒的脏东西。我给她们钱，可把她们毁掉了。……金钱，这该诅咒的金钱……我的老婆，我自己的女儿，除了眼睛死死盯住发亮的金钱，连一句话都不愿意和我讲。……她们朝那三个男人笑得多开心啊，就像用手搔她们的痒似的……可是我，我在忍受这一切……坐在这里，听他们的笑声，而不是让他们饱尝一顿老拳……用棍子抽打他们，在他们当着我的面捉对地胡闹之前，把他们驱散，赶开……可是我默许这一切……坐在这里，是个哑巴，是个傻瓜，胆小鬼，胆小鬼……胆小鬼！”

“可以吗？”在这当儿那位意大利军官，操着不很流利的德语向老人问道，然后就拿起了打火机。

这使老人一下子从沉思中猛地惊醒，他茫然无措地瞪了军官一眼，十分恼火。顿时，一股怒火涌上心头。紧握手杖的手哆嗦了一下。他把嘴巴扭曲得都歪了，不经意地泛出一丝冷笑：“哦，请便吧！”他用严厉的语调重复着说，“当然可以！嘿！嘿，什么都可以！您尽可以随便好了……嘿，嘿，什么都可以！只要是我有的，您都可以随便占有……随便怎么做都可以……”

军官发怔地望着老人。大概是语言不通，他没有完全听懂。但是，老人扭曲的嘴巴和一丝冷笑，倒使这个人不安起来。德国人不情愿地站起身来。两位女士脸色煞白，空气顿时凝固起来，声息全无，仿佛那种介乎闪电和滚雷之间的短暂间歇似的。

可是，随后老人脸上狂暴的扭曲松弛下来，手杖从痉挛的手中滑落到地上。他蜷曲着身体，活像一条挨了打的狗，不安地咳嗽起来，对自己刚才那股子勇气感到吃惊。艾琳娜急忙寻找轻松话题，缓和一下使人尴尬的紧张局面。德国男爵说着极为风趣的笑话，几分钟过后，空气又重新活跃起来。

老人静坐在这些饶舌家中间，却把头扭了过去，人们都会以为他在睡觉。从他手中滑下的手杖，在两腿中间晃来晃去。他手捧着脑袋，越垂越低。可是，不再有人留意他了。喋喋不休的说笑，像波浪一样淹没了他的沉默，恣肆的浪言、谑语，喷吐出嬉笑的泡沫在熠熠发光，但他沉沦在这下面的无底深渊里，一动不动，被耻辱与痛苦所淹没。

三个男人站了起来。艾琳娜紧随着他们。她的母亲慢慢吞吞地跟在后面。他们走了，其中有人提议，于是他们来到了近旁的音乐室。他们认为根本没有必要对那个在他们面前发呆的老人作任何特殊的邀请；待到老人骤然间发觉周围的人全已走光时，他像个酣睡中被冻醒过来的人一样，犹如夜间睡觉时被子滑落，寒风砭骨一般。他下意识地向空荡荡的座位看了一眼。这时，从邻近的琴室里传来了叮叮当当的爵士乐曲，他听到欢笑声，兴奋的叫喊声。他们贴在一起在跳舞啊！是的，在跳舞，跳个不停。他们会这样子的。他们的血在沸腾：相互撩人地偎依在一起，直跳到连脸都不要了。这些懒虫，这些浪荡子，晚上跳，夜里跳，大白天也跳，来引诱女人。

他愤恨地重新抓起了坚硬的手杖，拖着脚步。走到门厅前，他停了下来。那个德国骑术师坐在钢琴前，抚弄着琴键，半侧着身子，看人跳舞，弹奏一首美国流行的粗俗乐曲。艾琳娜和那位军官翩翩起舞；高个子乌巴尔基伯爵则搂着老头那肥胖笨重的妻子，吃力地随着节奏跳着。可是，老人的目光，依然盯在女儿艾琳娜和她的那位舞伴身上。他像个花花公子那样温存而多情地用双手搂住女儿圆润的双肩，就像她已全部属于他似的。她随着他的步子顺从地扭动着腰肢，完全委身于他。他俩在他眼前力图地按捺住一再迸发出的情欲！对，是他，就是他，因为他们汗津津的身体之间是那样地彼此熟悉，他们血液之中渗进了一种合欢的欲念。对，就是他，只能是他。他在欣赏她那微闭的但秋波荡漾的双眼，在她飘忽的眼神里闪烁出她对炽烈快感的回忆。就是他，这个盗贼，在夜间恣肆地享用了他的女儿，现在用眼死盯着那裹在轻轻的薄纱里面的肉体。老人情不自禁地走向前去，似乎想从这个人的手中，夺回他的女儿。可是，女儿根本没有看到父亲。她顺从地按照那个诱惑者的引导和音乐的节拍扭动着，仰着头，半张着嘴，全然陶醉在那欢快的乐曲声中，忘却了自己，忘却了时间，忘却了周围的一切，忘却了父亲。老人喘息着颤抖个不停，用充血的双眼怒不可遏地盯着她。可她却只感到自己的存在，感觉到她那充满青春活力的身体，正随着激烈的乐曲的旋律在扭动，她现在只感到自己的存在，感觉到一个男人的贪婪地呼吸；他正用有力的臂膀在搂着她。在这温柔的、飘飘欲仙的情思中，她尽力不使自己同自己那充溢着欲念的双唇一道倾倒在他的身上，不使自己在热烈诱人的空气中任人摆布。奇怪的是，这一切老人都察觉到了，他的血在跳动。每当女儿和这个男人旋转起舞时，老人就觉得，完了，她永远完了。

乐声戛然而止，德国男爵跳了起来："Asses joué pont vous，"他笑了起来，"main tenant je veux danser moim ê me。"① 正在跳舞的人们停下了，散开来，大家都开心地表示赞同。一些人三五成群地聚拢在一起。

老人又恢复了常态，他想，现在该干点什么，该说点什么了！不能像个傻瓜，像个可怜虫，像块废料站在这里！正巧他妻子从身边旋转过去，感到吃力地微微喘着气，但是十分惬意。愤怒使他突然果断起来，他走上前去，拦住了妻子，不耐烦地说道："走，我有话跟你说。"

妻子惊讶地望着丈夫。豆大的汗珠正沿着老人苍白的双颊流下。他目光呆滞、茫然。他要干什么？为什么偏偏在这个时候来打扰她？她想找些搪塞的话，刚要出口，可他的异常举动中有某种令人惊诧和畏惧的东西，这使她霎时想起了不久前丈夫发过的脾气，于是，她只好勉强随着丈夫走去。

"先生们，对不起，我去去就来。"——她转过身表示歉意地向他们打了个招呼。老人恼火地在想："她竟向他们表示歉意，可是，当他们离开我走掉时，却根本不对我表示歉意。在他们眼里，我好比一条狗，是一双任他们踢来踢去的破鞋。他们是对的，他们是对的，我竟然容忍这一切啊！"

妻子凝重地皱起眉头，他像个小学生站在老师面前一样，站在她的面前，嘴唇在哆嗦着。"喏！怎么回事？"她终于催问他说。

---

① 法语：好了，我弹够了，该我跳会儿了。

老头儿嗫嚅地小声说："我不愿意……我不愿意……我不愿意你们和这些人混在一起……"

"和哪些人混在一起？"妻子故意装作不解的样子，用不满的目光向他投了一瞥，好像丈夫刚才的话侮辱了她似的。

"就是这儿这种人，"老人发怒地用头向音乐室的方向歪了一下，"我不喜欢他们……我不愿意……"

"那为什么？"

"老是用这种质问的口气，"老人愤愤地在想，"仿佛我是她的奴仆。"随后，他激动地结结巴巴说："我说的话是有理由的……我讨厌……我不愿意艾琳娜和这些人在一起谈笑……但我不能作更多的解释。"

"我觉得非常遗憾，"妻子傲慢地回答说，"我认为这三位先生都是受过良好教育的人，都出身于上流社会，比我们在家中所接触的人要高贵得多。"

"上流社会！……强盗……骗子……"一股怒火涌上心头。突然老人跺着脚喊道："我不愿意……我不允许……你懂了吗？"

"不懂，"妻子冷冰冰地说，"我一点儿也不懂。我不明白，你为什么偏要破坏孩子的乐趣？"

"乐趣！……乐趣！……"老人像挨了一击，脸一下变得通红，额头冒出汗水。他一只手去抓手杖，不知是想靠它来支撑自己，还是想用它去打人。可是抓空了，他刚才忘记把手杖随身带来，这使他重新清醒过来。他控制住自己，刹那间一股暖流涌上心头。他走到妻子面前，像是要握住她的手。他的声音完全软了下来，几乎是祈求地说："你……你不了解我的……我这不是为了自己……我只是请求你……这是我多年来对你的头一次请求。我们离开这里吧！……离开，到佛罗伦萨，到罗马，随你们的便，我都依着你……随你们到哪儿去，由你们自己决定，……只要离开这里就行。我求求你……离开！今天就走……今天……我无法再忍受了……我无法……"

"今天就走？"妻子吃惊地皱起眉头反对说，"今天就走？你哪儿来的这种可笑念头……难道就因为你不喜欢看这几个人？……那你就不要和他们交往嘛！"

老人还在那里祈求地举起双手说："我实在受不了，我跟你说……我不能，我不能。别再问我为什么，我求求你……可你相信我，我实在不能再忍受下去……我不能。听我的话，就这一次，为了我，就这一次……"

这时，那边又响起了叮叮当当的琴声。妻子望着丈夫，不由自主地被他的乞求所打动，向他瞥了一眼。可是，她看到的却是丈夫那副十分令人发笑的样子。这个矮小的胖子，脸红得像中风一样，目光浑浊，双眼红肿，从那过短的衣袖里伸出的双手抖个不停。看到他的这副可怜相，真够叫人难受的。她怜悯然而冷冷地说：

"这可不行。"她果断地回答，"今天我们已经答应他们去远游……而明天走，可我们租了三个星期的房间……这也太可笑了……我看没必要离开这里……我留在这里，艾琳娜也……"

"那么说我可以走了，是吗？……我在这里妨碍你们……妨碍你们……妨碍你们尽兴。"

老人怒不可遏地打断她的话。猛然间他把佝偻起的身子一挺，双手握成拳头，额上绷起了一道道青筋。看样子，他要说什么或是要挥拳打人。可蓦地，他一个大转身，吃力地拖着沉重的脚步，越来越快地走上楼去，像是有人在后面追赶他似的。

老人气喘吁吁地快步上了楼。他现在跑回到自己的房间，单独一个人，压住火气，免得由于过分的激动而干出蠢事！当他刚一走到最顶层时，只觉得像有一只利爪在他的五脏六腑里扯动，突然他面色死灰，手扶着墙壁，踉跄起来。噢！这剧烈的、灼热的痛苦啊！他咬紧牙关不使自己喊叫出来，弯曲着身体，不停地呻吟着。

他很快明白这是怎么一回事：胆痉挛。类似这样的情况，在最近一段时间内虽曾多次折磨过他，但都没有像今天这样厉害。在这瞬间，他突然在疼痛中记起了医生的叮嘱："切勿激动。"于是，他在痛苦中愤懑地嘲弄地在想："说得倒轻松，避免激动……医生大人！您倒做给我看看，要是您遇上了这种事，能不激动吗？噢……噢……"

老人扭动着身体，一只看不见的利爪在他的体内折磨着他。他步履艰难地慢慢挪到了自己的房门口，撞开了门，一头栽倒在床上，牙齿紧紧地咬着枕头。一躺下，疼痛立刻减轻了，体内也不再像刚才那样火烧火燎地疼了。这时他又想起医生的另一句话："应当热敷，再服用滴剂，那就会很快地好起来。"可是，这里一个人也没有，没有人能帮助他，没有一个人。他自己又没有一点气力走到隔壁房间，甚至连走到电铃那儿都不能。

"这儿一个人也没有，"老人悲痛地在想，"不定哪一天，我会像条狗一样地死去……我知道，这不是什么胆疼……这是死亡，它在我身上滋长……我明白，快完了。什么医生、疗养，都救不了我的命……六十五年，完了，身体全垮了……我知道，是什么在蹂躏我，在折磨我，是死亡。要是再活上一两年，其实那已不再是生命，而只是在等死，在等待死亡……可我什么时候……什么时候生活过？……为了自己，为了自己？……光是为了捞钱，捞钱，捞钱，这算是什么生活，光是为了别人，可现在谁来帮我？……我有过一个妻子：她是一个姑娘时，我娶了她，我接触了她的肉体，她给了我一个女儿。多少年来，我俩同床共枕……可如今呢？她现在在哪儿？……我甚至连她的面孔都认不出来了……她和我讲话时，是那样生分；她不再想到我，不再和我同甘共苦……她对我来说是那样陌生，一年甚于一年……过去的一切都不见了，现在的又在哪儿？……生了一个孩子……把她用手捧着养大，我相信过，可以再一次生活，活得更光明，更幸福，生命在她身上继续下去，那就不会完全死亡……可现在，她却在午夜里，委身于那些男人……只有我一个人会死，就我一个人……对于他们说来，我早已死了……我的上帝，我的上帝，我从来没有这样感到孤单……"

钻心的疼痛有时加剧，可随后又缓和下来。但是另外一种疼痛越来越剧烈地锥刺他的太阳穴，盘踞在头脑中的这些念头，这些坚固犀利、炙热得无情的念头，像楔子一样牢牢地打进了他的头脑中。现在不去想它就好了，不要去想！老人扯下了上衣和背心，虚胖的身体在浆洗过的衬衫里笨拙地、难看地抖动着。他小心翼翼地用手按住疼处。"只有这疼痛才使我感觉到我活着，"他暗自思忖着，"只有这块疼得发烧的皮肤……只有这才是我的；只有这在里面折磨我的才属于我，这就是我的疾病，我的死亡，这才是我自己……我不再是枢密顾问，我没有老婆，没有女儿；没有金钱，没有家庭，没有公司……所剩下的，只有手指下面所感觉到的：我的身体和里面那种肝胆欲裂的痛苦……

其他的一切都是虚无，没有任何意义……痛苦的只是我一个人，关心我的也只有我自己……她们不理解我，我也不理解她们……我竟是这样孤苦伶仃，过去还从来没有过。现在，我明白了，我躺在这里，等待着死亡，可太迟了，在我六十五岁就要了结我的一生的时候才明白过来。现在，在他们跳舞、游逛、寻欢作乐的时候，我才明白过来，这些不知羞耻的女人……现在我才明白，我是为她们活了一辈子，可她们并不感谢我；我从来没有一个小时是为了自己……可现在，她们和我有什么相干？和我又有何关系……我为什么还想那些根本就没有想过我的人？……我宁愿像畜生一样死去，也绝不接受她们的怜悯……她们与我还有什么相干……"

疼痛慢慢地、逐渐地减轻了，不再像刚才那样钻心了，也不再需要用手去抚摸它了。但是一块郁结却留在里面，这不像是疼痛，而像是一种异物在向他的体内挤迫，钻刺。他闭上双眼，直挺挺地躺在床上，屏住呼吸，细心地谛听体内的撕扯、揪动。他觉得，仿佛一种陌生的、未知的力量，先是用尖尖的，现在又是用钝钝的工具在他体内转动，在他密封的身体里，有东西被旋成一片一片，被撕成一条一条。动作不再那么剧烈，他也不再痛苦。但是里面的东西在慢慢地焦化、腐烂，在开始死去。他终生为之奋斗的一切，他过去所爱过的一切统统在慢慢吞噬一切的火焰中化为乌有。在它变软和炭化、被烧成废渣之前，还冒着黑烟，燃烧着。他模糊地感觉到所发生的这一切，这一切就在他躺在这张床上自怨自艾、沉思的时刻完结了，是什么完结了？他谛听着，谛听着。这是他的心在开始慢慢地沦亡。

老人紧闭双眼，躺在幽暗的房间里，半睡半醒。在微寐和清醒之间，他昏昏然、茫茫然地觉得有种湿乎乎的、炽热的东西从伤口（这伤口不痛，他也感觉不到）在向里面轻轻地渗透，仿佛他在流血，可是这血是在往里流。血流得并不快，也不使他感到痛苦，它像一滴滴的泪水，缓缓地流着，轻轻地洒落下来，可是每一颗泪珠都在击打着他的心。这昏沉沉的心没有发出任何声音，它默默地吮吸着这些陌生的液体，像海绵一样地吮吸着，变得越来越多，渗了出来，它在胸部狭窄的敏感区膨胀起来，翻涌起伏，开始轻轻地向旁边伸展开去，像一条带子越来越紧地挤迫着、压抑着僵硬的、脆弱的肌肉；挤迫着、压抑着疼痛的心脏。最后由于自身的重量而急剧地落了下来。现在（多么痛苦啊），现在这沉重的东西，慢慢地，既不像一块石头，也不像坠落的果实，脱离了肌肉。不，它像一块浸满液体的海绵，越来越低地坠入一种混沌、一种空虚之中，坠入一种完全没有实体的虚无之中。除了他之外，这是一个广袤无垠的黑夜。

突然间，刚刚还是温暖、起伏的心房，一下变得死一般地平静、冰冷、空荡荡的，阴森森的，不再听到心房的颤动声和血的流动声，一点儿声音都没有了，一切都死亡了。在缄默、不可理解的虚无中，他的胸腔像一具棺材一样，空荡荡，黑洞洞。

这种梦幻是如此强烈，这种迷惘又是如此强烈，当他渐渐清醒过来时，他不由自主地去抚摸自己的左胸，看看他的心是不是已经没有了。啊，谢天谢地。在他的手指下摸到的地方还有东西在跳动，发出低沉而有节奏的声响，不过好像在击打空气一样，空洞洞，他的心不在了。奇怪的是，他仿佛感觉到自己的身体同他本人分离开来。再没有钻心的疼痛了，再没有回忆来折磨他的神经了。这里面的一切都是沉默的、凝固的、僵化的。"这是怎么啦？"老人在想，"刚才还折磨我那么厉害，刚才里面还热得难忍，刚才每条神经还在痉挛。我这到底是怎么了？"像在一个石窟里一样，他仔细地谛听着体内的动静，是不是里面原有的东西不再动了？潺潺声、窸窣声、响动声、跳动声，是那么遥远，完了，全完了——他谛听，谛听——什么声音也没有了，什么也没有了，没有了。再也感觉不到折磨，也没有什么在翻涌起伏，也不再痛苦。这里面像一棵被烧焦的枯树的树洞，黑乎乎的，空荡荡的。这时，他突然觉得，自己好像已经死去，或是什么东西正在他的体内死去。血在体内可怕的凝固了。他自己的身体在他下面像一具尸体一样冰冷，他害怕用自己的热手去触摸它。

老人仔细地倾听着。可是，他听不到从湖面上传进房间来的教堂的钟声，他也没有发觉暮色临近，夜已降临，昏暗已涂抹掉房间里家具的轮廓，就是通过窗户的四角，隐约可见的天际，也完全消逝在黑暗之中了。老人并没有感觉到，他凝视着的只是黑暗，他内心深处的黑暗；他谛听的只是虚无，他内心中的虚无，犹如他凝视、谛听自己的死亡一样。

这时从隔壁房间传来了笑声和欢叫声，灯亮了，从门缝里射出了一缕白光。老人吃了一惊，这是他的妻子和女儿！可不要让她们发现我躺在这里，盘问我。于是，他急急忙忙穿上衣服。干吗让她们知道我在发病，这与她们有何相干？

其实，这母女二人根本就没来找他。她们显得匆匆忙忙，晚饭的锣声已敲过第三遍了。她们正在换装，从敞开的门里听得到她们的每一个动作：现在她们在开抽屉；现在她们把戒指轻轻地放在桌子上；现在听到皮鞋在地板上的走动声。与此同时，她们谈笑风生，一字一句都十分清楚地传进了老人的耳鼓。起初，两人在谈论和讥笑这三个男人和她们在这次郊游中的趣事。一面忙着梳洗，整理妆容，一面你一言我一语地互相插话，闲聊。后来，话题突然转向了他。

"爸爸哪儿去了？"艾琳娜问道，感到诧异的是直到现在这样晚，才想起了他。

"我怎么知道？"这是母亲的声音，提起这件事，立刻惹得她满心的不高兴，"可能在楼下等着呢，还不是又在那里没完没了地看他那份法兰克福报纸上的股票行情表，别的事情他都不感兴趣。你以为他会在这里观赏湖光山色？他今天中午已经说过了，他不喜欢这里。他要我们今天就动身。"

"今天就走？……那为什么？"这又是艾琳娜的声音。

"我不知道，谁知道他这是怎么回事。这里的社交活动他没法适应，他不愿意和这几位先生交往，也许他自己觉得跟人家不配。成天穿着皱巴巴的衣服，敞着领口，真丢人……你应当说说他，注重点儿仪表，他还是听你的话。今天上午……你看见他对上尉的那副样子了吗？当时，我真恨不得钻到地缝里去……"

"是啊！妈妈……可这到底是怎么回事？……我正想问你……爸爸是怎么了？……我还从来没有见过他这副模样呢……真把我吓坏了。"

"哼，有什么，还不是坏脾气……也许是因为股票行情下跌了……要不就是因为咱们老是讲法语……反正，别人高兴，他就看不惯。你真的没注意到：咱们跳舞的时候，他站在门旁就像个躲在树后面的杀人凶手一样……要走！马上就得离开这里！他想怎么就怎么……要是他不喜欢这里，那就不要扫我们的兴……我才不去理他这种脾气呢。随他便好了，他想说什么就说什么，想干什么就干什么吧！"

谈话中断了。大概是母女两人在谈话中已经收拾完毕。是这样，门打开了，她们走出了房间，关上开关，灯光熄了。

老人一动不动地坐在床上。每一个字他都听得清清楚楚。说也奇怪：他不再感到痛苦，一点儿也不痛苦了。前不久那颗在胸内冲击和撕扯的心一动不动了，它一定是坏了，没有什么会使它颤动了。没有愤怒，没有仇恨……什么都没有了……没有了……老人平静地穿好衣服，小心翼翼地下了楼，坐在妻子和女儿中间，像个陌生人一样。

那个晚上老人一言未发。她们两人也没有觉察到这种紧张的沉默，饭后他不辞而别径自回到自己房里，把灯关掉就躺下了。过了很长时间，他的妻子兴尽归来。她以为丈夫早已熟睡，于是她在暗中脱去衣服睡下。过了不一会儿，老人已听到睡在他身边的妻子发出了深沉的、无忧无虑的酣睡声。

老人直瞪着双眼，独自一人凝视着夜的无边无际的虚无。在他身旁，像是有个什么东西躺着，在暗中发出深沉的呼吸声。他费力地在回忆：这个肉体曾与他呼吸过同一个房间里的空气，这个肉体，它曾是那样熟悉，年轻、热情，这个肉体给他带来了一个新的生命，这个肉体用血的秘密同他紧紧地连在一起。他还一再地迫使自己去想，躺在他身边的这个温暖而柔软的身体，他伸手就可摸到，它曾是他生命中的生命。但是，说也奇怪，这些回忆竟然激不起老人的任何感情。他现在听到的呼吸声，有如从敞开的窗口传来湖水拍打湖岸溅起的浪花声。一切都是那样遥远，遥远，消逝得无影无踪。剩下的只是身边躺着的一个人，一个偶然相遇的人，一个陌生的路人。一切都完了，完了，永远完了。

他又一次颤抖了。他听到女儿房间的门轻轻的、悄悄的转动声。"今天晚上，又是这样。"老人又觉得那他认为已经死去了的心脏产生一阵轻微的刺痛；这是他在完全死去之前，一种像神经的东西在瞬间发出的痉挛。不过，这一切很快也过去了。"随她便吧！她与我有什么相干！"

老人重新将头埋在枕头里。黑暗更柔和地抚摸着他那疼痛的额头，一股宜人的凉爽渗入他的血液里。很快，失去了力量的知觉沉入轻度的睡梦之中。

清晨，当妻子醒来时，发现丈夫已穿戴整齐。"你这是上哪儿去？"妻子略带睡意地问。

老人没有理睬，冷漠地把睡衣胡乱地塞进手提包里。"你不是知道我要回去吗？我只把随身所需的东西带走，其他的你们可以给我寄回去。"

妻子发怔了。这是怎么了？她还从来没有听到过丈夫用今天这样的口气说话：从他牙缝中迸出的每个字是那样冷漠，那样僵硬。她赶忙从床上起来。"你真的要走吗……等一等……我们也走，我已经和艾琳娜讲过了……"

老人只是猛烈地摇了摇头。"不必了……不必了……不打搅你们了。"他头也不回，一直向门口走去。为了要拧门把，他只得暂时把手中的箱子放下。

就在这短暂的瞬间，他想起了：他不知曾有过几千次，也是这样地把装满货样的皮包放在陌生人的门前，在离开时，毕恭毕敬地向主顾低头弯腰地致意，希望今后能多加关照。如今，这儿他再没有事可做，他不必注意礼貌。他重新提起皮包，没说一句话，没看一眼，把这扇门，这扇将他的现在与过去的生活隔开的门关上了。

母女二人对刚才所发生的事，感到迷惑不解，但老人这次令人诧异的率直和果断的出走倒使她俩极为不安。她们马上给南德家中的老人去信。信中不厌其烦地反复解释，猜测是发生了什么误会，极其温柔又十分关切地询问老人旅途是否平安；随后她们突然恭顺地表示，她们准备随时离开这里。他没有复信，于是她们信写得更为紧迫，她们还打电报。可是，消息依旧杳然，只是从邮局收到公司的一笔汇款，信中简要地提及上面盖有公司印鉴的汇款单，除此以外，连一个亲笔字和一句问候的话都没有。

这样一种无从捉摸和令人不安的事态加速了她们的归期。尽管她们已电告抵达日期，但是没有一个人来车站迎接，家中的一切都使她们感到意外。仆人说，老人看完了电报，往桌子上一丢，没作任何吩咐就出去了。晚间，当她们坐下等候就餐时，终于听到门的转动声，她们急忙起身，迎上去。而老人却惊愕地望着她们发呆。——看来，他早已把电报的事忘了个干干净净——他没有任何特殊感情的流露，冷漠地忍受了女儿的拥抱，然后被引入餐室。他一声不响地听她们谈话，闷闷地抽着烟，不提任何问题，有时只作极简单的回答，有时他对问话和谈论充耳不闻，不知她们在问什么，在说什么，仿佛他在睁着眼睛睡觉。之后，他艰难地站起身来，回房去了。

一连数日就这样过去了。深感不安的妻子很想找机会和他谈谈，可是毫无结果。她愈是急于想和他接触，他就愈加退让规避。某种东西被禁锢在他的内心深处，通路被阻塞，变得无法接近。不过，老人还和家人同桌共餐，若是有人来访，他在旁也是一言不发，完全沉浸在自己的思绪之中。他对一切都漠不关心，如果在谈话中，有人偶尔遇上了老人的目光，定会感到很不舒服，因为这是一对死一样的眼睛，空虚而呆钝地发直。

不久，就连最疏远的人也对老人这愈益乖张的性格感到吃惊。熟人在街上遇到他时，都暗地里互相示意：这位全城最富有的人之一像个乞丐，沿着城墙，到处溜边，他歪戴着一顶旧帽，裤子上满是烟灰，每走一步都是跟跟跄跄，大半时间口中念念有词，自言自语。有人跟他打招呼，他就会惊恐地抬起双眼；若是有人过来和他搭话，他就会瞪着两只茫然无神的眼睛，望着对方发呆，连和人家握手都会忘记。起初，人们以为他耳聋，于是，提高嗓门把话一再重复。其实，他并不聋，他需要的是时间，好使自己从心底的梦中清醒过来。而在谈话中间，他又会重新陷入一种奇怪的茫然状态。于是他的目光一下子变得呆滞起来，说话结结巴巴，前言不搭后语。别人对此的诧异表情，他也毫无察觉。看样子，他总是像徘徊在一种昏沉沉的梦境里，徜徉在一种浑浑噩噩的自我忙乱之中。目睹此情此景，人们对他亦不闻不问了。他不过问别人的事，在自己家中，对妻子的沮丧和女儿的慌乱迷惘熟视无睹。他不看报纸，不听别人谈话；任何人，任何问题都不能够——哪怕是在一瞬间——冲破他那道阴沉的、冷漠的屏障。甚至连他经营多年的商行——他最熟稔的世界，对于他也已变得陌生了。有时他还木然地坐在办公室里签署信件，可是，当秘书一个钟点以后进来取签署好的函件时，发现老人用空荡荡的目光望着那些信件发呆，和他刚才离开此处时的情景一样。最后，他自己也意识到继续留在这里已经是多余的了。于是，他干脆离开这里。

更使全城人感到奇怪和惊异的是：从来不是教徒的老人，现在突然变得十分虔诚。他对一切事都冷淡，吃饭和约会越来越不守时，可是没有一次在规定时间里错过去教堂的机会。他戴着一顶丝制的小圆帽，披着法衣，总是站在教堂里的一个固定位置上。这恰好是从前老人父亲做礼拜时站的地方。他晃动着倦怠的脑袋，唱着赞美诗。这里，在半空着的教堂里，他周围响起的声音使他感到生疏和含混不清，可是他在这里十分安静。这里的安宁抑制了他内心的纷扰；他可以在内心里向黑暗倾诉心声。每当在教堂里为一个死者做安魂祷告之后，他看到死者的亲人、子女和朋友极度悲伤地用虔诚和恳求的态度向上帝为死者祝福时，他的两眼便蒙上了一层泪水，因为他明白，他将是孤零零的一个人。等到他死去的时候，将不会有人为他做安魂祷告。于是，他虔诚地为自己祈祷，就像一名死者那样为自己祈福。

一日，天色已晚，他刚从这样一次喧嚣纷扰的活动中返家，途中遇上了大雨。老人一向是忘记带雨伞的。只需几个小钱就可以叫到马车，高大建筑物的门洞和商店的玻璃檐也都可以避雨。可是，独有这位老人毫不在意地在大雨滂沱中踉跄行走。破旧的帽子灌满了雨水，像个小水洼，雨水像小溪一样顺着衣袖流向脚面。但他满不在乎地在那几乎空无一人的街道上踯躅。全身淋得精湿，简直像个流浪汉。有谁会想到，他竟是一位拥有豪华住宅的富人？当他来到自己的家门口时，正巧一辆小轿车在他身边骤然停下。车前射出耀眼的灯光，车轮甩出的泥水溅了这个漫不经心的老人一身。车门一开，他的妻子从车里走了下来，身后伴着一位显贵，手中撑着一把雨伞；随后又下来了另一位绅士。他们正好在门口相遇。妻子认出了他，吃了一惊，看到老人这副落汤鸡似的狼狈相，妻子不由自主地移开了目光。老人立刻领悟了：在客人面前，见到丈夫这般模样，她感到羞愧。于是，他毫无所动、毫无痛苦地径直走开，免去介绍的麻烦。他像个外人一样，几步走到仆人使用的楼梯前，屈辱地从那里走了上去。

自此以后，老人在自己家中，只走仆人用的楼梯，从这里走，肯定不会遇上任何人。他在这里不会妨碍别人，别人在这里也不会妨碍他。他也不再和家人一起用餐了——一位年老的女仆每餐将饭菜送到他的房里。有时妻子或女儿想见他时，他窘迫地却坚决地从速把她们打发出去。久而久之，她们也就让他一人独处了。人们不再想起他，而他自己对任何事也不再过问。从他业已感到陌生的邻近房间里，透过墙壁他经常听到一阵阵的笑声和音乐声，听到外边汽车的行驶声，听到一直响到深夜的脚步声。但是这一切，现在对他来说，已经无所谓了，他甚至从不向窗外多望一眼，因为这些都与他毫不相关。只有家中的那条狗，有时还溜进来，卧在它那被人遗忘的老主人的床前。

老人那颗业已死去的心不再疼痛了，但是在体内有一只田鼠在继续不停地挖掘着，撕扯那颤动着的、血淋淋的肌肉。病痛的发作日趋频繁。被折磨的老人，最终不得不屈服于医生的强烈要求，进行一次详细而周密的检查。医生皱着眉头表示，需要立即进行一次手术。老人听后，并不吃惊，他只是忧郁地苦笑着说，上帝保佑，总算熬到头了！总算盼来了死亡，现在，愉快的死就要来到了。他连一个字也不让医生通知家属，自己规定手术日期，自己进行准备。他最后一次来到了公司（这里已没有人再等他了，所有的人看见他都像见到生人一样），他再一次坐在那张老式黑皮安乐椅中，三十年来，他整个一生中，在这把椅子上坐过成千上万个小时。他要来了支票本，填了一张。他把支票交给教区执事，上面的巨额数字，竟使得执事大吃一惊。这笔款子是用于慈善事业和自己丧事的。他拒绝所有的感谢，然后蹒跚地匆忙走了出去。由于匆忙，那顶破帽子也掉了下来，可是他懒得弯腰去拾起它来。于是，他就光着脑袋，满脸皱纹，面色蜡黄，慢吞吞地向公墓走去，去看望他双亲的坟墓（过路人都惊异地望着他）。在那里，有两个闲散人观察着老人，十分惊奇地看到，他对着上面长满青苔的墓碑久久不停地、大声地说着话，就好像和活人讲话一样。他是在向死去的父母报到或者在为他们祈福？人们听不清他说些什么，只看到他的嘴唇在无声地动着，在祈祷中，他把不断摇晃着的头低得不能再低，在公墓的出口处，乞丐们都认识他，拥上来乞讨，他匆忙地从衣袋里掏出所有的硬币和纸币，统统散给了他们。一个衣着褴褛的老妇人，一瘸一拐地走了过来，她来晚了，向他伸出了乞求的双手。他忙乱地浑身搜索，可是找不到一个钱。这时，他感到手指上还有个陌生的、沉甸甸的东西，这是他的结婚戒指。它不由得勾起了老人对往事的回忆。于是，他急忙从手上脱下戒指，把它送给了那个残疾女人。

于是，这位身无分文、囊空如洗的孤独老人，躺在了手术台上。

手术做完之后，老人又醒了过来，鉴于病人的情况十分危急，在此期间，医生把他的妻子和女儿叫了进来。老人吃力地抬起那蒙上了一层淡蓝色的眼皮，睁开双眼，望着这陌生而洁白的、从来没有见到过的房间发呆。"我这是在哪儿呀？"

女儿亲切而温柔地俯下身去，凑近老人那苍白的、毫无血色的脸。突然在他那濒于死亡的眸子里，有个熟悉的影子一闪。他的瞳仁显出了一缕微光。啊！是她，我的孩子，可爱的孩子，是她，艾琳娜，我那温柔美丽的孩子！他那痛苦的嘴唇慢慢地松弛了下来，露出一丝微笑，一丝勉强能看得出的微笑。早已习惯紧闭的嘴巴，开始小心翼翼地张了开来。女儿被这费力的、闪着一丝欢欣的微笑深深地感动，她弯下身去，亲吻父亲那毫无血色的面颊。

但是，就在这一瞬间，甜腻腻的香水味道使老人想起了，或者说，这半是麻痹的头脑想起了那业已忘却的时刻。——病人刚刚露出的一点幸福的表情，顷刻间黯然失色。他那毫无血色的双唇顿时愤怒地紧闭起来。被子里的一只手拼命地抖动着，要抬起来，像是要挥去什么令人厌恶的东西似的。全身由于激动而颤动起来。"滚开！滚开！……"声音滞重、含混，但还是从那苍白的双唇间清楚地吐出了这个字眼。弥留中的病人在抽搐中流露出的这种深恶痛绝的表情，使得医生只好把女人们推到一边。"他在说胡话，"他悄声地说，"你们现在让他一个人安静一下，这样更好些。"

妻子和女儿刚一退出房间，老人脸上的那扭曲难看的表情便松弛下来，又恢复到疲惫和昏睡状态。呼吸变得浊重——为了吸进维持生命的空气，他的胸部起伏得愈来愈快。现在胸部已变得疲劳不堪，它无法再吸进生命所必需的养分。当医生再去听老人的心脏时，它已经不会再给老人增添任何痛苦了。

程蜀生　译　高中甫　校

一个女人一生中的二十四小时

　　战争爆发[①]前十年，我有一回在里维耶拉[②]度假，住在一所小公寓里。一天，饭桌上发生了一场激烈的辩论，渐渐转变成愤怒的争吵，几乎闹到结怨动武的地步，这真是万没料到的。世上的人大多数幻想能力十分迟钝，不论什么事情，若不直接牵涉到自己，若不像尖刺般狠狠地扎进头脑里，他们绝不会昂奋激动的；可是，一旦有点什么，哪怕十分微不足道，只要是明摆在眼前，直截了当地触动感觉，便立刻会使他们大动感情，往往超出应有的限度。于是他们一反平日少管闲事的习惯，趁着机会大大发泄一通。

　　那一次，我们这群十足中产阶级的餐友所表现的，正是这种情形。平常，大家在饭桌上一团和气，偶尔来一场闲谈，彼此开开不痛不痒的小玩笑，多半总是吃罢饭马上分道扬镳：德国人夫妇俩外出游览访胜摄影，胖乎乎的丹麦人忙着去干他那无聊的钓鱼玩意，娴雅的英国太太回到她的书堆里，那对意大利夫妇急急赶往蒙特卡罗[③]，我呢，或者躺进花园中的藤椅里消磨时光，或者立刻开始工作。可是这一回起了一场很不痛快的争论，把我们这群人紧紧纠缠在一处，无法分开了。要是有谁一跃而起，那绝不是要像平时那样彬彬有礼地表示告退，而是由于脑袋发热、心中恼恨，这恼恨，我在上面说过，已经化为愤怒了。

　　将我们一桌人套上缰索羁缠得难解难分的那桩事，说起来委实离奇。我们七个人寄居的那所公寓，外面看着确像一座单独的别墅——啊，从窗口遥望海边峻岩嶙峋，景致多么美妙！——实际上它却是"皇宫大饭店"收费较廉的分部，中间的花园两边通连，我们这些住客与大饭店的住客们经常彼此来往，前一天，大饭店里出了一桩不容置疑的

---

①　指第一次世界大战。
②　欧洲南部法、意两国接壤处地中海海滨地区的总称。
③　世界有名的赌城，在地中海海滨摩纳哥境内。

风化案。原来，有一位年轻的法国人，搭乘午班火车，于十二点二十分来到这里（我不得不把准确的时间记下来，因为这对案情本身、对那场激烈争论中的症结问题，同样十分重要），他租下了一间靠海的房间，这说明他是相当阔绰的。可是，使他在人前产生好印象的不只是他的高雅风度，尤其还在于他的异常动人的俊美：一副长长的、少女型的脸，热情的嘴唇上生着柔丝般晶莹的短髭，洁白的前额上摇曳着棕黄色轻柔的波形鬈发，盈盈的双眼亲切媚人——处处都显得柔媚俏巧，风姿楚楚，而又丝毫不矫揉造作。远远地乍一望见他，便会使人联想到大时装店橱窗里昂然作态的玫瑰色蜡人，握着华贵的手杖，代表着理想男性美。然而，近看之下绝无半点浮薄气，因为（实在罕见）他的可爱之处确是天然生成，恰像是从肌肤里面长出来的。打从我们面前经过时，他对大家逐一点头挨个问好，神情谦恭而又诚挚，他随处涌现的潇洒风度，每一回都表露得毫不勉强，叫人瞧着着实愉快。见到某位太太走向存衣室，他就赶紧上前代她接过大衣；对于每个小孩，他都要报以和蔼的一瞥，或说一句逗趣的话，显得既长于交际又明白分寸——简单地说，看来他正是那种幸运儿，这种人既年轻又美貌，仗了这点魅力就足以取悦于人，他从屡试不爽的感觉里生出自信，而自信心又给他增添了新的魅力。在饭店里的许多年老或有病的客人之间，他的出现竟仿佛给大家施了恩惠似的，他的每一个胜利的青春步态，每一阵活泼清新的生命力的表现，都使很多人心旷神怡，他不容抗拒地在每个人的心上赚取了最大的同情。他来了不过两小时，便同十二岁的安纳特和十三岁的勃朗希打起网球来了，她俩是那位里昂来的有钱的胖工厂主的女儿，母亲亨丽哀太太是一位秀丽、纤弱、不爱接近人的女人，她微微含笑地站在一边，看着两个小鸟般的女儿如何不自觉地卖弄风情，竞相讨好这个年轻的陌生人。黄昏时，他在我们的棋桌旁待了一小时，一边看棋，一边悠闲地讲了两个有趣的小故事，然后又陪着亨丽哀太太在海边平台上来回踱了很久，她的丈夫像平时一样，正同一个生意上的朋友在玩骨牌。晚上，我又注意到他在办公室里，在朦胧的灯影下跟饭店的女秘书促膝谈心，亲密得令人生疑。第二天早上，他陪着我那位丹麦同伴出去钓鱼，显出他对这方面的知识丰富得令人惊羡；随后，他又跟那位里昂来的工厂老板谈了半天政治，他在这方面也同样证实自己很是在行，因为大家听出，胖子先生的朗朗大笑声竟超过了海涛的响声。午饭后——我这么详尽地依次按时记述他的行动，对于明了实际情况是完全必要的——他又一次独自陪着亨丽哀太太喝黑咖啡，在花园里坐了一小时。这之后，他再跟她的女儿们在一起打了一场网球，同那对德国夫妇在客厅里闲聊了一阵。六点钟左右，我出去寄信，在火车站那儿又遇见了他。他急忙走过来告诉我，说他必须向我告辞，因为有朋友突然来信要他去，不过，两天后他还要回来的。果然，黄昏时餐厅里不再见到他了，不过，这也只是就他的形体来说罢了，因为，所有的饭桌上异口同声都在谈论着他，都在啧啧称道他的快乐舒坦的生活态度。

半夜里，约莫十一点钟光景，我正坐在自己房间里，打算读完一本书，忽然听见花园里有急迫的嚷叫声从开着的窗子外面传来，又看到对面大饭店里人影忙乱。我惊慌不安，倒不一定是因为好奇，马上匆匆地跨过这五十步路程，赶到饭店那边，发现所有的客人和工作人员都慌慌张张乱成了一团。原来当丈夫按照惯例时陪着拉穆尔来的朋友玩骨牌的时候，亨丽哀太太独自前往海边平台去作每晚例行的散步，这时还不见回来，大家担心她遭了意外。那位胖丈夫，平日懒得动的，这时活像一头野牛，一再奔向海岸，朝着夜空高声喊叫："亨丽哀！亨丽哀！"由于慌乱，声音都变了，听来很是可怕，像是原始时代某种巨兽临死前的哀号，侍役们和小厮们也都慌慌张张的，一会儿跑上楼，一会儿跑下楼，全部客人都被惊醒，给警察局也打了电话。可是那位胖子丈夫，只穿一件敞开的背心，还在一刻不停地来回跟跄着、蹭蹬着，朝着夜空一边抽噎一边叫嚷，木然地喊着："亨丽哀！亨丽哀！"楼上两个女孩这时也被吵醒了，都穿着睡衣站在窗口，对着楼下叫母亲；那位父亲又急忙赶上楼去安慰她们。

接着出现了触目惊心的一幕，简直无法描述，因为人遇打击过重难以承受时，那瞬间所产生的非常强烈的紧张情绪，从外表看来极富悲剧意味，具有迅雷似的力量，不论图画或文字，都不能按照原样将它重绘出来。那个胖丈夫突然踏着在他足下呻吟不绝的梯级走下楼来，脸也变了，神色倦怠而凶狠，手里拿着一封信。"您叫大家回来吧！"他对工作人员的领班说，声音几乎听不见，"请您把所有的人都叫回来吧，用不着四处寻找了。我的太太已经撇下我走掉啦。"

这个受了致命打击的人，性格里存在着超过常人的坚忍，使他当着许多人还能竭力自持。所有的人由于好奇，都围拢来看他，此刻个个吃惊，面子上不好意思，脑子里满是疑团，又纷纷离开了他。他还有足够的自制力，能够悠悠晃晃、目不旁视地走过我们身边，踅进阅览室，随手关掉电灯。随后我们听见他的笨重庞大的躯体倒进靠椅时发出的声响，紧跟着便听到一阵野兽狂嗥似的哭声，只有从来不曾哭泣过的人才会这样哭。对于我们每一个人，即使是最鄙陋的人，这种发于自然的哀伤都有着某种带麻醉性的力量。那些侍役，那些怀着好奇心悄悄走来的客人，谁都不敢吐出一声轻笑，也不敢说出一句惋惜的话。大家默默无言，对着这场粉碎一切的情感迸泻，我们似乎感到羞愧，只得一个跟着一个，分别溜回自己屋里，留下这个被击倒的人，在那间黑黝黝的屋子里独自啜泣。最后，整座楼里的灯光相继熄灭，这时才渐渐地透出喊喊喳喳的议论声。

不用说，这么一桩奇事，闪电一般自天而降，近在眼前触动感觉，自然会使平日里惯于闲散优游的那班人受到强烈的刺激。不过，我们饭桌上猛然爆发、闹得几乎动武的热烈争论，虽然起因于这桩惊人奇案，实质上却可以说是一场关系着原则问题的辩论，是一场牵涉着不相容的人生观的愤怒冲突。那位万念俱灰的丈夫，由于恼恨，一时神志昏乱地将手里的信揉成一团扔在地上，给一个女仆看到了，她这人不知谨慎泄露了内情，马上弄得无人不晓。原来亨丽哀太太不是单独一人出走，而是跟了年轻的法国人去的（这一来，许多人原先对那位法国人的赞赏顿时化为乌有了）。乍一看来不难明白，总是这位小小的包法利夫人存心要抛掉肥胖世俗的丈夫，另换一位风流年少的美男子。可是，那位工厂主、他的两个女儿，还有亨丽哀太太本人，过去都不曾跟这位花花公子会面，但凭黄昏时平台上一次两小时的交谈，再加上一小时在花园里同喝咖啡，就足以教一个三十三岁上下、声誉清白的女人动了热情，一夜之间变了心，撇下自己的丈夫和两个孩子，跟随一个素不相识的好色之徒远走天涯吗？这种特殊情形不免使每个人都大惑不解。终于，我们全桌的人一致断定，这些表面上的公开事实不足为凭，那只是这对情人为掩人耳目而故弄玄虚：亨丽哀太太跟那个年轻人准是暗中早有来往，迷魂精这次来到仅仅为了商定逃走的最后细节而已，因为——大家推断说——一位极有身份的太太，跟别人认识了不过两小时，听到一声呼哨立刻相随私奔，这是绝不可能的事。大家说到这里，我忽然觉得，试提一个相反的看法倒也十分有趣，便竭力为另一种可能性，甚至为它的可靠性作辩护。我说，有一种女人，多年来对婚后生活深感失望，内心里因而已有准备，逢到任何有力的进攻就会立刻委身相从。我一提出这个出人意料的反面意见，便马上掀起了普遍的争论，在座的两对夫妇尤其激动，这两位德国人和两位意大利人同声拒斥，竟表示出令人难堪的侮蔑态度，他们说，若认为世间真有 coup de foudre① 未免太愚蠢，那原只是低级小说里面的无聊幻想。

　　这场桌上纠纷从上汤时开始，直闹到吃完布丁为止，其间种种狂风急雨，没有必要在这儿详细追述。只有常年在公寓里吃饭的人才会这样争论，平常的时候，他们在一次偶然爆发的纷争里，一时昂奋，所持的议论多半内容空泛，都只是急忙中胡乱捡来的陈词滥调而已。我们这次的争论何以竟会急转直下有了恶声相向的形势，这也是难以解释清楚的；我相信，开始动意气是由于那两位做丈夫的不自禁地急于要将自己的太太划在一边，不让她们也被算在这种浅薄危险的可能性里面。可惜的是，这两人找不出有力的论据来反驳我，只是宣称，唯有单凭一件很偶然的、极下流的、独身男子骗取爱情的例子来判断妇女心理的人，才会说出那样的话。这种论调已经使我多少有些着恼，那位德国太太竟还接着开火，教训口气十足地加重斥责说，世上固然有着正派女人，另一方面也还有些"天生的贱骨头"，照她看来亨丽哀太太准是这类人。这一来我可完全忍耐不住了，便立刻采取了攻势。我指出，一个女人一生里确有许多时刻，会屈服于某种神秘莫测的力量，不但违反本来的心意，又不自知其所以然，这种情形实际上明明存在着；硬不承认这种事实，不过是惧怕自己的本能和我们天性中的邪魔成分，想要掩盖内心的恐惧罢了。而且，许多人觉着这么做很可自慰，要这样才感到自己比"易受诱惑的人"更坚强、更道德、更纯洁。按我个

----

① 法语：电击（意即"一见钟情"）。

人的看法，一个女人与其像一般常见的那样，偎在丈夫怀里闭着眼睛撒谎，不如光明磊落地顺从自己的本能，那倒诚实得多。我所说的大致都是这一类的话，这时谈话渐带火性，而别人越是诋毁可怜的亨丽哀太太，我为她辩护得越热切（其实已远远超出了我内心的真正感情）。对于那两对夫妇，我这么慷慨激昂无异于——像大学生们常说的——吹起了战斗号角，他们四个人仿佛一组不很和谐的四重奏，咬牙切齿地向我大肆反击。那位丹麦老头一直满脸含笑坐在一边，像个握着马表的足球赛裁判员似的，每当形势不妙，他就要抓起骰子在桌面上敲几下表示警告："Gentlemen，please！"①结果也总只能安静一会儿。一位先生面红耳赤，已经从桌上跳起来三回了，他的太太费了好大的劲才按住了他——简单说，再过十来分钟，我们的争论就会以大打出手收场，幸亏 C 太太说话了，像是加了一滴润滑油，这场口舌之争才逐渐平静了。

C 太太是一位白发苍苍的、娴静高雅的英国籍老妇人，我们大家一向默认她为全桌的主席。她端庄地坐在那里，对人人都同样和蔼可亲，她很少说话，不过对别人的讲话总显出兴味盎然的样子，单是她的神情体态就给人一个赏心悦目的印象：她那雍容高贵的仪表流露出一种心敛意宁的奇妙风采。她对所有的人都保持着一定的距离，同时又很巧妙地让人觉得跟她特别亲近；大部分时间她坐在花园里看书，常常弹奏钢琴，很少见她跟别人同在一处，或者热切地参加我们的谈话。我们都不怎么留意她，然而她自有一种奇特的力量笼罩着所有的人。譬如此刻，她刚刚加入论辩，大家马上就获得一个痛苦的感觉，一致感到争吵得过分了。

当时正是德国先生猛然跳起身来，接着又被按在桌边重坐下去的当儿，C 太太就趁着这令人难受的间歇加入了谈话。她出乎我意料地抬起一双晶亮的灰眼睛，迟疑地对我望了一会儿，然后才以冷静客观的口吻开始发言，想要一下抓住主要问题。

"这么说，如果我了解正确的话，您真的相信亨丽哀太太，相信一个女人，会完全无辜地被卷进一场突如其来的冒险，相信确实有些

---

① 英语：先生们，算了吧！

行为会使一个女人做出一小时以前还认为自己绝不可能做出、也无法负责的事情来吗？"

"我绝对这样相信，尊贵的太太。"

"这么一来，任何道德评判都是毫无意义的了，任何伤风败俗的事都是有理有据的了。如果您真的认为，法国人所说的 crime passionnel① 算不得什么 crime②，国家的司法机关还有什么用处呢？一切就该凭着并不多见的好意来判断了——您的好意却是多得惊人。"她轻轻一笑补充一句说，"这样，才能在每一桩犯罪行为里找出热情，根据热情就可以宽恕一切了。"

她说话时那种清晰而又几乎很愉快的声调，我听来感到分外舒适，于是我也不自禁地模仿着她的冷静口吻，同样半是说笑半是严肃地回答说："判断这类事情，司法机关当然比我严厉得多，毫不徇情地维护一般的风俗习惯，那是它们的职责，它们必须做的是判决，而不是宽恕。可是我，作为一个平民，看不出为什么非要自动担任检察官的职务不可，我宁愿当一个辩护人。我个人最感兴趣的是了解别人，而不是审判别人。"

C 太太睁大晶亮的灰眼睛，直瞪瞪地对我逼视了好一会儿，显得很迟疑。我担心她没有听明白我的话，打算用英语再重说一遍。突然，她又接着发问了，态度非常严肃，简直像个考官。

"一位太太撇下自己的丈夫和两个孩子，随随便便跟人走了，根本不知道那人是否值得她爱，这样的事您不觉得可鄙或可厌吗？一个女人，已经不算很年轻了，为孩子们着想也该自己尊重，却做出如此不知检点的事，难道您真的能够原谅她？"

"我再说一遍，尊贵的太太，"我坚持道，"遇着这类事我既不愿审问，也不愿判决。在您面前，我可以平心静气地承认，我先前的话有点过甚其词——这位可怜的亨丽哀太太自然算不上女中豪杰，既不是天生的浪漫人物，更不是什么 grande amoureuse③。她在我的眼里，据我所见到的，只不过是一个平庸而又软弱的女人，我对她多少怀着

---

① 法语：热情造成的罪行。
② 法语：罪行。
③ 法语：伟大的情人。

敬意，那是因为她勇敢地随顺了自己的意愿，可是我对她怀着更多的怜悯，因为她明天，如果不是在今天，一定会深深陷入不幸。她的举动也许很愚蠢，很轻率，却绝不能称为卑劣下流，我始终极力争辩的是：谁也没有权利鄙薄这个可怜的、不幸的女人。"

"您自己呢？到现在还对她怀着同样的敬意吗？前天是一位跟您同在一处的、可敬的女人，昨天是一位跟随素昧平生的男人私奔的女人，对这两种女人，您完全不加区别吗？"

"完全不。一点区别也没有，半点也没有。"

"Is that so？"① 她不自禁地说起英语来了，这些话显然使她想起什么了。她沉吟了片刻，然后抬起清亮的眼睛，带着追问的神情又一次望着我。

"要是明天，假定说在尼查，您又遇到亨丽哀太太正跟那个年轻人挽着手，您还会上前向她问好吗？"

"当然。"

"还会跟她攀谈吗？"

"当然。"

"您会不会——如果您……如果您结了婚——将一个这样的女人介绍给您的太太，而且在介绍的时候，对她过去的行为只当并无其事？"

"当然。"

"Would you really？"② 她又说起英语来了，满是疑惑诧异的样子。

"Surely I would．"③ 我不由得也用英语回答。

C 太太不说话了。她似乎越来越沉于深思中。突然，她好像发觉自己太无顾忌而有些失惊了，一边望着我，一边说："I don't know if I would. Perhaps I might do it also．"④ 随后，她以一种形容不出的稳重姿态站起身亲切地向我伸出手来，只有英国人才懂得用这种方式表示谈话结束，毫不显得唐突失礼。完全由于她的影响，饭厅里才终于恢复和平，人人心里都很感激她，正是因为她，我们这些刚才还是势不

---

① 英语：真的吗？
② 英语：您真会这样做吗？
③ 英语：我一定这样做。
④ 英语：我不知道自己会不会那样。说不定我也要那样做的。

两立的人，此刻都微带歉意、恭恭敬敬地互相致礼了，说过一两句轻松的趣话后，紧张到了危险程度的空气就缓和下来了。

我们的纷争虽说最后收场倒也高尚大方，一度被激发的那点恼恨却留下了痕迹，使得我的对手们对我略有疏远之意。德国夫妇从此不多开口，意大利夫妇接连几天老是含讥带讽，问我有没有打听到 cara signora Henrietta[①] 的下落。在形式上我们大家一味守礼，一桌人从前以诚相见，不拘形迹，如今似乎已被破坏难以挽回了。

那次争论过后，C 太太竟对我表示出特殊的亲切，对照起来，更让我体味到那几位死对头的讥刺和冷淡。C 太太一向非常矜持，在吃饭时间以外更不爱找人聊天，现在却常常趁着机会在花园里跟我谈话，并且——我几乎可以这么说，她确是对我格外垂青，正因为她平日分外矜持，一次单独交谈就足以使人觉得是特殊的荣耀了。真的，讲得直率些我还必须说，她简直是故意找上我，借了各种因由走来跟我说话，每次做得用意显明，幸亏她是一位白发萧萧的老太太，不然真会让我想入非非了。可是，谈着谈着，我们的话题不可避免地总要回头，老是落到一个论点上，落到亨丽哀太太的问题上；她像是感到一种非常玄妙的兴味似的，谈起这事就对那个忘掉自身责任的女人大加非议，极力谴责别人心志不坚。然而就在同时，看见我始终如一，对那位纤弱秀丽的女人不改同情之心，任什么也难使我放弃原意，她又似乎深觉快慰。她一再将我们的谈话拉往这个方向，到后来弄得我莫名其妙，对于这种古怪的、几乎像是忧郁症造成的执拗不知道该怎样想才好。

像这样过了好几天——大约五六天，这种方式的谈话在她说来为什么至关重要，她却不曾有一言半语泄露出来。不过，其中一定别有缘故，在一次散步的时候我十分清楚地意识到了这一点。当时我偶然提起，我的假期已满，准备再过一天就要离开了。立刻，她的素来静如止水的脸上突然露出异样的紧张表情，恰像一片云翳天外飞来，罩住了她那双灰碧似海的眼睛："多么可惜！我还有许多话要跟您谈呢。"一瞬间，她现出一种迷离恍惚的神情，显而易见，她说这话时那桩时刻忘怀不了的事又在脑子里浮起来了。最后，她自己蓦地惊醒过来，

[①] 意大利语：尊贵的亨丽哀太太。

沉默了半晌，这才出其不意地向我伸出手来说：

"看来，我想要对您说的话是难于口述明白的。我宁愿写信告诉您。"一说完她就急急转身走回公寓，步伐匆忙，完全不是我平日所见的那样。

果然，当天傍晚快要开饭的时候，我在自己房间里发现了一封信，正是她的有力而爽朗的笔迹。遗憾得很，我年轻时对待文件书信相当随便，因此没法在这儿引录原文，只记得信上曾经问我，能不能听她叙述一件她自己的人生经历。她在信里说，那段小插曲如今已成陈迹，跟她现在的生活是没有什么牵连的了，而且我是再过一天即将远去的人，她把二十多年来埋藏心底的苦恼事对我倾诉一回，做起来也还不算太难。因此，如果我对这样一次谈话并不感到冒昧的话，她很想求我给她一小时的时间。

以上只是那封信里的主要内容，原信在当时异乎寻常地感动了我，信是用英文写的，单是这一点就赋予了它极度明晰而果断的力量。可是在我这一面，回信万难措辞，我起了三次稿都终于撕毁，最后才这样回答：

"您对我这么信任，我实在引以为荣。如果您认为必要，我可以保证严守秘密。凡不是您愿意吐露的事，我自然不敢强求。唯愿您叙述时，能够对己对人处处牢守真实。您对我的信托，我全当是特殊的恩宠，您可以相信我这话绝非客套。"

晚上，我将这封短信送到她的房间里，第二天早晨我又发现了一封回信：

"您完全正确：一半真实毫无价值，有意义的永远只在全部真实。我将竭尽全力，做到无所隐讳，以免违背我的本意，辜负您的期望。请您饭后来我屋里——我已是六十七岁的老人，用不着避谦防嫌了。因为在花园里或人多的处所，我难以从容谈讲。您总能相信，在我说来下此决心不是一件容易的事。"

那天中午，我们在饭桌上还见过面，神色自若地谈了几句无关紧要的话。可是，吃罢饭来到花园里，她遇到我却慌忙闪避了，这位白发苍苍的老太太竟会羞羞怯怯如同少女，一转身溜进了松荫夹道中，我看着不禁深为痛苦，同时觉得大受感动。

到了晚上约定的时间，我在她的门前敲了两下，房门立刻应声开启：里面灯光很弱，平时原很阴暗的房间里此刻只点着一盏台灯，在桌上投射下一圈黄影。C太太一点也不局促畏缩。她走过来迎接我，让我在一只圈椅上坐下，然后，自己也面对着我坐下了，这些动作，我注意到，每一项都是她预先暗自排定的。然而，这之后还是出现了一个相对无语的场面，一次显然非她所愿的静默——迟迟难下决心的静默，竟至越拖越久，而我也不敢轻发一言打破这个僵局，因为我看出，一个坚强的意愿正在努力挣扎，要战胜一种顽强的抗拒心情。楼下客厅里不时地隐约传来华尔兹舞曲的断断续续的乐声。我屏息敛气，仿佛想要减轻一点这场静默的沉重压力。C太太也似乎感到这种不自然的紧张局面很难受，她突然振作精神，像是要纵身跳跃似的，马上开始说话了：

"最难说出的只是第一句话。两天以来我早有准备，要讲得完全明白而又真实，但愿我能做到。您现在也许还不能理解，为什么我要向您，向一位不很熟识的人，讲述这一切。可是，从来没有一天，甚至没有一小时，我不曾想到过这桩往事。我这个老女人的话您不妨认真相信：一个人对于自己生命中唯一的一点，对于其中唯一的一天，竟全神贯注凝望了整整一生，这实在是不堪忍受。因为，我打算讲给您听的事，全部经过只占去我这六十七年生命里一段二十四小时的时间，而我曾经反复宽解自己，几乎到了神经错乱的地步。我对自己说：'一生里只有一瞬间糊涂过一次，那又算得了什么。'然而，一般人用一个很不确定的名词称之为良心的东西，是无法逃避得了的。上回听到您十分冷静地评论亨丽哀太太的事件，我曾经暗自思忖：如果我能够下一次决心，找到一个什么人，将我一生里那一天的经历对他痛快地叙说出来，这样也许能结束我这种毫无意思的空自追忆和纠缠不已的自怨自艾。我信奉的要不是英国国教，而是天主教，我就早已得到忏悔的机会，说出一切，以求解脱独自隐忍的苦楚——这种安慰在我们是无分的了，因此我今天试用这个离奇的方法，借着向您叙述来自求解脱。我知道，我这一切非常荒诞，可是，您既已毫不犹豫地接受了我的请求，我就要向您表示感谢。

"正是，我已经说过，我打算向您叙述的仅仅是我一生中唯一的一天——其余的一切在我想来全无意义，别人听来也很乏味。我四十二岁以前的人生经历可以说步步不离常轨。我的父母是苏格兰有钱的乡绅，开着几座工厂，还有许多田产。我们过着乡间贵族式的生活，一年里大部分时间住在自己的田庄上，夏季上伦敦去歇暑。我十八岁时在一次宴会上认识了我的丈夫，他是名门世族 R 家的第二个儿子，在驻印度的英国军队里服务过十年。我们很快就结了婚，婚后在朋友圈里过着欢乐无忧的生活，一年中三个月留在伦敦，三个月消磨在自家的田庄上，剩下的时间到意大利、西班牙和法国去旅行。我们的婚姻非常美满，从不曾蒙上过半点阴影，我们所生的两个儿子如今早已成人。在我四十岁上，我的丈夫突然去世了。他从前在热带地方的长年生活使他得了肝脏病，这次旧病复发为时不过两星期，挨过这段可怕的时间我就永远丧失了他。我的大儿子当时正在军队里服役，小儿子在大学里念书，这一来我突然陷入了空虚寂寞中，像我这样惯受温存体贴的人，一旦孤单生活实在痛苦不堪。那所凄凉的宅院处处令我触景伤情，念念难忘失去了亲爱的丈夫的悲痛，我只觉得在这所房子里再多待一天也不可能了，于是我决定，在我的儿子们成家以前，尽量将那几年时光用来旅行以遣愁怀。

"对于自己从此以后的生活，我基本上将它看作是完全没有意义、没有用处的。二十三年来与我形伴影随、心同意合的人已经亡故，孩子们并不需要我，我也担心自己抑郁寡欢会破坏他们的青春之乐——为自身计我倒是无所希求、无可贪恋的。最初，我移住巴黎，烦闷时出去逛逛商店和博物馆；可是，那座城市和周围景物入眼生疏少趣，那地方的人我也不愿接近，我不高兴受到他们因见我服丧而表示礼貌的怜惜眼色。这几个月我昏沉恍惚东飘西荡，那种日子究竟是怎样度过的，我自己也很茫然，我仅仅记得，当时我始终怀着一死了结此生的愿望，只是缺乏勇气，自己不能促成这一苦痛的心愿。

"在我孀居的第二年，也就是我四十二岁那一年，还是因为别无安顿，只好照旧四处漂泊，混过这一段已经失去价值、令人郁闷欲绝却又不能速死的时期，于是，我在三月末来到了蒙特卡罗。实在说，我到蒙特卡罗来是由于孤寂无聊，由于那种令人难受的、像是一阵胀塞胸臆的、恶心似的内在空虚，这种内心空虚至少得要找点外来的琐事刺激填补一下。我自己越是心冷意沉，却越是感到有一股强大的力量，将我推往一处人生巨轮旋转得最为迅速的地方；对于缺乏人生体验的人，欣赏别人情感激荡，这倒不失为一种神经感受，戏剧和音乐就有这类作用。

"正是这个缘故，我也就常常观光赌馆①。在那儿可以冷眼旁观，看那些人时而喜不自禁，时而惊愕失色，无数张脸瞬息万变幻化无穷，这种惊涛险浪也同时在我身内震撼起伏，使我因而目眩神迷。另外，我的丈夫从前也爱光顾赌馆，偶尔入局从不逞性，对于他往日的这个习惯，我仍怀有某种无意的虔敬之心，继续受着它的引导。正是在这个地方，开始了我一生中的那二十四小时，回肠荡气远胜一切赌戏，从此我的命运常年永受困扰。

"那天中午，我跟冯·M公爵夫人，我家的一位亲戚，在一道用午餐，直到后来吃罢晚饭，我还觉着没有累到能够安睡的程度。因此我就去赌馆，自己并不下注，只绕着许多赌台来回闲荡，用一种特殊的方法暗自观赏一堆堆围聚一处的赌客。我说的'特殊的方法'，那正是我去世的丈夫教给我的，因为我曾经向他抱怨，认为久看令人厌倦。从前我曾感到兴味索然，不愿意老盯着一些同样的面孔，一些坐在弹簧椅里隔几小时才敢下一回注的干瘪老太婆，一些刁滑的赌痞，一些玩着纸牌的妓女——所有这班人都是极可怀疑、良莠不齐的，他们，您知道，在拙劣的小说里总是被描绘得有声有色，仿佛全是fleurd élé gance②和欧洲贵族，实际看来，绚烂生动、罗曼蒂克的情调却大为降低。不过，跟今天比较起来，二十年前的赌馆吸引人的地方可多得太多了，从前滚来滚去的还都是动人遐想的、耀眼的金子。无数簌簌作响的新钞票、无数金晃晃的拿破仑③、无数厚实的五法郎银币，而今天在新建的现代式豪华赌宫里，只见一帮平民气息的过路游客，拿着一把毫无特色的筹码，无精打采地随手扔光便算完事。我当初在那批千篇一律、索然无趣的面孔上所发现的兴味实在太少，因此我的丈夫——他本人对手相术，即揣摩手部意义，有着强烈的爱好——教

① 原文为 Kasino，是蒙特卡罗一处规模相当大的游乐馆，里面主要的设备是许多赌厅。

② 法语：高雅的花朵（意即上流人士）。

③ 19世纪法国钱币之一种。

给我一个非常别致的欣赏方法，比懒懒散散四面呆站确实有趣得多，确实更为令人激动紧张。这方法就是：不看任何一个人的面部，专注视桌子的四周，在桌子四周又只盯着许多人的手，只留神那些手的特殊动作。我不知道您是否也偶尔有过一回，眼里只注意到绿呢台面，只凝望着那一片绿色的方围之地。在它的正中央滚动着一个圆球，活像醉汉似的跌跌撞撞，一个码子一个码子地往前跳，许多钞票，许多圆溜溜的银币金币，接连不断地落到方围内，好似播种一般，马上，管台子的挥动手里的耙竿，割麦似的揽尽全部收获，或者把它们推到赢家面前。像这样放眼静察就能看到，唯一摆晃不宁的只有那些手——绿呢台面四周许许多多的手，都在闪闪发亮，都在跃跃欲伸，都在伺机思动。所有这些手各在一只袖筒口窥探着，都像是一跃即出的猛兽，形状不一，颜色各异，有的光溜溜，有的拴着指环和铃铃作响的手镯，有的多毛如野兽，有的湿腻盘曲如鳗鱼，却都同样紧张战栗，极度急迫不耐。见到这般情景，我总是不觉联想到赛马场，在赛马场的起赛线上，得要使劲勒住昂奋待发的马匹，不让它们抢先蹿步，那些马也正是这样全身战栗、扬头竖颈、前足高举。根据这些手，只消观察它们等待、攫取和踌躇的样式，就可教人识透一切：贪婪者的手抓搔不已，挥霍者的手肌肉松弛，老谋深算的人两手安静，思前虑后的人关节弹跳；百般性格都在抓钱的手势里表露无遗，这一位把钞票揉成一团，那一位神经过敏竟要把它们搓成碎纸，也有人筋疲力尽，双手摊放，一局赌中动静全无。我知道有一句老话：赌博见人品，可是我要说：赌博者的手更能流露心性。因为，所有的赌徒，或者说，差不多所有的赌徒，很快就能学到一种本领，会驾驭自己的面部表情——他们都会在衬衣硬领以上挂起一副冷漠的假面，装出一派 impassibilité [1] 的神色——他们能抑制住嘴角的纹缕，咬紧牙关压下心头的慌乱，镇定眼神不露显著的急迫，他们能把自己脸上暴突的筋肉拉平下来，扮成满不在乎的模样，真不愧技术高妙。然而，恰恰因为他们痉挛不已地全力控制面部，不使暴露心意，却正好忘了两只手，更忘了会有人只是观察他们的手，他们强带欢笑的嘴唇和故作镇静的目光所想掩盖的本性，早被别人从

①　法语：无动于衷。

手势里全部猜透了。而且，在泄露隐秘上，手的表现最无顾忌，因为，无可避免地，必然会有一个瞬间，所有这些竭力约制、似有睡意的手指会因一时疏忽一齐脱出束缚，那就是在转轮里的圆球落进码盘，管台子的报出彩门、令人惊心夺魄的那一秒钟，就在这一秒钟，一百只手或五百只手不由自主纷纷有所动作，因人而异、各具个性，种种潜在的本能全都表露无遗。谁要是像我这样习以为常（我是由于我丈夫有此癖好而获得传授的），爱观看这个手的舞台，他一定会感到，永远各种各样、意外突发的手势暴露出永远各不相同的性情的这种表演，比戏剧音乐更能荡人心弦：这种手的表情究竟怎样各不相同，我简直没法给您描述。每一只手都仿佛是野性难驯的凶兽，只是生着形形色色的指头，有的弯曲多毛，攫钱时无异蜘蛛，有的神经战栗指甲灰白，不敢放胆抓取，高尚的、卑鄙的、残暴的、猥琐的、诡诈奸巧的、如怨如诉的，无不应有尽有——给人的印象却是各个不同，因为，每一双手都反映出一种独特的人生，只有四五双管台子的人的手算是例外。管台子的人的手全像一些机器，动作精确，做买卖似的按部就班执行着职务，对一切概不过问，跟那些生动活跳的手对照起来，恰像计算机上嘎嘎响的钢齿。可是，这几双冷静的手，正因为跟那些昂扬兴奋的同类成了对照，却又大可鉴赏：他们（我可以这么说）好似群众暴动时街上的警察，武装整齐地稳站在汹涌愤激的人潮当中。除了这些，我个人还能享受一种乐趣：接连看了几天，我竟跟某些手成了知己，它们的种种习惯和脾性我都一见如故；几天以后我就能够从许多手里识别一些老朋友，我把它们当作人一样分成两类，一类投我心意，一类讨厌如仇。不少的手贪婪无比，在我看来非常可憎，我总是避开眼睛不加注意，只当遇着邪事。如果台子上忽然出现一只新手，那可就增添了我的感受和好奇：我往往忘了抬眼看看那人的面貌，总觉得不过是一副冰冷世故的假面，呆呆地插在一件扣到脖子的礼服或珠光宝气的胸部上面而已。

"那天晚上我走进赌馆，有两只台子已经围满了人，我绕着走向第三只台子，摸出几个金币准备下注，忽然迎面传来一阵非常奇怪的声响，我吃了一惊。那时正当人人定睛个个紧张，心神似乎都被静默震慑住了的瞬间，每逢圆球奔跑得疲惫无力只在最后两个码盘上颠踬时，就会出现这样的瞬间，此刻我竟听到一阵咔咔嚓嚓的响声，像是骨节折裂。我不由自主地向对面望了一眼，立刻见到——真的，我吓呆了！——两只我从没见过的手，一只右手，一只左手，像两匹暴戾的猛兽互相扭缠，在疯狂地对搏中你揪我压，使得指节间发出轧碎核桃一般的脆声。那两只手美丽得少见，秀美而修长，却又丰润白皙，指甲放着青光，甲尖柔圆而带珠泽。那天晚上我一直盯着这双手——这双超群出众得简直可以说是世间唯一的手，的确令我痴痴发怔了——尤其使我惊骇不已的是手上所表现的激情，是那种狂热的感情，这双手那样抽搐痉挛、互相扭结。我一见就意识到，这儿有一个情感充沛的人，正把自己的全部激情一齐驱上手指，免得留存体内胀裂了心胸。突然，在圆球发着轻微的脆响落进码盘、管台子的唱出彩门的那一秒钟，这双手顿时解开了，像两只猛兽被一颗枪弹同时击中似的。两只手一齐瘫倒，不仅显得筋弛力懈，而且可以说是已经死了，它们瘫在那儿像是雕塑一般，表现出的是沉睡、是绝望、是受了电击、是永逝，我实在无法形容。因为，在这以前，我从来没有见到这么含义无穷的双手，自此以后也见不到了，这双手每根筋肉都在倾诉，所有的毛孔几乎全都渗出激情，动人心魄。这两只手像被浪潮掀上海滩的水母似的，在绿呢台面上死寂地平躺了一会儿。然后，其中的一只，右边那一只，从指尖开始又慢慢地、疲乏无力地抬起来了，它颤抖着，闪缩了一下，转动了一下，颤颤悠悠，摸索回旋，最后神经质地抓起一个筹码，用拇指和食指捏着，迟疑不决地捻着，像是玩弄一个小轮子。忽然，这只手猛一下拱起背部，活像一头野豹，接着飞快地一弹，仿佛啐了一口唾沫，把那个一百法郎的筹码掷到下注的黑圈里面。那只静卧不动的左手这时如闻警声，马上也惊慌不宁了；它直竖起来，慢慢滑动，真像是在偷偷爬行，挨拢那只瑟瑟发抖、仿佛已被刚才的一掷耗尽了精力的右手，于是，两只手惶惶悚悚地靠在一处，手腕在台面上无声地连连碰击，恰像上下牙打寒战一样——我没有，从来还没有，见到过一双能这样传达表情的手，能用这么一种痉挛的方式表露激动与紧张的手。望着这双颤抖的手，看着它惶悚的神情，我突然觉得整座大厅里其他的一切全都僵凝了，尽管四周纷纷扰扰，管台子的喊声像小贩叫卖，人来人往川流不息，转轮里的圆球循回滚动，终于高起低落，跳进它那平坦的圆形牢笼——所有这些嘤嘤嗡嗡、刺激神经的纷乱景象对我全不存在，我紧紧盯着平生难遇的这双手，竟被它迷住了。

"可是最后，我再也按捺不住了，我一定要看看这个人，看看与这双具有无限魔力的手相关联的那张脸，于是，我提心吊胆地——的确，真是提心吊胆地，因为，那双手早已教我心惊胆战了——慢慢地移动目光，顺着衣袖向上探溯，掠过两只瘦窄的肩膀。这一次又令我全身猛震了，这张脸竟跟那双手一样，倾吐着同一种慌乱的语言，脱出羁束、驰骋幻境中的语言；一副固执倔拗的神情，跟它那几乎像是女人般的俊美同样使人惊奇。我从来还没有见到过这样一张脸，一张如此出神入化的脸，它使我有了充分的机会，将它当作一副面具，当作一尊缺少眼珠的雕像来仔细观赏。那一对着了魔的眸子从无瞬息转动，绝不顾盼左右：漆黑的瞳仁凝定着，像两粒没有生命的玻璃珠，嵌在大睁着的眼睑下，仿佛两面镜子，反映着那个桃花心木的、在转轮里起劲滚动落进码盘的圆球。我要再说一遍：我从来没见过一张如此急切紧张、如此惊心动魄的脸。那是一个二十四岁左右的年轻人的脸，狭窄俊秀，稍嫌纤长，然而极富表情。它正像那双手，完全不是男子气派，倒更像是在游戏中兴奋淋漓的孩子的脸——不过，这些都是我后来才注意到的，在当时，这张脸完全隐蔽在一副激情和狂乱的神色后面了。窄窄的嘴焦渴地微张着，露出一半牙齿，让人十步以外就能看到它在打寒战，两唇始终呆呆地张开着。额头上粘着一绺湿漉漉的淡黄头发，往前边奔拉着，像跌过一跤那样，两只鼻翼不住地一张一翕，仿佛皮肤底下有一阵无形的激浪在汹涌翻腾。他一直探着头，不自觉地越来越朝前倾，使人感到他似乎想全身投进轮盘追着圆球旋转。这时我才懂得为什么那双手那么痉挛抽搐：只有仗着这种抗力，仗着这样的撑拒，他才能使已经失去重心的身躯保持平衡。

"我从来还没有——我定要反复这么说——看见过一张脸，会这么公开地、这么兽性毕现地、这么恬不知耻地表露激情，我紧盯着它，紧盯着这张脸……对于他的如痴如醉的神情，我心荡意迷、目难旁移，正像他的两眼对于滚转跳弹的圆球那样。从这一秒钟起，大厅里旁的一切全不在我眼里，跟这张脸上熊熊的烈焰一比，一切都显得朦胧黯淡、模糊不清了。大约整整一个钟头，我隔着人丛只注视着这一个人，不放过他的每一姿态；当管台子的终于有一次满足他急于攫取的欲念，将二十个金币推到他的面前时，他的那双眼睛倾泻出多么辉煌的光辉啊，两只手像是受到炮弹震撼，痉挛虬结的筋肉顿时松懈，抖抖索索的手指一齐张开了。在这一秒钟里，他的脸忽然容光焕发，变得非常年轻，平滑润泽不见皱纹，眼睛开始有了神采，俯斜的身子精神抖擞、轻快自如地挺直起来——他居然也坐下一回了，安安稳稳像是骑在马上，眉飞色舞满露得胜之感。他将那些圆圆的金币揽过来，昂然得意地用指头弹着它们，使它们彼此碰击，弄得叮当乱响。然后，他又静静地转动着脑袋，对绿呢台面扫视了一周，恰像一头小猎狗伸出鼻子嗅着要找出准确的路线。蓦地他抓起一把金币向前一扔，全投到一个角落上。马上，又开始了那种急切期盼，又开始了那种紧张不安。嘴角上又起了那种触电似的抽搐，两只手重新痉挛不已，孩子气的神情完全消失，罩上了贪婪的期待神色，直到最后，这种抽抽搐搐的焦灼紧张之态猛然崩溃，爆炸似的化成失望，刚才兴奋得像孩子一般的脸孔突然憔悴不堪，变得灰白苍老了，眼神呆滞失了光辉——这一切全在一秒钟之内出现，就在转轮里的圆球落进他不曾猜中的号码里去的那一秒钟。他输了：他瞪眼望着前面过了几秒钟，目光近似痴呆，仿佛不明了发生了什么事；可是，管台子的刚一高声喊叫，他立刻伸手一攫，又抓起了几个金币。然而，信心已经消失，他先将那几块钱押在一门上，随后又改变主意，挪到了另一门上，圆球已经开始滚动，他猛地一俯身，举起战栗的手来一扬，飞快地又丢出两张捏成一团的钞票，押在同一门上。

"像这样一会儿输一会儿赢，忽胜忽败从不歇手，过了大约一小时。这一小时里，我一直盯着那张变化莫测的脸和那双魔力无边的手，没有放过片刻，直看得目眩。那张脸上布满激情，潮汐一般一时陡涨一时猛退。那双手根根筋肉如喷泉，一时突起一时降落，雕塑式地表现出情绪回荡的节奏。即使在剧院里，我也不曾这么心弦紧张地注视过一位演员的面部，也不曾在一张脸上见到这样无穷的色调和变幻的情绪，霎时改换，片刻不停，好似阳光和阴影改变着一片自然风景，在看戏的时候，我从来不曾有过一回像这样如历其境，让别人的忧喜悲欢映入我心。谁要是那天晚上看到了我，会认为我那么目定眼呆准是受了催眠术，我当时全然神志不清，那状态确也像是受了催眠术——那张脸表情万分生动，我的两眼实在无法移开。大厅里的其他一切，许多灯光，许多笑声，无数人影，无数眼色，全都迷蒙暗淡、混杂交织，只仿佛四周浮着一团昏黄的烟雾，雾里唯有那张脸灼灼闪烁，简直是烈焰中的烈焰。我耳无所闻目无所视，身边的人挤进挤出我全然不觉，另外许多只手触须似的突然伸进来，或者扔钱或者攫取，我都不加注意；转轮里的圆球我不瞥一眼，管台子的连声叫喊我也全没听见。然而，那双手恰像两面凹镜，它的激动和兴奋能够显示一切，我如同身在梦中，台子上发生的事我无不历历如见。因为，圆球落进红门或是黑门①，正在滚动还是已经停止，要知道这些我用不着看转轮：那张满布激情的脸，神经敏锐，表情灵活，每个瞬间如焰似火的变化反映出每一情况，能说明输赢得失，有无希望。

"可是，一个令人震骇的瞬间终于出现了——我心中一直模模糊糊在担心着会有这样的瞬间，它一直像即将来临的风暴悬在我的紧张不安的神经之上，此刻果真突然降临了。转轮里的圆球又发出轻微的脆声向后倒滚，又到了两百张嘴停住呼吸的那一秒钟，只见管台子的一边高声唱报——这一回报的是'空门'——一边急忙挥动耙竿，将许多哗啦啦的金币银币和簌簌作响的大小钞票全部揽光。就在这一瞬间，那两只手做出一个分外惊人的动作，它们猛然跳向半空，仿佛要抓住一件看不见的东西，随即跌落下来，落时全不用劲，只凭本身重量，力尽气绝似的掉在桌上。可是后来，它们忽的一下又活转过来，离开了桌面，像发高热一般逃回自己的身上，像野猫一般在身上爬来爬去，忽上忽下，忽左忽右，神经发作似的蹿遍了所有的衣袋，想在什么地方发现一个被遗忘的金币。然而，它们搜来搜去始终空无所获，这种毫无意义、毫无结果的搜寻却一遍又一遍地不断重复着，越来越急切，这当儿轮盘已经重新旋转，别人都在继续赌博，钱币叮当乱响，椅子纷纷摇动，百样杂声嗡嗡作响，合成一片闹声充塞了整座大厅。这一幕可怕的情景使我战栗，我不禁全身发抖：我自然而然十分清楚地有了同样的感觉，似乎那些就是我自己的手指，急切绝望地掏摸着

---

① 轮盘赌每一号码分为红、黑两门，输赢有所不同。

个个衣袋，抓捏着衣服上每一褶裥，要找出一个金币来。突然，我对面这个人蓦地站起身——完全像个猛然感到不适的人，站起来以免窒息；他背后的椅子吧嗒一声倒在地上。他却没有回顾一眼，也不注意身边的人，拖着步子离开了赌台，别人对这个摇摇欲倒的人既惊又惧，慌忙避让。

"这瞬间我仿佛全身僵化了。因为，我当时立刻明白这个人要上哪儿去：他是要走向死亡。谁要是这样子站起身，绝不会是走回旅馆，也不是去酒店，去找一个女人，去搭火车，或是去另换一种生活，而会是直截了当地跌入无底深渊。在这间地狱般的大厅里，即使是最冷酷的人也一定看得出来，知道这个人不会再在什么地方与家人团聚，不会再在银行里或亲戚那儿得到支援了。他明明是带着最后一笔钱，带着他的生命，到这儿坐下来孤注一掷的，现在他踉跄着离开了，是要走出这个地方，同时也无疑是要走出生命。我一直胆战心惊，从第一眼起就像遇着魔法似的有了一个感觉，只感到在这场赌博中有点什么，远超出输赢得失之上，然而此刻，我看见生命从他的眼里突然逃遁，这张刚才还那么灵活的脸竟被死亡罩上一层灰白，我只觉得一阵黑黝黝的闪电，猛烈打在我的身上。当这个人从座位上忽然抽身蹒跚着走开时，我不由自主——他那种雕塑式的身姿给我的印象太深刻了——非要用手抵住桌子不可，因为，那种蹒跚的情状现在也从他的步态里传到我的身上来了，正像在这以前他的昂奋紧张感染我的血脉和神经一样。可是后来，我还是被带走了，我一定得跟随他：一点也不是出于自愿，我的脚步开始移动了。这一切完全是不自觉地发生的，并不是我自己在行动，而是行动来到我的身上，我对谁也不加理睬，对自己也毫无感觉，径直向着通往门外的过道跑去。

"他在存衣处那儿站住了，管衣帽的替他取出了大衣。可是，他的手臂转动不灵，殷勤的侍役帮他穿上大衣，费了好大的劲，像是帮助一个手臂折断了的人。我看见他把手伸进背心口袋里，机械地摸索着，想要赏给侍役一点小费，可是，抽出来的还是一只空手。马上，他像是突然间记起了一切，喃喃着十分狼狈地向侍役说了一句什么，便又像刚才那样蓦地转过身去走开了，跌跌撞撞跨下赌馆门前的石阶，完全像个醉酒的人。那位侍役对他身后望了一会儿，做出轻蔑的样子，随后又露出了会心的微笑。

"他的这些动作非常令人感动，我在一旁看着很难为情。我不由自主地站开了，不好意思像在剧院的舞台前那样，把一个陌生人的失望情状看进眼里——可是后来，那点莫名其妙的惴惴不安又突然推动了我，使我跟上前去。我匆匆忙忙叫侍役取过我的外衣，脑子里一个主意也没有，十分机械地、十分被动地走向黑地里，急急追赶这个素不相识的人。"

C太太讲到这儿停了一会儿。她一直保持着她那种独有的安详冷静，稳重沉着地坐在我的对面，娓娓叙述，几乎毫无间断，只有内心早有准备、对情节仔细整理过一番的人才会这样。此刻她第一次默不作声显得有点踌躇，然后，她忽然中止了叙述，抬起头来看着我：

"我向您，也向自己做过保证，"她略显不安地开始说，"要极其坦率地讲出全部事实。可是，我现在必须请求您，希望您能够完全信任我的坦率，不要以为我那时的举动有什么不可告人的动机。即使真有那样的动机，今天我也不会羞于承认的，然而，如果认为在当时的情形下必定有那样的动机，却实在是妄作猜测。所以，我必须着重说明，我跟着这个希望破灭了的人追到街上，我对这位青年丝毫没有什么爱恋之意——我脑子里根本不曾想到他是一个男人——我那时已经是四十多岁的女人了，自从丈夫去世以后，事实上我从来没再正眼注视过任何男子。那些事在我已是无所动心的了，我向您说得这么干脆，而且非要说明这一点不可，因为，如果事实并非如此，那么，随后的全部经过何以非常可怕，在您听来就会难以理解了。真的，另一方面，说来我也极感困难，没有办法给予当时我的那种情感一个名称，它竟能那么急迫地推动我去追赶那个不幸的人。那种情感里面有着好奇心的成分，可是，最主要的还是一种恐怖不安的忧虑，或者更确切些说，是对于某种恐怖的忧虑。从头一秒钟起，我就隐隐地感到有点非常恐怖的东西，一团阴云似的罩着那个年轻人。然而，这类感觉是谁也分析肢解不了的，尤其因为它错综复杂，来得过于急遽，过于迅速，过于突兀了——谁要是在街上看到一个孩子有被汽车碾死的危险，会马上跑过去一把将他拉开，当时我所做的很可能正是这种急于救人的本能行动。或者，换个比喻也许更说明问题：有些人自己不会游泳，看见别人喝醉了酒掉进河里，就立刻从桥上跳下水去。这些人来不及考虑决定，不问自己甘冒生命之险的一时豪勇究竟有无意义，只像着了魔、受了牵引似的，被一股意志的力量推动着便跳下去了。我那次正是这样，不假任何思索，意识里没存任何清醒的顾虑，立刻跟着那个不幸的人走出赌厅来到过道里，又从过道里一直追到临街的露台上。

"我相信，不论是您，或是别的双目清醒、感觉敏锐的人，也都会受到这种忧虑焦急的好奇心理的牵引，因为，看到那个最多不过二十四岁的青年，步履维艰如老人，四肢松懈无力，醉汉似的悠悠晃晃走下石阶，蹭蹬着来到临街露台上，这般凄楚的情景不容人再有思索的余地了。他走到那儿就像一只草袋似的倒在一张长椅上面。这个动作又一次使我不胜惊恐地看出：这个人已经完了。只有一个失去生命的人，或者一个全身筋肉了无生意的人，才会这样沉重地坠倒。他的头偏斜着向后悬在长椅的靠背上，两只手臂软软地吊垂着，在煤气街灯惨淡昏暗的亮光里，任何过路的都会以为这是一个自杀了的人。他的形状的确像一个自杀了的人——我弄不明白，为什么我会忽然有了这样的印象，可是，它突然呈现在我眼前，像雕塑似的触摸得到，真实得令人恐惧——在这一秒钟里，我两眼望着他，心里不由得相信：他身边带着手枪，明天早上别人将发现这个人已经四肢僵硬、气息断绝、鲜血淋漓地躺在这一张或另一张长椅上了。我确信不疑，因为我看出，他那样倒向靠椅，完全像是一块巨石坠下深谷，不落到谷底绝难停止，像这样的体态动作，充分表示厌倦、绝望，我还从来不曾见到过。

"您现在试想想我当时的情境：我离他二十或三十步远，站在那张长椅后面，那上边躺着一个一动不动、希望破灭了的人，我万分茫然，不知道该怎么办，单凭着意愿的驱使，极想援助别人，而因袭成的羞怯心理又令我畏缩不前，不敢去跟大街上一个不认识的男人说话。街灯幽光微闪，天上阴云密布，往来行人异常稀少，已近午夜了，我几乎是孑然一身站在临街的花园里，独对着这个像是自杀了的人。接连五次、十次，我一再鼓起勇气，走近他的身边，却总是感到羞惭，依旧退了回来，也许这只是一种本能吧，因为我内心里存着畏惧，害怕跟踉失足的人会带着上前扶救的人一同摔倒——我这样忽进忽退，自己也清楚地认识到处境十分可笑。然而，我还是既不敢开口说话又不敢转身离开，我不能一事不做将他撇下不再过问。要是我告诉您，我在那儿迟疑不决徘徊了大约一个小时，绵长无尽的一小时，我希望您能相信我的话。那一小时的时间是随着一片无形的大海上面千起万伏的轻涛细浪点点消逝的；一个虚寂幻灭的人的形影，竟是这么有力地令我震动，使我无法脱身。

"可是，我始终找不出说一句话、做一件事的勇气，我也许会整个夜晚站着等待下去，或者，我最后也许会清醒过来顾念自己，离开他转回家去；的确，我甚至相信自己已经下了决心，准备撇开眼前的凄惨景象，就让他那么晕厥过去。——可是，一股外来的强大威力，终于改变了我这种左右为难的境况：那当儿忽然下起雨来了。那天黄昏时一直刮着海风，吹聚起满天浓厚潮润的春云，早就使人肺腔里和心胸间窒息阻塞，直感到整个天空都沉沉降落了。这时突然掉下一滴雨点，接着风声紧促，催来一阵暴雨，雨点沉重密集，哗哗倾泻，来势异常迅猛，我不由自主地慌忙逃到一座茶亭的前檐下边，虽然撑开了手中的伞，但狂风仍旧摇撼着我的衣衫。噼噼啪啪的雨点打着地面，激起冰凉、带泥的水沫，溅在我的脸上和手上。

"可是——这瞬间令人惊骇无比，二十五年后的今天，我回忆起来仍不免喉管发紧——任是大雨滂沱，那个不幸的人却还躺在椅上毫无动静。所有的屋檐水沟都有雨水滔滔不绝地流着，市内车声隆隆，遥遥可闻，人人纷纷撩起外衣奔跑；一切有生命的都在畏缩避走，都要躲藏起来，不论什么地方，不论人或牲畜，在猛烈冲击的骤雨下张皇恐惧的情状显然可见——唯有那长椅上面漆黑一团的那个人，却始终不曾动弹一下。我先前对您说过，这个人像是有着魔力，能用姿态动作将自己的每一情绪雕塑式地表露出来；可是现在，他在疾雨中安然不动，静静躺着全无感觉，世界上绝难有一座雕塑，能够这么令人震骇地表达出内心的绝望和完全的自弃，能够这么生动地表现死境；他显得疲惫已达极点，再也无力站起来走动几步躲向一处屋檐下了，自己究竟存在与否，在他也已是丝毫无足轻重。我只觉得，任何一位雕塑家，任何一位诗人，米开朗琪罗也罢，但丁也罢，都塑造不出人世间极度绝望、极度凄伤的形象，能像这个活生生的人这么惊心动魄、深深感人，他听任雨水在身上浇洒流淌，自己已经力尽气竭，难再移动躲避了。

"我再也不能等待下去了，我也没有别的办法。我猛然纵身，冒着鞭阵一般的疾雨，跑过去推了一下长椅上那个湿淋淋的年轻人。'跟我来！'我抓起了他的手臂。他那双眼睛非常吃力地向上瞪望着。好像有点什么在他身上渐渐苏醒，可是他还没有听懂我的话。'跟我来！'我又拉了一下那只湿淋淋的衣袖，这一次我几乎有点生气了。他缓缓地站了起来，摇摇晃晃，不知所措。'您要我上哪儿？'他问，我一时回答不出，我自己也不知道要带他上哪儿去，只是要他不再听任冷雨浇洒，不再这样昏迷不醒地坐在那儿深陷绝望自寻死路。我紧紧抓着他的手臂，拉着这个完全心无所属的人往前走，将他带到茶亭边，这般雨横风狂，一角飞檐总还能多少替他遮挡一些。下一步该怎么办，我一点也不知道，我没有任何打算。我所要做的只是将这个人领进一个没有雨水的地方，拉到一处屋檐下，以后的事我根本不曾考虑。

"我们两人就这么并肩站在一个狭窄的干处，背靠着锁着的茶亭的门墙，头上只有极少的一片檐角，没休没歇的急雨不时偷袭过来，阵阵狂风吹来冰凉的雨水，扫击着我们的衣衫和头脸。这种境况无法久耐。我不能老是那么站着，陪着一个水淋淋的陌生人。可是另一方面，我既已将他强拉过去，又不能什么话也不说就将他一人撇在那儿。真的要设法改变一下这种情况才好；我慢慢儿强制着自己，要清醒地思索一下。我当时想到，最好是雇一辆马车让他坐着回家，然后我自己也转回家去，到了明天他会知道怎样挽救自己的。于是，我问身旁这个呆呆凝视着夜空的人：'您住在哪儿？'

"'我没有住处……我今天下午才从尼查来到这儿……要上我那儿去是办不到的。'

"最后这句话我没有立刻了解。后来我才明白，这个人竟将我看做……看作一个妓女了。每天晚上，总有成群的女人在赌馆附近流连逶巡，希望能从走运的赌徒或醉醺醺的酒客身上发点利市，我竟被看作这样的女人了。归根结底，他又怎能有别的想法呢？我自己也只是到了现在，当我讲给您听的时候，才体会到我当时的行径完全教人无法相信，简直是荒唐怪诞。我将他从椅上拖了起来，拉着他一同走，全不像是高尚女人应有的举动，那又教他怎能对我有别的想法呢？可是，我没有立刻意识到这些。只在过了一会儿以后，直到已经太迟了，我才发觉这个骇人的误会，我才了解他将我看做什么样的人了。因为，如果我当时早一些理解到这一点，绝不至于接着又说出一句越发加深他的错误想法的话来。我说：'找一处旅馆要一个房间吧。您不能老待在这儿。必须马上找个地方安歇才好。'

"立刻，我突然明白了他这种叫我痛心的误会，因为，他并不转过身来向着我，只用一种颇含讥讽的语调表示拒绝道：'不用了，我不需要房间，什么都不需要。你别找麻烦啦，从我这儿什么也弄不到手的。你找错了人，我已经身无分文了。'

"他说话时还是那样令人惊恐，还是那样心灰意冷、令人震骇；这么一个心志精力俱已枯竭的人，遍身湿透，昏昏沉沉地靠着墙站在那儿，直教我震恐不已，全然无暇顾及自己所受到的那点虽然轻微却很难堪的侮辱。我这时唯一的感觉，还和我看见他蹒跚着走出赌厅那一霎时以及在恍如幻境的这一小时里的感觉一样：这个人，一个年轻的、还活着的，还有呼吸的人，正站在死亡的边缘上，我一定要挽救他。我挨近了他的身旁。

"'不用愁没钱，您跟我来吧！您不能老站在这儿，我会替您找个安顿的地方。什么都不用犯愁，只管跟我走吧！'

"他扭过头来了。四周雨声沉闷，檐溜里水势滔滔，这时我才见到，他在黯黑中第一次尽力想要看清我的面貌。他的全身也仿佛渐渐从昏迷中醒过来了。

"'好吧，就依着你，'他表示让步了，'在我什么全都一样……究竟，那会有什么不一样呢？走吧。'我撑开了伞，他靠近我，挽起了我的手臂。这种突然表现的亲昵使我很不舒服，简直令我惊惧，我心里感到害怕了。可是，我没有勇气阻止他；因为，如果这时我推开了他，他会立刻掉进深渊，我所一直企求的就会全部落空。我们朝着赌馆那边走了几步。这时我才想起来，我还不知道怎样安顿他。我很快地考虑了一下，最好的办法是领着他找到一处旅店，然后塞给他一点钱，让他能在那儿过夜，明天早上能够搭车回家，此外我就没再想到什么了。正有几辆马车在赌馆门前匆匆驶过，我叫来一辆，我们坐进了车里。赶车的询问地址，我一点也不知道怎样回答。可是我忽然想到，带着这么个浑身水淋淋的人，高级旅馆是不会接待的。——而且另一方面，我确是一个未经世事的女人，全没想到会引起什么不好的猜疑，于是我对赶车地叫道：'随便找一处普通的旅馆！'

"赶车的漫不经意地冒着大雨赶动了马匹。我身旁那位陌生人一直默不作声，车轮轧轧滚动，雨势猛急，车窗玻璃被扫击得噼啪有声。我坐在漆黑的、棺材形的车厢里心绪万分低沉，仿佛陪送着一具死尸。我极力思索，想要找出一句话来，改变一下这种共坐不语的、离奇可怖的局面，结果竟想不出有什么话好说。过了几分钟，马车停住了。我先下车付了车费，那位陌生人恍恍惚惚地跟着走下，关上了车门。我们这时站在一处从没到过的小旅店门前，门上有一个玻璃拱檐，小小一片檐盖替我们挡着雨水，四处单调的雨声使人厌烦，雨丝纷披搅碎了一望无尽的黑夜。

"那个陌生人全身沉重难以支持，他不由自主地靠向墙壁，他的湿透的帽子和皱缩的衣衫还在淋淋滴滴滴落雨水。他站在那儿，像个刚被人从河里救上岸来、还没有完全恢复知觉的醉汉，墙上他所倚靠的那片地方，水流如注，渍痕显明。可是，他不曾微微使出一点力气摇抖一次衣衫、甩动一下帽子，却让水滴不停地顺着前额和脸颊向下流淌。他站在那儿对一切全不理会，我没办法向您说明，这种心灭形毁的情状多么使我震动。

"这时，我必须做点什么了。我从衣袋里掏出了钱。'这是一百法郎，'我说，'您拿去吧，去要一个房间，明天早晨搭车回尼查。'

"他吃惊地抬起头来望着我。

"'我在赌馆里看到了您的情形，'我见他有些迟疑，便催促着他说，'我知道您已经输得精光，我担心您会走上绝路做出蠢事。接受别人的援助不算失了体面……拿去吧！'

"然而，他推开了我的手，我没料到他竟有这样的力气。'你这人心地很好，'他说，'可是，别白白糟蹋你的钱吧。我已经是没法援助的了。这一夜我睡觉也好，不睡也好，完全无关紧要。明天早上反正一切都完了。对我你是援助不了的。'

"'不，您一定得拿着，'我逼着他说，'明天您就会有不同的想法。现在先到里面去吧，好好儿睡一觉就会忘掉一切，白天里一切自会是

另一种面貌。'

"我再一次将钱递了过去，他仍旧推开了我的手，推得很猛。'算了吧，'他又低沉地重复道，'那是毫无意义的。我最好还是死在外面，免得给人家的屋子染上血污。一百法郎救不了我，就是一千法郎也没有用。哪怕身边只剩几个法郎，天一亮我又会走进赌场，不到全部输光不会歇手的。何必从头来一回呢，我已经受够了。'

"您一定估量不出，那个低沉的声音多么深刻地刺进了我的灵魂。可是，您自己设想一下：离您面前不过两英寸远，站着一个年轻、俊秀，还有生命，还有呼吸的人，您心里明白，如果不用尽全力牢牢拉住他，两小时以内这个能思想、会说话、有气息的青年就会变成一堆尸骸。而想要战胜他的毫无理智的抗拒，当时在我无异一阵狂乱、一场愤怒。我抓住了他的手臂：'别再说这些傻话！您现在一定要进去，给自己要一个房间，明天早晨我来送您上车站。您必须离开这个地方，明天必须搭车回家，我不看着您拿着车票跨进火车决不罢休。不论是谁，年纪轻轻的，绝不能因为输掉一两百或一千法郎，就要抛弃自己的生命。那是懦弱，是气愤懊丧之下一时糊涂发疯。明天您会觉得我说得没有错！'

"'明天！'他着重地重复着说，声调奇特，凄恻而带嘲讽，'明天！您能知道明天我在哪儿才好哩！如果我自己也能知道，我倒是真有点愿意知道。不，你回家去吧，我的宝贝，不用枉费心机了，不用糟蹋你的钱了。'

"我却不肯退让。我像是发了疯病。我使劲地抓着他的手，把钞票硬塞在他的手里。'您拿着钱马上进去！'我十分坚决地走过去拉了一下门铃。'您瞧，我已经拉过了铃，管门的马上就要来了，您进去吧，立刻上床睡觉。明天早上九点钟我在门外等您，带您去车站。一切事您都不用担心，我自会做好必要的安排，让您能回到家里。可是现在，快上床去吧，好好地睡一觉，什么也别再想了！'

"就在这时，里面发出门锁开动的响声，管门的拉开了大门。

"'进来！'他突然说道，声音粗暴、坚决而有恨意，我忽然觉得，他的钢铁一般的手指牢牢攥住了我的手。我猛吃一惊……我惊骇无比，我全身瘫软，我像受了电击，我毫无知觉了……我想抵抗，我要逃脱……可是，我的意志麻痹了……我……您能了解……我……我羞愧极了：管门地站在一旁等得不耐烦，我却在跟一个陌生的人揪扯挣扎。于是……于是，我一下子进到旅馆里面去了；我想要说话，可是，喉咙里堵塞了……他的手沉重地、强迫地压在我的手腕上……我懵懵懂懂地感到，我已不自觉地被那只手拉着走上了楼梯……一个门锁响了一声……

"就这样突如其来，我竟跟这个不认识的人独在一处，在一个不认识的房间里，在一处旅店里，旅店的名字我到今天还不知道。"

Ｃ太太讲到这儿又停住了，她蓦地站起身，像是忽然喑哑了。她走向窗口，默默不语地望着外面过了几分钟，也许，她并没有看外面，只是把额头放在冰凉的玻璃上贴了一会儿——我没有勇气仔细注意她，因为，注意观察一位老太太的激动情状，会使我感到痛苦。因此我只静静地坐着，不发问、不出声，一直等到她轻轻地重新走回来，又在我的对面坐下。

"好啦——最难叙述的已经叙述过了。我希望您能相信我，我现在还要再一次向您保证：直到最后一秒钟，我脑子里丝毫不曾想到，会跟这个不认识的人发生什么……什么关系，我可以用一切在我是神圣的东西——用我的名誉和我的孩子来发誓，我的确不曾有过任何清醒的意愿，完全没有一点意识，就那么突如其来地，像是在平坦的人生路途上失足跌进地窖，一下子陷入了那样的境地。我在心上立过誓，要对您、也对自己诚实不欺，因此我要向您再说一遍：我落进了这场悲剧性的冒险，仅仅由于一种差不多是急切过度的、想要救人的心意，不带任何别的个人情感，因而没存着半点私念，也不曾有过什么预感。

"那天晚上那间屋子里发生的事，请您容许我不讲了吧；我自己从不曾忘掉过那一夜的每一秒钟，以后也不会忘却。因为，那一夜我是在跟一个人搏斗，要想挽救他的生命；因为，我再说一遍，那是一场生死攸关的斗争。我身上每根神经都有感觉，万分确切地觉察到：这个陌生的人，这个一半已经沉沦的人，像是在绝命的一刹那忽然惧怕死亡，露出了无尽的渴念和激情，要抓牢最后一点希望。他像一个发现自己已经濒临深渊的人，紧紧攀住了我。我却奋不顾身，拿出全部力量来挽救他，我献出了自己所有的一切。像这样的一小时，一个人大概一生只能经历一回，而且，千百万人里面大概只有一个人能够经历到——拿我来说，如果没有这一次可怕的意外遭遇，也绝难料到人生会有这种经历。一个已经自弃了的人，一个已经沉沦了的人，竟会那么热切如焚地、那么苦痛绝望地露出渴念——何等放纵不羁的渴念，要再吮啜一回生命，想吸干每一滴鲜红的热血！如果不是亲身经历，我在今天，与所有生活里的邪魔力量疏远了二十多年，绝难体会大自然的豪壮和瑰奇，它常常能够瞬间千聚万汇，使冷和热、生和死、昂奋和绝望一齐奔临。那一夜是那样地充满了斗争和辩解，充满了激情、愤怒和憎恨，充满了混合着誓言与癫狂的热泪，我只觉得像是过了一千年。我们这两个扭在一处一同滚下深渊的人，一个濒死疯狂，一个突逢意外，冲出这场致命的纷乱以后都变成了另外的人，与最初迥然不同，感觉两样，心情也两样了。

　　"可是，我不想再谈这些了。我描绘不出，也不愿描绘。只是第二天早上我醒来时万分可怕的那一分钟，一定得向您说说。我从向来不曾有过的沉睡中、从最深沉的黑夜中醒过来了。我竭力睁眼，很久才能睁开，我第一眼见到的是一片从没见过的屋顶，慢慢放眼四顾，见到一个完全陌生、从没见过、十分可厌的房间，我一点也不知道自己怎样进来的。我马上对自己说，这是梦，梦境鲜明清晰，是因为我昏睡方醒迷离失神罢了——然而，窗外曙色鲜明，阳光亮得刺眼，楼下传来满街隆隆不绝的马车声、叮当乱响的电车声、喧嚣嘈杂的人语声，我这时才知道并非在梦中，而是完全清醒着。我不由自主地抬起身来，想弄清楚这一切，突然……我刚一侧望身旁……我立刻看见——我永远无法向您形容当时我的惊骇——一个不认识的人，挨近我睡在宽大的床铺上……可是，我不认识他，我不认识他，我不认识他，一个半裸的、从没见过的人……

　　"不，这种惊骇，我知道，是描绘不出的：它猛然落到我的头上，万分可怕，我顿时全身无力倒了下去。可是，我并没有真正晕厥，并没有完全神志不清，正相反：一切像闪电一般迅速地来到我的意识里，而又觉得极不可解。我心里只有一个愿望：立刻死去——忽然发现自己跟一个毫不相识的人睡在一张从没见过的床上，那地方也许还是一处非常可疑的下等旅店，我不禁羞愧至极。到现在我还清清楚楚地记得：

我的心脏停止了跳动，我极力屏住气息，仿佛这样就能窒灭自己的生命，首先是能窒灭我的意识，那种清晰而骇人的、知道一切却又什么都不了解的意识。

"我就这样四肢冰凉地躺在那儿，我永远无法知道躺了多久，棺材里的死人准是那样僵直地躺着的，我只知道，我曾经紧闭两眼祈祷上帝，祈祷某种上天的神力，唯愿所见非真，盼望一切全是虚幻。然而，我的感觉分外敏锐，不再容许我欺骗自己了，隔壁房间里有人在谈话，有水管在放水，外边走廊里有脚步在来回走动，这些我都听见了，每一种声音都确切地毫不留情证明我的感觉完全清醒，这太可怕了。

"这种可怕的境况究竟延续了多久，我没法说明：这不是日常生活里那种均衡平稳的时间，每一秒钟都和普通的标准不同。可是，我心上忽然有了一个新的惶恐，一个急迫的、可怖的惶恐：我还不知道他的姓名的这个陌生人，可能马上就要醒来，醒来以后还要跟我说话。我立刻意识到自己只有一条路：趁他未醒赶快逃走。不能让他再看见我，不能再跟他交谈。及时地拯救自己，赶快，赶快走掉，回到自己的、不管什么样的生活里去，回到我的旅馆里去，然后立刻搭车，离开这个万恶的地方，离开这个国土，永远不再遇到他，永远不再见到他，不让谁能做见证，不让谁能指摘我，不使任何人知道这一切。这个念头促使我脱离了四肢无力的状态，我小心翼翼、像小偷似的慢慢挪动身体（免得弄出响声）溜下床来，悄悄摸索着我的衣裳。我非常小心地开始穿着，每一秒钟都在颤抖，唯恐他会醒过来。我穿着完毕，我达到了目的。还剩下我的帽子，它被扔在另一边的床脚前面，我踮着脚轻轻走过去拾取它——就在这一秒钟，我实在禁不住：我一定要向这个陌生人的脸上再瞥一眼，他对于我原像是天外飞来的陨石，闯进了我的生命。我只想再瞥一眼，可是……太奇怪了，这个躺着不动酣睡沉沉的陌生的年轻人，在我看来确实陌生：我那一眼所瞥到的竟不是昨天那张脸了。所有那些因为热欲充盈而抽搐亢奋、情绪激烈得不顾性命的紧张神色，全部一扫而光了——这儿现在是另外一副面貌，完全像个孩子，完全像个婴儿，纯洁舒畅光灿夺目。昨天咬住牙狠狠紧闭的嘴唇，这时在睡梦里线条非常温柔，微微张成半圆，仿佛满含笑意；淡金色的鬈发覆盖着皱痕全消的前额，匀静的呼吸缓起缓落，轻轻地波纹漾遍了安宁睡着的全身。

　　"您也许还记得吧，我先前向您说过：我从来不曾在赌台上观察到一个人，会像这个陌生人那样强烈地、用一种强烈过分而形同犯罪的方式，表现出欲念和激情。现在我要向您说：我从来没有见过，甚至在婴儿身上也没见过这样的睡态。褓褓中的婴儿舒爽自然，有时候会散发出天使般的明辉，但还比不上他这时的圣洁，这真正是无上幸福的酣睡。在这张脸上，恰像是有着绝妙的雕塑技巧，全部情绪充分呈现，表达出内心重压解除的那种天堂福祉一般的舒坦、恬适、得救。一见到这种惊人的异象，我心上的全部惶恐、全部厌恶马上滑落，仿佛卸掉了一袭沉重的黑罩衫——我不再感到羞愧了，不，我几乎感到快乐了。那点可怕的什么，那点不可理解的什么，立刻对我显出意义来了，我脑子里有了一个想法：这个年轻、柔媚而俊美的人，现在竟像一朵鲜花，舒放而恬静地躺在这儿，如果不是由于我的牺牲，他一定会跌得粉碎，染遍了污血，弄得面目不可辨认，气息断绝，眼珠迸裂，被人在随便哪一处悬崖边上发现。是我挽救了他，他已经被我挽救了——我有了这样的想法不禁欣欣自喜，不禁骄傲起来了。而现在，我用一双——我不能换一个说法——母亲的眼睛凝望着这个熟睡的人，他是从我的身上重新获得生命的，我经受了无边的痛苦，正像是自己生育了一个孩子。在这间污浊的屋子里，在这个可厌的、不洁的、偶然来到的旅店里，我忽然得到一个——我说出来您会更觉得可笑的——置身教堂的感觉，奇迹降临、圣灵荫庇的福乐感觉。我整个一生中最可怕的那一秒钟，现在忽然成长，变成了另一秒钟，极其惊异、极有力量，又是无限地亲切。

　　"也许是我的动作有了声响，也许是我情不自禁说了一句什么话，这些我都无法知道，反正那个熟睡的人突然睁开了眼。我猛吃一惊连连后退。他十分诧异地四面环顾——恰像我起床时一样，他现在也仿佛是在竭力挣扎，正从无尽的深处和昏乱的迷离中慢慢漂浮上来。他的目光非常吃力地巡扫着这间陌生的、从没见过的屋子，然后十分惊奇地落在我的身上。可是，不等他开口说话，不等他能有回忆，我已经心神安宁了。不能让他说话，不能让他发问，不能让他表示亲昵，昨天以及昨天晚上的事不应该再有，也用不着解释，用不着谈起了。

"'我现在必须马上离开,'我急忙告诉他说,'您仍旧留在这儿,赶快穿好衣裳。十二点我在赌馆门前等您,那时再替您安排其他的一切。'

"趁着他还来不及回答,我立刻逃了出来,不愿意再看见那间屋子。我头也不回地跑着离开了旅店,旅店的名字我也毫无所知,就像我对于和自己同在那儿过了一夜的陌生男人一样。"

C太太停下来略略缓了缓气。可是,从这时开始,所有的紧张和痛苦都从她的声音里消失了,像一辆马车,费尽艰辛爬上山坡,到达了山顶便轻捷如飞地急驶而下,她现在就这么如释重负地往下叙说着:

"就这样,我急急忙忙赶回自己所住的旅馆,大街上晨光灿烂,隔夜的风暴扫净了整个天空,我也像是心胸受了洗涤,悲情愁绪了无踪影。因为,您不要忘了,我先前对您说过:自从丈夫去世,我早已将自己的生命看得无足轻重了。我的孩子们不需要我,我自己也无从排遣余生,活着而没有什么固定的目的,整个生命自然毫无意义。想不到,现在居然第一次有桩任务落到我的身上:我挽救了一个人,我用尽全力将他从毁灭的道路上拉回来了。只需要再克服一点小小的困难,这个任务就一定能全部完成。就这样,当我跑回自己的旅馆,看门的发现我清晨九点才转回来,便用诧异的眼色打量着我,而我却全不在意——对于昨天的事,我心上不再受到羞愧和懊丧的压抑了,只觉得突然精神振奋,乐生之愿重又复活,意外地有了一个此生不虚的新鲜感觉,使得我全身脉管热血充盈。回到了自己的房间里,我匆匆换装,不自觉地(后来我才注意到)除掉身上的丧服,改穿了一件较为鲜艳的外衣。我上银行里去取了钱,又急急赶到火车站,探明了火车开行的时间,另外——我行动果决,连自己也有些惊讶——我还办了几桩别的事,赴了一两处约会。然后,我没有其他该做的事了,只等着将命运扔给我的那个人送上火车,完成援救他的心愿。

"真的,现在再去跟他见面,那是需要勇气的。昨天的一切全在黑夜之中,是在猛旋的涡流里发生的,就像一股激流冲下的两块岩石,骤然撞击在一处了;我们本是对面不相识的,我绝不相信,那个陌生人再见到我还会认出我来。昨天——那是一场意外,一阵迷醉,是两个头脑昏乱的人一时入魔,可是今天,非要向他露出自己的真面目不可了，因为现在是在残酷无情的白天里，我是一个无法藏头隐身的凡人，只能这样前去见他。

"不过，实际上倒还不是我所想的那么困难。到了约定的时间，我刚来到赌馆门前，就见一个年轻的人，从一张长凳上一跃而起，急急向我走来。他那种喜出望外的神情，他的每一个胜过语言的动作，都表现得十分自然、十分稚气、十分天真；他简直是飞奔而来，眼里射出快乐的、透露着感谢的光芒，同时显得非常诚敬，然而，一看到我与他相反，在他面前很是局促，他立刻谦卑地低下眼来。在一般人身上，感谢的心意原是很难看出来的，而且，越是心怀感谢往往越是找不到表达的方式，总是怅惘慌乱、沉默不语，总是感到羞愧，常常假充坚强掩饰着真实的心情。可是这儿这个人，仿佛上帝要在他身上显示自己是神秘莫测的雕刻家，一举一动无不宣泄情感，表现得意义丰富、极其美妙、极有雕塑意味，竟连表达感谢的姿态也是辉煌无比，似有满腔热情从身体内部涌进散发，光彩照人。他弯下腰来吻我的手，恭顺地低下了轮廓清秀的、孩子式的头，非常虔敬地俯垂了一分钟，可是只接触到我的手指，然后，他先退回一步，接着向我问好，极为动人地凝望着我，他的话字字说得庄重得体，我最后的一点局促不安也消失无踪了。四周景物全像着了魔法，霎时间光灿鲜明，镜子一般地映衬出我当时的开朗心情：昨晚还是怒涛汹涌的大海，这时万分平静、异常清澄，微波荡漾的水面下粒粒圆石闪闪发光，向我们炫射着光辉；罪恶渊薮的赌馆在净如缎面的天空下黝亮爽洁；昨晚一阵狂雨逼得我们避身檐下的那座茶亭，现在门窗尽启，变成了一间鲜花店：摆满了白色的、红色的和其他色彩的大花小花，卖花的是一位衣衫美丽得像着了火似的年轻姑娘。

"我邀请他到一家小餐馆去进午餐，这位陌生的年轻人在餐馆里将他自己悲剧性的冒险生活讲给我听了。当初我在绿呢赌台上一见到他那双瑟缩战栗的手，就曾经有过一个揣想，他的叙述完全证实我揣测得不错。他出生于一个奥地利籍波兰贵族家庭，一直在维也纳求学，准备将来进外交界服务。一个月前，他参加了初考，成绩非常优异。为了庆祝这场胜利，他的一位在参谋部当高级军官的叔父（他在维也纳时寄居在叔父家里）想要对他表示奖励，带着他乘坐一辆大马车，一同去到市郊游乐区赛马场观光了一次。叔父赌运亨通，接连赢了三回，于是，他们拿着一大沓赚来的钞票，到一家豪华餐馆去吃喝了一通。第二天，这位未来的外交家收到父亲汇来的一笔钱，数目超过了他平时的月费，这也是为了奖励他的考试胜利。要是在两天前，这笔款子在他眼里倒还相当可观，可是现在，他见识过白手发财的便捷门路，只觉得它微不足道了。因此，吃罢饭他立刻去到赛马场，热烈兴奋地狂赌了一阵，居然红运当头——或者更该说是晦星照命——赛完了最后一场他离开那儿时，手里的钱增多了三倍。从此以后他大得其乐，时而赛马场，时而咖啡馆，时而俱乐部，将自己的时间、学业，尤其还有金钱，尽量虚掷了。他脑子里再也不能思索什么，夜里再也不能安眠，对于自己更是丝毫控制不了。有天晚上，他在俱乐部里输得精光转回家来，正要脱衣上床，忽然发现背心衣袋里还有一张忘记了的钞票，已经揉成一团了。他控制不住自己，马上穿起衣服，跑到外边东游西逛，最后在一处咖啡馆里找到几个玩骨牌的人，就坐下来一直赌到天亮。他的一位出嫁了的姐姐帮过他一回忙，替他偿还了高利贷商人的债款，人家因为他是贵族世家的继承人，十分乐意借钱给他。有一阵子他又交了赌运，可是后来手气越变越坏，而他越是输得厉害，却越是急于希望大赢一回，好清偿许多无法弥补的赌债和一再拖延的借款。他的表、他的衣裳，早已当光了，最后发生了一件骇人听闻的事：他从叔父家橱柜里偷取了年老的婶母不常戴用的两枚胸针。他当掉了一枚，得了很大一笔钱，当天晚上赌了一场，赢了四倍。可是他没去赎回胸针，却拿所有的钱又到赌场里去输得干干净净。直到他离开维也纳前一小时，偷窃饰物的事还没有被发觉，他于是当掉第二枚胸针便马上逃走，临时灵机一动，搭上火车来到蒙特卡罗，梦想着能在轮盘赌上发大财，来到这儿以后，他将自己的皮箱、衣服、阳伞统统卖去，身边只剩一支装有四发子弹的手枪，还有一个嵌宝石的小十字架，那是他的教母 X 侯爵夫人送给他的礼物，他舍不得卖给别人。可是昨天下午，他终于卖掉了这个小十字架，得了五十法郎，只是为了晚上能够再赌一回，他经受不住那种得心应手之乐的引诱，决意不顾死活再去试试运气。

"他在向我叙述的时候，还是那么神态曼妙，令人着迷，他那种天赋的优美身姿还是那么生动。我听得十分出神，却一点也不生气，一刻也没想到同我坐在一处的这个人原来是贼。我是一个终生操行无亏的女人，与人交往一向重视合于习俗的身份人品，在这方面要求得最是严格，如果前一天有人告诉我，说我会跟一个从来不认识的年轻人，一个比我的儿子大不了多少而且偷窃过珠宝胸饰的人，非常亲密地共坐一处，我一定认为说这话的人精神失常。可是，听着他叙述一切，我不曾有片刻感到些微惊骇，他说得那么自然，那么富于激情，只叫人觉得他所描述的是一场热病，不是什么令人愤恨的事。而且，谁要是像我那样，前夜亲身经历过那类狂风骤雨一般的意外遭遇，就会觉得'不可能'这个词忽然失去了意义。在那十个小时里，我对于现实获得了无限多的认识，远超过在那以前四十多年中产阶级的生活体验。

　　"不过，在他表示忏悔地娓娓自述时，还是有一点另外的什么，使我心上悸动，那就是他眼里似有高热的熠熠闪光，一谈到赌钱他就目光炯炯，脸上所有的神经像触电似的不住抽搐。讲到那儿他自己似乎还像当时一样激动不已，他的雕塑式的脸上重新现出种种紧张情状，忽而狂喜，忽而苦恼，清晰得极为惊人。他的两只手，那两只奇妙、修窄、敏感的手，不由自主地开始动作，跟它们在赌台上一般无二，又是那么猛如凶兽，又是那么迫不及待、变化多端。我看到，他嘴里说着话，两只手的关节突然战栗不已，手指用力弯曲紧紧握拢，接着蓦地一弹一齐张开，后来又重新彼此扭缠起来了。当他讲到偷取胸针时，两只手像闪电一般突然伸出（我不由得打了一个寒噤），做了个飞快地窃取姿势：手指怎样匆忙地攫住那件饰物，又怎样急急地将它紧握掌中，我都立刻了如亲见。我感到一种不可名状的震惊，看出这个人全身血液没有一滴不曾受到他自己的激情的毒害。

　　"他的叙述使我感到震动惊骇的仅仅只有这一点，我所万分震骇的是：这么一个年轻、爽朗、本性纯洁、不识忧患的人，竟这么可怜地屈从于一股迷误昏乱的热情。因此，我认为自己首要的责任在于恳切规劝我的这位不期而遇的被保护人，我告诉他必须马上离开蒙特卡罗，这地方的诱惑危险透顶，必须在今天，趁着丢失胸针的事还没被发觉，趁着自己的前途还不曾永远断送，立刻转回家去。我答应供给他回家的旅费和赎取那两件饰物所需要的钱，只有一个条件：他今天就动身，并且向我起誓，以后不再接触一张纸牌，也不再从事别的赌博。

"我永远忘不了，当我答应帮助他时，这个误入迷途的陌生人怀着怎样一种最初十分沮丧、随后渐渐开朗的感激之情听着我说话，他像是在一字一字地吞饮着我的话。突然，他将两手隔着桌面伸过来，用一种使人难以遗忘的姿势捉住了我的手，就像膜拜神灵默许宏愿一样。他那双莹亮而略显慌乱的眼睛里噙着泪珠，他感到幸运而内心激动得全身发抖了。我已经尝试过不知多少回，想向您形容他的身姿体态所具有的世间唯一的表情本领，可是，他这时的情态不是我所能描述的，因为，它所表露的是一种超逸凡俗的极乐至福，平常在一个常人的脸上我们不易见到，只有当我们梦中醒来，依稀记着有一个隐隐消逝的天使面容，那一团白影还差可比拟。

"何必隐瞒呢，我那时看着他确实心神荡漾了。领受感谢是令人幸福喜悦的，这般透彻的情意更是少见，柔腻的真情原是一种福惠，对于我这个素来拘谨冷漠的人，如此洋溢的真情实在是一种有益身心的新鲜感受。在那当儿，自然景物也随着这个曾受摧残的人，经过隔夜一场暴雨蓦然复苏了。我们走出餐馆，满眼是灿烂辉煌，平静安谧的大海一片碧蓝连接天际，高空之中另是一片蔚蓝，仅有几只轻鸥往来翔掠，点缀些许白影。里维耶拉一带的自然风貌您当然十分熟悉。这儿的美景永远动人，却又像画片似的平旷，无尽的彩色舒徐有致地缓缓映入眼中，呈现出一种似已入睡的懒怠之美，意态漠然，永远柔顺，极像东方美人。有时候，虽说极难遇见，但仍会出现，这位美人忽然睡醒，忽然振衣而起，忽然艳丽绚烂，奇彩迸进如火星，似在向人放声召唤。忽然繁花吐艳，喜洋洋的，五彩缤纷，忽然热焰腾腾，忽然炽情如焚。那一天也正是这样一个勃然振兴的日子，从风雨纵横的一夜混乱中脱然而出，所有的街道被冲洗得洁白璀璨，天宇碧蓝似靛，杂树青翠欲滴，万绿丛中百花争妍，星星点点、如火如荼。四周的群山突然面目清新，在爽凉的空气中显得像是一齐从远地赶来，想要围得近些仔细窥探这座鲜亮光洁的小城。放眼四顾，只觉得大自然处处都在对人激励鼓舞，不由得使人心扉顿开。我立刻提议说：'我们雇一辆马车，沿着海边走走吧。'

"他高兴地点了点头，这个年轻人好像自从来到这儿，现在才第一次留意观赏风景。直到这时，他所见到的只是沉闷的赌场大厅，充满了蒸腾的汗气，挤满了庸俗可厌的人群，加上一个暴戾的、灰暗的、喧嚣的海面。可是现在，阳光如泻的海滩展现在我们面前，越望越使人目眩心畅。我们坐在缓缓前进的马车里（那时候还没有汽车），一路风光瑰丽，我们驶过许多别墅，浏览了一处处美景。每逢经过一处房舍，经过一座绿荫四覆的别墅，总有一个极为隐秘的愿望一再出现，不下百次：但愿能在这儿住下来，宁静、安谧、与世隔绝！

"我一生里还有什么时候比在那一小时更感到幸福呢？我不记得曾经有过。我身边坐着这个年轻的人。昨天他还在死神的掌握里听凭命运摆布，现在却在阳光倾照下容光焕发，更显得年轻了许多。他仿佛变成了一个孩子，一个陶醉在嬉戏中的美丽幼童，两眼兴高采烈，同时满含敬畏。最使我欣慰的无过于他那种敏感清醒的细腻柔情：车子驶上陡坡时马力不济，他立刻敏捷地跳下车去帮着推动。我提到一种花的名字，或者指了指路边一朵什么花，他就急忙跑去采摘。路上有一只小甲虫，昨夜在风雨下迷失途径，正在十分艰难地慢慢爬着，他将它捉起来，细心爱护地送往青草丛中，不让马车驶过时碾碎了它。他一边做着这些，一边还兴冲冲地讲着许多快乐而又文雅的趣事：我相信，这种欢乐对于他是一种解救，因为，他突然有了过多的快乐，使他那么高兴，那么迷醉，如果不尽情大笑，就只好放声高歌或纵身猛跳了，也许还会做出一些傻头傻脑的举动来。

"后来，我们慢慢驶上高坡，路过一处极小的村庄，半道里他忽然取下了头上的帽子。我很是惊讶：这儿谁也不认识他，他向什么人表示敬意呢？他听到我的疑问微微有点脸红，连忙向我解释，显出很抱歉的样子告诉我：我们正从一座教堂前面走过，在波兰也像在所有教规严格的天主教国家里一样，人们从小养成了习惯，遇到任何一座教堂或供奉神像的圣殿总要脱帽。对于宗教事务的这种美好的敬畏态度深深地感动了我，我记起了他对我说到过的那个小十字架，便问他是否真正信教。他微露羞赧地回答说，他希望能蒙受圣灵恩宠，这时候我突然有了一个念头。'停住！'我向车夫喊了一声，立刻匆匆跳下马车。他跟在后边十分诧异：'我们往哪儿去？'我仅仅回答道：'随我来！'

"我让他跟随着我，一同走向那座教堂。那是一所砖砌的乡村小圣殿，里面的四壁粉刷着石灰，晦暗阴森，前门敞开着，一股黄澄澄的阳光强劲地劈入昏暗，直射到一座小祭坛上，在地面投出一团青影。殿内烟气氤氲，朦胧中闪烁着两支神烛，像是罩在面纱里的两只眼睛。我们走了进去，他脱掉帽子，在净水缸里浸了浸手，画了个十字，然后屈膝跪下。他刚站立起身，我立刻拉住了他。'您上前进去，'我强迫他道，'跪在一个祭坛或一尊您所尊奉的神像前，照着我要教给您的话立一回誓。'他诧异地瞪着我，像是吃了一惊。可是，他很快地了解了我的话，立刻走到一座神龛前，画了个十字便柔顺地跪了下去。'照着我的话说吧，'我对他说道，自己心情激动得全身战栗，'照着我的话说：我立誓。'——'我立誓。'他重复道，我继续往下说，'我永远不再赌钱，从此戒绝一切赌博，我立誓不再把自己的生命和名誉，断送在这样的激情之下。'

"他颤抖着重复了我的话：清楚、嘹亮，空荡的殿堂里震着回响。随后静寂了片刻，殿外风过树梢，叶声簌簌，清晰可闻。突然，他像一个悔罪者那样扑倒在地上，用一种我从来没有听到过的狂热的声音念叨起来，急而且快，字句杂乱含混，说的是我所不懂的波兰语。想来他一定是在做着狂热的祈祷，一场感恩和悔恨的祈祷，因为，这种激动的忏悔使他一再低下头去，卑恭地碰击着经案，越来越昂奋地一再重复着那些外国话，表现出难以形容的激烈情绪，越来越热切。在那以前和自此以后，我从不曾在世界上任何一座教堂里听见过这样的祈祷。他祈祷时两手痉挛地紧抱着经案，同时仿佛心上掀起了一阵飓风，使得他全身震颤，他不住地一会儿抬起头来，一会儿扑倒下去。他什么也不看，什么也没感觉到，像是整个儿置身在另一世界，像是在涤罪的净火里整个儿被焚化了，或者飞升到更高的天界里去了。最后，他慢慢儿站起身，画了个十字，疲倦地转过脸来。他的两膝还在颤抖，脸色苍白，像个筋疲力尽的人。可是，一看见了我，他立刻两眼发亮，脸上浮起一副纯洁的、真正虔诚的微笑，疲惫的面容忽然变得光灿夺目了。他走到我的面前，深深地鞠了一个俄国式的躬，拿起了我的两手，十分崇敬地将自己的嘴唇印在上面：'是上帝派您来救我的。我向上帝谢过恩了。'我不知道说什么好。可是，我这时真希望，这间摆着许多矮凳的教堂里会突然琴声大作，响起一阵音乐，因为，我觉得自己所企求的已经全部实现了；我已经将这个人完全挽救过来了。

"我们走出教堂，又回到了辉煌灿烂、倾泻不尽的五月天的阳光下面：世界在我眼里从未这般美丽。我们坐上马车继续游逛了两小时，翻越高坡缓缓前进，沿途风光旖旎，山回路转处处美不胜收。可是，我们不再谈话了。经过那么一场感情泛滥，语言似乎微弱无力了。而且，我每次偶然地和他的目光相遇，总不得不感到羞涩地避开了他：审视自己创制的奇迹会使我受到太强烈的震动。

"下午五点左右，我们回到了蒙特卡罗。那时候我必须去赴一处亲友的约会，要想设法推辞已是来不及了。而且，我自己内心里感到需要休息一会，舒散一下奔放得过于猛急的心情。我觉得，这种炽热的、狂欢的心境，一生里还从来不曾有过，一定要歇息一会儿安静下来。因此我请求我的这位被保护人，要他到我的旅馆里来一趟，只耽搁一小会儿。到了我的房间里以后，我准备将旅费和赎取胸针的钱拿出来交给他。我们说好了：我去赴约会，他去买车票；晚上七点我们在车站候车室里再见面，火车七点半离站，它将载着他穿过日内瓦平安抵家。当我拿出五张钞票正要递给他时，他突然嘴唇发白了：'不……不要钱……我求您，不要给我钱！'他咬紧了牙说，一边神经紧张地战栗着慢慢缩回了手指，'不要钱……不要钱……我不能看到钱。'他重说了一遍，仿佛满心厌恶，周身不宁。我设法减轻他的愧疚之情，我对他说：这笔钱只算是借给他的，如果他觉得不便接受，不妨写个借据给我。'好吧……好吧……写一个借据。'他避开我的眼睛喃喃地说，一边接过钞票，捏在手指间轻轻折挠，像是拿着什么黏腻污秽的东西，不看一眼便放进了衣袋，然后取过一张纸，在上面潦草地写了几个字。他写罢借据抬起眼来，额头上热汗涔涔，似乎他的身体里面有点什么在猛烈向上冲涌。他刚将那张纸条递给了我，忽然全身一震，蓦地一下——我不禁吃惊地后退了一步——跪倒在我的面前，捧着我的衣裙连连亲吻。这种姿态真是难以描述：它以一种非常强烈的力量震撼着我，我的整个身子马上颤抖起来了。我满心惊骇，十分惶惑，仅能喃喃地说：'您这么感激，我很感谢您。可是，请您现在就走吧！晚上七点在火车站候车室里见面，那时我们再作告别。'

"他凝望着我，神情激动，两眼润湿闪亮。有一霎我以为他还想说什么，有一霎他像是要走近我。可是，他突然深深地鞠了一个躬，立刻走出了屋子。"

C太太又停止了叙述。她立起身来走到窗口，伫立在那儿向外注视了很久；我望着她的剪影似的后背，看出她正在轻轻战栗摇晃。她猛一下转过身来，态度很是坚决，一直安静无事的两只手突然间用力地左右甩开，像是要撕裂一点什么。接着，她坚定地——几乎可以说是勇敢地——抬眼盯着我，重又开口了：

"我答应过您，要做到完全坦率。我此刻感到这一诺言很有必要。因为现在，我第一次迫使自己，要按照情节先后顺序描述那一天的全部经过，要找出明白清晰的语句，来说明当时那种纷杂紊乱的心情，今天我才清楚地得到了许多认识，是我当初所不知道的，也许，我当初只是不想知道罢了。因此我要十分坚决地向自己，也向您说出真实情况：当时，在那个年轻人走出屋子、剩下我独自一人的一秒钟里，我曾经——仿佛一阵晕厥沉沉地向我压来——感到心上受了一下猛击，有点什么使我悲痛欲绝了。可是，我的被保护人对我无限尊敬，他的这种态度那时还使我怦然心动，怎么竟会忽然令我万分伤痛了，这却是我弄不明白的——或许是我不愿意弄明白吧。

"可是现在，我迫使自己回溯往事，要坚决而又有层次地从内心里吐出一切，只当全是别人的事，要对您这位证人毫不隐瞒，不在您的面前因为感到羞愧而怯懦地有所避讳，这时我才明白：当初我万分伤痛，实在是出于失望……我感到失望，因为……因为那个年轻人竟那么驯顺地离开了我……竟一次也不曾企图抓住我，要求留在我的身旁……我所失望的是，我只说出了一个愿望，要他转回家去，而他竟卑顺敬畏地立刻依从了我，却不曾……却不曾有过一次企图，将我拉近他的身边……我所失望的是，他尊敬我，只是因为将我认作了忽然出现在他面前的一位圣者……而没有……而没有觉得我是一个女人。

"这些正是当时我所失望的……这种失望，我当时和过后都不曾自己承认过，然而，一个女人的感觉是无所不知的，并不需要语言和意识。因为——我现在用不着再欺骗自己了——如果那位年轻人当时抓住了我，当时恳求过我，我定会跟着他去天涯海角，我会听任自己和我的孩子们的姓氏蒙上羞辱……我会不顾别人的非议和自己的理智，随着他一起逃走，就像那位跟一个刚认识了一天的年轻的法国人一同私奔的亨丽哀太太一样……逃到哪儿去、一道生活多久，这些我都会一概不问，对于自己先前的生活，我绝不会稍稍回顾一下……为了这个人，我会将我的钱、我的姓氏、我的财产、我的名誉全部牺牲……我会甘心沿路乞讨，只要他领着我走，世界上好像没有一处卑下的角落是我所不愿去的。一般人所谓的廉耻和顾虑，我可以完全抛在一边，他只需说一句话，只需向我走近一步，只要他曾经企图抓牢我，我就会在那一秒钟里立刻将自己整个儿交给他。可是……我向您说过的……这个人当时如醉如痴地看着我，竟不再觉得我是个女人了……我那时多么狂热地倾向他，多么甘愿委身相从啊，而在我剩下孤身一人时，我才感觉到了，我那一股激情被他的辉煌无比的、天使一般的面容引导着正在高涨，却突然坠跌下来，落回空虚凄凉的心胸之中，在里面翻腾不已。我勉强振作精神，出去赴约会，加倍感到非我所愿。我只觉得头上箍着一顶既重且紧的钢盔，压得我左摇右晃了；当我终于走向另一处旅馆，到我那位亲戚的寓所里去时，我的思绪纷乱，正像我的脚步一样。我坐在那儿闷闷恹恹，听着别人谈得上劲，我一再地忽然吃惊，偶尔抬起眼来，见到的是一些呆板的面孔，它们比起那张像是高空行云变幻无穷、阴晴不定无限生动的脸来，全都像些纸糊的或僵冻的面孔。我仿佛坐在死人堆里，这一次亲友聚会竟这么可怕、了无生趣；当我一边舀着糖放进茶里，一边心不在焉地跟别人应答着时，那张唯一的脸不停地在我心上浮升，恰像是我心中的阵阵热血在推拥着它。观察那一张脸曾经成为我的无上欢乐，而现在——想想实在骇然！——再过一两个小时我就只能最后一次重见它了。我一定是不由自主地轻轻叹息了一声，或者发出了呻吟，因为，我丈夫的表姐突然俯下身来问我怎么样了，是否很不舒适，说我脸色发白呼吸紧促了。她这么一问很是出乎我意外，马上使我毫不困难地找到一个借口，我急忙承认确是患了头痛病，请她允许我悄悄离开这儿，不让别人发觉。

"就这样，我得到了脱身之机，立刻不再迟延，匆匆赶回自己的旅馆。我走进屋子四顾，空虚凄凉的感觉重又袭上心头，我同时焦灼地感到只盼望再见到就要与我永别的那位年轻人。我在屋子里踱来踱去，枉费心力地打开橱柜，换了衣服和腰带，在镜子里仔细端详了一回，看看自己的装扮能不能引起他的注意。突然，我明白了自己的意愿：一切在所不惜，只要不失掉他！在那万分急遽的一秒钟里，我这个意愿立刻变成决心。我飞奔下楼找到管门的人，告诉他我要搭乘当晚的火车离开这儿。必须赶快准备：我打铃唤来侍女，让她帮我收拾行李——时间确是很紧迫了。我们像上阵似的慌慌忙忙，将衣裳杂物胡乱塞进皮箱，这当儿，我暗自梦想着怎样给他一场惊喜：我将他送上火车，等到最后，等到只剩下最后的一霎，当他伸出手来跟我握别时，我就出其不意地跳上车去，这一夜就和他同在一起，以后夜夜——只要他愿意，都和他同在一起。我想着这些不禁心跳血涌，感到一阵欢快兴奋的晕眩，好几次一边拿着衣裳扔进皮箱，一边失声大笑，弄得那位侍女完全莫名其妙，我自己也觉得有些神经错乱了。脚夫进来搬取行李，我瞪眼望着，全不明白他在干什么：我心里激动得太厉害了，难以理解身外的一切。

　　"时间很紧迫，我估计已经是七点钟了，最多还剩二十分钟就要开车了。是的，我安慰自己说，我现在不是去送行，我已经下定决心，要陪着他一同走，不论多久多远，完全听凭他。脚夫搬出了行李，我匆匆到账房结算账目。旅馆经理将钱找还给我，我正要转身离开，忽然有一只手在我肩上轻轻拍了一下。我受了一震。那是我的那位表姐，我刚才假称身体不爽，她放心不下，特意前来探望。我觉得眼前发黑了。我这时不需要她来看我，每一秒钟的耽搁都意味着无法弥补的损失，可是，又不得不顾及礼貌，至少得要站着跟她谈几句。'你必须躺在床上，'她劝我说，'你准是发热了。'倒也可能真是这样，因为，我的脉搏急促，两边太阳穴不住地跳动，像是擂鼓，一阵阵只感到眼前青影乱晃，仿佛就要晕倒。可是，我竭力撑持着表示感谢，实际上每一句话都使我焦灼如焚，她的关心来得不是时候，我真想一脚踢开她。这位不速之客偏偏恋恋不舍地一再纠缠，她掏出古龙香水，还硬要亲手替我抹揉太阳穴；我却在计算着每一分钟，急切地挂念着那个人，盘算着找个什么借口，好摆脱这种叫人受罪的体贴。我越是焦急不安，却越是使她担心，到后来她差不多想要将我拖进屋子逼上床去了。忽然——她还在左说右劝——我望了一眼前厅里的挂钟：只差两分钟就到七点半了，而七点三十五分火车就要开走。马上，我像是无意于人世了，狠狠地用手一推，快而且猛地甩开了我的表姐：'再见，我非走不可！'我毫不理会她当时的惊愕，对那些大为诧异的旅馆侍役也不看一眼，一气冲出门外来到街上，径直赶往车站。脚夫还在车站外面守着行李等候，我远远望见他慌张地向我打着手势，便知道时间已经到了。我不顾命地奔向栅栏口，守栅栏的却不放我过去：我忘了买票。我竭力婉言央告，请求破例通融，不料，火车蠕蠕开动了；我全身哆嗦，隔着栅栏张望，只盼着还能从一个车窗口再见他一面，得到他的一瞥一视、一次挥手，可是，火车渐渐加快，我再也无法认出那张脸来了。一节节车厢飞驰而逝，一分钟后已经不见踪影，只留下冉冉浓烟，在我的一片昏黑的眼前缓缓升腾。

"我站在那儿大概已经全身僵化了，不知道站了多久，脚夫准是叫了几遍不见我答应，才大胆地碰了一下我的胳臂。我猛然惊醒。他问我要不要将行李运回旅馆。我想了一分钟，不，那是不行的，我走得那么仓促、那么可笑，不能够再回去了，我也不愿意重回到那儿去，永远不再回去。我这时真是万般孤寂、满心烦乱，只好命令脚夫，要他将行李送到保管处暂时寄存。后来，在车站的大厅里，在阵阵喧噪和往来不停地人群里，我才尽力思索，希望能清楚地考虑一番，找到一个解救的办法，脱出愤恨懊丧、苦痛失望的重压。因为——有什么不可承认的呢？——我那时自怨自艾，责怪自己失去了与他重聚的最后机会，这个想法像一柄灼热而锋利的尖刀，残酷地剜割着我的内心，我心上被剜割得那么凶猛炽烈，残酷的程度有增无减，令我伤痛至极直要高声号叫。只有从来不曾有过激情的人，才会在一生中可能出现的唯一瞬间，表现出这般雪山突崩、这般狂风乍起似的激情：多少年废置无用的生命力忽然倾泻出来，奔腾澎湃滚滚而下，一齐涌汇胸中。我从来，不论在这以前或以后，不曾像在这一秒钟里那样，感到万分惊愕、满腔怨愤，茫然不知所措。我原已心坚意决，不惜鲁莽从事，准备将长久积聚的全部生命一次抛掷出去，却突然发现迎面堵着一道令人顿失知觉的墙壁，我被激情带着一头撞在上面。

"我下一步所做的事只能说是完全失去知觉以后的举动，不可能再有别的解释。那简直是发了痴，甚至是非常愚蠢，我几乎羞于叙述——

可是，我对自己、对您曾经有过诺言，要做到无所隐瞒。我那时……重新开始寻找他……我寻索旧迹，想追回与他同处时的每一瞬间……我昨天与他一同逗留过的每一处所都在有力地吸引着我，我要去到临街的花园，看一看我将他从上面拖起来的那张长椅，我想去那初见他的赌馆，甚至也想上那个下等旅店去一次，只为了……只为了追怀往事。我还打算第二天早上雇一辆马车，沿着海岸再循旧路，重温一遍他的每一句话、他的每一个动作——我真是神志昏乱了，竟这么无聊、这么幼稚。可是，您试想想，那许多事在我全是突如其来，简直疾如电闪——我来不及再有别的感觉，只能像是猛受重击昏迷不醒了。而现在却又过于急遽地从昏迷中觉醒过来，我记忆犹新，还想一一重新追溯，再领略一遍正在消逝的新奇感受。我们称之为记忆的东西真是一种富有魔力的自我欺骗——的确，一切就是这么一回事，不管我们是否理解。要想懂得其中的奥妙，也许必须有一颗燃烧的心吧。

"就这样，我首先去赌馆，想看看他在那儿坐过的那张赌台，在许多只手里面想象出他的一双手来。我走了进去，我还记得，我第一次看到他，是在第二间屋子里靠左边的赌台旁。他的神态身影如在我的眼前，种种姿势历历可辨：我可以像个梦游人，闭着眼、伸着手摸索到他所待过的地方。我就这样走了进去，一径直穿过大厅。正在这时……当我从门口朝着纷乱的人群投了一瞥时……我眼前出现了一件奇事……恰在我梦想着他所在的位置上，忽然见到——简直是发热病时的幻影一般！……坐在那儿的真是他……真是他……真是他……正是我刚才梦想着的模样……正是前一天的那般模样，两眼牢牢盯着转轮里的圆球，脸色亢奋苍白……是他……是他……明明是他……

"我惊骇无比，简直要叫出声来。可是，眼前的景象太不可思议了，我极力镇定，赶紧闭上眼睛。'你精神错乱了……你做梦了……你发热了，'我对自己连连说道，'这是不可能的，你见着了幻影……半小时以前他已经离开这儿了。'后来，我又睁开眼睛。可是，太可怕了，还像刚才一样，他坐在那儿，明明是他……在千百万只手里我也能认出他的手来……不，我没有做梦，确实是他。他并没有实践自己的誓言，还不曾离开这儿，这个疯狂了的人又坐上赌台，他又有了钱，我拿给他叫他回家的钱，他又陷入这种激情完全忘掉自己了，又来大赌特赌了，而我还在痛苦绝望地整个心儿飞向他。

"我猛地一下冲上前去，一阵愤恨使我两眼模糊，我愤恨得眼睛发红了，这个背弃誓言的人这么无耻地欺骗了我，将我的信赖、我的情意、我的牺牲全都抛在脑后，我真想扼杀他。然而，我还是克制着自己。我强迫自己放慢脚步，（我费了多么大的劲啊！）走近赌台站在他的对面，一位先生有礼貌地给我让了一个座位。我们两人之间隔着两米宽的绿呢台面，我像是坐在剧院楼厢里观剧一样，能够看清他的脸，正是这张脸，两小时前我曾见它光彩四射满含感激之意，闪耀着欣蒙神恩的灵辉，现在却又因为地狱火焰一般的激情而抽搐改样了。他的两只手，正是那两只手，今天下午我还看见它们抱着教堂里的经案立下最神圣的誓愿，这时又弯曲如钩地四面搂钱，像是两只嗜血的蝙蝠。因为，他这时赢了钱，一定已经赢了很多、很多钱：他面前亮晃晃地胡乱堆着许多赌筹、许多金路易、许多钞票，凌乱地混在一处，他的手指，他的神经战栗的手指，自得其乐地在钱堆里来回抓搔扒弄。我看见他的手指紧捏着那些钞票，将它们一一抚平折叠起来，翻转着那些金币，喜滋滋地一再摩挲着，突然，他猛地一下抓起了满满一把钱，扔到一处下注的方格里。立刻，他的鼻翼两侧又开始飞快地连连抽动，管台子的人的叫喊震开了他的两眼，使它们露出了贪婪的光芒，从钱堆上抬起来瞪着前面，盯着那个正在跳动的圆球，他仿佛被一股激流带着要向前冲，可是两肘像是被牢牢地钉在了绿呢台面上。他那一副着了魔般的神情，比前一天晚上所表现的更为可怕，更为骇人，因为，他现在的一举一动使我心上原有的印象相形之下黯然失色了，恰像是镶嵌在金边相框里的照片，而这个金相框是我自己一时轻信给镶嵌上的。

"我们两人相隔两米面对着面，各自喘息不宁；我盯着他，他却没有注意到我。他不曾看见我，他谁也不曾看见；他只瞧着钱堆，目光只在向后倒滚的圆球上溜转：他所有的知觉全被这个狂乱的绿色圆圈囚禁住了，只在那里面来回奔突。在这个嗜赌如命的人眼里，整个世界、整个人类全都熔化了，已被铸成这片铺着绿呢的方围之地。我知道，我尽可以在那儿一连站上几小时，他也绝不会感觉出有我在场。

"可是，我再也不能忍耐了。我突然下定决心，绕着赌台走到他的背后，使劲地用手抓住他的肩膀。他目光昏乱地抬头望了一眼——他瞪着玻璃球似的眼珠盯了我一秒钟，活像一个醉汉被人从沉睡中用力推醒，眼里还是灰雾茫茫、烟瘴重重。然后，他似乎认出了我，筋肉抽搐地张着嘴，兴致勃勃地仰看着我，喃喃地说出一些不知所云的知心话来：

"'运气不坏……我走进来看见他在这儿，马上知道要交运了……我马上就知道了……'

"我不懂他说些什么。我只看出他已赌得如醉如痴了，我看出这个精神错乱的人已经忘掉一切。忘了他的誓愿、他的诺言，忘了我，也忘了整个世界。可是，他这种疯魔状态中的狂喜神情令我大为着迷，我竟不由自主地应答着他，十分惊异地问他见到了什么人。

"'那边，那个只有一只手的俄国老将军，'他悄声告诉我说，一直凑近我的耳朵，不让这个秘密被别人偷听去，'就是那位留着雪白的胡须、背后站着一个侍从的人。他老是赢钱，我昨天就注意他了，他准是有一套赌诀，我现在回回跟着他下注……昨天他也是始终都赢的……我昨天犯了个错误……不该在他走了以后还要赌下去……那是我的错……他昨天一定赢了两万法郎……今天他照旧是回回得彩……我现在老跟着他……现在……'

"正说着话，他突然停住了，因为那当儿，管台子的扯着嗓子嚷了一声："Faites votre jeu！"①一听到这声嚷叫，他立刻移开目光，贪婪地注视着那个长着大白胡子的俄国人。俄国人稳稳地坐在那儿不动声色，神态从容地拿起了一个金币，迟疑了一下又拿起一个来，一齐押在第四门上。马上，我眼前这双急切的手慌忙插进钱堆里，抓起了满满一把金币，也押在了同一门上。一分钟后，管台子的喊了一声："空门！"接着便将台子上所有的钱全部揽走了，这时，他望着被人席卷而去的钱，竟像是遇着了什么奇迹。您也许以为，他会回过头来看我一眼吧，不，他整个儿忘掉我了，我早已从他的生活里坠落了、消逝了、隐没了，他全身紧张，眼里只盯着那个俄国将军，望着那人毫不在意地又拿起了两个金币，还不曾决定押在哪一门上。

---

① 法语：各位下注吧！

"我无法向您描述我的痛苦、我的绝望。可是，您试想想我那时的心情：为了这个人，我抛弃了自己的全部生活，现在我在他的眼里还不如一只苍蝇，不值得他懒懒的轻轻挥手驱赶开。那阵愤恨又在我的身上潮涌起来。我用力抓住了他的手，使他吃了一惊。

"'马上站起来！'我向他轻声而带命令口吻说道，'想想今天在教堂里许下的誓愿吧，不守誓言的、没有心肝的人！'

"他瞪眼望着我，神情惶惑，脸色苍白。他的眼里突然露出颓丧的表情，像是一条挨了打的狗，他的嘴唇颤抖着。他仿佛猛然间记起了先前的一切，他仿佛有些醒悟了。

"'是的……是的……'他喃喃地说，'噢，我的上帝，我的上帝啊……是的……我马上走，求您原谅……'

"他的手开始整理那堆钱，最初动作敏捷，很是毅然决然的样子，可是后来，又慢慢儿变得少气乏力了，像是碰到一股逆流。他的目光重又落在那个俄国人身上，那人正在下注。

"'再等一小会儿……'他飞快地抓起五个金币，扔到俄国人下注的地方……'只赌这一注……我向您起誓，我马上就走……只赌这一注……只赌……'

"他的声音又低沉下去。圆球已经开始滚动，将他也带着走了。这个着了魔的人又从我的手里，也从他自己的手里滑脱了；平轮连连旋转，圆球滚跳不停，他也跟着跌进里面去了。管台子的又在喊叫，又揽走了他那五个金币；他输了。可是，他并不曾转过身来。他忘了我，忘了誓约，忘了一分钟以前向我说过的话。他那双贪婪的手又痉挛地攫取着渐渐消融的那堆钱，他的如醉如痴的两眼熠熠闪光，只顾盯着吸住了他的心意的那块磁石——他对面那位会给他带来幸福的人。

"我忍无可忍了。我再推了他一下，这一次却推得十分有力。'立刻站起身来！马上走！……您说过只赌一注的……'

"可是，竟发生了意想不到的事。他突然扭回头来瞪着我，脸上不再有卑顺惶惑的神色，简直是一张狂暴的脸，是一团怒火，两眼灼灼如焚，嘴唇愤愤战栗。'别搅扰我！'他向我吼道，'走开些！你给我带来了晦气。你在这儿我老是输钱。昨天是你连累了我，今天又来了。你走远一点吧！'

"我顿时愣住了。可是，他这么疯狂，我也怒不可遏了。

"'我给你带来了晦气？'我说，'你这个骗子，你这个贼，你向我发过誓……'我还不曾说完，这个着了魔的人就从座位上猛跳起来，使劲将我推开，周围的人纷纷骚动，他却毫不在意，'不用管我的事，'他不顾一切地高声嚷叫，'你又不是我的监护人……喏……拿去，这是你的钱。'他扔给我几张一百法郎的钞票……'现在可该让我安静啦！'

"他嚷得那么凶，完全像是着了魔，毫不理会有上百的人围着我们。人人都在探头张望，都在窃窃私语，指指点点，暗暗嗤笑，连隔壁大厅里的许多人也纷纷好奇地挤了进来。我只觉得自己像被剥掉衣裳赤身露体站在这许多人面前……

"'Silence, Madame, sil wous plait！'[①]管台子的很无礼地大声叫道，一边用笆竿敲着桌子。他是在命令我，这个狠毒的家伙的这句话是说给我听的。我受了屈辱，我羞惭得无地自容，我站在许多交头接耳、纷纷窃议的人面前，恰像一个被人将钱扔到脸上的妓女。两三百只肆无忌惮的眼睛盯住我的脸，忽然……当我羞愧难当地避开眼时……竟忽然遇着了两只眼睛，惊骇万状地瞪着我，尖刀似的直刺向我——那是我的表姐，她丧魂落魄地瞧着我，张口结舌，高举着一只手，像是吓呆了。

"我顿时吓得魂不附体：不等她能够有所行动，趁她还没有从惊骇中恢复过来，我立刻冲出了大厅；我一口气逃出门外，奔向一张长椅——恰是那个着了魔的人昨晚倒在上面的那张长椅。我也同样力竭气尽、同样身疲心碎地倒在这条无情的木椅上了。

"如今隔了二十五年，我只要回想起那一霎，回想起自己受了他的凌辱低下头来站在千百个陌生人面前的情景，就会立刻遍体冰凉。我同时还体验到，我们平日夸夸其谈称之为心灵、精神或情感的那点什么，我们称之为痛苦的那点什么，是多么软弱、浅陋而琐屑啊，所有这些即使大量涌现，也无法使一个受苦的肉体完全毁灭，一个人在这样的时刻里也还是血脉不停、一息犹存的，不至于像一棵大树那样，

---

① 法语：太太，请安静一下！

受了雷击立刻拔根倒地终结生命。我当时的痛苦仅仅只是那么一下，仅仅只在那一霎，刺入我的骨髓，使我呼吸闭塞、全身沉重，倒向那张长椅，领会到一阵与世长辞的愉快感觉。可是，我刚刚说过，一切痛苦毕竟是懦弱的表现，在坚强有力的生活感召下自会悄悄隐退，我们肉体里面留存着的生活感召似乎远比我们精神里面所有的求死之意更为强烈。我那么哀痛欲绝，后来怎会重又站立起来，我自己也弄不明白，不过，我终于又站立起来了，当然，脑子里并没有想到要做什么。我突然记起，我的行李还在车站上存放着，我马上有了一个主意：离开，离开，离开，离开这儿，离开这个该诅咒的人间地狱。我对谁也未理睬，一气跑到车站，打听去巴黎的下一班火车什么时候开行；守门人告诉我十点钟有一班火车，我立刻办妥了托运行李的事。十点——从那场惊心动魄的遭遇开始时算起，正好是二十四小时，这二十四小时充满了种种荒谬透顶的情感变化，此起彼伏犹如风雨交加，我的内心世界从此永远被毁。可是那时，我脑子里别无他念，只有一个连连轰击、不断震荡着的音响：离开！离开！离开！我头上血脉急涌，像是有个木楔不停地打进我的太阳穴里：离开！离开！离开！离开这个城市，离开我自己，回家去，回到家人身边，回到过去，回到自己的生活里去！那一夜我坐上火车来到巴黎，到了巴黎又再换车，一站接着一站，从巴黎到布隆，从布隆到多佛，从多佛到伦敦，从伦敦到我的儿子那儿——路上完全待在狂奔疾驶的火车里，整整四十八小时不思、不想，整整四十八小时不睡觉、不说话、不吃东西，车声隆隆只有一个音响：离开！离开！离开！离开！最后，我走进了我儿子的乡间住宅，人人感到意外，个个满心惊诧：我的举止和眼色里一定有点什么泄露出我的隐秘。我的儿子想要拥抱我、亲吻我。我连忙避开了他：我实在忍受不了，我想到自己的嘴唇已被玷污，不能再跟他接触了。我什么话也不回答，只希望洗一次澡，我觉得必须洗净旅途上蒙受的尘秽，也必须洗去一切别的污秽，那个着了魔的人、那个毫无价值的人的激情仿佛还粘在我的身上。然后，我踅进了自己的屋子，睡了十二或十四小时，睡得昏昏沉沉如同僵死一般，真是我的一次前所未有、以后也绝不会有的睡眠，这次睡眠使我现在已能体会到躺在棺材里瞑目长逝的况味。我的许多亲戚对我温存关切，像是对待一个病人，可是，他们的柔情蜜意只能令我伤心，他们对我敬爱有加，我只感到满心羞惭，我必须时时处处留神，提防自己突然失声惨叫。为了一时疯狂而荒唐的激情，我背叛过他们，忘怀过他们，还曾经企图完全抛弃他们，我多么愧对他们啊。

"后来，我无所事事，又去法国，住在一个谁也不认识我的小镇上，因为，老有一个幻觉跟随着我，使我感到无论谁只要看看我的眼神，便能识破我的终生耻辱，便能窥见我的心境变异。我竟是这么深深地感到自己的不忠、不洁，连灵魂里最深处也不得安宁。常常，每当清晨醒来，我立刻惊惶恐惧不敢睁开眼睛。我马上又记起了那一夜醒来时的感觉，唯恐突然发现身旁有个半裸的陌生人，我顿时像那次一样，心上只有一个愿望：赶快死掉。

"然而，时间终是最有力量的，年龄对于一切情感自有一种奇异的腐蚀作用。人若想到死期将至，死神的黑影已经罩上了人生的旅途，一切事物就会显得模糊黯淡，不再那么敏锐地刺激感觉，它们那种摧残身心的力量就会减少许多。渐渐地，我已能心定神宁无所惊悸了。又过了许多年，有一回我在一次宴会上遇到一位奥地利公使馆的武官，一个年轻的波兰人，我向他问起了某个家族，他告诉我，这一家正是他的堂族，他们的儿子十年前在蒙特卡罗自杀死了——我听了这话不曾战栗一下。这事不再令我伤痛了，它也许——何必掩盖自私的心理呢？——还使我感到庆幸，因为，我一直担心会再遇到他，这点最后的恐惧现在完全消失了：我现在除了自己的回忆，再也没有什么不利于我的见证了。这以后我变得心神安宁了。人上了年纪没别的特征，只不过是对于过去不再感到不安罢了。

"您现在该可以了解，为什么我会突然向您谈起自己的遭遇，您为亨丽哀太太辩护过，您热情地宣称，二十四小时的时间就足以决定一个女人的整个命运，我当时曾经这么想：我非常感激您，因为，我第一次觉得有人在替我申辩。我立刻暗暗忖量：将自己的内心倾吐一次，也许能解除心头的压抑，卸却长日的忆想；如果这样，我明天也许能够去蒙特卡罗，再走进决定过我的命运的那间赌厅，对他对我都不会再有什么怨恨了。如果这样，压住我灵魂的一块巨石就会坠落，深深沉入过去，永远不再浮现。我能够将这些全部向您叙述，对我确有好处：

我此刻心上轻松得多了，差不多感到快乐了……我谢谢您。"

说到这儿，她突然站起身来，我知道，她的话已经说完了。我十分窘迫，想要说点什么。可是，她准是觉察到了我的窘态，连忙阻止我道：

"不，请您不必说什么……我不想让您回答我，也不需要您对我说什么……您听完了我的话，我非常感谢您，祝您一路平安。"

她站在我的面前，向我伸出手来握别。我不由得向她脸上看了一眼，我深深感动了：这位老太太的脸色令人惊异，她神态慈祥地站在我的面前，却又同时微露羞赧，不知是往昔的激情回光映照，还是由于心情慌乱，她的两颊上忽然泛起一层霞晕。她那么站着真像是一位少女，往事的回忆使她惶惑，自己的供述令她羞惭，她像新嫁娘一样有些腼腆局促了。我看出了这一点，更感到应该说一句话，表达我心上对她的崇敬。然而，我喉管哽塞，说不出什么来了。于是，我弯下了腰，满怀敬意地吻了一下她枯萎的、秋叶般微微颤抖的手。

纪琨　译

看不见的收藏

——德国通货膨胀时期中的一段插曲

　　列车过了德累斯顿两站，一位上了年纪的先生登上了我们这小节车厢，他彬彬有礼地打了招呼，向我颔首致意，再次富有表情地望了我一眼，像是遇见一位故人。乍一看我想不起来，可当他面带微笑刚一说出他的名字时，我马上就想起来了：他是柏林最有声望的艺术古玩商人之一，和平时期我经常在他那里浏览和购买旧书以及作家手稿。我们先是随便地聊了一会儿，突然间他径直说道：

　　"我得告诉您，我这是从哪来的。作为一个艺术商人，这是我三十七年来遇见的一桩奇怪之极的插曲。您大概知道，自从货币的价值像空气一样地不值钱，现在我们这一行的行情是什么样子：一批暴发户骤然间都对哥特式的圣母像、古版书以及古老的铜版雕刻画和古画感兴趣了。根本就无法满足他们的奢望，您甚至不得不防范他们把你的整个家底搜净刮光呢。他们恨不能把衣袖上的纽扣和写字台上的桌灯都买了去。于是收进新的货物就越来越困难了——请您原谅，我突然把这些东西说成是货物，往常这可是令我们感到多少有些敬畏的呢——可是这群坏家伙就是习惯于把一本杰出的威尼斯古版书看作一大堆美元，把一张古尔希诺①的素描当成几张一百法郎钞票的化身。这股突然涌来的抢购浪潮，其势头锐不可当。于是隔夜之间我就被搜刮得一干二净。我真想把店门一关了事。在我们这样一家老字号里——这还是我父亲从我祖父手里接过来的——竟然只有一些可怜巴巴的劣等货色，过去，在北方这都是些连走街串巷的小贩也不愿放到车上的东西，我为此羞愧至极。

　　"在这种狼狈的境地里，我想出了个主意，去翻阅我们的老账本，

————————————

　　①　意大利画家乔万尼·弗兰西斯科·巴比埃利·达·秦托（1590—1666）的绰号。

搜索一下我们的老顾客，或许可能从他们手中重新买回几件复制品，这样一本陈旧的顾客名单一直都是某种类型的坟墓，特别是在眼下这年代，它对我的用处根本不大。我们早先的那些买主大多数不是早就把他们的收藏送进了拍卖行，就是已不在人世了，对极个别的人也不能抱什么希望。突然间翻出我们的一个老顾客的一整捆来信，我一下子就想起他来，因为从一九一四年世界大战爆发以来，他就再也没有写信向我们订过货和询问过情况了。这些信件大约都是六十年代①以前的，这绝不是夸张！他从我祖父和父亲手里买过东西，可我记不起来，在我经营的三十七年中他进过我们的商店。一切都表明，他一定是一个古怪的、老式的、滑稽可笑的人。这样的德国人已经变得罕见了，只有在偏远的小镇里还有个把这样的人一直活到我们的时代。他写的字都是一种书法艺术，写得十分工整，钱数总额都用尺和红笔画上直道，而在数字下面都是再画上一道，以免出错。这一点以及他所用的简陋的信封和很不起眼的信纸都说明了这个无可救药的外省人的琐细和吝啬。落款处除了签上他的名字之外，他还经常带上一大串烦琐的头衔：退休的林务官，农业学家，退休上尉，一级铁十字奖章获得者。这个七十年代的老兵，要是还活着的话，那至少年过八十了。但是，这个滑稽可笑的节俭人，作为一个古老的绘画艺术的收藏家却表现出一种非凡的聪颖、杰出的知识和出色的鉴赏力。我慢慢地整理他大约六十年之内的订单——最早的一批订货还只是几枚银币的事情——这时我发现，这个卑微的外省人在当时人们用一个塔勒②可以买一大堆精美的德国木刻画的年代里，不声不响地搜集到一批铜版雕刻画，这笔收藏与那些暴发户借以炫耀自己的东西相比，毫不逊色。在半个世纪里，光是他在我们这里仅用极少马克和芬尼成交的，今天的价值就会令人咋舌，除此，可以想象得出，他定也从拍卖行和其他商人手中弄到不少名贵的东西呢。从一九一四年起我们再也没有从他那里收到过订单了，但我对艺术商界里的事情十分熟悉，这样一批收藏如果进行拍卖或者私下里出售那是瞒不过我的。因此，这个古怪的人现在一定还活着，

---

① 指 19 世纪 60 年代。
② 德国旧时的一种银币。

要不这批收藏就在他的继承人手里。

"这件事引起了我的兴趣，于是我在第二天，即昨天晚上立刻动身，直奔萨克森的一座十分破旧的小镇。当我从简陋的车站穿越城镇的那条主要街道时，我简直不能相信，在这些平庸的、市民气的简陋房屋里，其中某间陋室竟住着一个拥有伦勃朗的最杰出的绘画、丢勒和蒙台纳的木刻人像的人。使我惊讶的是我在邮局询问这里是否住有叫这个名字的林务官和农业学家时，得知这位老先生确实还健在，于是我就在上午前去拜访，应当承认，我的心当时跳个不停呢。

"我没费什么力气就找到了他的住处。他住在那种租费低廉的、土里土气的楼房里，这种建筑物都是在六十年代草率匆忙修建起来的，他住在三楼，二楼住着一位老实的裁缝，在三楼的左边挂着一位邮政局长的牌子，闪闪发光；而在右边挂着一个小型的珐琅牌子，上面有林务官和农业学家的字样。我胆怯地拉动了门铃，随即出来了一个年迈的白发女人，她头戴一顶整洁的黑色小帽。我把我的名片递给了她，问是否可以同林务官先生面谈。她感到惊讶，先是怀有某种疑惑似的打量我，随即看了看我的名片。在这远离世界的小镇里，在这老式的房子里，出现了一个从外地来的客人，这可是一件大事。但是她和气地请我稍候，拿着名片，走进房间，我听到她轻轻地说话，随即突然响起了一个男人的洪亮的声音：'啊，R先生，柏林来的，一家大古玩店的老板……请进来，请进来……我太高兴了！'那个老妇人快步重新走了出来，把我让进屋内。

"我脱掉大衣，进了房间。在简朴的房间正中，笔直地站着一个健壮的老人，浓髭密髯，身上穿着一件半军用的便服，亲切地向我伸出双手。但他站在那里的这种奇怪的、僵直的姿态与他那外表上不容置疑的高兴非凡和喜出望外的欢迎姿态毫无共同之处。他一步也不朝我走来，我感到一丝愕然，只得走到他跟前，以便和他握手。可当我正要握他的手时，我发现他的那双手仍一动不动保持着水平姿势，不是来握我的手，而是在那儿等我去握。随即我全明白了，这个人是个盲人。

"早从孩提时代起，在一个盲人面前，我总是觉得不舒服；我明知他是一个活生生的人，可同时又知道，他不能像我看到他那样看到我，这总免不了使我感到某种羞赧和窘迫。当我现在看到白色浓眉下的一双业已死亡了的、僵直的、空无所视的眼睛时，我不得不克制我的愕然。但是这个盲人却不让我有更多时间发怔，我刚一握住他的手，他就使劲地摇动起来，急促地、高兴得粗声粗气地再度表示欢迎。'稀客啊，'他满脸堆笑地对我说，'这真是奇迹呀，柏林的一位大老板竟然光临寒舍……可一当某个生意人上路，那就要当心啊……在我们这里，人们常说：要是吉卜赛人来了，那就要紧锁房门，看好钱包……是的，我想得出您为什么来找我……眼下，在我们这个可怜的、走下坡路的德国，生意不好做啊。没有买主了，于是大老板们就又想起了他们的旧主顾，寻找他们走失了的羔羊……但在我这里，恐怕您交不上运气啦，我们这些穷苦人，靠养老金过活的老人，饭桌上有块面包，就够高兴的了。你们现在要的令人发疯的价格，我们再也付不起了……我们这样的人永远也没有份了。'

"我立即解释说，他误解了我的来意。我来这儿不是向他出售什么，我只是偶尔来到这一带，有了机会，也不想错过这个机会来拜访我们的一位多年的老主顾和德国最大的收藏家之一，我刚一说完'最大的收藏家之一'这句话，这老人的脸上便起了一种奇怪的变化。虽说他还是笔直地、僵硬地站在房子中央，可是现在他的态度突然显出欢快明亮和扬扬得意的神情。他把身子转向估计是他妻子的方向，说道：'你听听。'声音里充满了快乐，没有一丝那种在军队里养成的粗鲁语气，而是和气地甚至是温柔地对我说：'您这真是太好、太好了……您确是不虚此行啊。您可以看到您不是每天都能看得到的东西，即使是在你们豪华的柏林……有几幅画，在阿尔帕梯纳①，在该死的巴黎都找不出比它们更美的了……真的，收藏了六十年，什么样的东西能没有啊，这可不是在马路上随便得得到的。露易丝，把柜子的钥匙给我！'

"这时候却发生了有些意想不到的事情。那个一直站在他身边、面带微笑客气地静听我们谈话的老妇人，突然向我恳求地举起双手，与此同时猛烈地摇头表示不同意，这个暗示一开头我没有理解。这时她走到丈夫跟前，把两只手放到他的双肩上。'海瓦特，'她提醒说，'你还根本没问这位先生现在是不是有时间来看你的收藏呢，现在已

_____

① 阿尔帕梯纳：维也纳著名的艺术陈列馆。

经中午了。而饭后你得休息一个钟头，这是医生明确嘱咐了的。饭后你让这位先生看你的东西，然后我们一同喝杯咖啡，不是更好吗？那时安娜玛丽也在这儿了，她对这些东西很熟悉，可以帮你的忙！'

"这番话她刚一说完，就立即再次背着什么也察觉不到的老人重复那种迫切乞求的手势。我现在懂得了她的意思。我知道，她希望我现在拒绝观看他的收藏，我很快找到一个遁词，说中午有一个约会。如果能够欣赏他的收藏，我当然感到高兴和光荣，但是在三点钟之前几乎不可能了，在此之后我十分愿意。

"他像一个孩子被人夺去了心爱的玩具那样恼火起来，老人转过身来。'当然，'他嘟囔说，'柏林的先生们从来都没有时间的，可这次您一定得花点时间的，这可不是三五幅画，这是整整二十七本画册，每本是一个大师的作品，而且没有一本里是有空页的。那就说好三点；可要准时，否则我们是看不完的。'

"他又空无所视地把手伸给我。'您注意，您会高兴——或者恼火。而您越是恼火，我就越是高兴。我们收藏家一向就是这样：一切都弄来给自己，而没有我们给别人的！'他再次有力地摇动我的手。

"老妇人陪我出门。整个时间里我已觉察到她闷闷不乐、畏葸不安和不知所措的表情。刚一走出门口，她完全压低了声音、结结巴巴地对我说：'在您来我们这里之前，是否请您允许……请您允许……我的女儿安娜玛丽去领您前来？……这更好些……更妥当些……您大概是在旅馆用饭吧？'

"'当然，我为此感到非常高兴，乐于从命。'我说。

"真的，就在一个小时之后，我在市集广场旁边旅馆的小饭堂里刚吃完中饭，就走进来一个老气的姑娘，她衣着简朴，用目光在搜寻。我向她走去，介绍我自己，说明我已准备停当，可以立即动身去欣赏她父亲的收藏。可她突然脸红了起来，像她母亲一样慌乱窘迫，她问我在去之前可否同我谈几句话。我立刻看出来她很为难。每当她要开口说话时，总是十分羞赧，面泛红晕，不安地用手抚弄衣服。最后她总算开始说了，结结巴巴，并且老是一再地慌乱无措：

"'母亲叫我到您这儿来……她把一切都讲给我听了……我们对您有一个请求……在您去我父亲那儿之前，我们是想告诉您，我父亲当然想把他的收藏拿给您看……可是这批收藏……这批收藏……不再是完整无缺的了……其中少了一些……不幸的是，甚至可以说少了很多……'

"她不得不又停下来喘口气，随即突然望着我，匆忙地说下去：

"'我必须完全坦率地对您讲……您清楚眼下的时代，您会了解这一切的……战争爆发后父亲的双目就完全失明了。早在这之前他的眼睛就经常犯病，而由于激动终于完全失明——战争开始那年，他虽然已七十六岁了，可还是要到法国去打仗，当军队没有像一八七〇年那样长驱直入，他就可怕的激动起来，于是他的视力就急剧减退，要没有这场变故，他一直还完全是健壮的，在这之前不久他还能整小时走动，甚至外出打猎，这是他最喜爱的一种运动。可现在他不能出外散步，他剩下的唯一乐趣就是这批收藏，每天他都得看上一遍……说实在的，他根本不是在看，他根本也看不见，但他每天下午把画册都拿出来，为的是至少可以用手去摸摸它们，一张接着一张，总是按着固定的次序，这是数十年来他熟记好了的……今天没有什么再引起他的兴致了，我总是给他念报纸上的拍卖价格，他听到价格越高，就越是高兴……可是……可这太可怕了，我父亲对物价、对时代是一窍不通啊……他不知道我们失去了一切，他不知道他一个月的养老金只够两天的生活用……此外还得加上我妹妹和她的四个孩子，她的丈夫战死了……可我父亲对我们经济上的困难一无所知。开头我们节俭地过，省吃俭用，可这无济于事。于是我们开始卖东西——我们当时不动他心爱的收藏——卖我们有的零星首饰，可是，我的上帝，六十年来我父亲把他省下来的每个芬尼都用在买画上了，我们能有什么值钱的东西呢。山穷水尽，我们不知该怎么办……于是，于是母亲和我卖了一张画。父亲要知道的话，是不会允许的，他不知道境况多么坏，他想象不出在黑市里买一口吃的是多么困难，他也不知道我们被打败了，阿尔萨斯和洛林被割让出去了，我们不再给他念报纸上这一类的事情，免得他激动起来。

"'我们卖了一幅非常珍贵的画，那是伦勃朗的一张铜版蚀刻画。买主给了我们好几千马克，我们希望用这笔钱能过上一年。可是您知道，这钱也太不值钱了……我们把余款存放在银行里，可是两个月后就变得一文不值了。这样我们只得又卖一张，接着再卖一张，而买主汇来的钱老是很迟，等钱到手又不值钱了。随后我们去拍卖行，可在那儿他们也欺骗我们，出的价格是上百万……可是等这几百万马克到我们手就又变成一堆废纸。慢慢地就这样把他那批收藏中的最珍贵的卖得一张不剩，用来维持起码的、最可怜不过的生活，而我父亲对此一无所知。

"'因此，当您今天前来，我母亲十分惊慌……要是他给您打开他的画册，那一切就隐瞒不住了……我们把复制品或类似的画塞到画册里的旧框里去代替我们卖出的画，这样，他抚摸的时候就不会发觉。当他抚摸和数这些画（每一张的次序他记得非常清楚）的时候，那种喜悦劲和他过去眼睛能看得见的时候一样。在这座小城镇里，父亲认为，没有一个人配看他的宝贝……他怀有一种狂热爱着每一张画，我相信，要是他知道了他手里的这批画都早已无影无踪的话，那他会心碎的。这么多年来，您是第一个他要把他的画册给您看的人。为此我请求您……'

"突然这个女人举起双手，眼睛含着泪水，闪闪发光。

"'……我们恳求您……您不要使他不幸……您不要使我们不幸……您不要毁掉他这最后的幻想，请您帮助我们，使他相信他要对您讲述的这些画都还在……要是他猜出了都是假的，那他肯定会死去的。或许我们这样对待他是不对的，但是我们没有别的办法。人总得活下去……人的生命，我妹妹的四个孤儿，这总比画要重要啊……直到今天我们确也没有剥夺掉他的快乐；每天下午有三个钟点他翻阅他的画册，同每张画说话，像同一个活人一样。而今天……今天也许是他最幸福的日子，多年以来，他一直等待这么一天，好向一个行家展示他这些心爱之物；我请求您……用举起的双手恳求您，不要毁掉他的幸福！'

"她说的这一切是那样感人，我的复述根本无法表达出万一。我的上帝，作为一个生意人，我看到过许多人被无耻地掠夺得一干二净，被通货膨胀弄得倾家荡产，他们宝贵的家私为了换口奶油面包而被骗去。但是这儿，命运创造了另外一番奇特的情景，它使我极为感动。不言而喻，我答应她一定保守秘密，并尽我最大的努力去做。

"我们一道前往。在半路上我又愤慨地得知，别人用区区小数的钱欺骗了这两个穷苦的、无知的女人，这更坚定了我去帮助她们的决心。我们上了楼，还没等我们拉门铃，我就听见从房间里面传出来老人高兴的叫喊声：'进来！进来！'盲人的灵敏听觉使他在我刚一上楼时就听到了我们的脚步声。

"'海瓦特今天等着您看他的宝贝，急得连觉都没睡着。'老妇人微笑着说。她女儿的一个眼色就使她安下心来，知道已经取得了我的同意。在桌面上早就摆满了画册，这位双目失明的老人刚一握到我的手，来不及说其他的欢迎词儿，就抓住我的胳膊把我按在扶手椅上。

"'好了，现在我们马上开始——有好多东西要看呢，从柏林来的先生们没有时间哪。第一本画册是丢勒大师的，您可以看得出来，是相当完整的，一张比一张好，喏，这您自己能判断出来的，您看这一张！'他翻开画册的第一张，'这是《大马》。'

"于是他十分谨慎地，就像是接触一件易碎的物件似的，用指尖小心翼翼地从画册的纸框里取下一张上面什么也没有的、发黄的纸张，兴高采烈地把这张废纸头摆在自己的面前。他看着它，有好几分钟，实际上他什么也看不见，但他兴奋地用手把这张白纸举到眼前，脸上奇妙地呈现出一个明目人那样的聚精会神的表情。在他那双瞳仁业已僵死的眼睛里霎时间闪出一种明镜般的光亮，一种智慧的光华。这是由于纸张的反射还是内心光辉的映照？

"'喏，您什么时候看到过这样一张极为漂亮的画呢？'他骄傲地说，'每一个细部都多么清晰，多么细腻——我把这一张同德累斯顿的那一张作过比较，比起来那一张显得呆板，毫无生气。这儿还有收藏家的一些落款！'说着他把这张纸翻了过来，用指甲准确地指着这张白纸背面的一个地方，这使我不由自主地看过去，看那儿是否真的有什么标记。'这是拿格勒收藏的图章，这儿是雪米和艾斯达依勒的图章；他们，这些著名的收藏家绝不会想到，他们的画有一天竟落到了这间陋室里。'

"当这个一无所知的盲人那样赞赏一张废纸时，我脊背上不禁感到一阵发冷；看到他用指甲尖一丝不苟地指着那些只存在于他幻想中而实际上看不到的收藏者的标志，真使人难过。我觉得嗓子眼发堵，不知回答什么好；但当我不知所措地向两个女人望去时，看到了那个颤抖的、激动的老妇人乞求地举起双手，于是我镇定下来，开始扮演我的角色。

"'真是罕见！'我终于讷讷说道，'一张美极了的画。'他的脸立刻由于骄矜而泛出光泽。'这远不算什么,'他得意地说,'您得先看看那张《忧郁》或者《基督受难》,一张着色的珍品,这样的质量再找不出第二份来,您看看吧。'他的手指又轻轻地在一张他想象中的画上比画着。'多么鲜艳,色调多么细腻,多么温暖。柏林的古玩商和博物馆的专家们都会目瞪口呆的。'

"这种狂喜入迷的、喋喋不休的赞赏足足有两个钟头。不,我无法向您描述,看到这一二百张白纸或粗劣的复制品是多么令人难过,但这些白纸和复制品在这个悲惨的、一无所知的盲人的记忆里却是那么真实,他能丝毫不爽地顺着次序赞美着、描绘着每一个细部,十分精确;这看不见的收藏,虽说早已失散得一干二净,可对于这个盲人,对于这个令人感动的、受骗的老人,却依然是完整无缺啊,他幻觉中的激情是那样强烈,几乎使我都开始相信他的幻觉是真实的了。只是有一次他几乎从这种夜游式的状态中被惊醒过来:在他夸奖伦勃朗的《阿齐奥帕》(这一定是一幅珍贵无比的样本)印得多么精致时,同时就用他那神经质的有视觉的手指,顺着印路在描画着,可他那敏感的触觉神经在这张白纸上却感受不到那种纹路。刹那间他的额头笼罩上一层黑影,声音慌乱起来。'这真的……真的是《阿齐奥帕》?'他嘀咕起来,显得有些困惑。于是我灵机一动,马上从他手里把这张纸拿了过来,并兴致勃勃地对这幅我也熟悉的铜板蚀刻画中每一个细节加以描述。盲目老人业已变得困惑的面孔又恢复了常态。我越是赞赏,这个身材魁梧然而老态龙钟的盲人便越是心花怒放,一种宽厚的慈祥,一种憨直的喜悦。'这才真是一个行家,'他欢叫起来,得意地把身子转向家人,'终于有一个懂行的人了,你们也会知道,我的画是多么宝贵的。你们总是怀疑我,责备我把钱都花在我的收藏上,是啊,六十年来,我不喝啤酒,什么酒也不喝,不吸烟,不外出旅行,不上剧场,不买书,我节衣缩食,省吃俭用,就是为了这些画。你们会看到的,等我离开人世时,那你们就会有钱,比这个城镇的任何人都有钱,和德累斯顿最有钱的人一样富有,那时你们就会对我的这股傻劲再次感到高兴呢。但是只要我还活着,哪一幅画也不许离开我的家。得先把我抬去埋掉,才能动我的收藏。'

"他的手温柔地抚摸着早已空空如也的画册,像抚摸一个活物似的。这使我感到惊悸，但同时也深受感动，在战争的年代里我还从没有在一个德国人的脸上看到这样完美、这样纯真的幸福表情，站在他身边的是他的妻女，她们与德国大师的那幅蚀刻画上的女性形象那样神奇地相似，她们来到这儿是为了瞻仰她们的救世主的坟墓，站在被挖掘一空的墓穴之前，她们面带一种惊骇至极的表情，而同时又怀有一种虔诚的、奇妙的狂喜。像那幅画上的女人在听耶稣基督的上天预言那样，这两个上了年纪的、面容憔悴的、穷苦的小资产阶级女人被老人的孩子般的喜悦所感染，半是欢笑，半是泪水，这种景象我从未经历过，它是那样动人。但是老人觉得我的赞赏仍嫌不够似的，他一直不断地翻动画册，如饥似渴地吞饮下我的每一句话。当这些骗人的画册终于被推到一旁，他不情愿地把桌子腾出来供喝咖啡用时，这对我来说如释重负。但我的这种轻松之感，却是针对他那极度兴奋、极为狂乱的快乐的，针对这像是年轻了三十岁的老人的自豪而言的，这使我感到内疚。他讲了许许多多他搜集这些画的趣闻；他拒绝他人的帮忙，不断地站起身来，一再地抽出一幅又一幅的画来，宛如喝醉了酒那样不能自主。最后，当我告诉他我得告辞时，他蓦地一怔，像一个固执的孩子那样满心不悦，气得直跺脚。这不行，我还一半都没看完呢。两个女人极力使这执拗的老人理解，他不应该再挽留我了，要不我就要误火车了。

"经过无望的挽留，他最后听从了劝告；在告别的时候，他的声音变得完全温和了。他抓住我的双手，面带一个盲人所能表现出来的全部感情，用手指爱抚地一直摸到手腕，像是要更多地了解我，或者是要给予我远非言辞所能表达出的、更多的爱。'您的访问使我高兴极了，高兴极了，'他开始激动地说，这激动出自他内心深处，是我永远不能忘怀的，'您对我真的做了一件大好事，使我终于、终于、终于能同一个行家一道欣赏我这些心爱的画册。您会看到，您到一个老瞎子这儿来，并没有白来一趟。这儿，在我的妻子面前，她可以做证，我答应，在我的遗嘱上再加上一个条款，把我的这批收藏委托给您这家老字号负责拍卖。您应该有这份荣誉，支配这批不被人知晓的宝贝，'说到这里他把手轻轻地放在已被洗劫一空的画册上面，'直到它们流散在世上的那一天为止。但您要答应我，印一份精美的目录：这将是

我的墓碑，我不需要其他更好的了。'

"我向他的妻子和女儿望去，她俩聚靠在一起，战栗不时从一个人传向另一个人，仿佛她俩成为一体，协调一致地在抖动。可我有着一种庄重的情感，因为这个令人感动的、一无所知的盲人把他那看不见的、早已无影无踪的收藏当作一批珍贵的财富委托给我支配。我激动地应允了他，可是这允诺是永远不会兑现的。在他那对业已死亡的瞳仁中重又泛出光辉。我觉察到，他有着一种出自心底的渴望，要和我亲近；我感到他的手指是那么温柔、那么亲切地紧握住我的手指，满怀着感激和庄严的情感。

"两个女人陪我向门口走去。她俩不敢讲话，因为怕他灵敏的听觉会听到每一个字；她们望着我，两眼饱含热泪，目光里充满了感激之情。我迷迷瞪瞪地摸着下了楼梯。我真应该感到羞愧，看起来我像一个天使降临到一个穷人之家，由于我参与了一场虔诚的骗局并进行了善意的欺骗，从而使一个盲人复明了一个小时，我实际上却是一个卑劣的商贩，来到这里是想从别人手中搞去一两张珍贵的作品。但我从这里带走的远比这要珍贵得多：在这个阴郁的、没有欢乐的时代里，我又一次活生生地感受到了纯真的热情，一种照透灵魂、完全倾注于艺术的狂热，而这种狂热我们的人早就没有了。我怀有一种敬畏的感情——我不能说出别的什么来——尽管我还一直有着一种我说不出为什么的羞愧之情。

"我已走到了街上，上面的窗户咯吱地响动起来，我听到有人喊我的名字。真的，老人用盲无所见的眼睛在望着估计是我走去的方向，他连这个机会都不放过。他把身子从窗户里探出很远，两个女人不得不费心地扶住他。他挥动手帕，用孩子似的欢快声音喊道：'一路平安！'我永远不会忘记这个景象：窗口上面白发老人的一张快乐的面孔，高高地漂浮在马路上愁容满面、熙来攘往、行色匆忙的众生之上，乘着一朵幻觉的白云冉冉上升，离开了我们这个令人厌恶的世界。我不由得忆起了那句古老的至理名言——我想那是歌德说的——'收藏家是幸福的人'。"

高中甫　译

日内瓦湖畔的插曲

在日内瓦湖畔，靠近小小瑞士的维诺弗的地方，一九一八年夏天的一个傍晚，一个渔夫把船向岸边划来。他在湖面上发现了一件奇怪的东西，划近一看，原来是一只用几根木棍松垮地捆在一起的简单木筏，上面有一个赤身裸体的男人用一块木板当桨在笨拙地划着。渔夫惊骇地划到跟前，把这个精疲力竭的人拖到自己的船上，用渔网盖住他的下身，随后他试着同这个蜷缩在船上一角冷得浑身发颤的、畏怯的男人攀谈。可是这个人用一种陌生的语言答话，这种语言和渔夫说的没有一个字相同。不久，这个热心肠的渔夫只好作罢，他收起渔网，快速地向岸边驶去。

岸边华灯初上。这个赤身裸体的人的面孔慢慢清晰可见。他那宽大的嘴边满是胡髭，脸上泛起孩子似的笑容，举起一只手向对面指着，结结巴巴地说着一个词，听起来像是"露西亚"①，小舟离岸越来越近，这个词说得越来越热烈。渔船终于靠岸，渔夫们的家室都在岸边守望自己的男人。她们观望渔夫的湿漉漉的捕获物，可她们一看出在渔网里的竟是一个一丝不挂的男人时，便慌乱地四下逃散，就像瑙西卡②的侍女发现裸体的俄底修斯的情景一样。慢慢地，村里的一些男人向这稀有的"人鱼"聚拢来，他们随即负责尽职地把他送到村长那里。出于战争期间的直觉和丰富的经验，他立刻就觉察出这个人一定是个逃兵，从湖岸法国那边游到这里来的。于是他公事公办地进行审问，可是这种一本正经的做法很快就失去了严肃的意义和应有的价值，这个一丝不挂的男人（在此期间有几个居民掷给他一件上衣和一条粗布裤子）对任何问题只是重复地、疑问似的说："露西亚？露西亚？"声

---

① 俄语的音译，意为俄罗斯。
② 古希腊神话中阿尔刻诺国王的女儿。由于雅典娜的指使，瑙西卡和她的侍女们在河边嬉戏时发现了漂流到该岛的俄底修斯。当时俄底修斯一丝不挂地出现在她们面前，侍女惊得四下逃散。

音越来越畏葸，越来越含混不清。村长对此感到有些恼火，于是以不容误解的手势让这个陌生人跟他走。身边围着一群吵吵嚷嚷的年轻人，这个湿漉漉的、光着大腿的男人，穿着一件上衣和一条短裤，被带到村公所去，好在那里把事情弄清楚。这个人顺从地一声不响，只是他那对明亮的眼睛由于失望而变得黯淡无光，他那高耸的肩膀像是在重压之下垂了下来。

这条被捕捞上来的"人鱼"被安置在就近的一座旅馆里。在单调的日子里，这个令人开心的插曲给人们带来了乐趣，一些女人和男人都来这里参观这个野人。一个女人带给他糖果，可是他像个猴子似的多疑，动也不动；一个男人给他照相，所有的人都谈论他，高兴地在他周围七嘴八舌说个不停。终于，有一个曾在外国待过并能说多种语言的饭店老板来到这个惶恐不安的人身边，轮换用德语、意大利语、英语，而最终用俄语问话。刚一听到家乡话，这个惶恐不安的人就抽搐了一下，他那善良的面孔上堆起一片宽厚的笑容，突然间他镇静而直率地谈起他的全部经历。这个故事很长，也很杂乱，一些个别地方连这个临时翻译也搞不懂，但是这个人的遭遇总的说来还是清楚的：

他在俄国打仗，可有一天，他同成千上万的士兵被装进军车，走了好远好远，随后又被装上船，船走了更长时间，经过一个非常炎热的地区，用他的话来说，热得肉里的骨头都软了。最后他们在一个地方登陆，又被塞进军车，然后向一个山丘冲了上去，随后他什么都不知道了，因为冲锋一开始他的腿上就中了一弹。通过翻译，听众马上就知道了，这个逃兵是属于那个穿过西伯利亚和经过海参崴，越过大半个地球来到法国前线的俄国军团的士兵。这马上激起了人们怀有怜悯心的一种好奇，是什么促使他能够进行这次稀奇的逃亡。这个性情随和的俄国人，面带半是宽厚半是狡黠的微笑叙述说，他的伤还没有好，就问护士，俄国在什么地方，护士把方向指点给他，他通过太阳和星星的位置大体确定了方向，于是就偷偷地溜了出来，夜间走路，白天躲在干草堆里逃避巡逻兵。吃的是采到的浆果和讨来的面包，走了十天，最终他到了湖边。现在他叙述就有些不清不楚了；好像是这个来自贝加尔湖畔的人以为，在晚霞中他眺望到日内瓦湖另一岸的摇曳不定的轮廓，认定那就是俄国。他想方设法从一家农舍里偷了两根木梁，他躺卧在上面，用一条木板做桨，划到湖中间，在那里那个渔夫发现了他。在他结束他的这段糊里糊涂的故事时，他胆怯地提出了个问题，是不是他明天就可以到家，还没等翻译出来，这个愚昧无知的问题先是唤起了一阵哄堂大笑，可随即这笑声变成了一种深切的同情。每个人都塞给这个东张西望、显得手足无措、可怜巴巴的人一两个铜板或几张纸币。

在此期间，一个较高级的警官从电话中得悉此事，由蒙特沃来到这里，他费了不少气力才就此事写出了一份记录。这不仅是由于这临时的译员无能为力，也是由于这个人的无知无识，西方人对此是难以想象的，可现在总算是清楚了。他对自己的身世，除了知道他名字叫鲍里斯之外，几乎毫无所知；而对自己的家乡，他只能极为混乱地描画个大概，他是麦合尔斯基公爵的农奴（虽然农奴制早已废除了好几十年了，可他还是说农奴这个词），他同他的妻子和三个孩子住在离大湖有五十俄里的地方等。现在谈到下一步该怎么办的问题了，一些人开始争论起来，而他目光呆滞地蹲在这群人中间。有些人认为应当把他送交给伯尔尼的俄国领事馆，可另一些人怕这样做他会被重新送回法国；警官在权衡这个问题的严重性，是该把他当作逃兵还是当作一个无证件的外国人来对待；村秘书立刻排除上面提到的后一种可能性，这要地方上养活一个外来人，还要为他准备住处。一个法国人叫了起来，人们对这个可怜的俄国兵不该这样顾虑重重，他可以劳动或者被遣送回去；两个妇女激烈地反对说，他的不幸不是由于自己的过错，让人背井离乡到外国打仗，这才是一种犯罪。这个偶然的事件几乎要引起一场政治上的争吵。这时突然一位老先生、丹麦人——在此期间他来到此地——断然表示，他愿为这个人付八天的生活费用，这期间行政当局应同领事馆进行交涉达成协议。这个意想不到的解决办法，使官方之间和持不同意见的个人之间都避免了争吵。

在越来越激烈的争辩中间，这个逃兵慢慢地抬起畏怯的目光，老是望着饭店老板的嘴唇，他知道，在这场争论中，这是唯一能告诉他该怎么办的人。他对由于他的出现而引起的这场争吵显得毫无所谓，现在当争吵声平静下来时，他不由自主地在寂静中间向老板抬起乞求的双手，就像女人在圣像面前祈祷那样。那令人感动的姿势深深地打动了在场的每一个人。老板亲切地走上前去安慰他，告诉他不要怕，他可以住在这里，在旅馆会有人照料他的。这个俄国人要吻他的手，可老板迅速把手抽了回去。随后老板把邻近的一座小旅馆指点给他，他可以住在那里，有吃的东西，又再次说了几句亲切的话，安慰他；之后他顺着马路走回自己的饭店，临行时还再次和蔼地同他示意作别。

这个逃亡者动也不动地凝视着老板的背影，在人群中间，只有这个人懂得他的语言。他畏葸地躲在一边，一度明亮的脸色又阴沉下来。他眷恋的目光直到老板的背影消逝在位于高处的饭店才垂了下来，对其他人则望也不望。那些人对他的这番举止感到惊奇，笑了起来。其中一个人同情地动了动他，让他进旅馆去，他垂下沉重的双肩，耷拉着脑袋走进门去。有人给他打开睡房的房门。他蜷缩在桌旁，女仆把一杯烧酒放在桌子上表示欢迎。他整个上午动也不动地、茫然地坐在那里。村里的孩子们不时地从窗外窥视，大声笑着，朝他喊叫，他连头都不抬，一些人走进房来，好奇地观察着他，他目光不动地盯着桌子，弯着腰坐在那里，畏葸、羞赧。中午吃饭的时候，饭堂里聚集着一大群人，笑语喧哗，他周围的人都在高谈阔论，在喧嚣嘈杂的人群中间他又聋又哑地坐在这里时，他的双手哆嗦起来，几乎连用勺子舀汤都舀不出来。蓦地，两行粗大的泪水顺颊滚下，沉重地落在桌上。他畏怯地环望一下四周。其他人看到他流泪，一下子就静了下来。他感到羞愧，把沉重、蓬乱的脑袋越来越低地垂向黑色的桌面。

直到傍晚，他一直这样坐着。人们来来往往，他对此毫无感觉，而那些人也不再理会他了。他坐在火炉的阴影里，本身就像一截阴影，双手沉重地摊放在桌子上。所有的人都把他忘了，没有一个人注意到他在朦胧中突然立起身来，像只野兽似的、闷闷地顺着路向那座饭店走去。走到门前，他手中托着帽子，站在那里，一个钟点、两个钟点动也不动，对谁都不看一眼。在饭店的入口处，光线黯淡，他犹如半截枯树，僵直、黑黝黝地竖在那里，像生了根似的，终于这个奇怪的景象引起了饭店的一个小伙计的注意，他把老板叫了来。当老板用俄语向他打招呼时，他那阴沉沉的脸上又泛起少许的光泽。

"你要做什么，鲍里斯？"老板亲切地问道。

"请您原谅，"这个逃亡者讷讷地说，"我想知道……我是不是可以回家。”

“当然啰，鲍里斯，你可以回家。”被问者微笑着回答说。

“明天行吗？”

这下子老板也变得认真起来。当他听到这乞求的话时，笑容从他脸上消逝了。“不行，鲍里斯，现在还不行。得战争结束才可以哪。”

“那什么时候？什么时候战争结束？”

“上帝才知道。我们这些人是不知道的。”

“不能早一些？我不能早一些走？”

“不能，鲍里斯。”

“很远吗？”

“很远。”

“得走许多天？”

“许多天。”

“先生，我还是要走！我身强力壮。我不会累的。”

“你没法走的，鲍里斯。这中间还有国境。”

“国境？”他呆钝地望着。这个词他太陌生了。随后他固执地一再说：“我会游过去的。”

老板几乎要笑起来，但这使他感到难过啊，于是他和蔼地解释说：“不行，鲍里斯，这不行啊。国境，就是另一个国家。他们不会让你过去的。”

“可我并没有得罪他们呵！我早就把我的枪扔了。我哀求他们，看在基督的分上，为什么不能让我去我老婆那里？”

老板的心情变得越来越沉重。他感到一阵揪心的痛苦。“不行啊，”他说，“他们不会放你过去的，鲍里斯。现在人都不再听基督的话了。”

“那我该怎么办，先生？我总不能待在这里啊！这里的人不懂得我，我也不懂得他们。”

“这你可以学会的，鲍里斯。”

“不，先生”，俄国人垂下了头，“我学不会。我只能在地里干活，除了这我什么也不会。我在这儿能做什么？我要回家！您指给我路好了！”

“现在没有路，鲍里斯。”

"可是，先生，他们总不能禁止我回家，我回到我老婆、回到孩子跟前去呀！我现在再不是个大兵了！"

"他们还会要你当兵的，鲍里斯。"

"是沙皇？"他蓦地问道，由于期待和敬畏而浑身颤抖。

"没有沙皇了，鲍里斯。人们把他推翻了。"

"没有沙皇了？"他愁眉不展地望着老板，目光中的最后一丝光泽消逝了，最后他疲惫不堪地说，"那么我是不能回家了？"

"现在还不能。你必须等着，鲍里斯。"

"等多久？"

"我不知道。"

在暗中，他的面色越来越阴沉灰暗："我已经等了好长时间了！我不能再等下去。告诉我路！我要自己试着回去！"

"没有路，鲍里斯。在国境上他们会抓住你的。留在这儿，我们会给你找到活干！"

"这儿的人不懂得我，我也不懂得他们，"他固执地重复说，"我在这儿不能过活！帮帮我，先生！"

"我无法帮你，鲍里斯。"

"看在基督的面上，帮帮我，先生！我实在受不了啦！"

"我无法帮你，鲍里斯。现在没有人能帮助别人。"

他俩站在那里，面面相觑。鲍里斯转动手上的帽子。"那他们为什么把我从家里弄出来？他们说，我得保卫俄国，保卫沙皇。可是俄国离这儿那么远，你刚才说，他们把沙皇……您怎么说的了？"

"推翻了。"

"推翻了。"他懂也不懂地重复了这个词，"我现在怎么办，先生？我得回家！我的孩子在喊我。在这儿我没法活下去！帮帮我，先生！帮帮我！"

"我无法帮助你，鲍里斯。"

"没有人能帮助我吗？"

"现在没有人。"

俄国人把头垂得越来越低，突然间他闷声闷气地说："谢谢你，先生。"随后转身走开了。

他慢步顺路而下。老板长时间地望着他的背影，看到他没有回到旅馆，而是向湖边走去，感到十分奇怪。他深深地叹了口气，回到自己饭店里去。

事也凑巧，翌日清晨还是那个渔夫找到了一具溺死者的赤裸裸的尸体。死者生前一丝不苟地把送给他的裤子、帽子和外套摆在岸边，然后走进水里。关于这件事做了一份记录；由于不清楚这个陌生人的姓名，只在他的坟墓上竖了一个简陋的十字架，这是那许许多多小型十字架中的一个，它象征着无名者的命运。现在整个欧洲，从东到西、从南到北到处都插满了这样的十字架。

高中甫　译

巧识新艺

　　一九三一年四月的一个奇妙的早晨，潮湿然而充满了阳光的空气美极了。它像块夹心糖那样可口，甜滋滋凉飕飕的，又湿润又亮堂，春天的精华，纯粹的活性氧。在斯特拉斯堡大街的中心地段，人们居然意外地呼吸到从田野和大海上升腾起来的芬芳。这种迷人的奇迹是由那反复无常的四月里常有的阵雨造成的，春天惯用这种阵雨以最顽皮的方式宣告它的来临。还在路上的时候，我们的火车就追赶着乌云。那乌云黑压压的一片，紧贴在地平线上。直至摩乌附近——已经看到散落在城郊的像儿童积木似的房屋，从一片浓郁的绿荫上空出现了耀眼的广告，坐在我对面的一个中年英国女人开始在座位上收拾她的十四只瓶子、盒子和旅途用品——那厚厚的、涨满了水的乌云才决了口。黑沉沉的铅色乌云，气势汹汹，从埃佩尔内城起就和机车赛跑。决口的信号是一束小小的、苍白的闪电，霎时间一股股水流好斗地喷向地面，发出了隆隆的声音，像机关枪似的把一颗颗湿漉漉的子弹扫向行驶着的列车。车窗在准确射来的雨弹的打击下淌着眼泪；机车甘拜下风，向地面垂下了它那灰色的烟旗。什么也看不见，什么也听不见，只有沉重的雨点捶打着玻璃和金属；火车在光亮的铁轨上飞驰着，躲避大雨的袭击，犹如一只被追逐的野兽。我们顺利地到达车站，站在有顶篷的站台上等候着搬运行李的工人，可你看吧，在灰白的雨云后面的空地上，林荫大路的景色又光彩夺目地显现出来，强烈的阳光用它的三齿叉刺穿了正在逸去的乌云，房屋的正面随即像擦过黄铜似的闪着亮光，天空呈现出大海般的蔚蓝。城市脱下雨衣，站了出来，显出一副神圣的景象，宛如阿芙洛迪特·安娜迪奥梅娜①闪着裸体的光泽从海浪中出来。一时间，人们从左右无数藏身避雨的地方涌到了街头；他们抖落身上的雨水，嬉笑着，各奔东西；被堵塞的交通恢复了，

---

　　① 希腊神话中爱与美的女神。

无数的车轮又在拥挤的大街上滚动起来，发出了轰隆轰隆和咕噜咕噜的响声，混成一片。重现的阳光使万物充满生机，喜气洋洋。就连林荫大道上的被紧紧地夹在坚硬的柏油路面中的、衰微的树木，淋了一场大雨之后，也在向焕然一新、瓦蓝瓦蓝的天空慢慢地绽开了小指般尖细的苞蕾，试图喷放出少许的馨香。它们的尝试真的成功了。一个奇迹中的奇迹：在巴黎的心脏，斯特拉斯堡林荫大街的中心，一时间明显地闻到了栗子花的缕缕清香。

在这个值得祝福的四月日子里，还有第二件乐事：我一来到巴黎，直到下午都没有约会。巴黎市四百五十万居民中没有一个人知道我，也没有一个人等待着我的到来。这样，我自由自在，可以随心所欲，愿做什么就做什么。只要我乐意，就可以随随便便地在城里游逛或者看看报纸，可以在咖啡馆里闲坐一会儿或者用餐，要么就去博物馆，浏览商店橱窗里的陈列品，或者在沿岸大街的旧书摊上翻阅书籍；我可以给朋友们打打电话或者干脆就凝视那蓝色的、充溢甜蜜空气的天空。然而幸运的是，出于无所不知的本能，我做了最理智的事：什么也不做。我没有任何计划，给自己充分的自由，摆脱了任何愿望和目的，机遇的车轮随便把我带向任何地方，也就是说，听任大街上的人流的冲击，我被慢慢地推到岸边令人眼花缭乱的商店，快速地穿过人行横道上的人流。最终人的波浪将我抛到林荫大道上。我感到一种惬意的疲劳，就坐在林荫大道和德鲁奥特大街拐角的一家咖啡馆门前的座位上。

我舒服地靠在柔软的藤椅上吸着香烟，心里想：我又在这里了。这就是你啊，巴黎！老朋友，整整两年没和你见面了，现在让我们面对面好好看看吧。巴黎，你可说话呀！让我看看你这两年都学到些什么。开始把你那部绝妙的有声电影《巴黎的林荫大道》演给我看，这是一部光和颜色以及成千上万不拿报酬的演员和数不清的道具参加演出的杰作。还有你那无法模仿的、叮叮当当、嘎嘎作响、高亢热闹的喧嚣的街头音乐！别吝啬，快一点，让我看看你都能干些什么，让我看看，你是谁，拉起你那大手风琴，奏起十二音阶、全音阶的街头音乐，让你的那些汽车飞驰，让你的那些小商贩高声叫卖，让你的那些广告大喊大叫，让你的那些喇叭呜呜呜叫，让你的那些商店闪闪发光，让你的那些行人飞快奔跑——我就坐在这里，睁大了眼睛，我既有闲暇又有兴致观看、谛听，直到眼花心醉。喂，别吝啬，别隐瞒，多一点，再多一点，大声点，再大声点，喊了再喊，叫了再叫，让喇叭鸣了再鸣，让那叮叮当当的声音响了再响，这不会使我疲倦，我全部的感官都对你开放。快，把你所有的一切都奉献给我，正如我已准备把自己都奉献给你。你这无法仿效和永远崭新、永远迷人的城市！

这个非凡的早晨里第三件乐事，就是我已经感觉到我的神经在受着某种刺激，我的好奇心又被激发起来了，像多半在旅行或失眠之后发作起来的那样。每逢这样的日子，我就觉得自己成了两个我，甚至成了更多个我。这时，我不满足于自己被束缚在自个儿的生活之中，有什么东西从内部挤迫着我，绷紧了我，仿佛我一定得把自己从躯壳中挣脱出来，就像飞蛾从它的蛹壳中挣脱出来一样。我的每一个毛孔都张开了，每一根神经都弯曲成一根根纤细、灼热的小钩；突然感觉到这样地耳聪目明，一种几乎令人不舒服的清晰使我的瞳仁和我的鼓膜变得更为敏锐。我的目光所触及的一切东西，都使我觉得神秘。我能整个小时地看着筑路工用风镐把一块块沥青掘起来，仅是这样的观看就能使我如此强烈地感受着他的工作，以致他的肩膀的每一下颤动都不由得传给了我；我能无休止地站在别人家的窗户前，想象着住在里面或可能住在里面的一个陌生人的命运；我能整小时整小时地盯住一个行人，出于无聊的、磁石般的好奇心跟踪着他。而与此同时我清楚地意识到，我的行为会使任何一个偶然注意到我的人觉得是不可理解的和愚蠢的，但这种幻想和乐趣对我的吸引力比任何剧院的演出或任何书中所写的惊险故事都要强烈。也许，这种超等的刺激，这种神经质的洞察力，同地点的突然变换有着最自然的联系，是空气压力的改变以及由此而来的血液成分的变化所引起的结果；不过，我从未试图弄清造成这种神秘的精神亢奋状态的原因。可是，每次当它在我身上出现的时候，我往常的生活就像逝去的、苍白的薄暮，平庸的日子空洞无聊。只有在这样的时刻，我才对自己本身的存在和光怪陆离的生活有充分的感受。

就在那个值得祝福的四月日子里，我在这样一种自我膨胀的状态中，紧张而快意地坐在人流的河岸边的扶手椅上，等待着，可自己并不知道在等待着什么。但是，我带着钓鱼者的颤抖，虽则是轻微的但令人感到寒意的一种颤抖在期待那鱼漂的抖动。我本能地知道，我今天一定会碰到一件什么事，或者一定会遇到一个什么人，因为我是那样眩晕地、迷惘地渴求着某种使我的好奇心的乐趣得到慰藉的东西。但是，大街并未提供给我什么，半小时后我的眼睛便疲倦了，懒得再看过往的人群，而且我没有什么东西能分辨清楚了。在林荫大道上熙来攘往的人群对我来说，业已不存在了。他们成了一片汹涌起伏的波浪，黄色的、咖啡色的、黑色的、灰色的礼帽、风帽和鸭舌帽汇成了这一切，还有那一张张涂着脂粉和未涂脂粉的面孔，他们成了一片令人作呕的由人流汇成的污水，向前流动，颜色越来越单调，越来越灰白，我越看越疲倦。我像是看了一场拷贝复制得晃来晃去、模糊不清的电影，感到疲惫不堪。我想站起身来，继续走。就在这时……就在这时，我终于，终于看到他了。

　　起初，这个陌生人引起我的注意，是因为他一次又一次落入了我的视野。在这半个小时从我面前拥来挤去的其他成千上万的人，仿佛被一些无形的绳索拽着那样四散而去，他们只是匆匆地显示一下他们的侧面，他们的影子，他们的轮廓，就被那洪流永远地裹挟而去。只有这一个人老是一再地在一个地方浮现出来，因此我就发现了他。宛如拍岸浪头有时以一种不可理喻的顽强劲儿老是把同样的、肮脏的水草冲到岸上，用自己湿漉漉的舌头舔着它们，接着马上又把它们抛起来再拖回去似的，这个人也是这样：他老在人流的旋涡中浮现，几乎每次都间隔一定的、差不多同样长的时间，而且总在一个地方；他的目光总是同样地低垂，令人惊奇地阴暗。除此而外，他身上再没有什么值得注意的东西了。饿得干瘦的身体，穿着一件亮金色的夏外衣；这身外衣显然是别人的，因为衣袖长得连手都露不出来；它过于宽大，长得与他的身材毫不相称，而且式样早就过时了；那张尖尖的老鼠脸上有两片惨白的、仿佛退了色的嘴唇，嘴唇上黄色小毛刷一样的胡子畏葸地颤动着。这个可怜虫的身材长得不合布局，奇形怪状：一个肩膀比另一个高，两条马戏团小丑式的腿，面部的表情惶惶不安。他在人流的旋涡中忽而从左边，忽而又从右边浮现出来。不时显得怅然若失地停下脚步，像一只小兔子偷吃燕麦似的，胆怯地窥探着，随后钻入人浪中又不见了。此外，他还有一点引起了我的注意，这个衣衫褴褛的人不知怎么使我想起了果戈理作品中的官吏，他近视得很厉害，或者笨得出奇。我不是一次，而是有好几次看见，那些匆忙地迈着坚定脚步的行人推撞着这个糊里糊涂的家伙，几乎把他从人行道上挤了下去。但他对此满不在乎；他顺从地躲到一旁，钻入人群，接着就又出现了。他又到这里来了，我一次又一次地看见了他，大约半小时之内就看见他十到十二次之多。

　　这引起了我的兴趣，更确切地说，开头时使我恼火。我恼恨自己，因为我今天虽然如此好奇，却不能立刻猜透这个人想在这里干什么。我的努力越是毫无结果，我的好奇心也就愈加强烈。真见鬼，你这个家伙，你到底要干什么？你在等什么呢？或者是在等谁？不会，你不是乞丐。乞丐可不是傻瓜，不会站在最拥挤的地方，在这里谁也没工夫把手伸到口袋里给你掏钱。你也不是工人，一个工人是不会在上午十一点的时候悠然自得闲逛大街的。你更不会是在等一个姑娘，我亲爱的，哪怕是一个老太婆，一个没有姿色的女人也不会对你这样的一个可怜的瘪三钟情的。那么，请告诉我，你到底在这里干什么？也许你是一个卑劣的旅游向导，专干那种勾当：碰一碰游客的胳膊，从衣襟下拿出几张春宫照片，得到一定的酬金后，你就让他享受一番索多姆和蛾莫拉①城的欢乐？不，也不像，因为你和谁都不说话，相反，你胆怯地给人们让着路，低垂着一双诡谲得出奇的眼睛。见你的鬼，你这鬼鬼祟祟的家伙，到底是干什么的？你在我的领地内干什么呢？现在，我已经盯住他不放了；五分钟之后，我就产生了激情，一种狂劲。我要弄清楚，这个穿亮金色外衣的家伙为什么要在林荫大道上挤来挤去。突然，我猜到了：他是个侦探。

　　是个侦探，是个换了装的警察。我完全是本能地认出了这一点。从完全细微的特征，从他打量每个行人时所用的那种斜视的眼神以及他那监视人的目光认出了这一点。这是不可能认不出来的，警察在学习干他那一行的第一年就必须训练眼睛。这可不那么简单：首先，他必须像用刮脸刀划一条小缝那样，迅速将目光从一个人身上一下子溜

---

　　① 索多姆（另译：索多玛）和蛾莫拉是圣经故事中两个极其荒淫的城市。

到他脸上，并在像镁光灯闪亮似的一瞬间记住他的全部特征，而另一方面，还要在心里同警察局所要捕获的罪犯的特征加以比较。其次——这一点更难——这种审视的目光一点也不能让人发觉：不能让你要寻找的人看出你是密探。我所注视的这个人娴熟地掌握了自己的行业。他像一个梦游者一样昏沉沉的，显出一副漫不经心的样子，在人群中穿来穿去，任人们推搡，他毫不在意。可突然之间，他就以闪电般的速度——仿佛照相机的快门咔嚓一响似的——将懒洋洋的眼皮一睁，那无比锋利的目光就直向人刺去。显然，除我之外，没有一个人注意到这个正在履行职务的密探，而我要不是走运，也不会发现任何东西；如果不是在这值得祝福的四月日子里我的好奇心突发起来，如果我不是这样长时间地、恼火地守候着，我怎么会有这样的好运气呢？

这个秘密警察肯定在各方面都很精通自己的行业：他仔细研究过欺骗术，在出来捕获猎物时装扮成一个地道的街头浪人，模仿着流浪汉的举止、步态，穿着这种人的衣服，或者说得更确切点，是一些破布。通常在百十步的距离就能认出换了装的警察，因为这些先生们不管他们换多少次衣服，也无法把他的职业上的尊严掩饰得一干二净，也从不能把这种骗术学到家，因为他们不能了解对于从小就饥寒交迫的人们来说是完全自然而然的胆怯和谦卑的举止。而他在装扮成一个穷困潦倒的人时，是那样出奇地逼真，真使人佩服，他研究流浪汉的脸谱，精通每一个细节。就说这亮金色的大衣和略微歪到一边的礼帽，这保持某种雅致的最后努力吧，从心理学的观点出发，考虑得多么细腻；而那裤子上的绽边和破旧的上衣则完全表明他是个穷光蛋。作为一个经过训练的捕人猎手，他无疑看到穷困活像一只贪食的老鼠一样，首先是从边上啃啮衣服的。那副饥饿的面孔同他那可怜的装束相配极了：稀稀落落的小胡子（很可能是贴上去的），刮得不干不净的面颊，巧妙弄乱的头发。任何一个没有经验的人都可能会赌咒发誓，肯定这个可怜虫昨晚是在花园的长椅上过夜的，要不就是在警察局里的板凳上。此外，他还用手捂住嘴，病态地咳嗽着，冷得龟缩在自己的夏季外衣里，蹒跚地走着，仿佛四肢都灌了铅似的。老天可以做证：这是一个化妆师创作的晚期肺结核病鬼的、惟妙惟肖的杰作。

我毫不羞愧地承认，我为自己有这样一个出色的机会，能在这儿亲自去观察一个官方的警探而兴高采烈；与此同时，尽管在我内心某处的一个角落里有一种感觉：在这样一个值得祝福的、晴朗的日子里，在温柔的四月阳光照耀下，一个指望到老年领取退休金的、换了装的国家官吏，竟在窥伺着一个穷汉，以便抓住他，把他从明媚的春光里抓到牢房中去，这是多么卑鄙啊！但不管怎么说，这种监视把我吸引住了，我越来越紧张地注视着他的每一个动作，为自己发现每一个新的特点而神采飞扬。但是，突然之间我的这种渴求所发现的乐趣烟消云散了，犹如一块冰糕在阳光下融化了似的。我的推断有点不对头，有点不像是那么回事。我又变得没有把握了。他是侦探吗？！我越是犀利地观察看这个古怪的、游手好闲的家伙，就越是怀疑自己。他那副外表上的寒酸相，对于一个仅仅用来装装样子的警察，那有点过分真实、过分郑重其事了。首先引起我怀疑的是那衬衣领子。不，谁都无法从垃圾箱里把这样破烂不堪的脏布条拉出来，心甘情愿地将它围在脖子上，只有沦落到无路可走的人才会穿这样的破烂货。其次，第二件不相称的东西是那双鞋，如果一般地还可以把如此不像样子、张着大嘴的皮玩意儿叫作鞋的话。右脚上那只不是用黑鞋带而是用粗糙的绳头绑着；左脚上的那只鞋底都快掉了，每走一步路要像青蛙似的咧咧嘴巴。不，这样的鞋子是找不到的，谁也不会为了化装而搞成这样。十分清楚，不可能有任何疑问，这个衣衫褴褛、蹑手蹑脚的家伙不是警察，我的推断错了。可又是什么人呢？他为何在此挤来挤去，为何贼眉鼠眼地东瞅西看呢？我为猜不透此人而感到恼火，我真想一把抓住他的肩膀问：你这个家伙，你要干什么？你在这里转悠什么？

突然，我像被火烫着似的颤抖了一下，这个颤抖沿着神经径直准确地击中我的内心。现在我什么都知道了，完全弄清楚了，绝对真实，不可辩驳。不，这不是侦探——我怎么竟能这样愚蠢？——这，如果可以这么说的话，是警察的对手：是一个掏腰包的小偷，是个地地道道、货真价实的、精通技艺的职业小偷，是一个真正的扒手。他在马路上猎取皮夹子、表、女人的皮包和其他东西。当我注意到，他老是往人最多的地方挤来挤去，于是我才确切地肯定了他所从事的这种行当。现在我也懂得了，他故意装得跌跌撞撞，往不认识的人身上擦来撞去。情况越来越清楚，越来越明白了。他偏偏选择在咖啡馆门前，离十字路口不远的地方，那是有他的理由的。一位聪明的商店老板为自己的橱窗想出了一个独出心裁的玩意儿。他店里的货不太畅销，无法吸引顾客：都是些椰子、土耳其糖果和用彩纸包着的冰糖。但这个老板想出了一个漂亮的主意：他不仅用人造棕榈和热带景物把橱窗装饰得具有东方情趣，而且在这块丽的南方景致中增加了三只活猴子，这真是一个天才的主意！这三只猴子在玻璃窗里面做着极其滑稽可笑的动作，龇牙咧嘴，互相在对方身上捕捉跳蚤，做鬼脸，出怪相，按照猴子的习性，无拘无束，乖张放肆。这位聪明的商人盘算得真不错嘛。橱窗被好奇的人们围了个水泄不通，妇女们尤其开心，乐得直喊直叫。每当好奇的行人聚集在商店橱窗前特别多的时候，我的朋友很快悄然而至。他客气地、以一种虚伪的谦卑姿态向人群中最稠密的地方挤去。对于扒手技艺，至今还很少有人加以研究，描绘得也不高明，而就我所知，一个街头窃贼要得手，正如青鱼要产卵一样，拥挤是必不可少的。因为只有在拥挤和冲撞中被偷者才觉察不到小偷摸皮夹子和怀表的碰触。但是，除此之外——这是我现在才学到的——为了干得有把握，必须用某种办法转移人们保护自己财产的下意识的警觉性，短时间地麻痹它们。在这种情况下，三只猴子做着各种确实滑稽有趣的怪相，正是分散人们注意力的绝妙办法。说真的，这些丑态百出、跳跳蹦蹦的长尾猴是我这位掏腰包的新朋友得力的同谋者和帮凶。

　　我的发现——这会使我得到原谅的——简直使我欢欣鼓舞，要知道在我的一生中还从未见过扒手呢。或者说得更确切些，我愿意老实地承认，我见过一次，那还是在伦敦上大学的时候。为了学好英语，我当时常去法庭上旁听。某次我去时，正赶上两个警察把一个长有火红色头发的胖小伙子带到法官面前。在法官面前的桌上摆着一个钱包，这就是物证；几个证人发誓之后提供了证词，接着法官便嘟嘟哝哝地说了几句含糊不清的英语，于是那个火红头发的小伙子就消失了——如果没有听错的话，判了六个月。这是我看到的第一个扒手，但是——区别也正在于此——我根本无法证实他是一个真正的扒手。只是由证人证实了他的罪行，我仅仅目睹了法律上对其罪行的重述，而不是罪行本身。我所看见的只是一个被告和被判决了的罪犯，而不是小偷。要知道，小偷之所以为真正的小偷，只是在他偷窃的时候，而不是在两个月后因自己的罪行受审的时候，这正如一位诗人之所以为真正的诗人，也只是在他进行创作的时候，而不是两年之后他站在麦克风前朗诵他那些诗歌的时候。一个人只有在他实现其行为时，他才是行为的创造者。现在我恰好有了这样一个百年不遇的机会，可以在最能表明一个小偷的特征的时刻对他进行观察，认识他本质中最真实的东西。观察这样稍纵即逝的瞬间太不易了，这像窥知一个妇女受孕和临产的时刻那样困难。想到有了这种可能性，那真使我激动万分。

当然，我决定不放过这样一个绝妙的机会，不错过任何一个细节，一定要详详细细地观察偷窃的准备工作和偷窃行为是如何进行的。我马上起身，离开自己坐在咖啡馆门前的那把椅子，在这里我的视野太有限了。现在我需要一个视野广阔的位置，就是说，需要一个活动观察点，以便能毫无障碍地监视他。我试了好几个地方，最终选择了一座四周贴满了巴黎各剧院海报的商亭。我可以站在这里，装作一心一意地看海报的样子，不会引起人们的注意，而实际上在柱子的掩蔽下却从这里观察那个扒手的一举一动。就这样，我带着一股现在连我自己也觉得无法理解的顽强劲儿注视着这家伙如何干他那艰难而又危险的勾当。我不记得，什么时候我曾怀着如此巨大的兴趣在剧院或电影院里观看过演员的表演。现实中最戏剧性的瞬间要远远超过和高于任何艺术形式中的现实。现实万岁！

在巴黎的林荫大道上度过的这一小时——从上午十一点到十二点——对于我来说，确如短暂的一瞬，一闪就过去了。虽然（或者更确切地说正是因为）这一小时充满了持续紧张的情绪、无数激动人心的动荡和微小的偶然事件；我可以用几个小时来描述这一小时内所感受到的，它是那样刺激神经，那样以它那惊险的表演令人激动和兴奋。在这之前，类似的情况我从来连想也未曾想到过，偷窃是一种异常困难而又不易学会的技艺。不，在光天化日之下，掏腰包是一种可怕的、高度紧张的艺术。迄今为止在我的理解中，掏腰包只不过是一个胆大手快的概念而已，我确实曾认为，对于一个扒手来说，和玩盘碟的杂技演员或魔术师一样，只要有娴熟的指头功夫就够了。狄更斯在《雾都孤儿》中描述了一个职业小偷如何训练孩子们学会从上衣口袋里掏手绢而不被察觉的本事。他在上衣上挂了一个铃铛，如果铃铛响了，那就说明他干得不利落，动作错了。但是，现在我明白了，狄更斯只注意到事情的纯技术方面，只注意到手指的技巧；他大概从未对一个小偷作过实地观察——大概他从没有机会发现（就像我现在有这样的运气一样），一个在光天化日下正在行窃的小偷不仅要有手的灵巧，而且要有一种随时准备行动的精神力量，一种自我控制，一种训练有素、沉着冷静和神速的反应能力，而更主要的是他必须有令人难以置信的疯狂般的胆量。经过六十分钟的见习，我已明白了一个掏腰包的小偷，必须像一个做心脏手术的外科医生那样果断敏捷，一秒钟的迟疑就可能造成致命的后果；然而手术至少是在哥罗芳①发生作用的情况下进行的，病人躺在手术台上不能活动，无法反抗；可这儿，轻巧而突然的动作是在一个完全警觉的人身上进行的，而且装钱包的那些部位人们特别敏感。一个扒手开始行窃的当儿，当他的手闪电般地进行工作时，在这紧张的、激动人心的时刻，他必须还得同时控制自己面部的每条肌肉和每根神经，必须装出一副若无其事甚至百无聊赖的样子。他不能流露出自己激动的情绪，他不是抢劫犯，也不是杀人犯，无须在持刀刺入受害者身上时，眼神中充满狰狞残暴的表情；一个扒手在把他的手伸向猎获物时，他的眼睛必须是清澈的，可亲的，他必须用最平淡的声调谦卑地嘟哝一句"对不起，先生"。但是，这还不够。在他行窃的那一瞬间，单有狡猾、警惕和敏捷还不够——在这之前，他必须具有才智和善于识别人的能力，他必须以一个心理学家和生理学家的身份对他的对象做出考察。在整个人群中，那些漫不经心、轻信不疑的人才是他考虑的对象，而在这些人之中只有那些没有把大衣纽扣都扣上的人，那些走路不太快的人，可以不引人注目就走到他跟前的人，才是真正的目标；在一百个或五百个行人之中——在那个钟点内我数过的——只有一两个人能落入他的狩猎场，不会比这再多了。一个明智的小偷只能对这极少数的对象行窃，而在这极少数对象中的大多数人身上，他的行窃动作由于种种数不清的偶然原因，在最后的一刻遭到了失败。对于扒手这一行来说（我可以证明这一点），必须有丰富的人生阅历、警觉性和自我控制能力。要知道，一个小偷在行窃时，

---

① 一种麻醉剂。

不仅要用自己所有的、处于紧张状态的感官来选择和挨近自己的对象，而且还得同时用他痉挛起来的感官中的另外一种感官来观察是否有人在盯着他。不管是警察还是街角中的暗探，或者一个讨厌的好奇者，经常是在大街上游来逛去的。所有这些他都不能忽略，会不会他的手在橱窗上被映照出来从而暴露了他，会不会有人正从商店和窗户后看着他。付出的精力是那样巨大，危险是那么多，这些和成果简直不成比例，只要一个小小的失误或失算，就得和巴黎的林荫大道告别三到四年；指头稍一哆嗦，或者手的动作稍一紧张，那就得和自由分手。光天化日之下，在林荫大道上行窃，这是一种极大的胆量啊，这一点我现在才明白了。从那以后，每当报纸把这类偷窃当作无足轻重的小事，在犯罪一栏中只给它们寥寥几行的版面时，我就觉得这是不公平的。要知道，在我们这个世界上一切合法和非法的技艺中，这一行是最困难、最危险的：它的某些最高成就可以使人认为它是一种艺术。我有权这样说，而且能够证明这一点，因为在那个四月的日子里，我经历过，我亲自感受过。

我是亲自感受过，我这样说，绝非夸张，因为只有在一开始，只有在最初的几分钟里，我才能完全实事求是地、冷静地观察他的技艺；任何一种充满激情的观察都能激起无法遏制的感情，这种感情把你和你所观察的对象连为一体；于是，我自己不知不觉地、不由自主地逐渐把自己和这个小偷连为一体了，在某种程度上，我已经进入他的皮肤、他的双手，从一个纯粹的旁观者变成了他精神上的同谋者。转变的过程是这样开始的：经过十五分钟的监视后，我自己也惊奇地感到，我在观察过往行人时已经是在估量他们之中谁适合作为行窃的对象了。他们上衣是扣着还是敞着，他们的目光是漫不经心还是处处留神，他们的皮夹子是不是装得鼓鼓的，简言之，他们是否值得我的这位新朋友花费力气。不久我就不得不承认，在这场业已开始了的战斗中，我早就不是中立者了，我在内心中渴望他最终能够成功，我甚至不得不竭力抑制我想去帮他一把的冲动。当一个赌博者要出错牌的时候，站在旁边的牌迷就急得用两只胳膊碰他，提醒他注意出牌，我现在就是急成那个样子；一当我的朋友错过一个良机时，我真想给他递个眼色：快，别放过他呀！就是他嘛，那个胖子，腋下夹着一大束鲜花的那个人！或者当我的朋友又一次从人群中闪了出来，而一个警察从拐角里走出来的时候，我觉得必须警告他一声，这是我的义务；我吓得双膝直打哆嗦，仿佛我自己被抓住了似的，我已经感到警察的一只沉重的大手落到了他的、落到了我的肩膀上了。但是——我轻松地嘘了口气！我那个可怜的人已经温文尔雅、若无其事地从人群中钻了出来，从那个警察身边走了过去。这一切紧张得令人透不过气来。但是，我觉得这还不够，我对这个人的内心活动体验得越深，对他的技艺在遭到不下于二十次的失败尝试了解得越是透彻，我就变得越是急不可耐：他干吗老不动手，为什么总是尝试和估量？我简直对他那愚蠢的迟疑不决和永无休止的畏缩不前恼火极了。真见鬼，你这胆小鬼，动手啊！喂，胆子大一点！瞧，就那个，你倒是动手呀！

幸而我的朋友还不知道，也未想到我这不求而予的同情，他不因我的焦急而乱了方寸。在真正的、久经考验的老手和新手、业余爱好者以及门外汉之间有一个差别：精通技艺的由于有长期的经验，知道每一次真正的成功之前必然会有多次的失败，因此他惯于不慌不忙地做事，耐心地等待着最后的、决定性的机会。正如一位作家无所谓地放过无数似乎是诱人和值得珍贵的念头（只有外行人才会不假思索地抓取一切到手的东西），而把所有力量集中到最后一招上那样，这可怜的家伙也放过了几百个机会，而我这个门外汉和这一行当中的半吊子，却以为成功在握了。他审度着，窥视着，试探着，往别人跟前磨蹭着，已经有成百次用手摸过别人的皮包和大衣了。但是，他仍然下不了决心，毫不疲倦地耐着性子，在离橱窗三十步远的地方毫不惹眼地、一再地来回踱着。同时斜睨着周围，权衡着各种可能性，掂量着我这个新手根本没有发现的一切危险。在这种镇静的、不可思议的坚韧精神中，有一种东西使我这个急性人感到兴致盎然，使我相信他最终必然成功，因为他那顽强的毅力说明他不达到目的是不会罢手的。于是，我也下定决心，不看到他的胜利绝不离开，哪怕我要等到半夜。

中午了。这是涨潮的时刻。一股股喧哗奔腾的人流从一条条窄街小巷里，从所有的楼梯上和院子里涌向宽阔河床一般的林荫大道。那些被关在二楼、三楼、四楼上无数工作室里的工人、裁缝姑娘和店员，从作坊、工厂、事务所、学校和办公室里冲了出来。人群像一团团混浊的蒸汽，在大街上向四周散开：有穿着白短衫和长罩衫的工人，有叽叽喳喳、连衣裙上别着一小束一小束紫罗兰、三三两两地走在一起的女郎，有穿着笔挺的礼服、腋下夹着公文包的小官吏，有脚夫，有身穿蓝色军装的士兵，还有数不清的、无法确定身份的各色人等，大城市里形象模糊、默默无闻的芸芸众生。他们在气闷的屋子里坐得太久，现在想舒展舒展腿脚，活动活动筋骨，熙来攘往，呼吸着新鲜空气，喷吐着香烟的氤氲，在人群中拥来挤去。一小时之内，大街充溢着欢乐的生气。只有这一小时工夫，然后又得上楼去，回到那些窗户紧闭的屋子里，开车床、缝制衣服、敲打字机，计算那一行一行的数字，或者印刷、裁剪、做鞋子。这一点，人们身上的每块肌肉、每条神经都是知道的，因此它们欢快地、强有力地绷紧起来；这一点，他们的灵魂也是知道的，因此他们高兴地、尽情地享受着这短暂的时刻。他们都在贪婪地寻求和捕捉光明和欢乐，他们欢迎这一切啊，对他们来说这是一种真正的乐趣和解颐的快事。正是由于这种愿望，那个装有猴子的橱窗成了一个不花钱的特别娱乐场地就不足为怪了。人们聚集在诱人的玻璃窗前，女工们站在最前面，人们听到她们叽叽喳喳的声音，像是从一个嘈杂的鸟笼里荡漾出来，犀利，尖锐，而在后面，工人和游手好闲的汉子说着粗鲁的笑话，向她们挤去。好奇的人群愈是密集拥挤成紧紧地一团，我的这只身穿亮金色外套的小金鱼就愈加频繁地闪来闪去，机灵地一会儿从人群中浮游出来，一会儿又钻了进去。现在我不能老在这个观察点上消极地观察他了，我必须清楚地从近处看看他的指头，以便熟悉这种技术中关键性的动作。然而，这并不是件容易的事。这只训练有素的猎狗练就了一种特别的技能，他像一条鳗鱼那样滑溜，人群中只要有一条哪怕像头发丝那么细的小缝，他都能在那里钻来钻去。现在你瞧：他刚才还安安静静地站在我身旁，可突然就像变魔术似的不见了；一眨眼工夫，他已经到了前面，站在紧靠橱窗的地方。他一下子就穿过了三四排人。

　　自然，我也开始跟着他往前挤了，因为我担心在我尚未挤到橱窗前的时候，他就会以他那特有的巧妙方式钻到别处又消失不见。但是，我错了。他十分安静地等在那里，安静得出奇。注意！这可不是无意的。我马上告诉自己，开始仔细观察他身边的人们。在他旁边站着一个很胖的女人，看样子是个穷人。她右手小心地拉着一个面色苍白的、十一二岁的小女孩，左手提着一只廉价的日用提包，两只法国式的长面包随便地竖放在里面；这提包里的东西肯定是为她丈夫准备的午饭。那些猴子的怪模怪样使这个女人高兴得难以形容。显然她是一个忠厚的女人，没戴帽子，围着一条刺眼的头巾，穿着自己缝制的、廉价的印花布连衣裙。她那笨拙臃肿的身体因为大笑颤动得非常厉害，连提包里的面包也在蹦跳。她直着嗓门哈哈大笑，笑得喉头哽咽，喘不过气来，她的样子使观众十分开心，不亚于那三只猴子。她欣赏着这罕见的表演，怀着性格粗俗的人们天真的欢乐和在生活中得不到乐趣的人们内心的感激。唉，只有穷苦人才会有这样出自内心的感激。也只有他们，只要是不花钱，像是上天赠予似的，那对他们来说，这就是一切享乐中的最高享受了。这个善良的女人不时地向小女孩俯下身去，问她是否看得清楚，不要错过那些猴子做出的怪相。"看呀，看呀，玛尔加里塔。"她带着南方口音不停地对那个面色苍白的、在生人面前不好意思大声欢笑的小女孩说着。端详这个女人、这个母亲，使人产生出一种庄严神圣的感情，她是该亚①的真正女儿，她是法兰西人民的一个硕果啊；真想热烈地拥抱她，这个杰出的女人，她笑得是那样开心、欢快，无忧无虑。可是，我突然感到有点不自在起来。我发现，那亮金色的衣袖越来越近地蹭到无忧无虑地敞开的日用提包跟前了——只有穷人才是无忧无虑的啊。

看在上帝分上！你可不要从这个贫穷、忠厚，这个善良、快乐女人的提包里掏走她干瘪的钱包啊！一股愤怒之情突然间从我心里迸发出来。我一直怀着观看比赛的兴致注视着这个小偷；出自他的躯体和他的灵魂，我那样思考着，与他有着同样的感情，我期望过，我甚至祝愿过在他花费了如此巨大的力气、表现出如此巨大的胆量和冒了如此巨大的风险之后，不至于一无所获。但现在，当我不仅看见他偷窃的企图，而且看见那个将要被偷的、活生生的人，那个淳朴得令人感动、毫无察觉的女人时，我感到愤怒了，她也许要擦几小时的地板和楼梯

---

① 希腊神话中大地和地下的女神，认为神和人都是由她创造的。

才能赚到几个苏①啊。"你这个家伙，从这里滚开！"我真想对小偷大喊一声，"去。另找一个人，离开这个穷苦的女人吧！"于是，我就硬挤到前面去想站在那个女人旁边，以便保护那只受到威胁的提包。可是，就在我向前挤的那瞬间，他却转过身来，碰了我一下，就从旁边溜走了。"对不起，先生。"他在碰我的时候表示道歉，声音十分微弱、谦卑（我还是第一次听到这样的叫声）。随即那穿黄外套的人已经从人群中挤出去了。我自己也不知是为什么，顿时感觉到：他已经得手了。现在可不能放过他！我粗暴地挤出人群，一位先生在身后骂了我一句，因为我重重地踩了他一脚。谢天谢地，我刚好及时赶到，看见那亮金色的夏外衣正在林荫大道拐向一条胡同的犄角，闪来闪去。现在跟着他，跟着他！一步也不要落下！我必须加快脚步，因为——我简直不相信自己的眼睛了——这个我盯了一小时之久的可怜虫突然变了样。刚才他畏葸地、几乎像是醉酒地步态蹒跚，现在他却像一只黄鼠狼一样轻快地沿着墙壁匆忙地走着，迈着一个公务员错过了公共马车、想及时赶到办公室时所特有的惶恐不安的脚步。我不再有什么怀疑了。这正是在行窃得手之后为了尽快地、不露形迹地远离现场的一种走法。这是小偷的第二种步态。是的，毫无疑问：这个无耻的坏蛋从那个穷苦女人的提包里掏走了钱包。

在发火的那当儿，我差一点大声叫喊起来："抓小偷哪！"但我缺少这种勇气。因为我并未真正看到他行窃的事实，怎么能这样匆忙地加罪于他呢？而且，要想抓人并扮演一个惩治罪犯的角色，必须有一定的勇气。去告发、去指控一个人，这种勇气我从来就没有过。我知道得太清楚了，在我们这个混乱的世界上，所有的是与非是多么不可信啊！根据一个个别的、尚属存疑的情况就定人之罪，又是多么蛮横无理啊！但是，就在我一边毫不放松地跟踪他，一边想着该怎么办的时候，他又使我一惊：还未穿过两条街，这个奇怪的人突然间变换了姿态，用第三种步态走路了。他一下子就放慢了脚步，不是那样匆忙奔跑，也不再是畏首畏尾、神色紧张的样子，而是悠闲泰然地踱着步子，像在散步一样。显然，他知道危险区已经过去，没有人跟踪他，

---

① 法国五生丁辅币，1947 年停止流通。

任何人也奈何不了他。我懂了：经过令人难以想象的紧张之后，他想
松口气，他成了一个退职扒手，是一个靠养老金生活的人，是那些抽
着香烟、缓慢而安闲地迈着步子、在大街上闲逛的无数巴黎人中间的
一员了。这个干瘪的家伙摆出一副若无其事的样子，逍遥自在、心安
理得地在德安丁大街上逛荡着。我现在初次有了这样一种感觉：他现
在甚至瞟着迎面走来的妇女和姑娘，品评着她们的美貌，或者寻找机
会搭讪。

　　嗬，这个永远令人捉摸不定的人现在要去哪儿呢？看哪，到三一
教堂前面长满了绿色树丛的广场去？为什么？啊，我懂了！你是想在
长椅上休息一两分钟，为什么不呢？不停地走来走去，这怎么能不使
你累得精疲力竭呢？不，可是，不对，我错了。这个令人无从捉摸的
人并未坐到长椅上去，而是直奔一座专供大小便之用的小房子而去，
进去后就小心翼翼地随手关上了那扇大门。

　　一开头我忍俊不禁：高超的技艺竟然要在如此普通的地方找到
自己的归宿！要么就是他吓得泻肚子？然而，我又看到了：永远永远
喜欢恶作剧的现实，总是能找到最令人开心解颐的点子，因为它比任
何一个想象力丰富的作家更为大胆。它毫无顾忌地将杰出的和渺小的
东西并列起来，而又不无挖苦之意地将生活中屡见不鲜的和令人惊奇
的东西联系在一起。当我坐在长椅上等待时——我还有什么可干的
呢？——当他从那座灰色的房子里再次露面的时候，我明白了：这位
经验丰富、技艺娴熟的能手躲在四堵墙里清点他的收获，这在他那一
行里是完全符合逻辑的，因为一个职业小偷必须预先考虑到一个我们
这些门外汉想象不到的难题（这一点我过去连想都没有想过）：销毁
所有的罪证。在这样一座警觉的、瞪着数百万只眼睛看着你的城市里，
除了这种地方，找不到比这更安全的地方了，躲在这四面墙里是最保
险的了；即使是一个很少读过法庭记录的人，也总是觉得奇怪：在任
何一件最微小的事情所发生的地方，竟会有那么多记忆力好得惊人的
见证者。如果你在大街上撕掉一封信并把它扔到水沟里，那会有几十
只眼睛在盯着你，出乎你的意料，五分钟之后，一个百无聊赖的小伙
子就会由于好玩而将那些碎片重新拼凑起来。假如你在某个门口检查
一下你的皮夹子，那么到明天，如果有人声称丢失了一个皮夹子，就

会有一个女人跑到警察局去，她对你的描绘不会比巴尔扎克描绘得差，连最微小的特征也不会放过，而你当时甚至都没有发现她。要是你走进一家餐馆，那么一个你根本未加留意的侍者就已经注意到你的衣服、皮鞋、帽子、头发的颜色和指甲的形状是圆的还是平的。从每一扇窗户和每一个橱窗里，从每间更衣室和每一个花盆后，都有一双眼睛在注视着你；而你如果无忧无虑地独自在大街上溜达，以为没有任何人注视你，那你就错了——到处都有不邀而至的见证人，我们的整个生活被一层密密的、天天都在更新的好奇之网蒙起来了。你这造诣很深的艺术家，想出了一个多么绝妙的主意，花几个苏，^①在这四堵不透光的墙里，待上几分钟。任何人都无法看到你如何从偷来的钱包中把钱掏出来，如何把物证销毁的。即便是我——作为另一个你，并且是你既觉可笑又感失望的一个伙伴，也无法计算你究竟偷了多少。

至少我是这样想的，但结果又非如此。他还没有来得及用他那细瘦的手指转动门的把手，我就已经知道他遭到了失败，好像我同他一起清点了钱包里的钱似的，一笔少得可怜的外快！他失望地拖着疲惫无力的脚步，目光低垂，眼睑松弛萎靡，看到这副样子我马上就明白了，你这倒霉的家伙，整整一个上午你算是白费劲啦。你偷到的钱包里肯定没有任何值钱的东西（我本来可以预先告诉你这一点的），顶多不过有两三张揉皱了的十法郎纸币；这对于你所付出的巨大精力和所冒的会被人打断脖子的风险，太不值得了，可是对于一个打杂的女工来说，这可是一笔不少的钱，她肯定已经多次在别里维尔区^②向她的那些应声赶来的女邻居们哭诉自己的不幸，诅咒那该死的掏腰包的坏蛋，用颤抖的双手一再地给她们看那只倒霉的提包。但是，对于这个同样可怜的小偷，他伤心得也不轻啊，我一眼就看出了这一点，因为他抽了一张空白签儿。几分钟之后，我的推测就被证实了。这可怜的废物，精神上和肉体上都疲倦不堪，他站在一家鞋店前面，用充满欲望的眼睛久久地看着橱窗里最便宜的鞋子。鞋子，新的鞋子，他确实需要一双啊。同成千上万今天穿着硬皮底鞋或软胶底鞋在巴黎大街上闲逛的人相比，

① 法国公共厕所有的需付费用。
② 巴黎的一个区，穷人多住在这里。

他更需要一双新鞋来替换脚上的那双破烂玩意儿，他正需要一双鞋子来从事他那种不愉快的勾当。可是，他那饥饿而又绝望的眼神显然说明，要买像橱窗里摆的那样一双擦得锃亮、标价为五十四法郎的鞋，他偷来的钱是不够的。他沮丧地伛偻着身体，离开橱窗继续向前走去。

继续下去，要到哪儿去？又去干这种会被打断脖子的勾当？为了这么点可怜的外快拿自由去冒险？别这样呀，你这可怜的人。至少你得休息会儿呀。果然，就像是真的察觉到我的希望似的，他走进一条胡同，最后在一家廉价饭铺前面停了下来。不用说，我也跟着他走去。我已经有两个小时和这个人同呼吸共命运，我要了解他的一切。为了小心起见，我匆忙地买了一份报纸，以便用它遮掩自己，随后我把帽子斜压到额头上，走进饭铺，坐到他后面的一张桌子旁边。但是，我的小心都是多余的，这个可怜的人累得那样厉害，他对什么都不感兴趣了。他用迟钝的目光空无所视地望着白色的桌布发呆，只是在侍者拿来面包之后，他才用那双瘦骨嶙峋的手贪婪地抓起一块，急忙咀嚼起来。那副咀嚼的着急的样子使我惊愕地认识到了：这可怜的人儿饿了，确确实实是饿了，他从一大早，也许从昨天起还未吃过东西。当侍者端来他要的饮料——一瓶牛奶时，我对他突然产生的怜悯之情变得炽烈起来。一个小偷，一个喝牛奶的小偷！一些个别的琐细小事犹如划着的火柴一样，能够一下子照亮一个人内心的深处，就在这一瞬间，当我看见他，这个小偷在喝着最一般的、婴儿们所喝的牛奶时，他在我眼里立刻就不再是一个小偷了。他成了这个畸形世界上的无数贫困、被追逐、有病和不幸的人中的一个，骤然之间，我觉得，把我和他联系在一起的是一种远比好奇心更为深刻的东西。在人世间共同的衣食住行中，在赤裸身体时，在严寒、酷暑里，在睡眠、疲乏和肉体遭受痛苦的时候，把人们区分开的东西就不存在了，把人分为有德者和缺德者、可敬者和罪犯的人为的范畴就消失了，剩下的只是可怜的野兽以及地球上的生物，他们懂得饥饿和干渴，需要睡眠，知道疲倦，就像你、我和所有的人一样。我如同着了魔似的注视着他，他小心翼翼地、小口小口地、贪婪地喝着浓牛奶，最后还把所有的面包屑也捡了起来。就在此时，我为自己这样注视他感到惭愧了，因为好奇，我已经有两个小时像看跑马似的注视着他，这个不幸的、被追逐的人，他走上了歧途，而我都没有想到去制止他，或者帮助他，为此我羞愧难当。一种强烈的欲望主宰着我，我想走到他面前，和他攀谈，给他出点主意。但是怎么去做呢？我对他说些什么呢？我斟酌着，挖空心思寻找一个托词，寻找一个借口，但没有找到。有什么办法呢？我们就是这样的人嘛！在该果断行事的场合客气到畏缩不前的地步，想得蛮大胆，可是连冲破将一个人和我们分隔开来的那层薄薄空气的勇气都没有，即使我们明知他遭到不幸时也是这样。任何一个人都知道，再没有比要帮助一个并不要求帮助的人更困难的了，因为他不要求帮助，他还保留着他所具有的最后一点品德——自尊，而这种自尊心人们是不可以去任意伤害的呀。只有乞丐才使人在施舍时心情轻松，因为他们不会将人拒之千里之外，为此我们应当感谢他们。可这个人是一个固执的人，他宁愿冒丧失自由的风险，也不愿去行乞；宁愿去偷，也不愿伸手求援。如果我找到了某种借口，笨拙地走到他跟前，那会不会把他吓坏了呢？况且，他坐在那里，那样无拘无束，那样疲惫不堪，去惊动他，那简直太残忍了。他把椅子紧靠到墙上，全身躺到椅背上，把头靠到墙上，一眨眼工夫便闭上了铅灰色的眼皮。我明白了，我感觉到了：他现在最好能睡上一觉，哪怕十分钟，或者哪怕五分钟也好。我简直是亲身感受到他的疲倦和劳累了。难道他那苍白的脸色不就是牢房白墙的暗影吗？难道他衣袖上每动一下就露出来的破孔不就是说明他未曾享受过女性的体贴和关怀吗？我试图想象一下他的生活情况：他住在一座楼房的第六层上，一间没有供暖设备的房子里，一张肮脏的铁床，一只破旧的脸盆，一只小箱子，这些是他的全部财产；而即使在这间狭窄的小屋里，他也不得安宁。他害怕警察上楼的沉重脚步声。这一切我在这两三分钟的时间里都看到了，他虚弱无力地将瘦骨嶙峋的身体和有点花白的脑袋靠到墙上。侍者这时已经在收拾桌子，将用过的刀叉弄得叮当响，他对这样一些晚来的、来消磨时间的顾客并不喜欢。我第一个付了钱，很快走了出去，以免引起他的注意，而当几分钟之后他也走到街上时，我又跟在他后面；我不惜任何代价绝不让这可怜的人自己去承受命运的摆布。

现在已经不再像上午那样，是由于顽皮和挠心的好奇才使我紧紧盯住他不放，也不再是由于想去见识一种新行业的执拗的乐趣；现在我感到一种郁闷的恐惧感，有了一种极端压抑的情感；而当我发现他又向林荫大道走去时，它把我窒息得简直喘不过气来了。看在上帝的面上，你不是又要去有猴子的橱窗那里吧？别干蠢事了！好好想一想啊，那个女人肯定早已报告了警察，肯定有人已经在那里等着你，会马上抓住你亮金色外套的衣袖的。算了，你今天别干了！别再去试试运气了，你不会有什么作为的。你已经耗尽了气力，没有干劲了，你疲倦了，而在艺术活动中，疲倦向来是不会带来好结果的。你最好还是好好休息，睡上一觉，可怜的人儿，别再干了，今天别再干了！我无法解释我心里怎么会有这种恐惧的感觉，为什么我像在幻觉中那样清楚地看见他刚一行窃就被当场抓住。离林荫大道越近，我的恐惧感就越厉害，我已经听见那里永远是鼎沸嘈杂的声浪了。不，无论如何，不要到那橱窗前面去，我不能让你去，你这傻瓜！我已经追上了他，想抓住他的胳膊把他拽回来。但是，他仿佛又一次懂得了我心中给他下的命令，冷不防转到一边去了。他穿过林荫大道前面的一条马路，横过德鲁奥街，突然间迈着坚定的脚步像回家似的向一座楼房走去。我立刻认出了这座楼房——德鲁奥饭店，有名的巴黎拍卖大厅。

我为之一怔，这个奇怪的人令我愕然真不知有多少次了。正当我努力猜透他的生活时，他身上会生出一种力量来迎合我的秘密愿望。在巴黎这座陌生的城市里有几十万座房屋，我今天早晨原就打算到这里面看看，因为它能使我在这里度过极其激动人心的、增长阅历而同时又是有趣的时刻。那里比博物馆中更有生气，有些时候里面珍品宝物很多；在那里每一瞬间都变幻不定，永远是它自身，又永远是另一个，因此我喜欢这外表并不起眼的德鲁奥饭店；我喜欢它，它是一件最美的陈列品，因为它就是整个巴黎物质世界的令人惊奇的一个缩影。在被四堵墙封闭起来的住宅里，有机地汇成为一体的东西，在这里却被分割成无数单个的物体陈列起来，就像肉铺里一条硕大的动物肉体被分解成许多小块似的。那些根本互不相容、互不相配的物品，那些最神圣和最普通的物品，在这里都用最常见的东西联系在一起了：所有在此陈列的东西都是为了变成钱。床和耶稣受难十字架、帽子和地毯、钟表和脸盆、乌敦①的大理石全身雕像和黄铜餐具、波斯的微型艺术品和镀银的香烟盒、同保罗·瓦勒里②著作的初版书紧靠在一起的旧自行车、同哥特式的圣母像并列的留声机、同粗劣的彩色画挂在一堵墙上的凡·代克③的作品、同摔坏了的火炉放在一起的贝多芬的奏鸣曲、迫切需要的物品和显然多余的东西、低劣的作品和极其珍贵的艺术杰作、伟大的和渺小的东西、真的和假的东西、旧的和新的东西，由人的双手和人的智慧所能创造出来的一切庄严和拙劣的东西都汇入拍卖的转炉中，它把这座巨大城市里的一切财富都冷漠残酷地吞进去，接着又喷出来。在这个一切价值都被残忍地铸成硬币和变成数字的转运站上，在这个人性的虚荣和人的需求的巨大的杂货市场上，在这个奇妙的地方，人们会比在任何别的地方更强烈地感觉到我们这个物质世界是多么纷繁多样。贫困者可以在这里出卖一切，而富有者能在这里买到一切。而且，人们不仅可以在这里搞到东西，还可以增长阅历和知识。一个好学的人在这里通过观察和谛听，可以更好地增加对物的了解，可以更好地理解艺术史、考古学、藏书学、集邮和古币学，此外，也可以更好地认识人。因为这里的人和这里的物一样，是那样五花八门；这里的东西要从各个拍卖厅转到新的人手里，它们在此只休息短暂的时间，摆脱一下被奴役的处境；而这里的人，不同的肤色，不同的阶层，他们围在拍卖木桌的四周好奇地、渴求占有地拥来挤去，他们一双双不安的眼睛里充满着欲望和神秘的、隐藏着的热情。在身穿质地很好的大衣、头戴发亮的圆顶礼帽的大商人旁边，坐着衣衫破旧的旧货商和从右岸来的小贩，他们来此是想为自己的小铺子买些便宜货；夹在这群人中间的还有一些小投机商和中间人、代理人、抬价人以及"纤手"们，他们吵吵嚷嚷，叽里呱啦地说个没完；"纤手"是拍卖场所中必不可少的鬣狗，这些人不放过一件价钱便宜的东西，或者只要他们发现某位收藏家看中了某件珍贵的物品，就相互递送眼色哄抬价钱。这里还有一些戴着眼镜的图书管理员，他们本身就干枯得像羊皮纸那

---

① 让·安东尼·乌敦（1741—1828）：法国雕刻家，最卓越的现实主义大师之一。
② 保罗·瓦勒里（1871—1945）：法国诗人。
③ 凡·代克（1599—1641）：佛兰德斯的卓越画家，鲁本斯的学生。他曾长期在意大利和英国作画，是著名的肖像画大师。

样，在人群中慢慢地踱来踱去，活像一些没有睡醒的貘似的；又进来了一群颜色斑斓的极乐鸟——打扮入时、满身珠宝的女士们，她们早就派自己的听差在拍卖桌前面给自己占好了位子；在一个角落里站着一些真正的行家，即收藏家共济会的成员，他们举止泰然，目光安闲，像仙鹤似的。所有这些被吸引到这里的人，有的是做生意，有的是出于好奇，有的是由于对艺术的真正热情；在他们后面，每次都有一群偶然聚到一起的、纯属好奇的人，他们到这里来仅仅是为了在不花钱的火炉旁取暖或者用那些急遽上升的数字的喷泉来娱乐自己。然而，凡是到这里来的人，不管是谁，都有自己的目的——收藏、冒险、赚钱、占有的欲望，或者仅仅是取暖，用别人的激情使自己振奋起来，对所有这些五花八门的人都可以依其面部表情进行分门别类，排列组合。只是有一类人我还从未在这里遇见过，而且也没有想到会在这里遇见，就是小偷这种人。但是，当我看见我的朋友是以怎样一种准确无误的本能潜往那里时，我马上就明白了，巴黎拍卖大厅是他能够施展自己高超技艺的理想之地，甚至可能是最理想的地方。因为这里所有的一切必要的条件都极为奇妙地联结在一起：人们拥挤得十分可怕，简直不堪忍受，好奇、焦急的等待和唱价、出价分散着他们的注意力。在我们今天的世界上，除了赛马场，现时大概只有在拍卖厅，人们才对所买的一切东西都付现金，因此可以设想，每个在场人的钱包里都装满了钞票，口袋都是鼓鼓的。除了在这里，这样一双灵巧的手还能指望在什么地方可以得到充分施展呢？我现在是明白啦，我的朋友在上午所做的不过是一次练习，是为了活动一下手指。只有这里才是他真正的用武之地。

　　然而，当他沿着楼梯慢慢地向二楼走去时，我最好还是抓住他的衣袖，把他拽回来。看在上帝的面上，难道你就没有看见那张布告吗？那上面用英、法、德三种语言写着："当心小偷！"没有看见？你这轻率的傻瓜！为了防备你这一类人，这里的人们是心中有数的，人群中有十几个密探正在那里逡巡。我再说一遍：你今天是不会得手的，相信我的话吧！但是，这个练达的人冷冷地扫视了那张他大概很熟悉的布告，不慌不忙地沿着楼梯向上走去。这是一种很有策略的决定，我只能表示赞赏。因为楼下各厅里出售的多是些日常用品、普通家具、箱子、柜橱，一些小商贩在那里拥挤着，忙碌着，在他们身上是不会有什么收获、得不到多少乐趣的，这些人或许还会按着农民的好习惯，把钱袋缠在肚子上，蹭到他们跟前去既没好处也不妥当。但是，在二楼各厅里拍卖的是名贵的东西：画、首饰、书籍、手稿、珠宝，那儿人们的口袋当然都是满满的，顾客们也都是无忧无虑的人。

我勉强能跟上我的朋友，因为他一进入正门，就在各厅钻来钻去，进进出出，寻找机会。不论在哪个厅里，他都要耐心而固执地研究墙上的通告，仿佛一个饮食考究的人在玩味一份独特的菜谱似的。最后，他选定了七号厅。这里正在拍卖"欧·德·热……伯爵夫人收藏的中国和日本的瓷器"。毫无疑问，今天这儿一定有宝贵的珍品，因为人群麇集，密密麻麻，在入口处就无法透过前面的帽子和大衣看清楚拍卖桌。一堵也许由二三十层人组成的厚墙挡住了那张绿色长桌，从门口我们站着的地方只能望到拍卖人可笑的动作，他站在高处的台子前手里拿着一柄白色小槌，俨然一位乐队指挥，指挥着这部拍卖音乐，每经过许多拍子长得吓人的休止之后，又必然转入 prestissimo①。这个拍卖人也许像其他小职员一样，住在城郊的缅尼利蒙坦或郊区的其他什么地方，有一套两间的住房，一座煤气灶和留声机是他宝贵的财产，窗台上还放着一两盆天竺葵。但在这里，在高贵的听众面前，他身穿摩登的礼服，头发精心地梳洗过，显然为每天能享受到三个小时的乐趣而陶醉，在这三个小时里他用一柄小槌将巴黎最贵重的东西变成金钱。他笑容可掬，犹如一个杂技演员那样，熟练地从左边、右边、桌前、大厅最后面捕捉着飞来的报价——"六百、六百零五、六百一十"——像玩一个彩球似的，然后把这些数字抛回去。构成这些数字的元音十分丰满，而那些辅音相互牵扯着。在此期间，他扮演一个卖弄风情的女郎，一旦没人出价了，数字的旋风不再旋转时，他就带着诱人的微笑大声警告说右边的人怎么样？左边的人如何？或者装模作样地皱起眉头，右手举着象牙槌，威胁道："就这样啦！"要么就微微一笑地劝道："先生们，这可一点也不贵哪！"整个过程中，他像老相识似的对个别的熟人点头致意，狡黠地向一些顾客递送眼色，

---

① 意大利文：最快速。

为他们鼓劲；在宣布拍卖每一样新的东西时，开始他的声音都是干巴巴的，一本正经地作一些必要的说明，随着价格的上升，他那男高音就变得越来越富有戏剧性了。他为在这三个小时中有三四百人屏住呼吸，两眼死死盯着他的嘴唇或他手中那把具有魔力的槌子而心满意足。他只不过是顾客们随意出价的一个传声筒，但那种以为自己是在主宰一切的错觉使他飘飘然；他像孔雀开屏似的，卖弄起他的口才，但这绝不妨碍我认为，他那副装腔作势的表情实际上和早晨的那些做滑稽相的猴子一样，在为我的朋友起到同样的转移注意力的作用。

我的这位勇敢的朋友暂时还无法利用这位同谋者的帮助，因为我们站在最后一排，任何想钻入这稠密的、暖烘烘的、拥在一起的人群，挤到拍卖桌前的企图在我看来都是毫无希望的。但是我再次觉察到，在这种饶有兴趣的行业中我确是一个门外汉，我的伙伴是一个经验丰富的能手和技术专家，他早就知道，当槌子决定性地敲下去的当儿——那男高音欢快地喊道："七千二百六十法郎！"——那人墙就在这情绪松弛下来的瞬间松动开来。那些兴奋得昂起的头颅都垂了下来，商人们在物品目录上写下了价钱，时而有一两个纯属好奇的人走开了，稠密的人群瞬间就出现了空隙。他天才地迅速利用了这一刹那，低着头，像鱼雷似的朝前钻去，一下子就穿过了四五层人。这个我赌咒发誓绝不让他甩掉的人，突然成了孑然一身，我看不见他了。虽然我现在同样向前挤去，可拍卖又在继续进行了，人墙又合拢来，我被卡在拥挤的人群中间，像一辆车子陷进沼泽地一样。这把热烘烘、黏糊糊的虎钳真是可怕极了，前后左右都是别人的身体、别人的衣服，靠得这么近，旁边的人一咳嗽都会使你颤动。更不可忍受的是满是尘土、散发着霉酸味的空气，但主要还是那股汗臭——不管在哪里，只要事关金钱，就总有这种汗臭。我热得满身是汗，想解开上衣，掏出手绢来。白费力气！我被挤得太紧了。我并没有认输，慢慢地、顽强地、一层一层地向前挤去。成功了，可我来晚了！亮金色的外套消失了。他隐藏在人群中的什么地方，除我之外，谁也不会想到和他站在一起会有危险；我的每一根神经都由于某种莫名的恐惧在颤抖着，这个可怜的家伙今天肯定要触霉头的。我每分钟都等待着会有人大喊一声："抓小偷呀！"那时，就会乱挤乱嚷起来，人们会抓住他那身黄外套的袖子，把他从人群中揪出来。我无法解释，为什么我满脑子都是这种可怕的念头，认为他今天——正是在今天一定要倒霉。

然而，什么事也没有发生。没有喊叫，没有喧嚷；相反，讲话声、嘈杂声猝然中断，一下子静得出奇，站在这里的二三百人好像约好似的，都屏息静气；现在他们怀着双倍的紧张，两眼紧盯住拍卖人；他向后退了一步，到了电灯下，他的前额十分庄重地闪着亮光。原来，这次拍卖中的一个主要项目开始了：拍卖一只大花瓶。这只花瓶是中国皇帝在三百年前亲自派使节赠送给法国国王的。这件礼物在革命时期，如同许多其他东西那样，秘密地离开了凡尔赛。四个听差穿着带金银边饰的制服，以一种特别的、故意引人注目的小心谨慎把这件宝贝抬到桌上。这花瓶周围白亮白亮的，上面画着蓝色花纹。拍卖人庄重地咳嗽一声，宣布了有人出的价钱："十三万法郎！十三万！"一阵令人感到敬畏的沉默回答了这个使人肃然起敬的数字。没有人敢立刻喊出自己的出价，也没有人敢说一句话或者哪怕只是挪动一下脚步换一换脚；满身是汗、紧紧挤在一起的人群由于敬重和畏惧而发呆变傻。终于，紧靠桌子左边站着的一个白发苍苍的老头儿抬起头来，有点发窘地很快低声说了一句："十三万五千。"在这之后，拍卖人立即断然地宣布说："十四万！"

这时，极其狂热的游戏开始了：美国一个大拍卖行的代理人每次总是竖起一只指头，这个出价就像电表似的，立刻使数字向上跳动五千。在桌子的另一端，一位著名收藏家的私人秘书（人群中有人悄悄说着他的名字）每次都用加倍的数字作为回答。拍卖渐渐地变成了这两位顾客之间的对话。他们一个坐在另一个的斜对面，但固执地不肯正视对方；两个人都面对着拍卖人，而后者显然对这场交易感到满意。最后，当数字上升到二十六万时，那个美国人第一次不再竖起指头了；已经喊出来的数字像凝固了的声音，悬在空中不动了。人们更加激动，拍卖人四次重复道："二十六万……二十六万……"他像放出一只鹰去抓捕猎物似的，将这个数字抛到了大厅里。然后他停了一下，期待地看了看左右，（嘿，他是多么乐于将这场赌博继续下去啊！）他问道："没有人再加了？"沉默，还是沉默。"没有人再加了？"他几乎是绝望地叫着。沉默颤动了一下，但这根弦未发出声音。

槌子慢慢举了起来，三百颗心脏停止了跳动……"二十六万法郎——第一次……""二十六万——第二次……二十六万……"

沉默像一块巨石，立在哑然无声的大厅里，大家都屏住了呼吸。拍卖人像进行宗教仪式似的，庄严地将象牙槌举到人群的上空，又一次警告道："定啦！"一点声音也没有！谁也没有应声！"第三次。"槌子落了下来，响起了枯燥刺耳的一击。定啦！二十六万法郎！这干巴巴的一击使人墙晃动了，瓦解成许多单个的、活生生的面孔。一切都动了起来，人们松了口气，叫喊起来，呻吟起来，咳嗽起来。密集的人群犹如一个完整的人体，蠕动着，松弛下来，一股激浪从前面向后面不断翻动起来。

我也受到了冲击，有人用胳膊肘在我的胸部撞了一下。而同时，有人低声嘟哝了一句："Pardon, Monsiem！"①我颤抖了一下，他的声音！噢，这可真是件怪事！正是他。我丢掉了又一直拼命寻找的不就是他吗？那滚动的浪头将他直接冲到我身上来了。多么幸运的巧合啊！感谢上帝，现在他就在我身旁，我终于能守卫和保护他了。我当然避免直视他的脸孔，只是从侧面轻轻地瞟着他，还不是望他的脸，而是他的手，他从事行窃的工具。但是很奇怪，那双手竟不见了。很快我就发现了，他把两臂紧紧地贴在身上，为了不被人发现他的双手，像一个怕冷的人那样，把它们缩到衣袖里去，这样，如果现在他把手伸向猎物时，受害者感觉到只不过是柔软的衣服偶然和毫无危险的碰触而已，那只行窃的手藏在袖口里，就像猫爪藏在毛茸茸的脚掌里似的。想得真妙啊，我为此赞叹不已！他现在看中了谁呢？我小心地朝站在他右边的人瞥了一眼。那是一位瘦长的男人，衣服纽扣都扣得紧紧的；第二个人在他的前面，虎背熊腰，不是那么容易得手。一开头我弄不清楚他怎么能顺利地在他们之中的一个人身上下手。可是，这时我感到自己的膝部被轻轻碰了一下，一个念头倏地涌上我的脑际，它使我出了一身冷汗：这一切准备都是冲着我来的？你这傻瓜，你要偷的人是在这大厅里唯一知道你是谁的人，我将要上最后的、令人十分震惊的一课，你要在我的身上试验一番你的技艺？的确，他似乎是看中了我，

---

① 法语：对不起，先生！

正是看中了我。这个不走运的家伙正是看中了我，看透了他的心事的朋友，看中了我，一个唯一洞察到他那行业的秘密的人。

是的，毫无疑问，看来是冲着我来的；现在无须再怀疑了，我已经感到他的胳膊肘轻轻地挤到我的身上，他那藏着手掌的衣袖一寸一寸地靠近了我，那只手肯定已经做好了准备，只要拥挤的人群一动起来，它很快就会摸到我上衣里面的口袋。

诚然，本来我只消用一种小小的动作，那就可以使他无从下手；我转一下身子或者把上衣的纽扣扣上就足够了。但是很奇怪，我没有力量这样做，我的整个身体由于激动和期待而瘫软了，每块肌肉、每条神经都像冻僵了似的。我一边极为激动地等待，一边迅速地在心里数着我的皮夹子里有多少钱。正在我想着皮夹子的当儿，我感到皮夹子温柔和轻微地碰触着我的胸部，我身上的每一个部分、每一颗牙齿、每一个指头、每一根神经，只要我一想到他，那就会变得敏感起来。皮夹子暂时还在原来的地方。我可以静待即将发生的触摸。但是，这可真是件怪事，我自己也不知道我希望被偷还是不被偷。我的感情一片混乱，仿佛被分成了两部分似的。一方面，我希望这傻瓜为了自己的缘故不要打扰我；另一方面，我像在一个牙医那儿似的，当钻牙机快要钻到病牙上最敏感的部位时，心里紧张得要命，我期待着他显示出来的技艺，期待着决定性的一击。但他好像是为了惩罚我的好奇心似的，一点也不着急。他一直在等待时机，靠得我很近。他可疑地寸寸进逼，越靠越近，虽然我的一切感官都与这种碰触完全连在一起了，但同时另一种感觉使我十分清楚地听到拍卖人在大声喊着人们的出价："三千七百五十……谁还加？三千七百六十……七百七十……七百八十……没有人加了？没有人加了？"随后，槌子落了下来。人群中又出现了一阵松动，而就在这瞬间我马上感觉到一股波浪波及我的身上。这并不是一种真正的触动，而是仿佛有条蛇溜了过去，一股滑动的、有形体的气，那样轻忽，那样快速，如果我的好奇心不是一直处于戒备状态，那我无论如何也不会感觉到它的。只是当我的大衣像是被偶然的阵风吹拂摆动了一下时，我有了一种轻柔之感，一只鸟从旁掠过似的，于是……

突然间发生了我怎么也意想不到的事：我自己的一只手猛然抬了

起来并在我的大衣下抓住了别人的一只手。我根本没有想过要采取这样一种自卫措施。这是肌肉的一种出乎我意料的反射动作。它完全是一种出于身体的自卫本能的机械动作。就这样——这是多么不理智的行为啊！——我自己也感到奇怪和可怕，现在我的手可怕的抓着别人的一只冰凉、颤抖的手腕。这使我感到惊讶和恐慌。多么可怕！不，我并不想这样做！

我无法描述这一秒钟。当我突然感到自己强行抓着一个陌生人的一只冰凉的手时，我吓呆了。他也同我一样给吓得瘫软了。我没有力量和勇气放开他的手，而他也同样没有决心、没有勇气将手挣脱出去。"四百五十……四百六十……四百七十……"拍卖人的声音在高处颤动着，可我仍然一直抓着那只陌生的冰凉而颤抖的手。"四百八十……四百九十。"没有一个人发现，这里有两个人发生了命运之争；仅仅是在我们两人之间，在我们两人紧张的神经之间发生的一场不可名状的搏斗。"五百……五百一十……五百二十……"一个个数字越来越快地闪过去了。终于——这一切不超过十秒钟——我清醒过来了，放开了那只陌生的手。它马上就缩了回去，匿在黄外套袖子里不见了。

"五百六十……五百七十……五百八十……六百……六百一十……"声音在高处继续颤动着，而我们这两个被共同的秘密联系到一起的伙伴肩并肩站着，都被共同的经历惊得瘫软无力。我还感觉到他的身体温暖地倚靠在我的身上。现在，当激动松弛下来，我僵硬的两膝开始颤抖时，我觉得这种轻微的颤抖也传给了他。"六百二十……三十……四十……五十……六十……七十……"数字越跳越高，我们俩却仍然站在这里，恐惧的铁环把我们束缚在一起。终于，我有了力量，至少可以转过头，去看他一眼。就在这一瞬间，他也望了我一眼。我们的目光碰在一起了。"行行好，行行好，别告发我呀！"他那双泪汪汪的小眼睛似乎在哀求着，从滚圆的瞳孔中流露出他那饱经沧桑的心灵的恐惧，这是所有生物自古以来就有的一种恐惧；他的两撇小胡子由于惊悸而不停地颤抖着。我只能看清他那双瞪得大大的眼睛，他的面孔由于惊愕呈现出一种罕见的表情，无论是在此以前还是以后，我在任何人的脸上都未曾看到过。他以那样一种奴颜婢膝的、哈巴狗的目光望着我，好像我操有生杀予夺的大权似的，对此我惭愧至极。他的这种恐惧对我是一种凌辱，于是我尴尬地重又把目光移开了。

他明白了我的意思。现在他知道我是绝不会告发他的，意识到这一点，他又恢复了力量。他轻轻地一动，躲开了我，我觉得他想完全摆脱掉我。一开始，下面一只紧紧靠着我的膝头悄悄地离开了；然后，我胳膊感觉到的一种人体温暖消逝了；突然，仿佛属于我自己身上的一部分离我而去，我身旁的位子空了下来。我这位不幸的伙伴，一下子就窜到人群里不见了。我先是松了口气，觉得不那么拥挤了。可是，我马上就害怕起来：他，这可怜的人儿，现在可怎么办呢？他需要钱，可我因度过了这样紧张的一天而欠了他的债；我是他的不由自主的同伙，我必须帮助他！我匆忙地尾随而去。真是一种灾难啊！这可怜的家伙误解了我的善意，他从远处看见我后，就吓坏了。我还未来得及示意叫他安心，那亮金色外套一眨眼就从楼梯上飞了下去，消失在马路上不可企及的人流之中。于是，我的功课就如同它突然地开始那样，也突然地结束了。

薛高保　译　高中甫　校

象棋的故事

半夜里，巨型客轮要从纽约开往布宜诺斯艾利斯[①]，起航前船上一片习见的热热闹闹、熙熙攘攘。送行的乱挤着，来送别朋友。电报投递员歪戴帽子，大喊大叫，把收报人姓名嚷过各个休息室，行李在搬运，花束在传递，孩子们沿着梯子蹿上跳下看热闹，乐队则在甲板上懒洋洋地演奏着。我跟一个朋友躲开这片混乱，在供人散步的甲板上正说着话，这时，镁光灯在一旁耀眼地闪了两三下。不用说，这是记者们临到起航还在匆匆忙忙采访某位名人，给他拍照。我那朋友扫过去一眼，笑了笑说："你搭的这条船上还有个怪人呢，那个岑托维奇。"显然是因为这话弄得我有点莫名其妙，所以他又解释说："就是米尔柯·岑托维奇，那个象棋世界冠军。他在棋赛中从东赢到西跑遍了全美国，现在搭船去阿根廷夺取新胜利。"

这一下我果然记起这位年轻的世界冠军来了，甚至还记起了他一步登天的某些琐闻；读报比我更上心的那个朋友，还能在这方面添补上一个又一个小插曲。大约一年前，岑托维奇一下就跻身于极负盛名的棋坛老将阿廖辛[②]、卡帕布兰卡[③]、塔尔塔柯威尔[④]、拉斯克[⑤]和波哥留勃夫[⑥]诸人之列，自从在一九二二年纽约棋赛中七龄神童热采夫斯基[⑦]崛起以来，一个无名小辈突入声名赫赫的群雄之中，还从来没有引

---

① 阿根廷首都。

② 阿廖辛（1892—1946）：俄国人，1927 年击败卡帕布兰卡获世界冠军，1936 年失去冠军称号，1937 年复得，一直保持到逝世。

③ 卡帕布兰卡（1888—1942）：古巴棋手，12 岁成古巴冠军，1921 年击败拉斯克而成世界冠军，直至 1927 年始败于阿廖辛。

④ 塔尔塔柯威尔：象棋一级选手。

⑤ 拉斯克（1868—1941）：德国棋手，1894 年获世界冠军，保持到 1921 年，败于卡帕布兰卡。

⑥ 波哥留勃夫：苏联象棋名手。

⑦ 热采夫斯基：美国著名棋手。

起这么广泛的注意。因为岑托维奇的智力，绝没有从一开始就预示出他会如此。令人眼花缭乱地飞黄腾达。不久就露底了，在日常生活中，这位象棋冠军无论用哪种语言写个句子，也不可能不出错字，正如被他惹火的同行之一恶狠狠地讥刺的那样："他的无知在哪个方面都一样博大无边。"

他是多瑙河上一个赤贫的南斯拉夫族船夫的儿子。一天夜里，他父亲的小不点儿船被一艘大粮船撞沉了。那时他才十二岁，父亲死后，这边远地区的神甫心怀恻隐收留了他。这个额门宽、说话少而又呆钝的孩子，凡是在乡村学校里他没法学会的，好心的神甫就竭尽全力通过家庭辅导给他补上。

可是，怎么使劲都无济于事，都讲解了百十次的那些文字，米尔柯瞪眼看着也还是生生地。哪怕是极简单的课业，他那转动不灵的脑子，也没有能力去掌握；都十四岁了，算个数什么的，他还得靠扳指头来帮忙。读书看报，对这半大小子来说，还吃力得很。但是，不能因此就说米尔柯别扭、不听话。叫他干什么，他都服服帖帖去干。他打水，劈柴，跟着下地，拾掇厨房；指派他干的事，他都踏踏实实完成，就是慢得叫人憋气。不过，好心的神甫最烦的，还是这性情古怪的孩子对什么都不闻不问。不专门指派，他就什么也不干；不明确地给他安排活，他自己就不找，他从来不提一个问题，也从来不跟别的孩子玩。做完家务，他就在屋里呆坐着，像绵羊吃草一样死愣愣地瞪着眼，对周围发生的事丝毫不关心。每天晚上，神甫慢悠悠吸着庄户人用的长烟袋，照例要跟巡警队长下三盘棋。这黄头发男孩，就悄没声息地蹲在一旁，奋拉着重涩的眼皮瞪着方格子棋盘，像是心不在焉地在打瞌睡。

一个冬夜，两个棋友正迷在天天照旧的对弈中，这时从村镇那头驶过来一辆雪橇。铃声叮当，越响越急，一个农民帽子上积着雪，慌急慌忙地咚咚咚跑了进来，说是他老娘眼看要咽气了，请神甫赶快去抢时间给举行临终涂油礼[1]。神甫二话没说，就跟他走了。巡警队长还没喝完杯中的啤酒。他重新点起一袋烟，正要穿上沉甸甸的高筒皮靴回家去。这时，他注意到，米尔柯正两眼死死盯住棋盘上刚刚开局的

---

[1] 天主教给人在临死时涂抹圣油的一种仪式。

这盘棋。

"嘿嘿,你想下完这盘棋吗?"他打趣地说,满以为这迷迷瞪瞪的小伙子,连准确地挪动子儿都不会呢。小家伙怯生生地抬起目光,点了点头,就坐到神甫的位子上。下到十四步上,巡警队长就被将死了;将死就将死了吧,叫人还不得不承认,这绝不是偶然失算的一步臭棋造成的。再下第二局,结果还是一样。

"巴兰的驴子!"①神甫回家后吃惊地喊道。他解释给不大熟悉《圣经》的巡警队长听,早在两千年前,就出过类似的奇迹:一头哑巴牲口竟突然说起人话来。尽管夜深了,神甫不由得还硬要和他这半文盲的帮手杀一盘。米尔柯也毫不费力就杀赢了。他下得又黏又慢又狠,大脑门俯在棋盘上,抬也不抬一下。可是,他稳得简直无懈可击;巡警队长也罢,神甫也罢,连着几天都没能胜他一局。对这学生的一贯迟钝,比谁都更有资格来下断语的神甫,这回认真地动了好奇心,要看看这种畸形的特异禀赋,在多大程度上能经受更严格的考验。于是,神甫让米尔柯到乡村理发师那儿理好枯黄蓬乱的头发,使他有几分人样,就带他坐上雪橇,到邻近的一个小城去。神甫根据亲身经历知道,小城主要广场那儿的一家咖啡店有个专席,经常聚着一些疯疯傻傻的棋迷,都是他下不过的。这十五岁的小伙子,头发枯黄,面红耳赤,穿着皮板朝外的羊皮袄,套着沉甸甸的高筒皮靴,被神甫推进咖啡店时,使满堂常来常往的棋迷们吃惊不小。年轻人两眼怯生生地低垂,惊诧地待在一角,直到人们叫他,才向一张棋桌走过去。第一盘米尔柯输了,因为在好心的神甫家里,他从来没见识过所谓的西西里式开局法②。第二盘他就和最高明的棋手下成了和棋。第三盘第四盘以后,他就一个接一个杀败了所有的对手。

这一下,在南斯拉夫外省小城里出了极为罕见、激动人心的事了;就这样,这初试身手的乡村冠军,使汇集一堂的象棋名手们立时振奋

① 《旧约·民数记》第22章载,摩押王巴勒请巴兰去诅咒以色列人,巴兰骑驴上路时,上帝遣使者去杀他。巴兰的驴子为避开执刀的使者,两次离开正路,最后又卧倒不走,巴兰打了它三次。"耶和华叫驴开口,对巴兰说:'我向你做了什么,你竟打我这三次呢?'"上帝让执刀的使者现形,巴兰才知道了驴子避路的原因。

② 第一步走 e_2,卒进 e_4,这种开局法盛行于意大利西西里岛,故名。

起来。于是他们一致决定，这神童无论如何也得在城里再待一天，以便能把象棋俱乐部的其他成员召集起来，特别是到府邸去通知狂热的棋迷西姆奇茨老伯爵。神甫一边以未曾有过的自豪感看着他的养子，一边说他在享受发现奇才的欢快之余，实不敢误了责有攸归的主日祈祷，但他乐于表示，把米尔柯留下来接受进一步的考核。于是年轻的岑托维奇由象棋专席上诸人付账，在旅馆住下了，并且在这天晚上第一次见到了抽水马桶。第二天也就是星期天下午，棋室里挤满了人。米尔柯一声不吭，甚至眼睛都不抬一下，在棋盘前定定地坐了四个钟头，战胜了一个接一个的棋手。临了，有人提出了车轮战的建议，折腾了好一阵，才使这个不开窍的小伙子明白过来，所谓车轮战，就是他一个人同时下几盘棋。明白了这种下法以后，米尔柯很快就应付裕如了。他拖着沉甸甸的靴子，啪嗒啪嗒慢慢地挨着桌子转，结果八盘棋他赢了七盘。

这一下可是议论开了。尽管严格说来，这位新秀并不是这座小城的人，但还是热辣辣地激起了人们惯有的民族自豪感。翻开地图还从来没人理会的这座小城，说不定到头来会第一次有幸给全世界送去一位名人呢。一个名叫柯勒的经理人，原是专给驻军歌舞酒吧间介绍歌星歌女的，这时高高兴兴表示，要是有人拿出一年的补贴费用，这年轻人就可以去维也纳，到他认识的一位小个子国手那儿受棋艺方面的专门训练。下棋六十年如一日的西姆奇茨伯爵，还从来没遇见过这么不同凡响的对手，当即承担了这笔费用。一日之间，这船夫的儿子，就开始迈上了直上青云之路。

半年之后，米尔柯就掌握了棋艺的全部诀窍。不过美中不足的是，他不会凭默记下棋，就是行话说的下盲棋，连一盘也下不来。这事后来常在行家们前面露馅，并且常常遭到耻笑。在没边没线的想象空间中摆棋，这种本领他一点儿也没有。他从来就得有黑白格子的棋盘，六十四个方格，三十二个棋子，都看得见摸得着。就是成了世界名人了，他也老是随身带着棋盘——可以折在一起的袖珍象棋，为的是想拿各局来复盘或解决难着时，就能张眼可见地摆出来。这本身算不了什么欠缺，却暴露出他缺乏想象的能力；在棋坛这个小圈子里，这还是个热门话题呢，就像乐坛上一个杰出的演奏家或是指挥暴露出不打开乐谱就不会演奏或是指挥那样。不过，这引人注意的欠缺，一点也没有延误米尔柯的崛起。到十七岁上，他已经得过十几次象棋比赛奖了，十八岁夺得匈牙利冠军，二十岁终于成了世界冠军。那些凌厉无比的国手，在天资、勇气和想象力方面，一个个都无可比拟地高于他，然而都败在他韧性冷峻的逻辑推理之下，就像拿破仑[①]败于动作迟缓的库图佐夫[②]，汉尼拔[③]败于法比屋斯·孔克塔托尔[④]——据李维[⑤]记述，孔克塔托尔从小就明显地表现出迟钝低能的气质。就这样，一个完全是精神王国的化外之民，第一次钻进象棋大师的光辉行列了。置身于这个行列的大师，都汇集着各种迥然不同的高超智力，是哲学家、数学家，具有运筹、想象和创造的天赋，而这个拙手笨脚、沉默寡言的乡下小伙子呢，就连诡计多端的新闻记者，也休想从他那儿套出值得公之于众的一言半语。当然，尽管岑托维奇没有发表警策的名言向报纸披露什么，但很快，关于他个人的一些趣闻逸事，就充分地补上了这个缺。下棋时他是无与伦比的大师，可是离开棋局一站起来，他就无可救药地成了一个怪头怪脑甚至是滑稽可笑的角色。尽管他黑礼服一派庄重，领带华丽，上面别着很有点惹眼的珍珠镶嵌的别针，指甲费心地修剪过，但在举止上、风度上，他照旧还是那个见识短浅、在乡下给神甫打扫房子的农村青年。只要能捞到钱，他会想方设法用小气的而且往往是鄙俗的贪婪，笨头笨脑，甚至笨到不顾脸面鬻出他的才能和荣誉，以致惹得同行们耍他，恼恨他。他一个城市一个城市旅行，总是住最便宜的旅馆。不管多么微不足道的象棋协会，只要答应给他钱，他就到那里去下棋。他同意肥皂广告上印他的像。甚至实际上是加里西亚一个无名大学生给一个会做买卖的出版商写的一本《象棋哲理》，他也出卖名字去充当作者；逐鹿们清楚地知道，他连三句话也写不通，

---

    ① 拿破仑（1769—1821）：著名军事家，1812 年侵俄战役中为库图佐夫所败。

    ② 库图佐夫（1745—1813）：俄国著名统帅，是个慢性子人。

    ③ 汉尼拔（前 247—前 183 或前 182）：迦太基著名统帅，公元前 218 年发动对罗马的第二次迦太基战争，与法比屋斯相遇。

    ④ 法比屋斯（前 275—前 203）：罗马政治家和统帅。在抗击汉尼拔的战争中采取扰而不战的战术，相持一年多，于公元前 217 年大获全胜。由于这次战役，他得了"孔克塔托尔"（行动迟缓的人）这个称号。

    ⑤ 李维（前 59—17）：罗马历史学家。

他毫不理会他们的嘲笑。像一切生性黏滞的人一样，他一丝一毫也不懂什么叫可笑。自从在国际比赛中获胜以来，他就把自己看作世界上数一数二的要人。一想到他杀败过各方面的精明机智、神采奕奕的演说家和著述家，特别是他挣的钱比那些人多这个看得着的事实，他原先的束手束脚，就转成一种往往是表演拙劣的冷酷傲慢。

　　"不过嘛，这么一举成名，怎么能叫这空空如也的脑袋不发蒙呢？"我那个朋友下结论道。他还向我吐露了几点一针见血的推断，说明岑托维奇何以傻乎乎地炫耀："一个从巴纳特[①]来的乡下小伙子，才二十一岁，突然之间，只消在棋盘上稍一拨拉棋子儿，一个星期挣的钱，就比他全村的人整年在家砍树做苦工挣下的还多，他能不沾上晕晕乎乎的虚荣心吗？还有，假如一个人嫌费事，从来不打听打听，世界上还曾有过伦勃朗[②]、贝多芬、但丁和拿破仑，那么，他把自己看作伟人，不也就不费吹灰之力吗？这小伙子孤陋寡闻的脑子，就知道一样：几个月来他没输过一盘棋。因为他除了下棋赚钱，不知道人世间还有别的价值，所以他沾沾自喜，也是有充分理由的。"

　　我那朋友的一席话没白说，它激起了我不同寻常的好奇心，对各种犯偏执狂、囿于一孔之见的人，我向来就感兴趣，因为一个人越是孤陋寡闻，从另一个角度说，他也就越是接近于无限。凡是这种明显地遗世独立的人，他们都像白蚁一样，用特殊材料给自己建造一个独一无二的奇妙小天地。于是我不加掩饰地表示，打算在去里约热内卢[③]的十二天航程中，凑到跟前去观察一番这智力单向发展的怪样板。

　　然而，那个朋友提醒我说："你难得有这样的运气；据我所知，从岑托维奇那儿套出心理活动方面的点滴材料，还没人做到过。这诡诈的庄户人，别看浑身是极度的无知，使自己不露破绽他可精得很呢。手法倒也简单，就是说，除了在小客店找些也是来自农村的老乡谈谈之外，他回避跟任何人交谈。看出有受过教育的人在场，他就缩进蜗牛壳；这样一来，谁也没法夸口，说曾经听过他一句傻话，或是对他的极度无知摸清过底细。"

---

　　① 罗马尼亚西部和南斯拉夫东北两国交界处的一个地区。
　　② 伦勃朗（1606—1669）：荷兰著名画家。
　　③ 巴西最大的海港，从纽约航行去布宜诺斯艾利斯经过该地。

我的朋友看来是真说对了。旅行的一开头几天，情况就表明，不老着脸纠缠，就没法接近岑托维奇。说到头，我还做不出来。不错，有时他也到供人散步的甲板上走走，可他总是像一幅名画里的拿破仑那样，反背着手，一副正在沉思的傲慢神态；要不，他就总是碰碰撞撞，匆匆忙忙完成他在甲板上的逍遥游，为了能跟他搭上句话，得跟在后面紧撵。再说，休息室、酒吧间和吸烟室什么的，他从来不去。服务人员私下向我透露说，他白天大部分时间都在船舱里过，在一个大棋盘上温习棋艺，或是演残局。

他规避人的技巧比我想接近他的打算还高出一等。这样过了三天，我实实在在是耐不住性子了。我生平还从来没机会去和象棋大师亲自结识，现在呢，我越是尽力把这样一个标本当活人来看，就越是感到难以想象，人活一辈子，脑子怎么就光用来在六十四个黑白格子的棋盘上打转转。这种"王者之戏"① 我从亲身的经验知道它不可思议的吸引力。在人类琢磨出来的一切游戏中，唯独这种游戏，丝毫不为一时的独断专行所左右，而只把胜利付与智慧，或者更应当说，付与一种特殊形式的天资。那么，把下棋叫作游戏，难道不是在恶意地贬低吗？下棋，难道不是一种科学，一种艺术，游移于这两个范畴之间——像穆罕默德的棺材②游移于天地之间，是这对范畴之间唯一的联系？象棋，是古老的又永远是清新的，布局是机械的却又为想象力所左右，限死在固定的几何空间之内而组合方式又是无限的，永远在发展，却没有结果；它是无所推导的思维，无所运算的数学，是没有作品的艺术，没有物质的建筑。然而事实证明，它又比任何作品和建筑都存在得更长久。只有这种游戏是雅俗共赏、古今同一的。谁也不知道，是哪位天神把它弄来供世人消遣、励志和提神的。它什么时候起源，又到什么时候失传呢？每个孩子都能学会下棋的初阶，每个笨拙的人都可以去一试身手。然而，在这些狭窄固定的方格之内，却能下出国手的绝招，是其他一切人望尘莫及的。对于天赋只适于下棋的人，对于褊狭

---

① 德语 Schachspiel（下棋）一词，由 Schach（象棋）和 Spiel（游戏）构成。Schach 来自波斯文 Schach，意为国王，故称。

② 穆罕默德为伊斯兰教创始人。伊斯兰教规定，殓葬不用棺材，不知此处是否另有出典。

的奇才来说，想象力、毅力和技巧一样是因人而异地起作用的，就像对于数学家、诗人和音乐家一样，只不过程度不同，结合不同罢了。早先颅相学盛行的时候，加尔①也许会去解剖这种象棋大师的大脑，以便确定，这种象棋天才的大脑灰质中是不是有特殊的沟回，有一种什么象棋肌或是象棋突，比常人的更为突出。岑托维奇会使这样的颅相学家多么感兴趣啊！在这个实例中，真是从智力的绝对迟钝中迸出了偏执的奇慧，就像百十斤不含有用矿物的大矿石里夹了一缕金子一样。这样一种天才的游戏，必然会造就出一批特殊的选手，这个事实，原则上我是向来都明白的，然而，难以想象甚至根本没法想象的是，一个心思敏捷的人，会把世界压缩到黑白格子之间的线路上来过一辈子，到三十二个棋子的左右进退中寻找生活的甜头。我不能想象，对一个人来说，开局的时候不进卒而跳马，就会是一桩伟大的事业，在象棋论著不起眼的旮旯里留个名，就意味着不朽。我也不能想象，一个人，一个长脑子的人，把全部思维能力，十年，二十年，三十年，四十年，反反复复用到不值一提的事情上——在木棋盘上把王这个木棋子逼到一角将死——这个人竟没有发起疯来！

我这人活该，热衷于动脑子的事，常常会变得狂热起来；现在呢，这么个异人，这么个奇才，或者说，这么个不可思议的傻瓜，跟我搭同一条船，第一次离我那么近，只隔六个船舱，而我竟没法挨近他。我开始琢磨出一些简直不沾边的心计：想挑动他的虚荣心，冒称代表一家重要的报纸，去对他进行一次装模作样的采访；又想抓住他的贪心，建议他到苏格兰去举行一次有利可图的棋赛。想到最后，我记起了猎人最有效的招数，就是说，模仿山鸡发情的鸣叫把雄山鸡引过来。想叫象棋冠军来注意你，除了摆开棋局，你还有什么更有效的法子？

我一辈子也没成个正经棋手，原因很简单，因为我下棋总是马马虎虎，只是下着开心罢了。即便我下上一个钟头棋，这样做也不是为了劳神费心，相反是为了使专注的精神松弛一下。别的人，那些地道的棋手，他们是"下棋"，我却是"玩棋"，恕我冒昧地造这么一

① 加尔（1758—1828）：德国医生，其所创颅相学，企图根据头盖形状来推断人的智能和性情。这种学说19世纪中叶曾流行于欧美。

个新词。那就下起来吧，不过这跟谈恋爱一样，不能没个对手。可是这会儿我还不清楚，这条船上除了岑托维奇和我，是不是还有别的象棋爱好者。为了引这些人出洞，我就在吸烟室设下个并不高明的圈套：跟下棋比我还臭的妻子，像捕鸟人一样，摆开了棋局。果不其然，我们还没下到六步，一个打旁边过的人就站住了，第二个人还请求我们允许他观局。最后，来了个求之不得的对手，提出要和我下一盘。这个人叫麦克柯诺尔，是个苏格兰采矿工程师，听说他在加利福尼亚钻探石油的时候，赚下了一大笔钱。他长得身材魁梧，腮帮子方方正正，壮实硬棒，牙齿坚牢。紫糖脸红扑扑地惹眼，大概是大喝威士忌造成的，至少也跟这有关系。肩膀宽得出奇，简直像运动员的架势，连下棋的时候也突出地显露出来。麦克柯诺尔先生是沾沾自喜的得志人，连下棋这么不值一提的事，输了也觉得有损他的自尊心。这位个人奋斗的强者，在生活中惯于不顾一切去达到目的，被实际成就弄得忘乎所以，充满了不可动摇的优越感，以致任何违误都会使他跳起来，都会被认为是岂有此理的反抗，简直是欺负他。输了第一盘，他就绷着脸又啰唆又蛮横地解释，说这不过是一时疏忽输掉的。第三盘输了，他又说是隔壁船舱里的吵闹声害的。只要输了，他就要求再来一盘捞回来。开头，他这种不服气的横劲儿还使我感到好笑，后来，我出于想把世界冠军引到棋桌这儿来的本意，把这看作摆脱不掉的瞎搀和罢了。

第三天成功了，不过才成功一半。岑托维奇也许是从供人散步的甲板那儿穿过窗子看见我们在下棋，也许只是偶然赏脸光临吸烟室，反正，一见我们这些不入流的棋手在搅弄他的艺术，就不由自主地走过来一步，不远不近朝棋桌打量了一眼。正轮着麦克柯诺尔走棋。这一步棋看来就充分地提醒了岑托维奇，我们这种外行人的忙乎，是不值得他这样的国手再热心地看下去的。像书店给我们当作家的人推荐一本拙劣的侦探小说，我们翻都不翻就扔开一样，他也同样带着那种明显的表情，走过我们的棋桌，走出了吸烟室。"掂了掂，瞧不上眼。"我想着，那种看不起人的冷眼使我有点火了。为了泄一泄火气，我对麦克柯诺尔说：

"你这步棋，看来冠军不怎么欣赏。"

"什么冠军？"

我向他解释说，刚才过去的那位先生，翻了翻白眼看我们下棋的，就是象棋冠军岑托维奇。我又补上一句话，让高明的人去鄙视好了，我们会受得了的，不会心里不自在，穷人本是水煮饭嘛。这句顺口溜的话，竟对麦克柯诺尔起了完全意想不到的作用，使我都一愣。他立时坐不住了，忘了下棋，不安分的念头在他心里捣开了。他说没想到岑托维奇在这条船上，他无论如何得跟岑托维奇下一盘；又说他这一辈子，还没单独跟世界冠军下过棋，只是有一回跟另外四十个人一起同一位世界冠军来过车轮战，杀得真是难解难分，他差点儿还赢了呢。他问我认识这位世界冠军不，我说不认识；他又问我愿不愿意去搭个话，把世界冠军请到我们这儿来；我回绝了，理由是我知道岑托维奇不怎么爱跟生人打交道。再说，跟"三流棋手"下棋，对世界冠军来说，那有什么味道。

跟麦克柯诺尔这种虚荣心强的人，我真不该说"三流棋手"这种话。他气呼呼地往后一仰，粗声大气地说，他个人简直不信，岑托维奇会拒绝一个绅士的客客气气的邀请，他会有法子办到的。顺着他的心意我把这位世界冠军的为人简单地说了说，他暴躁得无法克制，不理不睬撂下这盘残棋，就冲到供人散步的甲板上去撵岑托维奇。我又一次感觉到，这肩膀那么宽的人，一旦打定主意做什么事，那是没法挡住的。

我有点焦急地等着，十分钟后，麦克柯诺尔折了回来，不那么神气十足了。

"怎么样？"我问道。

"你说对了，"他带点火气回答说，"不是个多招人喜欢的主儿。我作了自我介绍，告诉他我是谁，他连手都没向我伸。我试着向他说明，要是他愿意跟我们来一次车轮战，那我们全船的人都不胜自豪，不胜荣幸。可他呀，死挺着个脖子，说是他很抱歉，跟他签订合同的经理人，曾明确地规定他，整个旅行期间不得无偿下棋，要下就是最低价格：每盘二百五十美元。"

我笑了起来："这可真是万万想不到，在黑白格子之间挪动挪动棋子儿，会是这么个赚钱买卖。这一下，但愿你离开他的时候也客客气气，跟去的时候一样。"

然而，麦克柯诺尔还是一本正经。"棋赛定在明天下午三点，就在吸烟室这儿举行。我希望，我们不至于轻而易举就让人杀个稀里哗啦。"

"什么？你答应出二百五十美元？"我简直惊愕得叫了起来。

"为什么不出？C'est son métier.^① 要是我牙痛，这船上凑巧有牙科大夫，我也不好请他白给我拔牙嘛。那人要个大价钱要得完全对。各行各业地道的行家，也都是最精的生意人，对我来说，做生意越爽快越好。我宁可现钱交易，也不愿请一个什么岑托维奇先生来发善心，到头来还得欠他一份人情。再说，我在俱乐部一个晚上输的，曾经超过二百五十美元，还不是跟世界冠军下输的呢。一个'三流棋手'，就是败给岑托维奇，也不是什么丢脸的事。"

用"三流棋手"这句有口无心的话，把麦克柯诺尔的自尊心伤得那么厉害，这使我感到好笑。不过，既然他打定主意为这句玩笑话付出大价钱，对他那种执拗的虚荣心，我也就没什么可嗔怪的了。说到头来，他这种虚荣心还有助于我去结识结识那个宝贝。这件即将发生的大事，我们连忙通知了四五位一直自称棋手的先生们，让大家为即将举行的棋赛不仅把我们这张桌子，而且把旁边的桌子都预订下来，以便尽可能不受过往人的打搅。

第二天，我们这些人全都按约定的时间到了。不用说，冠军对面的正席让给了麦克柯诺尔。他兴奋得不行，一支接一支抽着烈性雪茄，急得一次又一次看表。然而，那位世界冠军，正如我根据我那个朋友的讲述早料定的，叫人美美地等了他十分钟，显然是想在这种情况下上场，使他那种有恃无恐的劲儿更增加分量。他朝棋桌走了过来，安安稳稳，从从容容；一来就用行家的官腔安排比赛事宜，也不作自我介绍。这种无礼显然是在说："我是谁你们知道，你们是谁我管不着。"由于船上棋盘不够用，没法进行车轮战，于是他提议，我们大家一起跟他下算了。他走完一步，就到吸烟室尽头另一张桌子那儿去，让我们便于商议。我们下完对着，就用小勺敲敲杯子，这是因为不巧手头没有餐铃。他提议，如果我们不想另作安排的话，那就走一步棋最多十分钟。不用说，我们像腼腆的小学生一样，对每个建议都赞同。岑

---

① 法文：这是他的职业。

托维奇分得了黑方。他站着就地走了一步，完了就转身到他提出去等待的位子上，懒洋洋地坐下一靠，随便翻着看一份画报。

谈这盘棋下得怎么样，那毫无意义。才走了二十四步，我们就一败涂地，这是必然会有的结局，不说也知道。一个象棋世界冠军，不消举手之力就杀败了五六个中流乃至末流棋手，这没什么惊人之处。恼人的是岑托维奇那种趾高气扬的架子，明显地使人感觉到，他对付我们是不费吹灰之力的。每次来走棋，他都故意只朝棋盘上瞟一眼，又懒洋洋地把我们扫一眼，好像我们也都是木头做的死棋子。那股傲慢劲儿，不由得使人想到人们用睥睨的目光去看癞皮狗。我心里想，他完全可以心眼子活一点，提醒我们注意注意失着，或是说句友好的话给我们打打气。然而，到这盘棋下完了，这没人味儿的下棋机器，也没说一个字，只说声"将死了"，就一动不动站在桌子旁边等着，看我们是不是还想下第二盘。像我们一向对付粗鄙厚颜的人那样，我正要站起来，无可奈何地打个手势，意思是暗示他，做完这笔美元买卖了，那么，至少对我来说，这场愉快的相识就算完了。恼人的是，就在这时，我旁边的麦克柯诺尔声音沙哑地说："再来一盘！"

麦克柯诺尔那种挑衅的口气，真把我吓了一跳。这一瞬间他给人的印象，简直是个摆好了架势的拳击家，而不是个彬彬有礼的绅士。也许是由于岑托维奇对待我们的那种气人的态度，也许只是由于他那种病态的、一触即发的虚荣心，他变得失去常态了。看得出来他正在冒汗，脸一直红到额门上的发际线，鼻翼由于内心憋气而猛烈地翕动，从咬紧的嘴唇到好斗地噘起的下巴，中间挤出一条深深的褶皱。我担心地看出来，他眼睛里冒着无法控制的凶焰；只有当人们赌钱的时候，眼看着赌注一倍接一倍往上翻，可连着六七次就是不来对劲的牌，才会冒出这种凶焰。这时我知道，这死要面子的狂人，会不惜全部家当，或是原注或是加码，跟岑托维奇下呀，下呀，一直下到至少赢上一盘为止。岑托维奇要是干下去，麦克柯诺尔就会成为他的摇钱树，等到达布宜诺斯艾利斯时，他就能摇下来好几千美元。

岑托维奇一动不动地待着。"请吧，"他客客气气地回答说，"先生们这回占黑方。"

第二盘情况也没什么变化，只不过多了几个凑热闹的。我们这个小团体人多了，也更热火了。麦克柯诺尔死盯着棋盘，仿佛要把他赢棋的意志注进棋子里面去似的，我看他为了朝阴冷粗俗的对方痛痛快快地喊出一声"将死了"，就是牺牲一千美元，他也会心甘情愿的。值得注意的是，他那种勉强压住的愤激不知不觉地使我们也多少受了点感染。每一步棋，都比原先争论得无可比拟地热火，总是到最后大家都同意发信号叫岑托维奇到棋桌这儿来了，又有人出来阻拦；我们一步一步走到十七步了，这时我们自己都感到惊奇，局势看来对我们极为有利，因为我们已经成功地把 c 路卒推到倒数第二格的 c_2 位上了，只要再往前推到 c_1 位上，就有个新的后①了。面对着这一眼就看得出来的战机，我们心里当然并不踏实；我们一致怀疑，这争得的优势，弄不好还会是岑托维奇有意扔给我们的钓饵，因为他看棋比我们看得远多了。然而，尽管我们一起绞尽脑汁探究商讨，我们也弄不懂这不露痕迹的妙着。最后，眼看就到规定走棋的时间了，我们决定，冒险走这步棋。麦克柯诺尔正要去捏起那个卒，推进到最后一格去，突然他感到手臂被拽住了，有个人又轻又着急地悄声说："我的天哪！走不得！"

我们大家不由得都回过头来。那位先生四十五岁上下的样子，脸长得又瘦又尖；这以前，我在甲板上散步的时候，那张脸因为像粉笔一样白得出奇，就曾引起我的注意。他一准是最后那阵子，我们全神贯注琢磨那步难棋的时候，上我们这儿来的。他感觉到我们在盯着他看，就急忙补充说：

"现在你如果使卒变成后，他接着就用 c_1 位上的象吃掉这个后，你再用马吃回来。可是，这期间，他会把这个畅行无阻的卒走到 d_7 位上，来逼你的车，你就是跳马叫将，也输了，再有九步十步就完了。一九二二年彼司吉仁棋赛，阿廖辛对波哥留勒夫下成的局势，就跟这差不多。"

麦克柯诺尔一愣，从棋子上缩回手来，凝视着那个人，跟我们大家一样惊异，这真像一个盼不来的天使，下凡助战来了。一个人能算出九步之后的杀着，没问题，是个一流的专家，没准还是冠军的争夺者，

---

① 国际象棋中的卒，如果能推到底线，就可以变为杀伤力最大的后，或变为棋手所需要的其他兵种。

正出门去参加同一次比赛呢。正在这紧要关头，他突然到来，突然介入，这简直是天助。麦克柯诺尔第一个清醒过来。

"你有什么高见？"他急不可耐地小声说。

"暂时先不进，撤！先把王撤出死地，从 g_8 位退到 h_7 位上。这一来，他可能把锋芒转向这一翼；那么，你的 c_8 位的车退 c_4，顶住它。这样他就先失两步，丢一个卒，也就失去了优势。于是，就成了卒对卒的棋。只要防守得法，你还能落个和局。再多就别指望了。"

我们又是一愣，他算得那么准，又那么快，把我们都听傻了。这算步子的劲儿，就像是照着现成的书在背。由于他参战，使这盘对世界冠军的棋成为和局，这意想不到的转机，怎么说也是激动人心的。我们一致闪到一旁，好让他看棋方便。麦克柯诺尔再次问道：

"那就 g_8 位王退 h_7 位了？"

"就这么走！绕开是要紧的！"

麦克柯诺尔听从了，于是我们敲响了杯子。岑托维奇照旧心不在焉地迈步来到棋桌旁边，打量了一眼这步对着，完了就把王侧翼的 h_2 位卒挺到 h_4 位上，正应了给我们助战的这个生人预先说下的。这一位已经耐不住性子嚷开了：

"走车，走车，c_8 位退 c_4 位，这一来他就不得不先保卒了。不过这他也没一点办法！你 c_3 位马进 d_5 位，不管他那个卒，这就扳成势均力敌了。全力压过去，不要守了！"

我们不明白他指的是什么，他说的那些话，我们就像听中国话[①]。不过，既然服了他，麦克柯诺尔也就不假思索，照他指示的走，我们又敲杯子叫岑托维奇过来。他第一次紧张地看着棋局，没有匆忙地做决定。后来，他按这陌生人点破的那样走了一步棋，转身就要走。然而，岑托维奇走之前，出了点新鲜事，想不到的事：他抬起目光，打量了一下我们这一圈人，显然是想弄明白，是谁回敬了他这一步硬棋。

从这一瞬起，我们的情绪猛地高涨起来。这以前，我们下棋只抱着一种侥幸心理，现在不同了，想杀一杀岑托维奇孤高傲慢的想法，

①　在交通不发达的古代，在欧洲人眼里，中国是个神秘的国家，因此中国话就被用来形容听不明白的话。

在我们浑身血管里鼓动起一种投身一搏的热火劲儿，我们这位新朋友又定出下一步棋，我们能叫岑托维奇回来了。拿小勺敲杯子的时候，我的手指都哆嗦起来。这一下，我们第一次占上风了。一直都是站着走棋的岑托维奇，迟疑着，迟疑着，终于坐了下来。他动作迟钝，慢慢悠悠坐下，这一坐，光从架势上来说，他就失去了原先对我们的那种居高临下之势。我们已经把他逼得至少在空间位置上和我们不分高下了。他长久地考虑着，目光一动不动地垂向棋局，发涩的眼皮低得连眼珠子都看不见。在穷思苦索中，嘴也慢慢地张大了，使他那圆圆的脸显得有点呆头呆脑的。岑托维奇想了几分钟，然后走了一步，站起身来，我们那位朋友跟着就嘀咕开了：

"好一步闲棋，想得好！不过别去管它！逼着换，硬逼着换！一换就成和局，上帝也帮不了他的忙。"

麦克柯诺尔听从了。以后的几步，成了他们两人的你争我夺；我们这些人早降级成了没台词的群众演员，看了个莫名其妙。约莫又走了七步吧，岑托维奇经过更长久的考虑之后，抬起眼睛声明说："和了！"

一时间鸦雀无声。突然，我们听得见涛声了，听得见休息室收音机里传来的爵士乐声了，听得见甲板上的脚步声和穿过窗隙的轻轻细细的风声了。我们都屏息敛气。在一局已成劣势的残棋中，这陌生人竟然能牵着世界冠军的鼻子走，这太突然了，这出人意料的事使我们简直目瞪口呆。麦克柯诺尔猛地往后一靠，憋住的气从嘴里呼出，快活地喊了声"啊呀"。我则在审视着岑托维奇。下最后那几步棋时，我感觉到他脸色在发白。不过他很会克制自己，保持着故作镇静的刚强样儿，一边慢慢地伸手扫开棋盘上的棋子，一边故意冷冷地问道：

"诸位还想下第三盘吗？"

他提出这个问题，完全是用职业性的、拉生意的口气。不过值得注意的是，他说这话时没看麦克柯诺尔，而是狠狠地抬起目光直视我们这位救星。下最后那几步棋，他一定认出了他真正的、实际上的对手，就像一匹马从更稳健的架势中认出一个更出色的新骑手一样。我们不由得跟随他的目光，着急地看着这位陌生人。然而，陌生人还没顾上考虑或是回答，虚荣心作怪的麦克柯诺尔就扬扬得意地冲他喊开了：

"不在话下！不过这一盘得你一个人跟他下！你一个人对付岑托

维奇！"

然而，有点叫人想不到的是，还一直怪头怪脑地紧盯着空棋盘的这位陌生人，看到自己吸引住大家的目光，还有人这样得意地来搭话，惊愕得一机灵，神色大变了。

"说什么也不下，诸位，"他说话结结巴巴，显然是慌了，"这绝对不行……我根本不考虑……我都二十年，不不不，二十五年没挨近棋桌了……我这才想起来，我做得多不得体，不经允许就来参加你们的比赛……我太冒失，请诸位原谅……我一定不再打搅了。"我们还在惊诧不已时，他已经抽身走出了吸烟室。

"这简直不可能！"兴冲冲地麦克柯诺尔朝桌上一拳，闷声闷气地说，"这人会二十年没下过棋，这绝对不可能！每步棋，每步对着，他简直五六步之前就算出来了。这两下子，没人能轻易做到。这是绝对不可能做到的，是不是？"

麦克柯诺尔不自觉地向岑托维奇提出了末尾这个问题。可是，这位世界冠军照旧无动于衷地冷淡。

"这事我没法评论。反正，那位先生棋下得不大一样，还有点儿意思，所以我故意给他留个面子。"说着他懒散地站起来，用职业性的口吻补充说：

"要是那位先生或是诸位明天还想下一盘，那么，三点钟以后我奉陪。"

我们忍俊不禁。我们谁都知道，岑托维奇没那个气量，给帮我们参谋的这个陌生人留面子；他这个解释，不过是一句自作聪明的圆场话，想掩饰他的无能。我们更心急如焚起来，一心想看这种顽固到底的傲慢受到羞辱。一种野性的、好胜的斗志，一下子攫住了我们这些懒散和睦的船上居民：说不定就在这艘大洋之中的船上，能扯下这个世界冠军的桂冠，这纪录将通过所有的电报局传播到全世界去——这想法热辣辣地迷住了我们。正在紧要关头，我们的救星意想不到地介入，和那个职业棋手不可动摇的自信相反，他还谦虚得近乎胆怯，这些不可思议的事，给我们的想法更增加了诱惑力。这陌生人是谁？莫非一个尚未被发现的象棋天才乘机亮出来了？要不，这是位著名的象棋大师，由于无法探究的原因，不向我们披露姓名？为了使这个陌生人不可思议的畏缩和令人惊异的表白，能同他使人佩服的棋艺不相矛盾，我们热心地探究着各种可能，连想入非非的假说我们也并不觉得过分。不过，有一点我们大家是一致的：无论如何也不叫重新杀一盘的热闹场面吹了。我们决定想尽一切办法，叫这个帮手第二天同岑托维奇下一盘。麦克柯诺尔答应承担物质方面的风险。由于这时从服务人员那里打听到，这陌生人是奥地利人，于是我作为他的同胞，就被委托去向他陈述我们的请求。

没花多少时间，我就在甲板上找到了这一溜烟跑掉的人。他正在躺椅上读着什么。我走过去之前，乘机端详了他一番。他棱角分明的头倚在靠背上，带点疲乏的神情。那张脸还带点青春气息，两鬓却白得惹眼，脸上引人注目的苍白，再次使我看了惊讶不已。说不清是为什么，在我的印象中，这人一定是突然变老的。我还没到他跟前，他就客气地站起来通名报姓作自我介绍；那是奥地利名高望重的一个老家族的姓，我一听就感到亲切。我想起来，有个姓这个姓的人，曾经是舒伯特①的密友，还有一个出身这家族的人，是老皇帝②的侍医。当我向 B 博士转达，我们请求他去向岑托维奇应战时，他简直愣住了。原来他想都没想到，刚才那盘棋他光荣地顶住了一个世界冠军，甚至是眼下成绩斐然的世界冠军。我这个陈述，看来很微妙地对他产生了特殊的效用，因为他再三再四地从头追问，他的对手的确是公认的世界冠军这一点，我是不是有把握。我随即看出来，这一情况使我的任务好完成了。不过，考虑到他容易激动，所以，万一输了，物质上的风险要由麦克柯诺尔来承担这件事，我认为还是不告诉他好。迟疑再三，B 博士最后才表示决意参加比赛，但又颇为郑重地要求再提醒一下其他诸位先生，对他的本事可不能存有奢望。

"因为，"他出神地笑了笑，补充说，"我真摸不准，是不是能够正确地按照种种规则来下棋。我说从上中学的时候起，也就是说二十多年来，再没摸过棋子，这绝不是假装谦逊，请你相信我好了。就说在那个时候吧，我也绝不是什么才能出众的棋手。"

---

① 舒伯特（1797—1828）：奥地利作曲家。
② 这里应是指奥匈帝国皇帝弗·约瑟夫。他于 1867—1916 年在位。

他这话是脱口而出的，对他的坦率之言我不该抱丝毫怀疑。可是，我又不得不说我感到惊异，怎么各个象棋大师下的每盘棋的布局，他都记得一清二楚？那么至少，他从理论上对象棋大有研究吧。B博士又做梦一般异样地笑了笑。

"大有研究——天晓得！也许可以说，我是大有研究吧。不过，那是在很不一般的情况下，简直是在独一无二的情况下进行的。这是一段相当复杂的经历，对我们这伟大动人的时代，这段经历也许能算个小小的补充吧。要是你肯花半个钟头的话……"

他向身旁的一把躺椅摆了摆手。我欣然接受了邀请。没有旁人在场。B博士摘下花镜放在一旁，开始说：

"你很亲切地说到，你是维也纳人，记得我们这个家族的姓氏。不过，我和父亲一起主持，后来我又独立主持的那个律师事务所，我想你是没有听说过的，因为我们不受理报纸上公开议论的案件，而且立下规章不应承新的当事人。实际上，我们本来就没有什么正经的律师业务，只不过是充当法律顾问，首先是管理大修道院的财产，因为我父亲原先是天主教政党的议员，和这些修道院熟。另外嘛——今天君主政体成了往事①了，也就不妨这么说说吧，我们还受托管理一些皇室成员的经费。我有个叔叔是皇帝的侍医，另一个是载屯施特屯修道院的院长，跟朝廷和教会的这种联系已经延续两代了，我们只消保持下去就行了。由于相沿的信用，我们到手的这份差事，是私下干的，说得上是一声不响干的，要求根本不高，只要严守秘密、确保忠诚就行了。在这两方面，先父都是做得甚为出色的。事实上，在通货膨胀和推翻帝制②的年代里，由于审慎，他成功地为当事人保住了数量可观的财产。后来，希特勒在德国掌权了，③开始霸占教会和修道院的财产。为了至少保住动产不被没收，跟国外进行的种种谈判和交涉，也都是我们过手的。关于教廷和皇室某些秘密的政治谈判，我们两人知道的，比后来张扬出来的还多。就因为我们事务所从来不挂牌照，不起眼，

① 第一次世界大战中，1918年奥匈帝国投降，哈布斯堡王朝的末代皇帝查理退位。11月12日奥地利共和国成立。
② 指1918年奥匈帝国的土崩瓦解。
③ 希特勒上台是1933年。

加以我们两人都谨慎，故作姿态地躲开帝党，所以省了许多找上门来的盘问，安全得很。事实上，在那些年里，奥地利官方从来没有料到，皇室的密使总是在我们设在五楼这不显眼的事务所里收发绝密邮件。

"在纳粹分子扩充军队来对付世界之前，早就开始在邻近各国把吃亏受辱、遭到冷落的人组织成一支大军。一支同样危险、同样受过训练的军队。每个机关，每个企业，都安插了他们的所谓'支部'；每个地方，连多勒弗斯①和舒什尼格②家里，都坐镇着包探和特务。甚至我们这不显眼的事务所里都有他们的人——可惜我好长时间以后才知道。那是一个神甫介绍来的办事员，不用说是穿戴寒碜，能力低下。我雇用他只是为了装装门面，使事务所像个正经机关。实际上，我们不过是支派他去应付一些无关紧要的闲事，让他接接电话呀，整理文件呀——整理那些等因奉此的文件。邮件他不得拆启。凡属重要书信，都是我亲手用打字机打，连副本也不留。每份重要文件我都亲自带回家去。秘密会谈只在修道院的院长室里或是我叔叔的诊疗室里举行。由于这些审慎的措施，这包探对重要的事件竟一无所见。然而，由于什么糟糕的意外，这贪功求荣的小子准是发现我们不信任他，各种非同小可的事情都背着他在干。也许是有一回我不在，某个信使失口说出了'陛下'③，没有按约定的称'贝恩男爵'，要不就准是这无赖偷拆信件，反正，我们还没顾得上怀疑他，他就从慕尼黑或是柏林得到指示来监视我们了。多少年后，都坐了好长时间的牢了，我这才回想起来，他原先办事松松垮垮，那几个月来，竟突然变得勤快起来，好几次简直是死缠着要给我把信件送到邮局去。我也有考虑不周的地方，不能给自己开脱干净，不过说到头，不是连最伟大的外交家和军事家都被希特勒那一套鬼把戏欺骗了吗？好长一段时间，盖世太保④眼明心细地盯住了我，后来事情彻底挑明了，希特勒进入维也纳的头一天⑤，

①　多勒弗斯（1892—1934）：1932年任奥地利总理，1934年7月25日被奥地利纳粹分子暗杀。
②　舒什尼格（1897—1977）：多勒弗斯被暗杀后任奥地利总理，1938年3月希特勒入侵时，被奥地利纳粹分子逮捕，一直关至1945年。1947年后定居美国。
③　应是指逃亡瑞士的奥匈帝国末代皇帝查理。
④　希特勒"秘密国家警察"德文缩写的译音。
⑤　即后面医生说的"3月13日"。

也就是舒什尼格宣布辞职的那天晚上，我就被党卫队逮捕了。万幸的是，一听舒什尼格的离职演说，我就成功地烧毁了所有的重要文件。剩下的文件，包括修道院和两个大公爵寄存国外的财产万不可少的凭证，我都塞进一个盛脏衣服的筐子，简直是在那班家伙就要破门而入的最后一分钟，由年老可靠的女管家转移到我叔叔那儿去了。"

B博士顿了顿，点起一支雪茄。火光一闪时，我发现他的右嘴角神经质地抽搐了一下。这种现象原先我就注意到了，而且我还看出来，每隔几分钟就要重复一次。那只是迅疾地一动，轻得像掠过一丝影迹，却使整个面部表情显得异样焦躁不安。

"你大概在想，我就要讲集中营了，就要讲所有忠于奥地利古国的那些人被送进集中营了，讲我在那里挨打挨骂，吃尽苦头了。这种情况我并没有碰上过。我是另一种情况。我没有被投进那些不幸的人们中去，没有跟着去受肉体和精神的折磨，让人尽情发泄长期郁积起来的怨恨；我被算在另外那些为数很少的人里面，这些人是纳粹分子一心想榨出金钱或重要情报的人。我这么个等闲之辈，本身当然引不起盖世太保的兴趣，可是，他们准是知道我们是替他们的死对头管理财产的亲信。他们一心想从我身上榨出用来收拾修道院的罪证材料，想证实修道院盗卖财产，还要搞到材料来收拾皇室，收拾所有在奥地利不怕牺牲拥护帝制的那些人。他们猜想——说真的，并不是瞎想——我们经手转移的那些基金，绝大部分还坚壁着，他们想夺却可望而不可即。因此，我被抓过去的头一天，他们就想用屡试不爽的方法来逼我的口供。我们这类囚犯，是可望榨出金钱和重要材料的，因此没有被送进集中营，而是享受着特殊的待遇。你也许能想起来，像我们的总理[①]以及若特施尔特男爵等人，由于盖世太保一心想从他们的亲戚那儿讹个几百万，他们都没有被送进铁丝网后面的战俘营，而是享受着住旅馆的假优待：被送进盖世太保总部所在地的'大都会旅馆'，一人住一个单间。连我这么个名不出众的人，居然也受到了厚待。

"在旅馆里独住一间房，这话听起来人道得很，是吧？可是你信我的话，让我们这些'要犯'住在旅馆不冷不热的单间里，不把我们

---

① 指舒什尼格。

一二十人地塞进冰冷的工棚，这根本不是什么想对我们人道一些，不过是做得更刁钻罢了。因为想从我们这儿逼取需要的'材料'，所以他们施加压力的方式也就更绝，不是粗野地殴打或是上刑，而是用隔离这种难以想到的刁钻办法。他们并没有对我们怎么样，只是把我们安置在空无所有的环境里；可谁都知道，世界上没有什么事物能像空虚那样逼压人的心灵。我们每个人都被隔绝在绝对的真空里——跟外界风丝不透的房间里。他们不是用对肉体的鞭打，而是用对心灵的逼迫来最终撬开我们的嘴。指定给我的那间房，乍看之下，没有丝毫不顺眼的地方。这儿有一扇门，一张床，一把沙发椅，一个洗脸盆，还有个安了栅栏的窗子。可是，门白天黑夜地关着，桌上不准有图书报刊和纸张铅笔，窗眼又死对着一垛隔火墙。我周围甚至连我自己，都是由绝对的空虚构成的。他们拿走了我的一切：拿走表好让我不知道时间，拿走铅笔好让我写不成字，拿走小刀好让我无法切开动脉自杀；连抽口烟晕乎一下他们都不答应。除了不敢说话、不敢回答问题的看守，我从来见不到一张人脸，听不到一点人声，眼睛、耳朵和所有的器官，从早到晚、从黑到明都得不到一点营养滋补的东西，我待着，守着自己，守着自己的身体、四肢，守着桌子、窗子、床铺和洗脸盆这四五样哑巴物件，冷清得没法解救。我过的日子，就像钻在潜水球里的潜水员，沉没在默无声息的黑海洋里，而且明知回到水面上去的缆索已经断了，再也不会被拖出这无声的深渊了。无可为，无可听，无可看，包围我的无时无处不是无物以及这没有时间、没有空间的空虚。我走过来走过去，思想也跟着走过来走过去，走过来走过去，循环往复。而且，思想虽然是没有实体的，也要有个支点，一失去支点就开始乱滚，一团糟地自己围着自己转；思想也忍受不了这种空虚。我等着发生点什么事，可是从早等到晚什么事也不发生。于是再等，再等，还是什么事也不发生。我等呀，等呀，等呀，我想呀，想呀，想呀，一直到头昏脑涨，还是什么事也不发生。孤独，孤独，永不变样的孤独。

"我离开时间之外、离开空间地生活着，这样过了十四天。当时，就是打起仗来，我也不会知道。构成我的天地的，不过是桌椅门床洗脸盆，还有窗子和墙壁。我总是盯着同一垛墙上的同一条挂毯，看的时间长了，挂毯上锯齿形图案的每一条线，都像嵌进我大脑最深处的褶皱里了，像用刀雕下的一样。后来，审讯终于开始了。我被突然叫了出去，也不知道那是白天还是黑夜。我被叫了出去，走过几条走廊，也不知道是朝哪儿走；后来，又在一个地方等着，也不知道那是什么地方；突然之间，又站到了一张桌子跟前，桌子周围坐着几个穿军服的人。桌上放着一摞文件，是案卷，可是不知道里面都有些什么。完了就开始提问，问题有真的，有假的，有赤裸裸的，有玩花招的，有打马虎眼的，有引人上钩的，回答问题时，又有陌生的、愠怒的手指在翻动文件，也不知道都是些什么文件，还有陌生的、愠怒的手指在做记录，也不知道都记了些什么。然而，在这次审讯中，最叫我提心吊胆的，是我猜不出算不出，关于我们事务所的事情，盖世太保确实知道点什么，正想从我嘴里掏出来的又是些什么。我跟你说过，那些要被当作罪证的文件，在最后时刻，我通过女管家都送到我叔叔那儿去了，可是，他收到了还是没收到呢？那个办事员都告发了我们一些什么呢？他们截获的信件有多少呢？这段时间以来，在我们代管的那些德国修道院里，很可能已经从一个不善应对的神甫那儿逼出的口供又有多少呢？他们左一个问题，右一个问题，我给某个修道院买过什么有价证券呀，跟哪些银行有过信件来往呀，是不是认识一位如此这般的先生呀，有没有收到过瑞士的来信①呀，以及什么稀奇古怪的地方的来信呀……因为我根本算计不出来，他们已经侦查到的有多少，这就使我的每个回答都有不堪设想的后果。如果供出了他们还不知道的什么事情，那我可能就会毫无必要地把别人推进火坑，如果这也否认那也否认呢，那又会自己害自己了。

"然而，最糟糕的还不是审讯，最糟糕的是审完了再回到空虚中去，回到桌子、床铺、挂毯、洗脸盆等东西依然照旧的老房子里去。因为只要独自一人，我就会变着法子去翻腾，刚才哪些话算是回答得最巧妙的，哪句话考虑不周，可能引起怀疑，下一次我一定说几句什么话，再把这个怀疑岔开。在初审法官前做的供词，一字一句，我都再考虑、思忖、琢磨，掂量一遍又一遍。我扼要地重复着他们所提出的问题和我所做的回答。我还曾试着去估摸，他们可能都记录了一些什么，可是我也知道，

① 末代皇帝查理逃亡在瑞士。

这是根本不可能做到，不可能得知的。这种种思想，一旦在空荡荡的空间被搅动起来，就永不停止地在我脑子里滚动起来，一再从头来，一再花样翻新，甚至涌进睡梦中去。每次盖世太保审完之后，我自己的思潮又无情地用质询查对、胡搅蛮缠来折磨人，很可能折磨得更凶残呢。因为那些审问一个钟头也就结束了，而我的思潮，有了寂寞来火上加油，就没完没了。包围着我的，只有这些桌子、柜子、窗子，以及床铺挂毯。没有可消遣的，没有书，没有报，没有生人的脸，没有铅笔来记个什么，没一根火柴棒来捻着玩玩，什么也没有，什么也没有。我这才发现，这种单间囚禁法想得是如何的用心恶毒，又是如何的扼杀心灵。在集中营里，也许你得用小车去推石头，两手磨出血来，两脚在鞋里冻僵，二三十人挤一间，又冷又臭。可是，你看得见人脸，你可以盯着看一片田野呀，一辆架子车呀，一棵树，一颗星星和这样那样的东西呀，而在这儿呢，你周围总是老样子，老样子，叫人发怵的老样子。这里没一点什么能帮我甩脱这种思潮，这种胡思乱想，这种病态的内心独白。盖世太保打的就是这个主意：想叫我在这种心绪中憋呀，憋呀，直到憋得透不过气来，憋得走投无路，最后只好向他们吐露，向他们招供，把他们想要的都招出来，最后连材料和有关人一起供出来。慢慢地我感觉到，在这种空虚的狠劲逼压之下，我的神经开始松散了；意识到这种危险，我就抖擞起来，神经都绷得快要断裂，想发现或是发明一个什么消遣的方法。为了不叫自己闲下来，我试着把以前背过的东西，什么民歌呀，儿歌呀，中学课本里的荷马史诗以及民法法典的条款呀，都一一想出来，念出来。后来，我又试着演算算术题。随便拿些数来加呀减的，可我这陷在空虚里的脑子，又什么也记不住。我没法集中心思去想个什么，总是想着想着，这种考虑就会一闪蹿出来：他们掌握了一些什么？昨天我都说了些什么？下次受审我该说什么好？

"我根本无可名状的处境延续了四个月。唉，四个月，这，写起来简单，就那么几笔！说，也简单，'四个月'，就几个音。花个一秒半秒的，嘴一张就有了：四个月！可是，在失去了时间和空间概念的情况下，时间到底有多长，谁也没法描述、测定或是举例说明。这包围着人的空虚，这总是原样的桌子、床铺、挂毯和洗脸盆，这总是原样的死寂，这总是原样的看守——把饭递进来连眼睛都不抬一下的看守，这总是在空虚中围着一个念头转的种种念头，这把人转得晕头转向的同样念头，这一切会怎样把一个人吞掉和毁掉，你没法向旁人说清楚。从一些细枝末节上，我担心地看出来，我的脑子正在变得颠三倒四。最初几次受审，我还神志清醒，说个什么事沉着有数：什么该说，什么不该说，交叉考虑问题也都行。现在呢，我充其量能结结巴巴说几个最简单的句子，因为我一边说，一边又恍恍惚惚地看着做记录的笔在纸上挪动，好像要撵上我自己的话似的。我觉得精力在衰退，觉得越来越近地面临着这样一个时刻：为了救出自己，我会把知道的一切都说出来，甚至还不止这样；为了摆脱空虚造成的窒息，我会把十几个人连同他们的隐秘一起出卖。有一天晚上，真是到这一步了。在那憋死人的一刻，正巧看守把饭送来了，他转身走时我突然叫了起来：'带我去受审！我都说！我都交代！文件在哪儿，钱在哪儿，我都说！我全都说出来，全说！'幸好看守没有听下去，说不定他也不想听吧。

"在这千钧一发的时刻，一件料想不到的事把我救了，至少救了我一段时间。那是七月末一个昏黑阴沉的下雨天。这个细节我记得一清二楚，因为我被带去受审走过一条过道时，雨正敲打着走廊里的窗玻璃。我得在审讯室的外屋等待。每次提审总是得等；叫人等，这也是一种手段。半夜里一声喊叫，猛不防把你从囚室里提出来，你的神经一下绷紧起来，等你定下心来准备去对付的时候，他们却叫你在受审前等着，叫你等得越来越失去自制。等一个钟头，等两个钟头，等三个钟头，叫你等得身体疲乏，精神萎靡。这一天是七月二十七日，星期四，他们叫我等得特别长，在外屋站着——不用说是不许坐下的——我足足等了两个钟头，站得腰酸腿痛。这个日期我记得这么清楚，是有特殊原因的，因为在这外屋里，挂着一本日历。对印了字、写了字的东西有多眼馋，我都没法儿跟你说明白。墙上日历上的数字，我瞪着眼睛看了又看，好像要把它吸进脑子里去似的。看完又等，一边等一边又盯住门，看这门什么时候会打开。同时我琢磨着，这回这些酷吏可能问我些什么，尽管我明白，他们将要问我的，和我准备回答的会大不一样。不过，不管怎么说，这种站着等待的折磨，同时也是一种舒坦，一种快慰，因为这间屋子总算跟我住的那间不一样，比我住的那间大，多一个窗子，没有床，没有洗脸盆，窗台上也没有我看了千遍万遍的一道特殊的裂缝。门上漆的颜色不同，门口那把沙发椅也不同。门左边有个文件柜，还有个衣架，挂钩上挂着三四件淋湿的大衣，是那些折磨我的打手们穿的。我馋坏了的两眼，终于能看到点新鲜东西，看到点不同的东西了，我馋得连任何一个细部都不放过。我细看着那些大衣上的每一条褶缝，比如说吧，湿领子上缀着一滴水我都发现了。不怕你听了笑话，我莫名其妙地激动起来，等着看那一滴水是沿着褶缝滴落，还是更长久地留在上面。真的，我一连几分钟憋住气，死盯着那滴水看，仿佛那是我生死攸关的事。那滴水终于滴下来后，我又数大衣上的纽扣。一件是八颗，另一件也是八颗，第三件是十颗。数完之后，我又比较大衣的翻领。我馋坏了的两眼，带着我无可名状的贪婪，让所有这些不值一提而且无关紧要的小玩意儿触动着，逗引着，包围着。忽然，我的目光被定定地吸住了：我发现有件大衣的口袋被什么东西撑得鼓鼓的。我走近一步，看到这鼓起来的口袋呈长方形，我相信，里面是一本书！我的膝盖开始哆嗦了，是一本书呀！我没伸手碰过书都四个月了。一本书，你可以看到里面的字一个挨一个排成一行一行，一页一页，一篇一篇，你可以从中读到新颖别致、感到陌生的种种思想，这些思想你可以跟着跑，也可以往心里记，光是这么一想，就叫你陶然心醉，我的目光晕晕乎乎地盯住这被书撑得鼓起来的口袋，两眼发烧地盯住这不起眼的小地方，好像要把大衣都烧穿似的。终于，我无法克制自己的欲望，不由自主地往前蹭过去。一想到能伸手摸到书了，即便隔一层布也罢，我手上的神经一下子热到了指尖上。我越来越近地凑了过去，还好，看守没注意我这种很反常的行动，说不定他还认为，一个人挺直站了两个钟头，想往墙上靠一靠呢。终于，我站得跟大衣紧挨着了，又特意把手抄到背后，好不被人察觉就能摸到大衣了。终于我用手摁了摁口袋，摁着还窸窣作响，的确是个长方形的东西，的确是本书！的的确确是本书！我脑子里飞快地闪过一个念头：偷下这本书！如果侥幸到手，那我就可以把它藏在囚室里，然后读呀，读呀，读罢最后一篇再读一遍！这念头一起，就像烈性毒药发作了一样，我耳里嗡嗡作响，心怦怦直跳，两手冰冷不听使唤。不过，一阵心慌意乱之后，我轻巧、机智地贴近大衣，一边紧盯着看守，一边用抄在背后的手把口袋里的书一点一点往上顶。然后，又轻巧又细心地一托，就这一下，这本不太厚的小书就到了我手里。到这时候，我才为自己的行事后怕起来，可是已经无可挽回了。那么往哪儿放呢？我把书从背后塞进裤头，掖在系腰带的地方，再一点一点推到腰侧。这样，走路的时候，我就可以像军人一样，用手贴着裤缝把书夹紧。这回，该先来试验试验了。我离开衣架，走一步，再走一步，再走一步。成了！只要我的手贴紧腰带，走路的时候要夹住书是没问题的。

"接着是审问。这次受审我比哪一次都紧张，因为回话的时候，我根本不是集中全副精力来想口供，而是要把书夹住，别让人看出来。还好，这一次没审多久就完了。我稳稳地夹着书回囚室去。闲话就少说了，不耽误你，光说在过道中间的时候吧，书从裤头上好不危险地滑了下去，我只好假装没命地咳嗽，顺势弯下腰，把书再稳稳地推回到腰带下面去。等到把书带回地狱的时候，那一瞬间哟，终于只剩我一个人了，现在我又不再是一个人了！

"你可能认为，我会立时抓起书，端详一番，就读起来。才不是呢！身边有了一本书，我要先尽情享受一番阅读前的欢快，做梦一样去猜想这偷来的是一本什么书，尽情享受一番这种引而不发的欢快，这种使大脑妙不可言地兴奋起来的欢快。这书该有许多许多的字，有许多许多薄薄的书页，这样我就可以多读一些时间。我还盼着，这要是激动人心的作品就好了，不是浅薄平淡的东西，而是值得阅读值得背诵的东西，如诗呀什么的，而且——我简直想入非非了——最好是歌德的，或是荷马的。可是想到后来，我再也无法克制自己的性急和好奇了。我往床上一躺——这样，看守就是突然打开门，也抓不住我什么——这才哆哆嗦嗦把书从腰带底下搜出来。

"一眼扫去，我大失所望，甚至怒气冲冲了。我千难万险搞来的而且是抱着热望的这本书，不过是一本棋谱，一本一百五十盘名家对局的汇编。要不是被关在屋里，我会一怒之下，把书从一扇开着的窗子里扔出去。我要这么一本闲扯淡的书干什么呢，又能干什么呢；我在上中学时，像大多数别的学生一样，有时阂得慌也下一两盘棋，可是这样谈理论的本本，我要了干什么？下棋嘛，没个对手，甚至没棋子，没棋盘，就下不成。我没好气地翻了一阵，想着也许能找出一点什么可读的东西，像是一篇前言呀，一篇凡例呀。可是什么也没找着，有的只是一盘盘名家对局的正方形附图，图下面还有我一时看不明白的符号 a_2—a_3[①]，Sf_1—g_3[②] 等。这些东西，我看了就像求不出答案的代数式。慢慢地我才琢磨出来，原来字母 a、b、c 代表竖行，数字 1 至 8 代表横行，合起来就确定了各个棋子在每一步上的位置。于是，这些纯粹是图解棋局的附图，居然会说话了。我琢磨着，说不定在这囚室里能拼造出一个什么棋盘，这样一来，就可以试着一局一局来复盘了。像是天意的开导，我看出来，巧得很，床单的图案就是些不大规则的方格子。好好一折叠，床单上终于能凑出六十四个格子来了。于是我先把棋谱塞到褥子底下，只把第一页撕出来，完了，我用吃面包掉下的渣渣屑屑，捏成非常可笑、不成形状的棋子，王呀，后呀，等等，再用尘土把一半棋子染成灰色来区分黑白，就开始正式摆起来。忙了一阵之后，我终于能在方格床单上按棋谱标示的位置来复盘了。可是，用这种滑稽可笑的面包渣棋子试着来复一整盘棋，开头的时候根本没弄成。头几天，我总是搅得一塌糊涂，不得不五次、十次、二十次地再从头开始。不过，世界上有谁像我那样被空虚主宰着，有那么多既没用也用不上的时间，有那么多使不完的热心和耐性呢？六天以后，我就无懈可击地把一盘棋下完了；又过了八天，我根本用不着面包渣棋子了，我就能在床单上看出布局了；又过八天之后，我连方格床单也用不着了。原先棋谱里 a_1、a_2、c_7、c_8 那些抽象符号，自动在我脑子里转化成具体可感的布局了。这种转化是令人愉快的：满盘的棋在我心里显现出来，只要一推算我就通盘看到某一步上的布子情况，这就像一个娴熟的音乐家，只要往总谱上看一眼，各种乐声和各种乐声的协奏，就都在他耳朵里响起来了。又过了两个星期以后，棋谱里的每一盘棋我能毫不费力地在心里复盘了，用行话说就叫'下盲棋'。到这时候我才承认了，这次大胆的偷窃，给我带来的好处真是无法估量，因为我忽然之间有事可做了，虽说这是没有意义、不起作用的事，随你怎么说吧，反正它破除了我四周的空虚。有了这一百五十盘棋，我就有了个法宝，来抵住空间和时间把人憋死的单调。为了使这个新的职业对我具有不间断的吸引力，从这时起，我就严格支派每天的时间：上午下两盘，

①　意为 a_2 进 a_3，即在同一行前进一格。

②　意为 f_1 位的马进 g_3，即马跳到隔行前进两格。

下午下两盘，晚上再一掠而过地复习一盘。我的日子，原先像肉冻一样不成形状地摊着，现在充实了。我忙乎着，并不感到疲倦，因为下象棋就有这么个绝妙的好处，把人的心力拴到一个宽窄有限的方格里，不管怎样紧张地动脑子，大脑也不会疲沓，而只会练得反应敏捷和精力充沛。原先我只是机械地重复名家的对局，慢慢地，一种艺术家的兴会在我心里黯亮起来。我学着去掌握攻守中的智取、强攻和种种精到之处，学会了算棋、互相呼应和突然出击等等技巧，而且不久，我就能丝毫不差地从各个象棋大师别具一格的棋路中分辨出他们的特点，就像读一个诗人的诗，只要读几行就能判断一样。于是，这件纯粹是为了消磨时间的事，变成了一种享受，阿廖辛、拉斯克、波哥留勒夫和塔尔塔柯威尔这些棋王，都像可亲的朋友一样来为我排解寂寞。这种无穷无尽的花样翻新，使这死气沉沉的囚室在任何时候都充满生气。正是这种严格的日课，使我的思维能力又变得惊人地准确了。我感到脑子清新，而且由于经常用脑，它砥砺得更为锋利。我考虑问题更清晰了，更专心致志了，这一点首先在受审时表现出来；下棋时如何对付佯攻和暗算，不知不觉就使我成熟起来了；从那以后，我受审再也没露过怯色，甚至感到，连盖世太保慢慢地都带着几分敬意来看我了。他们见其他人都垮了，也许会心里纳闷：我是从什么神秘的源泉中，汲取了这种抗拒到底的力量。

　　"棋谱里这一百五十盘棋，我天天有系统地跟步子学着下，这段幸福时间，大概延续了两个半月到三个月的样子。后来，没有想到我又陷入绝境了，突然又感到空虚了。因为每盘棋下过二三十遍以后，就失去了新鲜感，原先那么使人激动、使人鼓舞的力量也就枯竭了。一盘棋一步挨一步我早背熟了，还一遍又一遍去重复，还有什么意思呢？刚一开局，这盘棋的运子进程就自动地交错在我心里了，不叫人惊奇，不叫人紧张，也没有疑难之处。为了使自己有事可做，有脑筋可动，为了使自己有所寄托，我真需要另一本棋谱，里面有不同的棋局。可是这根本不可能，要摆脱这非常恶劣的境况，出路只有一条：我必须抛开旧套，另创新局，我得想法子跟自己下，或者更确切地说，跟自己干。

　　"我不知道，这种自己跟自己玩的心理状态，你在多大程度上能琢磨得出来。下棋纯粹是一种思维游戏，不是碰巧的事，所以，想自己跟自己下棋在逻辑上是荒谬的，随便一想就足以指出这一点了。下棋之所以吸引人，是因为设谋用计是在两个不同的脑子里分别进行的。在这场钩心斗角中，黑方不知道白方走一步棋的用意，总是千方百计去猜测，去干扰，反过来，白方也是尽力去超越对手，去招架黑方的隐秘用心。如果黑方和白方由一个人充当，情况就显得荒唐了，因为同是一个大脑，既应该知道某些事，同时又不该知道；为白方算棋的时候，要能按照命令完全忘掉一分钟前还是黑方的意图。交叉进行思维，是以意识完全分裂为前提的，使大脑的功能也像动力机械一样，想开就开，想关就关。想自己跟自己下棋，这是违背下棋常理的，就像一个人想跳过自己的影子一样。

"哦，我简单点儿说吧。这种荒唐罕见的事，我在灰心丧气中竟试了几个月。我没有选择余地，只有去干这种荒唐事，好使自己的神经不致完全错乱，或是智力全部衰竭。在这种可怕的处境下，为了不被四周令人毛骨悚然的空虚所窒息，我被迫把自己分解成黑方我和白方我。"

B博士在躺椅上仰倒，闭了一会儿眼睛，好像要把翻肠搅肚的回忆强压下去似的。他不由得右嘴角一掀，又异样地抽搐了一下。这才从躺椅上直了直身子说：

"喏，到这里，但愿一切都给你解释得相当清楚了。不过，可惜我没法肯定，后来的事情，我是不是也能同样清清楚楚地举例向你说明。因为这项新工作要求脑子绝对紧张起来，这就使它不可能同时又克制自己。我跟你提起过，依我看，想自己跟自己下棋，这根本就是胡来；不过，就算这是荒唐事吧，眼前有个实实在在的棋盘，总还是好办一点，因为有棋盘在，总还会显出一定的距离，在视觉上总还是不受对方干扰的。面前有实打实的棋盘，摆着实打实的棋子，想招数的时候你就可以撂下休息一会儿再想，你就可以一会儿坐在桌子的这一头，一会儿坐在桌子的那一头，一会儿站在黑方来观察形势，一会儿站在白方来观察形势。可是像我这样迫不得已，要把自己对自己的棋战，摆到想象的棋盘上去，这就使我不得不把六十四个格子上每一步的运子情况都清清楚楚地记在心里；再说，我不仅要记住某一步上的布子情况，还要算出双方随后会走的步子。要为黑方和白方，为每一方的我，预先想出四五步棋，下的功夫不是两倍三倍，而是六倍八倍十二倍——我知道这听起来是多么不合情理。抱歉得很，我没分寸地叫你来想这种疯疯癫癫的事。在幻想的、无形的棋盘上下棋，我必须作为黑方棋手预先算出四五步棋，同时作为白方棋手也要预先算出四五步棋，而且在一定的程度上，要按双方的想法，预先组合出各种棋势。不过，在这种不可思议的实验中，最不堪设想的还不是这种自我分裂，而是在自己想出一些棋局来的时候，我脚底下失去了立足之地，一下子栽进了虚无缥缈。光是照着名家对局来下，像我前几个星期那样练的，说到底，只不过是依样画葫芦的事，纯粹是重复现成的东西，做这种事并不比背诗记法律条文更费心思。这是一种有一定范围、有一定章法的活动，因而是上好的智力锻炼。上午学两盘，下午学两盘，这是规定的日课，这是我的一种正常的工作。做这种事我根本用不着动感情。再说，下棋的时候我要是走错了，或是不知道该怎么样往下走了，我还有棋谱作依据。正因为这样，这对于我松动了的神经来说，才是一种有益的、起镇静作用的活动，因为拿别人下过的棋来复盘，不会把我自己卷进去。黑方胜也好，白方胜也好，我都不在意。这是阿廖辛或是波哥留勃夫在争夺冠军，我自己不过作为旁观者，作为行家，来对这些妙不可言的棋局受用一番罢了。可是，从我试着自己对自己下的时候起，我就不由自主地开始向自己挑战了。黑方我和白方我，这双方的我，不得不互相比赛了。双方都从自己的立场出发，都求必胜，都求必得。作为黑方我，急于想知道白方我将要走的每一步棋。双方我的任何一方，都为对方的错着而兴高采烈，同时也为自己的失算而自怨自艾。

"这一切都像是毫无意义的；事实上，这完全是人为的精神分裂，是一种会导致危险的兴奋状态的意识分裂，对于正常情况下的正常人来说，是不可想象的。可是你别忘了，我从整个正常生活中被强行揪了出来，成了囚犯，无辜地受到关押，几个月来被人刁钻古怪地用寂寞来虐待，早就是个满腔愤怒、碰见什么都想发作的人。除了进行自己对自己这种毫无意义的比赛，我再没别的事可做了；我的愤怒，我的报复心，疯疯傻傻地一头扎进了这种游戏。我想证明某件事是对的，可是我能在心里去反驳的，又不过是另一个我，这就使我在下棋的时候亢奋得简直要发狂。一开头，我还沉着有数地思考，下完一盘休息一下，再下另一盘，好放松下来，缓一缓。可是慢慢地，被激怒的神经就不容我再等了。白方我才走一步，黑方我就心急火燎地抢上来了；

一盘才完，我又叫阵要下第二盘了，因为两方的我总有一方被打败，就要求扳回来。由于这种满足不了的穷开心，最后几个月我在囚室里自己对自己到底下了多少盘棋，是上千盘还是更多，就连个大概数我也说不清。这瘾头儿大得我自己也管不住；从早到晚，我想的尽是象、卒、车、王呀、a路、b路、c路呀，将死了呀，王车换位呀；这一切，把我整个生活、整个心神都推到画着方格的棋盘上去了。下棋的乐趣变成了下棋的豪兴，豪兴变成了煎迫感，变成了狂热，变成了肝火旺盛，不仅贯串我醒着的时间，慢慢地还贯透到睡梦中去。我还能思考的事就是下棋，就是动子，就是对付险着。有时我醒过来额门上潮乎乎的，我断定，准是连睡觉也不自觉地在接着下棋，而且我要是梦见人了，那么这些人也只会是跟象呀、车呀什么的一样动弹，也只会用马行步往前往后地跳动。甚至被叫去受审时，我也没法再牢牢记住自己的身份。我有这种感觉，最后几次受审的时候，我准是有些前言不搭后语，因为有时候那些审问的人都听得面面相觑。说真的，他们问我、劝导我的时候，我带着不可救药的热望，只盼着再把我送回到囚室去，好让我把正在下的棋、下得乱糟糟的棋，再接着下下去，好让我重新下一盘，再下一盘，再下一盘。任何一点打搅都会把我搅乱，就连看守来打扫囚室的那一刻钟，给我送饭来的那一两分钟，也把我折腾得火辣辣的烦躁。有时候那一盆饭搁到晚上还没动，我下棋下得都忘了吃了。我肉体上唯一能感觉到的就是奇渴，这准是不住地下棋想步子弄得上火了。我三口两口就喝干了一瓶水，烦着看守再给添，可没过一会儿我又口干舌燥了。我从早到晚别的什么都不干，只是下棋，下到后来，我兴奋得连静坐一会儿都不行。考虑一盘棋的时候，我不停地走过来走过去，走过去走过来，越走越快，越走越快，这盘棋越是接近输赢，我越是暴躁。赢棋，取胜，自己打败自己，这种热望使我慢慢地动起肝火来了。我烦躁得直哆嗦，总是一方的我嫌另一方的我走棋太慢，一方的我催促另一方的我，要是一方的我嫌另一方的我还手还得不够快，那么——你也许会觉得好笑——我就会开始自己训自己，'快走！快走！'或者是'往下走呀！往下走呀！'如今我自然是心里豁亮了，当时我那种状况完全是精神过分紧张的病征；我无以名之，就称之为'棋瘾中毒'，用了医学上还没听说过的这么个词儿。终于，这种对象棋入迷上瘾的偏执狂，不仅袭击我的心灵，还开始袭击我的肉体了。我瘦了，睡觉不香，精神恍惚，每次醒过来都要特别花力气，才能撑开这重得像铅的眼皮。有时我感到那么虚弱，手抖得厉害，把水杯端到嘴边上都费劲。可是一开始下棋，我身上就来了一股蛮劲。我攥起拳头，冲过来撞过去。有时候我好像听见自己沙哑凶暴的声音，透过一层红雾在冲我自己喊着："将！""将死了！"

"在这种令人惊悸、难以描述的情况下怎样闯祸了，我自己也没法说清楚。我只记得，有一天早晨我醒过来，跟平常感受不一样：我躺着，绵软，舒适，身子好像松散了似的。几个月来我还没体会过的又浓又甜的倦意，偃卧在我眼皮上，温暖宜人地偃卧在上面，使我一开始下不了狠心睁开眼睛。我醒着还躺了几分钟，继续享受着这种沉重的朦胧状态，这种带有快意的感官。猛地，我感到好像后面有声音，有活人的声音在说话。你想不出我有多高兴，因为这一年来，别的话我没听到过，听到的只有审判席上那些严酷、尖利又恶毒的话。'你在做梦，'我对自己说，'你就做吧！可别睁开眼！让这个梦再延续下去。要是醒过来，你又会看到这桌子，这椅子，这洗脸架，这图案永不变样的挂毯，这包围你的该死的囚室。你继续做梦吧，继续做梦吧！'

"可是，好奇心占了上风。我小心缓慢地睁开了眼睛。奇怪呀，我待在另一间房子里，这间房子比我的囚室大，也更宽绰，没安栅栏的窗子里，透进悠然自在的阳光，窗外看得见树，绿绿的，在风中摇曳，而不再是那堵僵死的隔火墙。四壁空空荡荡，白得耀眼，洁白的天花板高悬在头顶。我的确是躺在一张陌生新异的床上，这是真的，不是做梦，床后头还有人在轻言细语呢。我准是惊奇得使劲动弹了，因为随即就听见床后有走近的脚步声。一个女人轻手轻脚走了过来，是个白帽压发的女人，是个护士。我高兴得浑身颤抖：我都一年没见过女人了。我凝视着这俊俏迷人的少女，仰视的目光准是又野又亢奋，因为这走过来的少女竭力抚慰我说：'安静，哦，安静点儿！'我只顾谛听她说话的声音。这说话的，不是一个人吗？难道这世界上居然还有不来审问我、不来凌虐我的人吗？更何况，奇怪得不可思议的是，这还是女人柔细温和、近乎亲热的声音呢。我贪婪地凝视着她的嘴。在地狱里蹲了这一年，在我看来，一个人还会和和气气跟别人说话，都变得不可能了。她朝我微笑着——千真万确,她微笑着,竟还有人会和和气气微笑。她举起指头劝阻地往嘴唇上比画了一下,然后轻盈地走开了。可是,我没法听从她的禁令。这奇迹我还没看够呢。我硬挣着想从床上坐起来,为的是跟着看她,跟着看这和善的、像奇迹一样的人。可是,我想从床边上撑起来时,竟失败了。原来右手的地方,连指头手腕一起,我觉出来有什么异样的东西,有个又厚又大的白鼓包,显然我的手一股脑儿被包扎起来了。看着手上这又白又厚的稀罕东西,一开始我惊得摸不着头脑,后来才慢慢明白过来,我这是在哪儿,我想,说不定是出什么事了。我准是被打伤了,要不就是自己伤了自己的手。我这是在医院呢。

"中午来了个大夫,是位和蔼可亲、上了年纪的先生。他知道我们家这个姓,还敬重地提到我那个当侍医的叔叔,这使我立时就感觉出来,他提这些话是来和我套近乎。在随后的一段时间里,他向我提出各种各样的问题。有个问题使我特别惊奇,他问我是不是数学家或是化学家什么的。我说不是。

"'这就怪了,'他喃喃地说,'你发高烧的时候,老是c_3呀,c_4呀,喊那么些个怪词儿。我们都听了耳生。'

"我询问我是怎么了,他奇异地笑了笑。

"'没什么了不起的,精神受了强烈刺激。'他先留神地看了看四周,又轻轻地接着说,'说到头,受刺激是完全可以理解的。是在三月十三以后,是吗?'

"我点了点头。

"'遇上这种搞法,受刺激不奇怪,'他喃喃地说,'你并不是第一个。不过,你别担心!'

"看到他悄声劝慰我的神态,还有他安抚我的目光,我懂得,在他这儿我是可靠地受到保护的。

"两天后,这好心的大夫把出事的情况很爽快地对我说了。原来,看守听见我在囚室里大喊大叫,起先以为我在跟闯进去的什么人吵架。可是,他在门口刚一露头,我就向他扑过去,冲着他狂呼乱叫,喊的好像是什么'你倒走上一步哇,你这坏蛋,窝囊废!'我上去就想掐他的脖子。到后来,打得他不可开交,他只好大喊救命。看我这疯疯癫癫的样子,他们就拖我去找医生检查。在过道里,我猛一下甩开了他们，向窗口扑去，砸破了窗玻璃，也割破了手。——你看，这儿还有老深的一道伤痕呢。在医院度过的头几天，我一直处于大脑皮层过度兴奋的状态，不过到这时，大夫认为我的感觉中枢完全清醒了。'当然咯，'大夫又小声地接着说，'这事儿我还是不向上司报告的好，要不，他们又会把你弄回到那儿去。相信我好了，我会行方便的。'

"这助人为乐的医生向虐害我的人报告了什么，我无法知道。反正，他想达到释放我的目的，他是达到了。有可能是他指出我已经精神错乱，也有可能是在这期间，盖世太保已经不把我看在眼里了，因为那以后希特勒已经占领了波希米亚①，对他来说，奥地利的事就算了结了。这样，我只消签字保证十四天之内离开祖国就行。这十四天，有关的事情简直办了上千件：办军事机关证明，办警察局证明，交税，办护照，办签证，办健康状况证明，等等。在今天，这以后出生的人要出国旅行，免不了就要办这些事。这弄得我没时间来多想过去的事情了。看来，我们脑子里有种种神秘的调节力在起作用，要是遇上可能给心灵惹麻烦招危险的事，这种调节力就会自动来排除，因为我总是一想起坐牢的日子，脑子就有点昏昏然。直到好多个星期以后，应该说是上了这条船以后，我才又找到了勇气来想所遭遇的事情。

"现在你会理解了，为什么我在你那些朋友面前举措那么失当。我是在溜达，偶然走过吸烟室，看见你的朋友们正围着棋桌，便不由自主地感到又惊又怕，脚底下像生了根一样。因为我完全忘记了，人们还能对着真正的棋盘，用真正的棋子来下棋，忘记了下棋是由两个人对坐着来下的。我真是花了好几分钟才回想起来，这些棋手们在那边玩的，和我在百无聊赖中几个月试着自己跟自己玩的，原来是同一种游戏。我在苦练中凑合着使用的那些暗记，只是这些骨质棋子的标记罢了。我惊奇的是，棋子在棋盘上移动，跟我在假想的棋盘上凭空想象的竟是一样。一个天文学家用种种异常复杂的方法，在纸上算出一颗新行星的轨道，后来果然在天上看到了这颗洁白明亮、实有其物的星星，大概也像我这样惊奇吧。我像被磁铁吸住了一样，紧盯着你们的棋盘，又看着我脑子

---

① 1939 年 3 月 14 日，斯洛伐克的法西斯分子在希特勒指示下，成立斯洛伐克国，随后建立了"波希米亚和摩拉维亚保护国"，实际上把斯洛伐克变成希特勒德国的附属地区。

里的那张图，把图上的马、车、王、后、卒什么的，都当成实实在在的棋子，用木头切削成的棋子；为了通观全局，我不得不把布子的情况，从用数字代替的、抽象的棋盘上，搬回到这有棋子的、实实在在的棋盘上来。慢慢地，好奇心攫住了我，使我来观看这两个棋手用实物进行的棋赛，于是出了那件煞风景的事，我完全忘了礼貌，竟来搅乱你们下棋。话又说回来，看了你朋友那步失着，我心上像挨了一针似的。我止住他，这完全是本能的行为，是一种情不自禁地行动，就像我们看见孩子弓腰挂到栏杆上，便不假思索地去抓住他一样。到后来我才醒悟过来，由于性急，我粗疏失礼，冒犯了诸位。"

我连忙请 B 博士宽怀，由于那个偶然事件能和他结识，我们大家都感到非常高兴，并且说，承他不弃，把一切相告，要是他肯光临明天临时凑成的那场棋赛，那我是倍感兴趣的。B 博士着急地扭动了一下。

"别那么说，真的别存奢望。对我来说，这不过是试一试……试一试……看我是否真有能耐正正经经来下棋，在真正的棋盘上，用实实在在的棋子跟看得见摸得着的对手来下棋……因为我越来越不相信，我下的那几百盘棋，或是几千盘棋，是地地道道、合乎规则的，我以为那仅仅是在做梦发高烧时下的，下的时候跟做梦一样，总是把一些棋步漏掉了。但愿你别当真，以为我能顶住一个象棋大师，甚至是举世第一的象棋大师。我感兴趣的，我暗中琢磨的，不过是那种事后产生的好奇心，就是说我想确定一下，我坐牢那会儿干的，是真正在下棋呢，还是已经疯了，我是紧对着发疯那个危险的暗礁呢，还是已经绕过去了。就是这么回事，仅仅是这么回事。"

这时，船尾响起了叫吃晚饭的铃声。我们竟聊了快两个小时了。B 博士跟我谈的，比我归纳在这里的要详尽得多。我衷心地向他道谢，然后告辞了。可是，我还没顺着甲板走开，他又跟了过来，激动地甚至有点结巴地补充说：

"还有一件事！你最好事先就转告他们诸位，免得我事到临头显得不礼貌：我只下一盘……下这盘棋仅仅是了结旧账——是彻底结束，而不是新的开始……我不想再次陷到疯疯傻傻的棋瘾中去。回想那种情况，只会使我厌恶……再说……再说，那时候医生也警告过我……郑重其事地警告过我：不论谁，对什么一入迷上瘾，就终身受害；得过'棋瘾中毒'的人，就算是治好了，也最好是别再挨近棋盘……好了，你会明白的——我就下这一盘做个实验，再也不下了。"

第二天，到约定好的下午三点，我们准时在吸烟室会齐了。我们这一圈人里还增加了两个象棋爱好者，那是两个在船上服役的军官，他们特地请假不执勤，好有机会来看这场比赛。岑托维奇也没像头一天那样让人等他。照例选定黑白方以后，于是由 homoobscurissimus[①] 对著名的世界冠军，这场值得纪念的棋赛就开始了。我遗憾的是，这盘棋只是下给我们这些完全不够格的观众看看而已，运子进程没有记入象棋年鉴，就像贝多芬的钢琴即兴曲没留下乐谱一样。这以后的几个下午我们倒也试过，想一同凭记忆把这盘棋再复一遍，可是白折腾；也许是我们大家看棋的时候，看两个棋手看得太有兴味了，没注意比赛的进程。因为在下棋的过程中，双方在言谈举止方面气质相反，从体态上也越来越变得鲜明了。岑托维奇这个棋坛老手，在整个这段时间里一动不动地待着，像块木头似的，目光严峻僵直地垂在棋局上。对他来说，思索简直就像是一种肉体的抽紧，使他全部器官都异乎寻常地往一起收缩。B博士不同，他动弹着，轻轻松松，毫无拘束。他完全是个业余爱好者。对他来说，下棋只是一种游戏，是令人轻松愉快的游戏。他身子完全放松。头几步棋他一边想一边跟我们解释，还悠闲地点起一支香烟。轮到他走棋时，他才往棋盘上看一两分钟。走一步棋他都给人这样一种印象，仿佛对方这步棋他早就料到了。

开局几步熟套棋走得相当快。到七八步上，这才有点看得出来，好像是按确定的计划在发展。岑托维奇加长了想棋的时间，这使我们感到，争夺先手的实战开始打响了。不过，不妨说句实话，就像看任何一盘够水平的棋赛一样，局势的一步步展开，在我们外行人看来是不太够味的。因为棋子儿越是交织得花样翻新，实际情况对于我们也就变得越是隔膜了。我们既弄不清这一方有什么打算，也弄不清另一方有什么企图，也不知道究竟是哪一方占优势。我们光是看到，一个一个的棋子儿像吊车[②]似的挪动着，想突入敌阵；可是，因为高手每走

---

① 拉丁文：无名之辈。
② 国际象棋的棋子，是一个个近似圆锥体的雕像，故形似吊车。

一步，总是算准了许多步，所以这你一步来我一步去的战略意图，我们没法领会。另外，慢慢地又添出了一份叫人泄气的疲劳，这都怨岑托维奇想棋想得没完没了。这种情况也开始弄得我们那位朋友明显地烦躁起来。我揪心地注意到，这盘棋越往下拖，他越是心急火燎，开始在沙发椅上蹭过来拧过去，一会儿由于焦躁一根接一根抽烟，一会儿又拿起铅笔记下点什么。接着，他又叫来矿泉水，一杯又一杯急着往下灌。这是明摆着的，他想步子比岑托维奇要快上百倍。每当岑托维奇想完了，拿定主意，用笨拙的手往前挪动子儿时，我们这位朋友像是早已料到似的，笑一笑，随手就应一步。他反应迅速的脑子，必定把对方可能走的步子预先全都算好了，因此，岑托维奇越是迟疑不决，他就变得越是烦躁。等着的时候，他简直是恼恨地把一股气都憋到嘴边了。可是，岑托维奇一点儿不着急。他执拗、沉默地思考着，棋盘上棋子儿越空，他想棋的时间也越长。到四十二步上，已经过了两小时四十五分，我们围住棋桌坐着，一个个都乏乏的，思想都快开小差了。在船上服役的两个军官，一个已经走了，另一个拿起一本书在读，只在每次动棋子儿的时候才抬一抬眼睛。可是，就在岑托维奇走棋的时候，一件意想不到的事情突然发生了。岑托维奇拿起马往前跳，B博士一见，立即像作势要跳的猫一样团起身子。他浑身都哆嗦起来，岑托维奇刚跳罢马，他就将后狠狠地往前一推，神气昂然地大声说："得！完了！"说罢身子往后一仰，两手交叉地抱在胸前，用挑衅的目光看着岑托维奇，眼瞳里突然闪出灼热的光芒。

我们不由得都俯向棋局，以便看清他这步告捷的棋。一眼看去，并不见有直接的威胁。我们这些看得不远的外行人，还没法算出来。在我们中间，只有岑托维奇听了这挑衅性的预告动都没动；他一动不动地坐着，这盛气凌人的一声"完了"，他好像根本没听见。哑场了。我们大家都情不自禁地屏住呼吸，因此可以听到放在桌上用来卡定走棋时间的钟在嘀嗒嘀嗒响。过了三分钟，过了七分钟，过了八分钟，岑托维奇还是不动；不过，我似乎觉得，他由于内心紧张，厚厚的鼻翼好像都张得更开了。这种哑场的等待，这位朋友显得跟我们一样受不住了。突然，他霍地一下站了起来，开始在吸烟室里徘徊，起初慢慢地，走着走着就快了，越来越快了。我们大家看着他，都有点吃惊，然而，谁也不像我这么揪心，因为我突然发现，他来回走的脚步尽管很急很快，但总是走在同样大小的地方；看样子，好像在这宽敞的房子中间，他每次都扑到了无形的尽头，又不得不折回来。我心惊肉跳地发现，他这一趟来一趟去，无意中复现了他原来那间囚室的大小：在被关押的那些日子里，他一准也是这样扑过来蹿过去，像困在笼中的野兽一样，一准也是这样两手哆嗦，双肩紧缩，就这样在囚室里千万次地奔来闯去，僵直发烫的眼睛里闪着发狂的红光。不过，他的思维能力似乎一点也没有受到损害，因为他时不时烦躁地转向桌子，看在这段时间里岑托维奇决定了没有。就这样过了九分钟，过了十分钟。最后，终于出了我们谁也没料到的事情。岑托维奇把一直搁在桌上没动的那只沉重的手，慢慢地举了起来。我们大家都紧张地看着，等他决定。可他没走棋，只是翻过手来，用一个断然的动作，把棋盘上的棋子儿慢慢地全都拂掉。过了一会儿我们才明白过来：这盘棋岑托维奇认输了；他投降了，免得在我们面前公然被将死。出了怪事了：这个世界冠军，这个无数次棋赛的优胜者，竟在一个无名之辈面前，在一个二十年或是二十五年没碰过棋局的人面前卷旗了。我们这个朋友，这个匿名者，这个没名气的人，在公开的比赛中，把世界棋王打败了。

我们还不知道怎么回事，就激动得一个接一个站了起来。我们谁都有这种感受，好像该说点什么，该做点什么，来表示一下心里的惊喜。只有岑托维奇静静地待着不动，停了好一阵，他才抬起头来，用死沉沉的目光看着我们这位朋友。

"再来一盘？"他问道。

"不在话下！"B博士回答，这答话中带有一种令我感到不舒服的热情。我还没顾上提醒他只下一盘为限的那个老主意，他就坐下来慌急慌忙开始重新摆棋子儿了。他归拢棋子儿的时候那么手忙脚乱，有个卒竟两次从他哆哆嗦嗦的手里滑到地上。看了他那种一反常态的亢奋，我原先的惴惴不安竟变成恐惧了，因为这原来沉默冷静的人，已经被过度的兴奋压倒了。他的嘴抽搐的次数越来越多，身子像突发高烧而颤抖。

"不要下了！"我悄声对他说，"这会儿不要下了！今天就下到这儿吧！你会吃不消的！"

"吃不消！哈哈！"他一副凶相地大笑起来，"要不是这么拖拖拉拉，有这点时间都够我下十七盘了！我呀，吃不消的就是：遇上这慢劲儿怕睡着！——得！你就开棋吧！"

末尾几句是冲岑托维奇说的，语气激烈，近乎粗暴。岑托维奇冷静严肃地看着他，不过那直愣愣的目光，却带点攥紧一只拳头抡出去的味儿。一下子，两个棋手之间产生了一点原先没有的东西：一种危险的对立，一种强烈的恨意。他们不再是彼此逢场作戏来试试自己能耐的棋伴，而是双方都发誓要消灭对方的仇敌。岑托维奇走第一步棋就拖了很久，我有一种分明的感觉，他是有意拖这么久的。显然，这训练有素的策略家已经发觉，他正可以用慢劲儿来把对手拖垮，拖乱。就连开局时一步最简单的正着——按惯例把王前卒往前推两格，他也耗了不下四分钟。我们这位朋友立即动王前卒来迎敌①。岑托维奇又停下了，没完没了，简直叫人没法忍受；那劲儿，就像一道强烈的电光往下一闪，我们心怦怦直跳地等着雷响，可雷就是不响一下。岑托维奇一动不动。他思索着，安安静静，慢慢吞吞；我越来越感到，他这是慢里藏奸。不过他这一慢，倒使我有充分的时间来观察B博士。他正好往下灌第三杯矿泉水；我不由得记起来他告诉我的、他在囚室里的那种奇渴。过度兴奋的一切表征，都清清楚楚地显露出来了。只见他额上冒汗，手上的那道伤疤比原先更红更惹眼了。不过他还克制得住。到第四步上，岑托维奇又没完没了地思索，他这才失态了，突然冲对方训斥起来：

"你总要走上一步哇！"

岑托维奇冷冷地抬起目光："我们说好了，走一步棋十分钟。我的规矩是走棋不短于这个时间。"

B博士咬紧了嘴唇。我发现，他的脚后跟在桌子底下越来越烦躁地冲地板跺着。我猜想他一定会做出什么胡闹的事来，这种压抑人的预感，使我自己也变得神经过敏了。果然，到第八步上，就出了节外生枝的意外。等得越来越失去自制的B博士，憋得快忍无可忍了；他把手拧过来转过去，手指头不自觉地在桌上敲起来。岑托维奇又一次拍起他不灵便的脑袋。

"请你别敲了，行吗？这打搅我。我都没法走了。"

---

① 这就是前面提到的"西西里式开局法"。

"哈哈！"B博士爱理不理地笑了一声，"这有目共睹。"

岑托维奇脸红了。"你说这话什么意思？"他恼怒地问道。

B博士又恶意地强笑了一声："没什么意思，不过是你太多心了。"

岑托维奇没说话，低下了头。

七分钟后，他才走了一步，这盘棋就这么慢得要死地下着。岑托维奇好像越来越像个石头人了；到后来，他想定一步棋，总得顶足了约定的走棋时间。而在岑托维奇走棋的时候，我们这位朋友的态度也变得怪了。看样子，他好像根本不再理会这盘棋，而在想着别的什么不沾边的事。他不再性急地颠来颠去了，只是无精打采地坐在位子上，用呆滞而迷乱的目光定定地看着前面的空中，不住地朝前面嘟嘟哝哝说些听不懂的话。如果他不是在想入非非，那么——我内心深处这么猜测——他就是在下另外一盘棋解闷儿。因为每次岑托维奇终于走了一步的时候，我们都不得不把他从魂不守舍的状态中唤回来。他惊醒过来后，总是用那么一分钟，来重新看清局势。我心里越来越犯疑，他在这种不动声色的癫狂状态中，一定早把岑托维奇和我们大家都忘了，而他这种癫狂，可能会突然爆发，变成大喊大闹。果然，到第十九步上，危机爆发了。岑托维奇刚走完棋子儿，B博士连棋局都没认真看一眼，拿起象就推进了三格，大叫一声，把我们都吓了一跳："将！"

我们立时都盯住了棋盘，盼着那是步高着。可是过了一分钟，竟出了我们谁也没料到的事情：岑托维奇慢慢地抬起头来，挨个儿看着我们这圈人，有那么点儿大称心愿的神气，因为他嘴边慢慢地泛起了踌躇满志、不胜鄙夷的微笑。直到把这种我们领会不来的快意尽情品味够了，他才假装客气地对我们说：

"很遗憾！我可是看不出将军了。诸位也许有谁看出来了吧？"

我们看着棋盘，然后，目光不安地滑向B博士。真的，连孩子都看得出来，岑托维奇那个王的前面有个卒，把对方的象挡得严严实实，不可能威胁到王的。我们担心起来，会不会是我们这位朋友性急，没把棋子儿放正，放远了一格，或是放近了一格？我们的沉默，引起了B博士的注意，这回他也盯住棋盘，结巴地咕哝起来：

"这王可是在 f_7 位上的……站错位了，完全错了。你走错棋了！这棋盘上的棋子儿全都站错位了……这卒该在 g_5 位上，不该在 g_4 位上……这根本是另一盘棋……这……这……"

他突然张口结舌了。我狠劲抓他的胳膊，那个手劲，使他尽管亢奋得迷迷糊糊，也硬是感觉到了。他回过身来，像梦游患者一样盯着我。

"你……要干什么？"

我光是说："别忘了。"同时用手指摸了摸他手上的那个伤疤。他不自觉地跟着我摸了一下，两眼呆滞地盯着那一道血红的疤。看着看着，他突然哆嗦起来，浑身打了个寒噤。

"上帝呀，"他嘴唇苍白，嘟哝着说，"我没胡说，没胡闹吧……我又这么……"

"没有，"我悄声地对他说，"不过，你得马上撂下这盘棋，就到此为止。别忘了医生叮嘱你的话！"

B博士一下站了起来。"请原谅我令人不快的错误，"他向岑托维奇鞠了一躬，用原先斯斯文文的声调说，"我说的那些话，纯属胡闹。不用说，这盘棋你赢定了。"说罢他转向我们，"也得请诸位包涵。不过，我先就说过，诸位不要对我抱奢望。请原谅我有失检点——下象棋，这是我最后一试了。"

他一鞠躬，走了，神态又谦虚又诡秘，跟最初露面的时候一样。只有我知道，这个人为什么要永远不再摸棋盘，而这时，其他的人则有点昏头昏脑地待着，影影绰绰地感到，真是万分紧张，总算避开了某种不愉快的严重事态。"Damnned fool！"[①]麦克柯诺尔失望地抱怨了一声。岑托维奇最后一个从沙发椅上站起来，还向这半局残棋扫了一眼。

"可惜，"他宽宏地说，"进攻安排得实在不坏呀。对一个业余爱好者来说，这位先生实在是有两下子，不同一般。"

樊修章　译

---

① 英文：原意是"该死的笨蛋"，这里是"活见鬼"的意思。

作者年表

1881 年	出生于维也纳。父亲莫里茨·茨威格（1845—1926）是纺织工厂厂主，母亲伊达·茨威格，是一个银行家的女儿，父母均系犹太人。
1887–1892 年	在小学读书。
1892–1900 年	在中学读书，并开始创作，到中学毕业时已在报纸杂志上发表百余首诗歌。
1900 年	进维也纳大学攻读哲学和文学史。
1901 年	第一部诗集《银弦集》在柏林出版。
1902 年	发表第一个短篇小说《出游》，他翻译的保尔·魏兰诗集和波德莱尔诗文集分别在柏林和莱比锡出版。同年夏天，前往比利时旅行，首次与艾米尔·凡尔哈伦晤面。
1902–1903 年	转入柏林大学。
1904 年	结束大学学业，毕业论文的题目是《希波利特·泰纳的哲学》；第一部短篇小说集《艾利卡·埃瓦尔德之恋》出版，内收有四篇小说：《雪中》（1900 年写就）、《出游》、《艾利卡·埃瓦尔德之恋》和《生命的奇迹》；他翻译的《维尔哈伦诗选》在柏林出版。前往巴黎、伦敦，翌年又前往西班牙和阿尔及尔旅行。
1906 年	诗集《早年的花环》在莱比锡出版；同年，他翻译的 A. G. B. 罗素的《威廉·布莱克的幻想的艺术哲学》在莱比锡出版。
1907 年	在莱比锡出版了他的第一部剧作《泰尔西特斯》，这部诗剧翌年在德累斯顿和卡塞尔上演。

1908-1909 年	在印度、锡兰、缅甸和尼泊尔旅行。
1910 年	写下第一部传记《艾米尔·凡尔哈伦》。
1911 年	前往北美和加勒比地区旅行。小说集《初次经历》出版，内收四篇小说：《夜色朦胧》、《家庭女教师》、《灼人的秘密》和《夏天的故事》。
1912 年	独幕剧《变化不定的喜剧演员》首次上演，悲剧《滨海之宅》在维也纳城堡剧院首演。与弗里德利克·马利亚·冯·温德尼茨（1882—1971）（他的第一个妻子）首次相遇。
1914 年	第一次世界大战爆发，他自愿入伍，申请在军事资料部门服役。
1916-1917 年	在萨尔茨堡购房定居。反战戏剧《耶利米》出版。前往瑞士进行一次演讲旅行，在苏黎世观看《耶利米》的排练，拜访罗曼罗兰。
1918 年	戏剧《生活的传说》在汉堡上演。
1920 年	与弗里德利克·冯·温德尼茨结婚。发表小说《桎梏》和《三位大师》（巴尔扎克、狄更斯、陀思妥耶夫斯基），此系他的《世界建筑师》的第一部；同年底，出版传记《罗曼罗兰，其人和作品》。
1922 年	发表小说《热带癫狂症患者》和传奇《永恒的目光》、《日内瓦湖畔的插曲》。
1924 年	诗歌全集出版。
1925 年	《与魔的搏斗》（荷尔德林、克莱斯特、尼采）出版，此系《世界建筑师》的第二部。
1927 年	小说集《情感的迷惘》出版，开始着手写《世界建筑师》的第三部：《三位作家的生平》（卡萨诺瓦、司汤达、托尔斯泰）。
1928 年	《三位作家的生平》出版。同年 9 月，赴苏联参加托尔斯泰诞辰百年纪念会。
1929 年	政治家传记《约瑟夫·福煦》出版，悲喜剧《穷

人的羔羊》发表。

1930 年	去意大利旅行，在索伦托拜访高尔基。
1931 年	赴法旅行，写《玛丽·安东内特》和长篇小说《邮局小姐的故事》（这部长篇没有完成，根据遗稿整理，又名《青云无路》）。
1932 年	《玛丽·安东内特》出版。
1933 年	希特勒上台，茨威格的作品被焚烧。
1934 年	在萨尔茨堡的住宅被搜查，移居伦敦，《鹿特丹人伊拉斯谟的胜利和悲哀》出版。绿蒂·阿尔特曼成为他的秘书。着手写《马利亚·斯图亚特》。
1935 年	由里夏德·施特劳斯谱曲、茨威格编剧的歌剧《沉默的女人》在德累斯顿首演，三天后被禁；《马利亚·斯图亚特》出版。
1936 年	《卡斯台里奥反对加尔文》出版。同年 8 月，前往巴西旅行，并参加在阿根廷召开的国际笔会大会。
1937 年	《蜡烛台记》出版；完成长篇小说《心灵的焦躁》第二稿。同年 5 月，与弗里德利克分手。
1938 年	在葡萄牙同绿蒂一起。《麦哲伦》出版。同年 2 月，与弗里德利克离婚。申请加入英国国籍，在美国进行讲演旅行。
1939 年	长篇小说《心灵的焦躁》出版，获得成功。第二次世界大战爆发。同绿蒂结婚。
1940 年	3 月，获英国国籍，在巴黎、纽约和南美进行讲演旅行。
1941 年	着手写自传；同年 9 月，乘船前往巴西，先羁留在里约热内卢，后移居彼德罗保利斯；完成《象棋的故事》；同年 11 月，将自传《昨日的世界》的手稿寄给出版社。同年 12 月，珍珠港事件爆发。
1942 年	2 月 22 日，与妻子一道在彼德罗保利斯自杀。《象棋的故事》、《昨日的世界》分别在阿根廷和瑞典出版。